D1930085

Claudel 1864 – 1943

Alexandra Lavizzari

Gwen John
Rodins kleine Muse

Für Luciano

Alexandra Lavizzari

Gwen John

Rodins kleine Muse

Roman · Zytglogge

Die Autorin dankt Jean Langenberger für das Lektorat
der französischen Textstellen.

Alle Rechte vorbehalten
Copyright	Zytglogge Verlag Bern, 2001
Lektorat	Daniel Imboden
Umschlagbild	*Muse à Whistler,* Auguste Rodin, 1903–1911; *Selbstporträt,* Gwen John, 1899
Satz und Gestaltung	Zytglogge Verlag Bern
Druck	Ebner Ulm

ISBN 3-7296-0620-4

Zytglogge Verlag Bern, Eigerweg 16, CH-3073 Gümligen
info@zytglogge.ch, www.zytglogge.ch

I

What a lot depends on one's body.

Gwen John

19, Boulevard Edgar Quinet
April – November 1904

Das Atelier des Meisters war nicht weit, Gwen gönnte sich Zeit für einen Umweg durch den Jardin du Luxembourg.

Auf den Strassen war der Matsch über Nacht in den Hufspuren erstarrt, nur im Schatten der vorstehenden Dächer lag der Schnee noch weiss und unberührt am Strassenrand.

Gwen fror. Der Wind ritzte ihre Haut auf und trieb ihr Tränen in die Augen. Ihr Kleid entsprach nicht der Jahreszeit, es war das Festkleid, in dem sie an warmen Herbstabenden im Arm von Ambrose getanzt hatte, damals, vor Jahren, an den Bällen der Kunstakademie. Ein berauschendes Wirbeln durch die Menge, das Glück in Reichweite, fast so greifbar wie Ambroses Arm, der sich schüchtern um ihre Taille gelegt hatte. Und erst die neidischen Blicke. Vom jungen Ambrose hatte man sich in den Londoner Kunstkreisen viel versprochen. Gwen verschränkte die Arme vor der Brust und strich fröstelnd der Mauer des Cimetière Montparnasse entlang.

Das Frühlingslicht tauchte den Jardin du Luxembourg an diesem Apriltag in milde Trostlosigkeit. Laub schwamm im grossen Bassin, faulte auf den Wegen und in den Faltenwürfen der Statuen. Der Schnee lastete auf den Bäumen und erstickte jedes Geräusch. Gwen hörte nur den Kies unter den Sohlen knirschen, hörte die Stille, ihren Atem, dann und wann das Flattern eines aufgescheuchten Vogels. Sie war allein um diese Zeit, die Spaziergänger mussten morgens mit ihren Hunden im Park spazieren gegangen sein; kreuz und quer über die Rasenflächen zog sich ein wildes Muster eingedrückter Pfotenspuren.

Gwen liebte den Park. Seit sie mit Dorelia in Paris wohnte, vier, sechs Wochen, so genau wusste sie es nicht, machte sie fast täglich ihre Runde. Sie mied die Alleen, verlor sich lieber auf den verspielten Wegen der Pépinière und liess den Palast und die Terrassen im Rücken. Hinter dem Pavillon Daviou betrachtete sie den Farn, der sich aus dem moosigen Boden rollte, den Krokus, der büschelweise spross. Immer gab es neue Blumen zu sehen, heute die ersten Osterglocken. Viele Blüten waren noch gar nicht aus den Stängeln geschlüpft, stachen wie gelb gewickelte Stäbchen aus der Membran. Andere hatten sich entfaltet und leuchteten aus dem Gewirr entblätterter Stauden. Gwen kniete nieder und berührte sie mit ihren durchfrorenen Fingern. Sie fühlten sich samten an, sehr weich, trotz des Frosts, der ihre Stengel spröde machte. Sie musste sich beherrschen, sie nicht zu pflücken. Was dächte der Meister von ihr, wenn sie mit einem Blumenstrauss vorspräche?

Sie verliess den Park durch das Nordtor und ging in Richtung Seine. Sie wählte die windgeschützten Gassen, ungefähr kannte sie sich in den Verwinkelungen des Quartiers aus. Vom Kauern war der Kleidsaum nass geworden, auch an den Füssen fühlte sie jetzt die Feuchtigkeit durchs Leder dringen, aber sie kehrte in keinem Café ein, um sich zu wärmen. Sie schaute nur durch die Scheiben ins Innere der Stuben und stellte sich vor, wie ihr das heisse Getränk in den Magen floss. Das musste genügen. Es wäre unvernünftig gewesen, die letzten Sous im Café auszugeben.

Das staatliche Marmordepot lag im letzten Abschnitt der Rue de l'Université, viel näher am Seineufer, als

Gwen erwartet hatte. Sie hatte die ganze Länge der Strasse hochlaufen müssen, an Schreinereien vorbei, Buchbindereien, einem Schuhmacher, zahllosen Boutiquen, quer durchs Quartier des Invalides.

Der Weg zu den Ateliers führte, wie Hilda Flodin es ihr beschrieben hatte, über einen Innenhof mit Kastanien, an dessen Hausmauern sich Marmorblöcke reihten. Die Steine glichen gefrorenen Milchkuben, auf ihren Flanken schimmerte ein verästeltes Muster, als durchzögen Adern eine fast durchsichtige Haut. Gwen schaute sich die Quader aus der Nähe an, sie hatte noch immer Zeit, musterte eingehend die Oberflächen, die vom mechanischen Schnitt wellige Rillen aufwiesen. Auf einigen war der geschmolzene Schnee zugefroren und bildete einen Eisfilm.

Gwens Lippen waren blau vor Kälte, ein leises Zittern schüttelte ihre Glieder. Mehrmals fuhr sie sich mit der Hand übers Haar und vergewisserte sich, dass keine Nadel aus dem Chignon stach. Sie zwickte sich in die Wangen, um sie zu röten, betastete unterm Umhang den Kragen nach der Kamee, ob sie noch gerade sass. Kratzte den Matsch von ihren Stiefeletten und wehrte sich gegen die Angst, die ihr plötzlich wieder den Atem verschlug. Was sollte sie sagen, wenn sie ihm gegenüberstand? War ihr Französisch nicht mangelhaft? Gar lächerlich? Vergeblich suchte sie die geeigneten Begrüssungsformeln, die sie zu Hause eingeübt hatte, nur Bruchstücke fielen ihr ein, vom Akzent nicht zu reden. Am liebsten wäre sie umgekehrt, noch war ein Rückzug möglich. Aber sie hatte sich geschworen, nicht feige zu sein. Sie brauchte das Geld. In Paris starben dauernd Künstler an Hunger und Verwahrlosung, die Zeitungen waren voll von Nachrichten über gescheiterte Träume. Der Meister wird mich verstehen müssen, redete sie sich zu, so einfach ist das. Er wird mich anhören, und wenn er mich erst begutachtet hat, spielt die Sprache keine Rolle mehr. Hat Gus nicht geschrieben, dass der Meister junge Engländerinnen möge? *He loves English young ladies,* sind seine Worte gewesen, das ist klar genug. Nun, ich bin mit meinen siebenundzwanzig Jahren jung genug, und aus England stamme ich ja auch. Oder fast. Zum Teufel also mit den Sprachlücken.

Gwen war von der Unordnung im Atelier überrascht. Sie befreite sich aus der Umklammerung der Concierge, die sie hineinführte, und wich in den Schatten des Türrahmens zurück. Wo sie hinschaute, standen versteinerte Menschen, die meisten ohne Arme und Beine. Ein ganzer Wald. Riesen und Gnome, Männer und Frauen, Köpfe, Torsos. Auch am Boden lagen Leiber im Mörtelstaub, zerstückelt, in den aufgerissenen Mündern einen unbefreiten Schrei.

«Mais venez, Mademoiselle, faut pas avoir peur, venez donc. Le Maître vous attend.»

Die Concierge winkte Gwen und ging ihr zwischen den Statuen schlurfend voraus. Sie hatte ungepflegtes weissgelbes Haar, und ihr Gesicht war von einem Netz feinster Runzeln überzogen. Aber von der sprichwörtlich schlechten Laune, die Hilda ihr geschildert hatte, war nichts zu merken. Gwen meinte sogar ein Lächeln um ihre Lippen spielen zu sehen, vielleicht der schüchterne Ansatz einer Aufmunterung. Sie folgte zögernd, die Augen auf die Schleifspuren geheftet, welche die Alte mit ihren Pantoffeln über den Boden zog.

Plötzlich hallte von der Fensterecke ein Gekicher herüber, das Gwen zwang aufzublicken und Gesichter zu suchen aus Fleisch und Blut. Durch die Höhlung eines Männerrückens und den gebogenen Arm einer Nymphe sah sie eine junge Frau in der Zimmerecke stehen. Sie hatte den Oberkörper aus der Bluse geschält und hielt den Arm angewinkelt hinter dem Kopf. Von links hatte sich eine Hand unter ihr Kinn geschoben und verweilte dort mit gespreizten Fingern, bewegte sich kaum. Die Hand mass den Abstand bis zum Schlüsselbein, erspürte die Einbuchtung des Halses mit einer verhaltenen Bewegung der Finger. Ein Schauer durchzuckte den Körper der Frau, ihr Mund schürzte sich zu einem mädchenhaften Lächeln. Sie hatte volle, dunkle Lippen. Lippen, dachte Gwen, auf die Männer gerne Küsse drücken. Die Frau gurrte: «Arrêtez, Maître, vous me chatouillez», aber die Hand, die kräftige Hand eines Handwerkers, fuhr unbeirrt unters Kinn und tastete sich am Ansatz des Halses zum Kiefer hoch und hinunter. Von weitem sah es aus wie die Berührung eines blinden Geliebten, liebkosend und zugleich fieberhaft getrieben von der Gier, die Landschaft dieser Haut zu erfahren.

Die Frau war nicht schön, Gwen erkannte auf einen flüchtigen Blick Mängel, die sie beruhigten. Darin war sie von der Londoner Slade School of Arts her geübt. Sie erfasste sofort die euterhafte Schwere der Brüste, bemängelte den allzu muskulösen Hals. Und dem Gesicht, das einen Hauch von Südländischem hatte, verlieh der auffällig stumpfe Winkel zwischen Stirn und Nasenrücken etwas entschieden Dümmliches.

Der Meister schob sich vor sein Modell und begann, verschiedene Positionen am erhobenen Frauenarm auszuprobieren. Er befahl ihm, den Ellbogen hinter den Kopf zu biegen und das Handgelenk näher an die Schläfe heranzuholen, gleichzeitig arbeitete er mit raschen Daumenbewegungen an einer Tonfigur. Er hatte kräftige Schultern. Das war das Erste, was Gwen auffiel. Die Dockarbeiter im Hafen von Liverpool hatten solche Schultern. Sicher kam das von seinem Beruf, von der Kraft, die es brauchte, um den Stein zu behauen. Überhaupt schien er ein Riese. Das also ist der grosse Meister bei der Arbeit, staunte Gwen. Er, den die ganze Welt bewundert, er steht leibhaftig vor mir, atmet dieselbe Luft ein wie ich. Aber sie empfand keine Ehrfurcht, nicht einmal Freude. Den Kopf hielt er während seiner Betrachtung seitlich geneigt, dabei bildeten sich im Nacken Hautfalten, die über den Kragen des Arbeitskittels quollen. Wie alt mochte er sein? Er hätte ihr Vater sein können. Hilda hatte behauptet, er sei weit über sechzig. Die Frauengeschichten, die man sich in seinem Zusammenhang erzählte, widersprachen aber einem solchen Alter. Gwen hatte Scheussliches gehört. Daran musste sie nun denken, während sie ihn beobachtete, an die vielen Frauen, die sich ihm schon an den Hals geworfen hatten und für die er sich nicht zu schade gewesen war.

Eine Fliege schwirrte im Raum, surrte die Fensterscheibe hoch und schlug immer wieder dumpf dagegen.

«Maître, voilà la jeune fille. Celle-là, au moins, elle est ponctuelle!»

Die Concierge drückte sich gegen den Sockel einer Figurengruppe und schubste Gwen vor sich her, wartete, bis der Meister von seiner Arbeit aufschaute. Gwen bekam Herzklopfen wie beim ersten Mal, als sie die Gänge der Slade School betreten hatte. Eine Ahnung, dass ihr ganzes Leben von dem kommenden Augenblick abhing. Dass gleich eine Tür hinter ihrem Rücken zuschnappen und nichts mehr so sein würde wie zuvor. Ein mulmiges Gefühl überkam sie, ein Brechreiz, obwohl sie nichts im Magen hatte. Oder gerade deswegen. Sie hielt den Atem an und versuchte, ruhig zu bleiben.

«Ah! La demoiselle anglaise, voyons donc!»

Der Meister drehte den Kopf und bedeutete Gwen, näher zu kommen. Neben ihm verharrte das Modell in verführerischer Pose, wurde selbst zur Statue. Das irre Gesumme der Fliege verstummte, vielleicht war sie tot. Nicht einmal die Concierge rührte sich. Dann hing die Stille plötzlich wie ein schweres Tuch im Raum. Gwen hatte zu zittern begonnen, zu viel stand auf dem Spiel. Und diese Kälte, wie sie plötzlich wütete in ihrem Körper. Gwen konnte nichts dagegen tun, die Zähne klapperten, und die Knie fingen an zu schlottern. Unmöglich, sich zu beherrschen. Die Kälte schüttelte sie von innen wie ein Sturmwind. Sprechen kam erst recht nicht mehr in Frage. Ihr war, als hätte sie keine Zunge, kein einziges abrufbares Wort im Gedächtnis. Dass ich mich ausgerechnet jetzt so verstockt und unbeholfen geben muss. So schrecklich stumm bin. Dabei habe ich zu Hause gerade diesen Augenblick so viele Male geübt. Tränen begannen ihre Augen zu füllen, die sie nicht einmal zu verbergen suchte. Der Meister würde sie ohnehin gleich nach Hause schicken, wenn er merkte, wie einfältig sie war. Warum sollte er seine Zeit verschwenden und sich mit einer Tumben abgeben? So viele andere Frauen suchten täglich sein Atelier auf. Schönere als sie. Nicht so verstockte.

Der Meister aber war gut gelaunt. Als er sie begrüsste, bildeten sich Fältchen um seine hellblauen Augen, das verlieh seinem Lächeln bübischen Schalk. Er sprach leidlich Englisch, mit dem typischen Akzent der Franzosen. Er redete von der Freude, sie kennen zu lernen, und davon, wie arg der Winter heuer sei. Eigenhändig staubte er das Kissen seines Korbstuhls ab und rückte ihn in die Nähe des Heizofens. Lud sie ein, sich zu setzen. «Please», sagte er, als böte er ihr einen Thron an. Sofort hielt sie die geröteten Hände über das Rohr und beugte sich mit dem Gesicht vornüber, damit sie von der Wärme etwas zu spüren bekam. Ihre Kinderhände. Sie sahen so hilflos aus, viel zu klein für diesen Raum. Langsam taute Gwen auf, und als die Starre in den Gliedern und im Gesicht nachliess, kehrte auch die verlorene Sprache zurück, zuerst in losen Bruchstücken, die sich nur schwer zu den eingeübten Sätzen zusammenfügen wollten. Doch jetzt waren sie ihr von keinem Nutzen mehr, sie musste sich neue ausdenken.

Der Meister verweilte nicht lange neben ihr. Er schaute auf ihren Hut herab, auf die bleichen Wangen, in die nur zögernd wieder Leben zurückkehrte, dann liess er sie allein und widmete sich wieder seinem Modell.

«Allez, ma belle. On continue. Tourne la tête un peu plus vers moi!»

Die Kurve des Halses missfiel ihm, er hiess die Frau noch einmal den Kopf zur Seite drehen. Noch stärker. Noch etwas stärker. Er berührte sie nicht, seine Hände führten die Bewegungen, die er von ihr wollte, in der Luft vor. Dazwischen modellierte er seine Tonstatue, bis er befriedigt war mit der Pose einer vollkommenen Hingabe. Den Kopf zurückgeworfen und die Brüste stolz aus dem verrenkten Rumpf herausgedrückt. Aber das Erstaunlichste waren die Arme. Der Meister hatte sie nach vorn genommen und in kühnem Gegensatz zum aufgebäumten Körper seitlich hängen lassen. Sie gaben dem jungen Wesen etwas Willenloses. Eine Puppe, dachte Gwen. Modelle sind Spielzeuge in den Händen dieses Bildhauers. Sie lassen ihre Seele zu Hause und bringen ihm nur die Hülle, und er bezahlt sie, damit er sie hemmungslos formen und biegen darf. Vielleicht weiss er nicht einmal, dass sie eine Seele haben, diese Frauen, oder die Seele ist ihm gleichgültig.

Mit der Wärme gewann Gwen endlich ihr Selbstvertrauen zurück und wagte, nachdem der Meister sein Modell verabschiedet hatte, ihren ersten französischen Satz:

«Je crois, je suis prête.»

«Bon. Mais vous parlez le français, c'est très bien, ça.»

Der Meister zeigte ihr den Wandschirm und den Ständer. Das Lager, auf das sie sich legen sollte. Alles nur mit der Ruhe. Er habe keine Eile, sagte er, Skizzen gebe es noch zu ordnen und viele Briefe zu beantworten. Sie dürfe sich so viel Zeit nehmen, wie sie wünsche.

Der berühmte Wandschirm. Der gerüschte Stoff, an den Säumen angegraut. Auch davon hatte Hilda gesprochen. Immerhin gab es hier einen. In anderen Ateliers mussten sich die Modelle vor den Augen der Künstler ausziehen. Gwen empfand den Wandschirm als willkommenen Schutz, eine Art Zauberwand. Sie verschwand dahinter als Frau und trat als Modell wieder hervor, das entzog dem Ganzen die Schlüpfrigkeit. Gwen nahm sich Zeit beim Entkleiden. Sie hastete ungern,

Ordnung musste sein. Eines nach dem andern streifte sie die Kleidungsstücke ab, und dabei stellte sie sich vor, dass der Meister beim Briefeschreiben zuhörte, wie die Stoffe raschelten, und dass er sich ihre schrittweise Entblössung ausmalte. Es machte ihr nichts aus, noch stand sie sicher hinter dem Wandschirm. Sie rollte ihre Unterwäsche ins Kleid, legte es zusammengefaltet auf den Schemel unter den Hut und stopfte zuletzt die Strümpfe in die Stiefeletten.

Jetzt war sie nackt. Sie fühlte sich nüchtern und beherrscht. Keine Scham trübte ihre Freude am eigenen Körper. Er wirkte zerbrechlich, weil er so dünn war. So zart. Etwas mehr Fleisch um die Hüfte und an den Schenkeln würde nicht schaden, auch die Brüste könnten fülliger sein. Sie hatten noch etwas Unfertiges, passten eher zu einem zehn Jahre jüngeren Mädchen.

Gwen huschte hinter dem Wandschirm hervor, legte sich aufs Lager und verharrte mit dem Kopf seitlich aufgestützt. Das Tuch fühlte sich kalt an, und ganz sauber war es auch nicht. Ein schwarzes Frauenhaar kringelte sich darauf, Gwen blies es weg und räusperte sich. Sofort stockte die Feder des Meisters.

Er trat nicht zu nahe an sie heran, sondern blieb diskret auf ein paar Schritte Entfernung stehen. Er wollte sie nicht aufscheuchen. Manches Modell hatte sich schon unter seinem Blick verkrampft. Sie nicht. Sie wirkte wehrlos und ausgeliefert wie ein kleines Lamm. Weiss. So unendlich weiss. Ihre Haut hatte diese bläulich durchzogene Durchsichtigkeit, die er von anderen Engländerinnen her kannte, von den Rothaarigen mit den grauen Augen. Auch sie hatte graue Augen oder wässrig blaue. Und üppiges, kupferfarbenes Haar, mit einer Strähne, die sich vom Chignon gelöst hatte und um ihre linke Wange strich. Absicht? Er konnte es sich nicht vorstellen, sie schien zu ernst, um eitel zu sein. Nicht das geringste Rouge färbte ihre Lippen, kein Puder täuschte einen perfekten Teint vor. Sie hatte leichte Rötungen um die Nasenflügel, vielleicht von einer Erkältung. Dass sie diese nicht zu vertuschen suchte, bewegte ihn; er folgerte, dass sie in diesem Beruf noch wenig Erfahrung haben musste. Was ihn jedoch am meisten einnahm, war nicht ihr Gesicht, nicht einmal die ruhige Selbstverständlichkeit, mit der sie seine Blicke aushielt. Nein, es war ihr Körper, der ihn bezauberte, die schlanken Glieder, denen Jungfräuliches anhaftete, ohne kindlich zu sein. Er hatte schon lange keine unverbrauchtere Frau gesehen, keine, die über die erste Jugend hinaus so vollkommen rein geblieben war.

Er bat sie, aufzustehen und sich zu drehen. Langsam, sagte er, ganz langsam. Mit geschmeidigen Bewegungen kam sie der Bitte nach, drehte sich in winzigen Schritten um sich selbst. Sie machte keinerlei Anstalten, die Arme über den Brüsten zu kreuzen oder die Hände über die Scham zu legen. Sie erwiderte sogar seinen Blick, forschend wie sein eigener. Vielleicht hatte er sich getäuscht, und sie war gar nicht so unerfahren. Vielleicht war sie sogar ein routiniertes Modell. Er wurde nicht klug aus ihr, betrachtete jetzt den Rücken, in dem die Wirbel eine geschwungene Furche bis zu den Grübchen über dem schmalen Gesäss zeichneten. Sie stand da wie eine griechische Statue, deutlich erkannte er an ihrer Gestalt die vier Richtungen der klassischen Pose. Die rechte Schulter leicht herabgesenkt und, kontrapunktisch dazu, die rechte Hüftseite höher als die linke, über dem

Standbein merklich hervorgekehrt, so dass sich eine sachte Wellenbewegung durch den ganzen Rumpf bis in die Beine schlug.

«Vous avez un corps admirable, Mademoiselle, vous pouvez venir travailler dès demain si vous voulez.»

Sie lächelte ihn an. Ihr bescheidenstes Lächeln. Doch innerlich frohlockte sie. Bilder eines goldenen Pariser Sommers stürmten auf sie ein und verdrängten die Zeiten der Not, die sie durchlebte. Am liebsten wäre sie dem Meister um den Hals gefallen, egal, dass sie keine Kleider trug. Aber Gefühle zeigte man nicht, Gefühle gehörten gezügelt und unter angelerntem Gleichmut erstickt. Darin hatte sie Erfahrung. Mit einem höflichen «Merci, Maître» zog sie sich hinter den Wandschirm zurück und schlüpfte wieder in die klammen Kleider.

«Dein Erfolg bei Rodin ist ja schön und gut, aber pass auf, dass er dir nicht in den Kopf steigt.» Dorelia goss Tee in eine Tasse und reichte sie Gwen. «Ich an deiner Stelle würde meine Freude etwas zügeln. Man weiss nie.»

«Ach, Dodo, du verstehst nicht, was das bedeutet. Das ist ... wie soll ich nur sagen ... eine Ehre. Ja, genau. Eine Ehre. Er wird meine Statue machen, und dann wird mich ganz Paris im nächsten Salon bewundern. Kannst du dir das vorstellen? Das ist eine echte Chance. So was gibts nicht zweimal.»

«Na, wenn du meinst. Ich wusste nicht, dass du so eitel bist.»

«Bin ich gar nicht. Es geht ja nicht um mich, es geht um mein Abbild, verstehst du? Und darum, dass er mich für würdig befindet, ihm Materie für eine seiner Kreationen zu sein.»

«Braucht ein grosser Künstler wie Rodin immer ein Modell, um Kunst zu schaffen? Kann er sie nicht aus dem Kopf direkt in Ton formen?»

«Kunst ist ein Prozess des Gestaltens und Umformens, eine Art Interpretation der Wirklichkeit, Dodo. Der Meister benutzt das Modell als Ausschnitt einer physischen Wirklichkeit, die er aus persönlicher Sicht neu und einmalig erschafft. Dafür braucht auch er, so geübt und erfahren er ist, lebende Modelle.»

Dorelia zuckte ungeduldig die Achseln. Sie hatte über das Modellsitzen hinaus wenig Verständnis für Kunst. Mit Dorelia war kein tief schürfendes Gespräch über Kunst möglich. Für sie war alles einfach und vordergründig. Sie liess immer nur die Oberflächen gelten und verspürte nie den Drang, sie anzukratzen, um sich überraschen zu lassen, wie es darunter aussah. Jetzt setzte sie sich an den Tisch und holte ihr Nähzeug hervor, als wäre nur von Kartoffelspeisen oder vom Schnee die Rede gewesen, nicht vom grossen Rodin. Gwen trat ans Fenster und trank den Tee in raschen Schlucken. Er tat gut, belebte die vom Frost betäubten Glieder. Draussen wurden gerade die Gaslaternen rund um den kleinen Park angezündet. Die Bäume mit dem Schneerest auf den Ästen schienen in der Dämmerung aufzuflackern, aus dem Nichts gezauberte Fackeln, und das wattige Grau des Himmels über den Dächern bekam einen gelben Schimmer. Es war acht Uhr abends, Gwen erspähte schon die ersten Schaulustigen, die von der Avenue du Maine zur nahen Rue de la Gaîté strömten. In wenigen Minuten würde das Spectacle am Théâtre de Montparnasse beginnen, irgendein dummer Schwank, nicht besser als die Stücke im Londoner East End. Gwen empfand die plötzliche Belebung als störend. Es war jeden Tag dasselbe: die stille Eindunkelung und dann, ganz jäh, das künstliche Licht im Quartier, die laute Heiterkeit der Passanten, Hufschläge auf dem Kopfsteinpflaster und später, kaum hatten die letzten Cafés geschlossen, das Gegröle der Betrunkenen, die nach Hause torkelten.

«Schon wieder dieser Menschenauflauf, schau, sogar Frauen ohne Begleitung gehen ins Theater.» Gwen reckte den Hals, um ihnen nachzublicken. Die Frauen waren grell gekleidet und lachten ungehemmt, wenn ein Mann sie ansprach.

Gwen hatte das Quartier bereits satt. Sie hätte sich mehr Ruhe gewünscht, die Sicht auf ein Tal oder einen Wald. Am liebsten auf einen Fluss mit riedbewachsenem Ufer. Aber Dorelia hatte Recht. Wenn sie als Modelle ihr Geld verdienen wollten, mussten sie dort leben, wo die Künstler wohnten und arbeiteten. Und hier, im Montparnasse, gab es sie zuhauf, die guten und die weniger guten, die Möchtegerne und die Genies. Sie lebten alle hier, sozusagen um die Ecke.

Nur er nicht. Er war anders. Ein Einzelgänger. Ein Schaffenswütiger. Ein Übermensch. Beim Gedanken an den Meister überkam Gwen wieder diese Erregung, sie spürte sie in allen Gliedern, ein milder, fast angenehmer Schmerz. Die Erinnerung liess sie die Kälte vergessen und löste schlagartig ihre Zunge. Noch einmal musste sie mit der Freundin über den Meister reden, ihn beschreiben, seine genauen Worte wiedergeben und vom Stolz erzählen, den sie unter seinem bewundernden Blick empfunden hatte. Wäre sie verliebt gewesen, diese Begeisterung hätte sie verraten. Aber Gwen war nicht verliebt, an Liebe dachte sie seit langem nicht mehr. Seit London. Die letzte Wunde hatte schlecht geheilt.

«Hör auf, Gwen, du schwärmst wie ein junges Mädchen. Komm zur Besinnung! Bezahlt hat er dir jedenfalls noch nichts. Wir sind nach wie vor mausarm.»

Dorelia fädelte eine Nadel ein. Mit angehaltenem Atem konzentrierte sie sich auf das Öhr, furchte die Stirn, bis sie den Faden nach mehreren Versuchen endlich durchgezogen hatte. Vom Kerzenlicht hatte ihr Gesicht etwas Feuriges, und die Wangenknochen, von künstlicher Röte angehaucht, schienen breiter und stärker als üblich hervorzutreten. Sie trug das taubengraue Baumwollkleid mit den schwarzen Linien, in dem Gwen sie in Toulouse gemalt hatte. Ihr Lieblingskleid, obwohl es schon abgegriffen war, weil sie es diesen Winter so oft getragen hatte. Wie schön sie ist, dachte Gwen, irgendwie nicht von dieser Welt. Aber die Worte kamen dem Genuss des Sehens nicht bei, im Zusammenhang mit Dorelia tönten sie hohl. Neidlos bewunderte Gwen das Ebenmass ihrer Gesichtszüge, das glänzende dunkle Haar. Ihre Ruhe. Die vor allem. Nie entfuhr Dorelia eine unbedachte Gebärde, ob sie kochte oder las, ob sie spazierte oder nähte, immer bewegte sie sich achtsam, träge fast, mit dem untrüglichen Sinn für das richtige Mass. Diese Ruhe narrte Gwen, warf Fragen auf. In keinem der vier Porträts von Toulouse, in keiner der unzähligen Skizzen hatte sie sich ganz einfangen lassen. Gwen hatte mit jedem Bild eine Enttäuschung erlebt, die sie anspornte, von vorne zu beginnen. Etwas an Dorelia entglitt ihr noch. Ein Widerspruch, dem sie nicht auf die Schliche kam.

«Wo bist du heute gewesen, Dodo? Wieder bei Len?»

«Ja, aber nicht lange. Er wollte heute Nachmittag einen Maler aufsuchen, irgendeinen Spanier, von dem er viel zu halten scheint. Dafür hat er mir die letzte Sitzung bezahlt. Sechs Francs.»

«Sechs Francs? Dann sind wir ja gar nicht so arm.»

«Denkst du. Die haben wir schon nicht mehr, diese Francs. Ich habe damit die Wochenmiete bezahlt und etwas Schinken und Brot eingekauft.»

«Für Tiger nichts?»

«Tiger kann gut mal einen Tag ohne Fleisch leben. Sie schläft ohnehin den ganzen Tag unter der Bettdecke bei dieser Kälte.»

Gwen sagte nichts, schon einmal war wegen Tiger ein Streit ausgebrochen, ganz am Anfang, als Gwen das

Kätzchen auf der Strasse aufgelesen und in die Wohnung gebracht hatte.

«Jetzt bist du gekränkt, nicht wahr?»

«Nein», log Gwen, «meine Gedanken waren bereits anderswo.»

«Bitte nicht schon wieder Rodin.»

«Für wen hältst du mich? An Len dachte ich, wenn dus wissen willst. Wie er uns nachstellt. Ist dir nichts aufgefallen?»

«Unsinn.»

«Doch. Ich empfinde seine Aufdringlichkeit als unangenehm.»

«Aufdringlich? Ich nenne das hilfsbereit.»

«Len ist ein fader Geck. Dem ist nicht zu trauen.»

Dorelia blickte von der Näharbeit auf und lachte. «Ach, Gwen, wie misstrauisch du bist. So hart in deinen Urteilen. Ich finde Len korrekt. Mindestens zahlt er angemessenen Stundenlohn, und die Posen, die er verlangt, sind nicht anstrengend. Ausserdem sind wir es, die ihm nachstellen, nicht umgekehrt.»

«Warum bemüht er sich, uns bei seinen Künstlerfreunden Arbeit zu verschaffen? Findest du das nicht sonderbar?»

«Du grübelst zu viel. Er hat uns in Toulouse einfach mal seine Adresse in Paris gegeben, erinnerst du dich? Wir sind ihm nachgereist, weil wir gedacht haben, dass er uns helfen könnte, diesen Sommer in Paris zu überleben. Wenn du das sonderbar findest, dann hättest du seine Vermittlung nicht annehmen müssen.»

«Tu ich auch nicht. Deshalb bin ich heute zu Rodin gegangen. Das ist allein meine Initiative gewesen. Ich habe niemanden dafür bemühen müssen. Und wenn alles klappt, wie ich es mir vorstelle, dann brauche ich Lens Unterstützung nicht mehr. Ich bin nicht gern auf ihn angewiesen.»

Gwen hatte sich auf den Bettrand gesetzt und streichelte die Katze, die zusammengerollt unter dem Überwurf schlief. Tiger erwachte und streckte die Vorderpfoten aus und krallte sich gähnend in den Stoff von Gwens Linnenhemd.

«Ich bin schrecklich müde.»

«Willst du schon schlafen gehen? Es ist doch nicht spät. Ich möchte noch diesen Saum nähen, dann bin ich morgen vielleicht mit dem Oberteil des Kleids fertig. Schau.»

Dorelia klemmte die Nadel zwischen die Lippen und hob das Jäckchen hoch. Aber Gwen sah vom Bett aus nur ein unförmiges Ding mit schlaffen Ärmeln. Das Licht einer einzigen Kerze war zu schwach, um es zu erhellen.

«Sicher schön, aber viel sieht man nicht in dieser Schummerbude. Haben wir keine anderen Kerzen?»

«Doch, in der Küche. Aber lass. Du kannst es bewundern, wenn es fertig ist.»

Gwen hielt es abends nicht lange aus. Auszugehen und andere Menschen zu sehen zehrte an ihren Kräften. Spätestens um zehn musste sie sich ins Bett legen, und dann schlief sie bis in den Morgen hinein. Nicht wie Dorelia. Dorelia war nie müde. Sie hatte anderntags auch keine Augenschatten, wenn sie bis spät in der Nacht genäht hatte, sah immer frisch und ausgeruht aus. Gwen schlug die Decken zurück und aalte sich zwischen die Betttücher. Sie waren kühl und rau, rochen nach Lauge. Auch im Zimmer war es kalt, fast so kalt wie draussen. Um Geld zu sparen, hatten die Freundinnen seit Tagen nicht mehr geheizt. Gwen packte die Katze und versuchte, sie an sich zu drücken, sie wollte sich wärmen, doch Tiger schnellte mit einem Satz davon und flüchtete in die Küche.

«Tiger hat Hunger. Sicher hast du ihr nicht genug zu essen gegeben.»

Dorelia murmelte einen unverständlichen Protest. Sie sass gebückt über ihrer Arbeit und nähte das letzte Saumstück. In regelmässigen Abständen schoss ihre Hand in die Höhe, spannte sich der Faden, der jedesmal etwas kürzer wurde. Ob sie noch lange weiternähen wollte? Gwen fielen beinahe die Augen zu.

«Hast du den letzten Brief deines Bruders schon gesehen?», fragte Dorelia ohne aufzublicken, «fast hätte ich vergessen, ihn dir zu zeigen. Er liegt auf dem Nachttisch neben Ursulas Briefen.»

«Steht sicher wieder dasselbe drin wie in den vorherigen.»

«Lies ihn, es ist auch von dir die Rede. Er vergisst seine grosse Schwester nie.»

Augustus wurde ungeduldig, die Flüchtigkeit seiner Schrift auf dem Umschlag bezeugte es. Armer Gus. Er könne ohne Dorelia nicht leben, schrieb er, sie solle endlich zurückkehren. Gwen selbstverständlich auch. Beide hätten seit ihrem Aufbruch im letzten Herbst doch genug erlebt, was beharrten sie nach all den Strapazen in Südfrankreich noch auf einem Sommer in Paris? Kunst gebe es auch in London, er selbst arbeite ganz versessen auf die nächste Sommerausstellung des New English Art Clubs hin. Nur eben, Dodo müsse zurückkommen, ohne sie könne und wolle er nicht mehr leben, wiederholte er, auch malen werde zunehmend unmöglich. Gwen kannte seine Litaneien auswendig, sie mochte seine Briefe erst gar nicht mehr lesen. In allen stand dasselbe. Schwärmerische, von allerlei Zigeunerversen durchzogene Sehnsucht. Wutausbrüche eines von den Frauen Verwöhnten. Dass ihm Ida und die beiden Söhne zu Hause nicht genügten, ärgerte Gwen. Sie hatte Mühe, seine Weinerlichkeit zu verstehen, und schämte sich für ihn. In jedem seiner Bittbriefe erniedrigte er sich ein bisschen mehr, verlor an Würde.

«Hast du ihm schon geantwortet?»

«Nein, lass mir Zeit, ich muss nachdenken. Im Moment gefällt es mir in Paris, das weisst du. Ich sehe nicht ein, weshalb ich ihm gehorchen sollte. Ich gehöre ihm nicht.»

«Wenn du aber zu lange zögerst, wird er herkommen und dich holen. Ich kenne ihn. Er hasst es, hingehalten zu werden. Geduld ist nicht seine Stärke. – Aber lassen wir das. Oh Gott, bin ich müde, ich glaube, ich bin heute zu viel gelaufen.»

Gwen kämpfte vergeblich gegen den Schlaf und verfiel bald dem Träumen. Sie ersann sich eine Zukunft, das tat sie oft vor dem Einschlafen, es lenkte sie vom Hunger ab. Die Zukunft begann immer mit einem Cottage, irgendwo im Süden Englands, dort wollte sie einmal mit dem Bruder und seinen zwei Bräuten leben. Nicht allzu weit von Wales. Cornwall vielleicht. Es müsste Frieden herrschen. Ungetrübte Eintracht. Sie sah eine Wiese und Dorelia in bäuerlichem Kleid mittendrin, an einen Baum gelehnt. Glücklich und anspruchslos, das Lächeln einer Madonna im Gesicht. Das war das häufigste Bild. Seltener sah sie die Freundin mit ernster

Miene im Gras stehen, breitbeinig, die Hände in die Seiten gestemmt. Das war die matronenhafte Dorelia, jene, die sich selbst Jahre voraus nahm und hin und wieder flüchtig durch ihre Jugendlichkeit schimmerte. Manchmal ist Dorelia barfuss und trägt einen Krempenhut mit bunter Schleife. Andere Male hat sie eine Küchenschürze umgebunden, Erdklumpen kleben an ihren Schuhen und am Rechen, auf dem sie sich abstützt. Und immer tupfen Blumen das Gras bunt. Dorelia steht ganz still. Sie wirkt ernst und mütterlich. Gus sitzt vor ihr und malt mit raschen Pinselstrichen das Porträt der Geliebten auf die Leinwand. Er arbeitet nie lange an einem Bild. Seine Bilder verleiden ihm schnell. Und sie selbst malt später in der gedämpften Atmosphäre des Wohnzimmers eine andere Dorelia. Ihre Dorelia. Die Dorelia der Urewigkeit. Dazwischen gibt es Picknicks auf dem Rasen, Wanderungen ans Meer. Denn das Meer, es dürfte nicht weit weg sein, salzig müsste die Luft schmecken und Möwen müssten an Schlechtwettertagen übers Land fliegen. Aber die Idylle geht nicht auf. Was wird aus Ida? Niemand denkt an Ida. Auch Gwen dachte nicht an die Schwägerin. Sie hatte Ida nur noch als Mutter in Erinnerung behalten, als müde Frau mit zwei Buben, die ihr am Rockzipfel hingen. Und dabei hatte auch Ida Malerin werden wollen, damals, als sie vor sechs Jahren kurz in Paris zusammen gewohnt und in der Académie Carmen bei Whistler Malunterricht genommen hatten. Sie wollte es noch immer. In ihren Briefen behauptete sich diese Sehnsucht nach Stift und Farbe manchmal noch. Ein Schmerz. Eine wortlose Verzweiflung, die zwischen den Zeilen wucherte. In jedem Brief etwas stärker. An der Slade hatte Ida als begabt gegolten, Professor Tonks hatte ihren kühnen Zeichenstil gelobt, Brown ihr Gespür für Farbnuancen. Aber dann hatte Gus sie geheiratet und vom Strom des Schöpferischen abgeschnitten. Wusste er es überhaupt?

Nein, die Idylle ging nicht auf. Wie Gwen es auch drehte, immer gab es ein Mitglied zu viel. Meist Ida. Manchmal auch sie selbst. Gus sogar. Ohne Gus wäre alles sehr viel einfacher, harmonischer, darüber sprachen Dorelia und Gwen immer wieder. Die Tage würden nicht mehr zerrissen von seinen jähen Gefühlsausbrüchen, seinem Zorn und seiner Härte. Sie verliefen unversehrt.

Gwen hatte die Augen geschlossen und dachte an Gus und Ida in Matching Green. An ihre Zukunft. Sie war ungewisser als ihre eigene. Ida war seit dem zweiten Kind so unerfüllt, so rastlos, manchmal schlage sie zu Hause den Kopf gegen die Wand, schrieb sie. Einfach so, um sich weh zu tun oder sich zu betäuben.

Dorelia räumte das Nähzeug weg und ging in die Küche. Gwen hörte, wie sie sich wusch, das Gesicht ins Wasser tauchte und die Haare bürstete. Sie trank Milch und knabberte die Frühstücksbaguette an. Endlich legte sie sich in ihre Betthälfte, kuschelte sich unter die Decke und flüsterte: «He, Gwen, was sagst du zu Richmond?»

Richmond. Rich-mond. Zwei Silben. Die erste barg eine Welt von Möglichkeiten, liess die üppigsten Wiesen am Auge vorbeiziehen, bedeutete Landgüter mit Schafen und Pferden. Gwen antwortete murmelnd: «Hinter dem botanischen Garten, ich weiss einen Weg.»

Es war zum Einschlafritual geworden in Paris, dieses Gedankenspiel mit Ortschaften rund um London.

Einmal begann Dorelia, das andere Mal Gwen. Hampstead Heath, Waltham Forest, Cheltenham. Die Namen klangen nach Sommer und Jugend, weckten Erinnerungen an weit zurückliegende Ausflüge.

Die Kälte hatte nachgelassen, die Wolkendecke, die wochenlang über Paris gehangen hatte, zerfaserte und zeigte blassblaue Löcher. In den Alleen begannen die Platanen und Robinien Knospen zu treiben. Die Luft duftete nach feuchter Erde. Marktfrauen hielten an den Strassenecken die ersten Primeln feil, darauf hatte Gwen den ganzen Winter gewartet. Sie liebte Primeln, hatte im Zimmer gelbe und violette in einer Vase stehen und zeichnete sie. Sie zeichnete auf die Rückseite von Einkaufszetteln und auf Zeitungsränder, sogar Briefumschläge mussten für ihre Skizzen herhalten, bis sie bereit war, auf dem teuren japanischen Papier zu malen, das sie sich zusammengespart hatte. Die Vase stand auf dem Arbeitstisch und störte Dorelia beim Nähen. Aber Dorelia sagte nichts, sie schob sie nur beiseite.

Wenn sie überhaupt zu Hause war und nähte. In den letzten Tagen verbrachte sie auffallend viel Zeit bei Len, nicht nur, um ihm Modell zu stehen. Gwen konnte sie nicht zurückhalten, sie spürte nur, wie ihr die Freundin entglitt, immer wieder Ausreden erfand, um die gemeinsame Wohnung zu meiden. Das Zimmer sei ihr zu eng, sagte sie, die Möbel ärmlich und bedrückend. Nicht einmal anständige Vorhänge hingen am Fenster, nur zwei Baumwollbahnen, die nachts einen störenden Spalt Mondlicht durchliessen. Und den Abort am Ende des Gangs mit den andern Mietern im Dachstock teilen zu müssen, sei eine Zumutung. Dorelia fühlte sich zu Höherem bestimmt, sie sagte es geradewegs heraus.

«Tut mir Leid, Gwen, aber ich bin nicht geboren worden, um ein Leben lang am Hungertuch zu nagen. Seit meiner Zeit als Bürohilfe in London lebe ich in der Erwartung besserer Tage. Und die werden kommen, irgendwann, ich weiss nicht wann, aber sie werden kommen. Doch dazu muss ich diese Armut abschütteln.»

Sie rümpfte die Nase, als stänke die Armut und klebte ihr an den Kleidern.

«Ist das dein Ernst?»

«Ja, natürlich. Künstler wie du haben es leichter. Ihr nehmt alles auf euch, ihr friert und hungert, weil eure Bilder euch entschädigen, später vielleicht sogar der Ruhm. Aber ich? Als Modell werde ich nie berühmt werden, und leben lässt sich auch nur schlecht davon.»

Jeden Morgen beim Frühstück beklagte sich Dorelia, immer mit den gleichen Worten. Sie stocherte missmutig in ihrem Porridge und liess die Hälfte stehen. Täglich dasselbe Essen stumpfe ab, behauptete sie und mied dabei Gwens verständnislosen Blick. Wahrscheinlich suchte sie Streit, bloss um mit gutem Gewissen wieder zum Belgier über die Strasse gehen zu können. Gwen durchschaute sie und ahnte die kommende Einsamkeit voraus, aber die Vorwürfe blieben ihr im Hals stecken. Erst als sie allein in der Wohnung war, fielen ihr die richtigen Worte ein. Beim Geschirrwaschen oder Putzen entstanden Sätze in ihrem Kopf, die Dorelia beschämt hätten. Len hat als Maler das seltene Glück, von Haus aus wohlhabend zu sein, davon lässt du dich blenden. Er gefällt dir vielleicht sogar mit seinen blonden Locken und eisblauen Augen, er gefällt dir, weil er immer freundlich und einfühlsam ist und dich mit Komplimenten überhäuft. Weil er dir Geschenke macht, Pralinen, feine Litzen aus Brügge. Und weil er unverheiratet ist. Nicht wie Gus. Darum läufst du dem Belgier nach. Nur darum. Das alles hätte Gwen der Freundin ins Gesicht sagen wollen.

Die Morgenpost brachte einen Pneumatique aus der Rue de l'Université. Der Meister vertröstete sie auf später. Ausstellungen seiner neuesten Werke bedingten Reisen, doch nach seiner Rückkehr wolle er sie bald einladen. Bald! Das konnte Wochen bedeuten. Monate. Was ist schief gelaufen, rätselte Gwen, warum hat der Meister es sich anders überlegt? Warum will er nichts mehr von mir wissen? Sie drehte den grünen Zettel nach allen Seiten, als könnte sie auf ihm eine Erklärung für seine Absage entdecken. Der Zettel sprach nur von Aufschub und Geduld. Was sollte in der Zwischenzeit aus ihr werden? Hatte er überhaupt daran gedacht, der grosse Rodin? Wusste er, wie das war, auf jeden Sou angewiesen zu sein, auf eine einzige Stunde Arbeit, um den nächsten Tag zu überleben? Missmutig wischte Gwen den Zettel vom Tisch. Ich hätte es wissen müssen. Ich habe zu hoch gegriffen. Ich habe mir mit der Überschätzung meines Körpers eine Sünde zuschulden kommen lassen. So schön bin ich gar nicht. Und der Meister als Arbeitgeber, das ist nichts für meinesgleichen. Wie konnte ich nur ernsthaft daran glauben? Gwen lief im Zimmer auf und ab, fühlte sich plötzlich allein mit ihrer Enttäuschung. Wenn Dorelia nur bald wieder käme. Gwen versuchte zu zeichnen, aber sie hielt es nicht lange auf ihrem Stuhl aus, sie musste sich bewegen, aus den vier Wänden flüchten und den Morgen draussen verbringen.

Sie suchte Künstler auf, von denen sie gehört hatte, dass sie immer ein schönes, schlankes Modell brauchen konnten. Bis ins Quartier Latin wagte sie sich, doch sie hausierte erfolglos. Monsieur Henri schlief seinen Kater aus und jagte sie aus dem Haus. Der alte Kunz verwechselte sie gar mit einem bretonischen Freudenmädchen der Gare Montparnasse. Erst als er sie erkannte, steckte er die Hände in die Kitteltaschen und wies ihr die Tür. Gwen schauderte vor Ekel, aber ihrer Empörung machte sie erst zu Hause Luft. Sie redete laut mit sich selbst, während sie ihre Kleider von den Berührungen sauber bürstete, und versprach sich, die Adressen der beiden Maler aus ihrem Notizbuch zu streichen. Und gegen Abend wich die Wut einer quälenden Angst.

Der Hunger trieb Gwen zu Hilda. Die finnische Freundin wohnte nicht weit von ihr entfernt, direkt auf dem Boulevard du Montparnasse in einem jener Häuser im neuen Stil mit verschnörkelten Rankenornamenten über der Eingangstür und grosszügig geschwungenen Gusseisenrampen im Treppenhaus. Vielleicht brauchte Hilda wieder ein Modell, obwohl sie im März angetönt hatte, dass sie wahrscheinlich den ganzen Frühling als Gehilfin des Meisters beschäftigt sei. Gwen würde sich auch mit einem Stundenlohn von zwei Francs begnügen, sogar mit einem Franc, wenn sie nur in einer warmen Stube sitzen durfte und am Ende des Tages genug Geld hatte, um sich eine Mahlzeit zu leisten. Hilda, so redete sie sich ein, sei ihre letzte Hoffnung.

Aber Hilda war nicht da. Die Nachbarn, bei denen Gwen klingelte, hatten sie am Vortag einen Koffer die Treppe hinunterschleppen sehen. Gwen hatte keine Wahl, sie musste die Kartoffeln und das Brot essen, die Dorelia mit Lens Geld eingekauft hatte.

An Montagen führte die Malakademie der Rue de la Grande Chaumière im Winter eine der beiden Modellbörsen von Paris durch. Gwen erfuhr davon aus der illustrierten Freitagausgabe des *Petit Journal.* Die andere Börse, von der die Rede war, jene um den Brunnen von Pigalle, zog sie nicht in Betracht. Sie wollte sich nicht in die dortige Boheme mischen, Geschichten über die Exzesse des kürzlich verstorbenen Henri de Toulouse-Lautrec waren noch im Umlauf. Darüber konnte sie nur erröten. Aber die näher gelegene Börse bot vielleicht einen Ausweg aus der Abhängigkeit.

Gwen ging schon am frühen Nachmittag zur Kreuzung des Boulevard du Montparnasse und der Rue de la Grande Chaumière und schaute aus sicherer Distanz zu, wie sich die Vermittlungen vor der Hausnummer 14 abwickelten. Um nicht selbst als Modell erkannt zu werden, schlenderte sie die Strasse auf und ab und warf unauffällige Blicke auf die Frauen vor dem Eingang der Akademie. Pausenloses Geschwätz drang zu ihr herüber.

«Mais non, pas du tout, figurez-vous que je l'ai acheté au Bon Marché.»

«Cela fait longtemps que vous faites la bourse?»

«Pensez donc, le vieux Polonais ne m'a pas encore payée.»

Die Frauen hatten ihre schönsten Hüte auf, modisch geschnittene Röcke, die unter den Mänteln hervorguckten und sich bei jeder Bewegung wellten. Sie schienen Geld nicht nötig zu haben oder nicht wirklich dringend. Keine hatte den gierigen Blick der Hungernden, das verräterisch bleiche Gesicht. Kichernd verschwand die eine oder andere im Gebäude, gefolgt von irgendeinem Mann, der sie sich soeben aus der Menge ausgelesen hatte. Manchmal traten sie als Paar zusammen wieder heraus und bogen in die nächste Seitenstrasse ein. Andere Frauen hatten weniger Glück. Die wenigsten hatten Glück, das Angebot war zu gross. Mehr als zwei Dutzend Frauen standen an diesem Tag vor dem Eingang, und die meisten Künstler entfernten sich unbegleitet von der Akademie. Gwen verstand, warum Modelle so häufig mit Huren verwechselt wurden, vor den Freudenhäusern in der Rue de l'Arrivée ging es für einen unwissenden Beobachter nicht anders zu. Die Mädchen und Frauen mochten hier noch so anständig sein; hinter den verschlossenen Türen eines Ateliers mussten sie ihre Kleider abstreifen und sich den Blicken eines Fremden ausliefern. Gefielen sie ihm nicht, liess der Künstler sie stehen.

Gwen mochte sich nicht unter die Wartenden mischen. Sie war sich zu gut dafür. Dann lieber noch Lens Geld annehmen. Oder Gus um einen Vorschuss bitten. Er würde bestimmt helfen, es wäre nicht das erste Mal.

Auf dem Heimweg schlenderte Gwen den Marktbuden des Boulevard Edgar Quinet entlang und kaufte sich für fünf Sous ein Säckchen Graupe, für die Katze eine Hand voll frisches Fleisch. Sie betrachtete auf den Tischen die gerupften Hühnchen mit ihren baumelnden Hälsen, den Federkielen, die noch im Fleisch steckten. Hinter dem Metzger, der gerade Fleischstücke auf die Waagschale knallte, hingen Würste an Schnüren, dunkel und dürr oder prall von fettem Saft, alle beschriftet mit dem Namen ihres Herkunftsortes.

Weiter hinten, gegen den Cimetière zu, wurden Fische auf Zeitungsseiten angeboten. In den Eimern glänzten an Algenfasern traubenweise die Miesmuscheln, starben die Krebse, ihre Scheren mit Bastkordeln gebunden. Die Butte und Seezungen hatten glasig trübe Augen, und die Kiemen waren verklebt von trockenem Schleim. Hier, wie beim Fleisch, waren die Fliegen eine Plage. Sie kreisten über den Fischleibern und den blutverschmutzten Schlagzeilen, die entweder von Président Loubets heikler Romvisite berichteten oder die Leser mit Neuem zum Fall Dreyfus zu ködern versuchten.

Gwen schob die Rückkehr in die leere Wohnung bis zum Abend hinaus. Es war so still ohne Dorelia, so verlassen. Wären Dorelias Pantoffeln neben dem Schrank nicht gewesen, der tags zuvor gekaufte rosarote Samtstoff halb ausgepackt auf dem Arbeitstisch, Gwen hätte beinahe geglaubt, dass sie sich in der Tür geirrt hatte. Oben im Dachstock des Hotels sahen die vermieteten Zimmer alle gleich aus. Ein längliches Rechteck mit Dachschräge und einem schmalen Fenster, das Sicht auf den Park und die gegenüberliegende Rue du Maine hatte. Sogar die Tapete war überall die gleiche. Hell, mit dünnen grünen Streifen, um die Tür- und Fensterrahmen herum schmuddelig. Nicht mehr die neuste. Das hatte Gwen von Miss Hart. Die Nachbarin wusste über alle Anwohner Dinge zu erzählen, die Gwen nicht im Geringsten interessierten. Schulden, Seitensprünge. Irgendeinen Selbstmord in der Verwandtschaft. Und wer schönere Vorhänge hatte, stilvollere Möbel. Gwen aber hatte keinen Wunsch zu sehen, ob andere besser wohnten als sie. Sie wollte nur malen, und zum Malen brauchte sie nicht mehr als diese vier Wände. Und etwas Geld, um zu leben.

Gwen betrat die Küche, stellte den Einkauf ab und rief mit leisen Schmatzgeräuschen nach der Katze, die sich sofort aus dem Halbdunkel heranschlich und sich an ihre Beine schmiegte. Mehr als der Hunger musste ihr die Einsamkeit zugesetzt haben. Tiger miaute laut und warf sich vor ihre Füsse, wollte spielen. Gwen hob sie hoch und grub das Gesicht in ihr Fell. Atmete ihren vertrauten Geruch ein, eine Mischung von Staub und Firnis, entfernt auch Rauch. Sie sprach mit ihr, als könnte sie sie verstehen. Erzählte von den Frauen, die sie gesehen hatte, von den Künstlern der Akademie, alles Russen und Polen, die mit ihren ungepflegten Bärten und abgegriffenen Anzügen eher wie Verbrecher aussahen. Sie hielt die Katze fest an sich gedrückt und liebkoste sie, tanzte mit ihr durchs Zimmer und wieder in die Küche zurück, doch Tiger reckte den Hals in Richtung der Einkaufstasche, witterte das Fleisch und sprang von Gwens Armen auf den Küchentisch.

«Nicht so ungeduldig, Tiger, du bekommst gleich was.»

Sie zündete eine Kerze an und füllte ein Schälchen mit Milch, schnitt das Fleisch in kleine Happen. Gutes, teures Fleisch. Teurer als ihr Abendbrot. Ein Glück, dass Dorelia nicht da war, sie hatte sich für den Abend abgemeldet. Len wollte ihr ein amerikanisches Geschwisterpaar vorstellen, das sich eben in Paris niedergelassen hatte und daran war, die besten Bilder der Stadt aufzukaufen. Cézanne, Matisse, Gauguin, dafür gäben sie Geld aus wie Heu. Gwen bezweifelte, dass der Belgier überhaupt etwas von Kunst verstand. Was wusste er schon von Matisse und Gauguin? Was konnte ihm ein Stillleben von Cézanne bedeuten? Oft redete er im gleichen Atemzug über Künstler, deren Namen Gwen noch nie gehört hatte. Abel Truchet und andere talentlose Gestalten des Salon de Paris. Sonntagskünstler,

Namen bloss auf dem unbeschriebenen Blatt dieses Jahrhunderts. Auch sie, Gwen Mary John, war nichts als ein unbekannter Name. Aber Berühmtheit war nicht, wonach sie trachtete. Malen hatte nichts zu tun mit der Welt da draussen, mit den Ausstellungen und Galerien, mit der Umsetzung der Leinwände in Geld. Malen war Versenkung, sich aus der Welt herausreissen und dem inneren Sog nachgeben. Ins Unbekannte tauchen. Eine Sucht. Insofern hatten ihre Bilder keinen Preis. Sie wäre unfähig gewesen, dafür eine Anzahl Pfund oder Francs zu nennen. Gus verstand das nicht. Er hatte ein gelösteres Verhältnis zu seinen Werken, er wollte von der Malerei leben, gut leben, wie andere von Bankgeschäften oder dem Verkauf von antiken Möbeln. Über seine Schwester konnte er nur den Kopf schütteln. Auch Dorelia ärgerte sich über ihre Widerspenstigkeit, die Bilder aus der Hand zu geben. Vier Porträts lagen hinter dem Schrank versteckt. Fertige Bilder, die Gwen mit Hilfe des Bruders und seiner Künstlerfreunde in London mühelos hätte verkaufen können. Dorelia drängte immer wieder. Doch Gwen wollte nichts davon wissen, starrköpfig bestand sie darauf, dass die Bilder in Paris blieben. Nicht dass sie die Porträts für unverkäuflich hielt. Im Gegenteil, sie war stolz auf die Farben, auf das kompositorische Gleichgewicht. Mit jedem neuen Porträt war sie ein bisschen tiefer in ihr Sujet gedrungen, aber die Bilder waren nicht beendet. Sie würden es nie sein. Doch das wusste nur sie allein. Keines ihrer Bilder würde je abgeschlossen sein, sondern immer nur eine unbefriedigende Annäherung an die Vollkommenheit, die ihr bei jedem neuen Versuch vorschwebte. Überarbeitungen waren allzeit eine gefährliche Möglichkeit.

Gwen kochte die Graupen und ass den Brei, die schnurrende Katze auf dem Schoss. Von der Strasse drangen Hufschläge und das Schleifen einer Kutsche auf matschigem Schnee herauf. Der Ruf des Zeitungsverkäufers, ungewohnt zu dieser späten Stunde. Gwen horchte auf. Er kündete die neue Zeitung des sozialistischen Abgeordneten Jean Jaurès an, *L'Humanité,* dessen erste Nummer in den nächsten Tagen erscheinen werde. Gwen ass langsam und wenig. Die Graupen waren ohne Geschmack, zerfielen auf der Zunge, aber es störte sie nicht. Es war ihr gleichgültig, was sie ass. Wenn sie den Hunger zu lange hatte aushalten müssen, verschnürte ihr das Essen den Magen. Dann kamen die Magenschmerzen und ein sturmes Drehen im Kopf. Auch jetzt drohten die Schmerzen. Während sie ass, blätterte sie in den wenigen Seiten der gestrigen Zeitung, die Dorelia noch nicht für ihr neues Muster verschnitten hatte. Was sollte sie sonst tun? Malen? Ihren Brief an Ursula zu Ende schreiben? Diesen Brief, in dem sie der Freundin in England ihren Erfolg versprechenden Besuch beim Meister zu schildern begonnen hatte? Nein, eben diese Zeilen, die nur so vor Optimismus strotzten, würde sie jetzt nicht verkraften. Dann lieber noch lesen, es würde sie ablenken. Insgeheim hoffte sie, etwas über den Meister darin zu finden, oft machte er von sich reden. Aber Dorelia hatte den Kulturteil zerschnitten, und so musste Gwen mit den Einzelheiten über die neuen kolonialistischen Machtspiele zwischen den Weltmächten vorlieb nehmen. Politik war nicht ihre Sache, aber sie meinte zu verstehen, dass Frankreich und England in diesem Monat übereingekommen waren, einander in der Frage Ägyptens und Marokkos diplomatisch zu unterstützen. Sie freute sich, weil die Nachricht nur bedeuten konnte, dass ihre Heimat und das Land, in dem sie den Sommer verbringen wollte, endlich freundschaftliche Beziehungen geknüpft hatten.

In der Nacht träumte Gwen von den Tauben im Glassturz. Das hatte sie schon seit Jahren nicht mehr getan. Das Gefühl war jedoch dasselbe geblieben, sie erwachte mit Schweissperlen auf der Stirn und vor Schrecken gelähmten Gliedern. Wieder war sie das kleine Mädchen in Tenby gewesen und im Wohnzimmer am Glassturz auf der Kommode vorbeigelaufen, ohne die Vögel zu befreien. Und die verstorbene Mutter, die im Traum lebte, nahm sie in die Arme und wiegte sie leise, um sie zu trösten. Als Gwen jedoch zu ihr aufschaute, erschrak sie über die Trauer auf Mutters schönem Gesicht und fühlte eine bedrückende Schuld.

Chère Mademoiselle,
Je vous attendrai samedi cinq heures et demie de l'après-midi, rue de l'université. *Rodin*

Liebes Fräulein,
Ich werde sie am Samstag um halb sechs abends an der Rue de l'Université erwarten. *Rodin*

Die Einladung des Meisters kam unerwartet, zu einer Zeit, als Gwen die Hoffnung längst aufgegeben hatte. Tage vor dem vereinbarten Termin konnte sie nicht richtig schlafen. Auch essen wurde schwierig, sie musste sich zwingen. Einen Apfelschnitz, einen Schluck Milch, zu mehr konnte Dorelia sie nicht überreden.

«Ich kann nicht, Dodo. Das Zeug bleibt mir im Hals stecken. Es ist wie ein Fremdkörper, etwas in mir wehrt sich dagegen. Vielleicht ist es besser, wenn ich nicht hingehe.»

«Unsinn, Gwen, reiss dich zusammen. Du gehst hin, so gelassen und selbstverständlich, als ob du zu Hilda gingest. Es spielt keine Rolle, für wen du Modell sitzst, Hauptsache, du bekommst einen angemessenen Stundenlohn. Und Rodin ist kein Geizhals, so viel ich weiss.»

Dorelia hatte gut reden. Sie sass jetzt ausschliesslich Len Modell, und zwischen ihnen hatte sich eine Intimität angebahnt, welche die heiklen Grenzen zwischen Künstler und Modell verwischt hatte. Möglicherweise war es bereits Liebe.

Gwen war zermürbt von der schlaflosen Nacht. Sie fand sich hässlich. Sie hatte Arme, die wie dürre Zweige von den Schultern abstanden. An Stelle des Bauchs, der sich runden sollte, war eine Höhlung. Und erst die

Müdigkeit; sie legte Schatten unter die fiebrigen Augen, nahm dem Haar seinen Glanz und liess es strähnig werden. Welche Anmassung, mit einem solch elenden Körper vor den Meister zu treten, dachte sie, welche Fehleinschätzung. Dorelia wollte sie beruhigen, aber allein ihre Nähe, das sichtbare Erblühen ihrer Weiblichkeit irritierte Gwen und weckte neue Zweifel. Sie ahnte an diesem Morgen, was ihr fehlte. Nicht die Pfunde am Leib, nicht die belebende Farbe im Gesicht, überhaupt nichts Körperliches. Die Armut, unter der sie litt, war anderer Art.

Gwen hatte Wasser in einer Pfanne aufgekocht, dieses schüttete sie nun ins Waschbecken und goss kaltes bis an den Rand der Verzierungen nach. Ein Sprung durchzog das Porzellan, wie der Anfang eines Spinnengewebes. Bald würden sich die Sprünge netzartig über die ganze Glasur spannen, sie kannte das von Tenby her, von Mutters altem Wasserkrug. Eines Tages ein kaum sichtbarer Strich, dünn wie ein Haar und nicht der Rede wert, dann irgendwann der zweite, bald schon der dritte, bis sich die Verästelungen nicht mehr zählen liessen, und die Verwüstung, die so harmlos begonnen hatte, sich in ihrer wilden Steigerung als Zeichen eines unsichtbaren Geschwürs zu erkennen gab. Dann aber war es zu spät, der Krug nicht mehr zu retten.

Seufzend tauchte Gwen den Lappen hinein, wrang ihn aus und rieb das Seifenstück daran. Das Waschbecken würde bald ersetzt werden müssen. Wie viel mochte ein solches Becken kosten? Zwei Francs, gar das Doppelte? Sie wusch sich sorgfältiger als sonst, bedacht, den Seifenduft nicht ganz von ihrer Haut wegzureiben. Wie viele Stunden musste sie dem Meister wohl

Modell sitzen, um sich ein neues Becken leisten zu können? Zwei Stunden oder gar drei?

«Vergiss den Rücken nicht, komm, ich helfe dir.»

Dorelia legte die *Vie parisienne* weg und kam der Freundin zu Hilfe. Am Schluss rieb sie Gwen von Kopf bis Fuss trocken, liebevoll wie eine Mutter.

«Du bist zu dünn, Gwen. Du musst unbedingt mehr essen. Als Modell musst du deinen Körper pflegen, er ist dein Arbeitsinstrument.»

«Ich bin Malerin von Beruf, nur nebenbei Modell.»

«Einstweilen aber ist es umgekehrt, damit musst du dich abfinden.»

«Das siehst du falsch.»

Gwen entschlüpfte dem Tuch, das Dorelia wärmend um sie gelegt hatte, und griff nach den ausgelegten Kleidern auf dem Bett. Fast feindselig starrte sie die Freundin an, die das Tuch vom Boden hob und es über eine Stuhllehne legte.

«Wie du meinst. Ich wollte dich nicht verletzen. Natürlich bist du Malerin, ich weiss.»

«Ich werde nur so lange Modell sein, bis ich mit meiner Malerei auf eigenen Füssen stehen kann. Höchstens diesen Sommer.»

«Wenn du aber deine Bilder nie verkaufst, geht deine Rechnung nicht auf. Wir schaffens immer nur knapp, über die Runden zu kommen. Und das auch nur, weil Len uns ...»

«Ja, ja, ich weiss, weil Len, der gute Len, uns unter die Arme greift. Len ist unsere Rettung.»

«So ist es nun einmal, ob du es wahrhaben willst oder nicht.» Dorelia setzte sich verärgert an den Tisch zurück und vertiefte sich in ihre Zeitung. Sie runzelte die Stirn, während sie mit dem Finger den Zeilen nachfuhr und ihr Mund die französischen Wörter lautlos sprach.

«Irgendwann werde ich meine Bilder verkaufen, im Herbst vielleicht, wenn wir nach England zurückfahren. Bis dann werden wir irgendwie überleben.»

«Hm.»

«Oder hast du etwa Angst, dass wir auf der Strasse landen?»

Die Frage klang hämisch. Gwens alter Stolz, da war er wieder, entzündet am leidigen Thema der Entbehrungen. Schon in London, während der drei Jahre an der Slade School, hatte Gwen von Zeit zu Zeit eine verstörende Anspruchslosigkeit bewiesen. Gus hatte Dorelia davon erzählt, sie erinnerte sich. Wie Gwen mühelos Mahlzeiten überspringen konnte, sich wochenlang in unbeleuchtete Mietzimmer verzog, in absoluter Einsamkeit lebte. Klaglos. Freunde mied. Scheu sich der Welt verwehrte, bis zur Krankhaftigkeit. Dorelia steckte den Kopf tiefer zwischen die Zeitungsblätter und versuchte, gegen den aufkommenden Ärger anzukämpfen. Pläne, dem schwierigen Zusammenleben mit Gwen ein Ende zu setzen, mehr Träume als konkrete Schritte, begannen sie wie ein unverbindliches Gedankenspiel zu beschäftigen. Es gab Möglichkeiten. Verrückte Auswege. Die Flucht.

Auf der Treppe begegnete Gwen Miss Hart. Die Nachbarin hatte ihr wieder einmal aufgelauert. Gwen wollte ihr ausweichen, aber die Engländerin fasste sie am Arm und stellte sich ihr in den Weg. Sie hatte unvermutete Kraft in den Händen, liess nicht locker, obwohl Gwen vor Schmerz zuckte. Unter dem verkleckten Arbeitskittel trug sie einen Männeranzug, der bessere Tage gekannt hatte, und mit den Haaren, die ihr in unordentlichen Büscheln vom Kopf abstanden, und dem ausgehöhlten Gesicht bot sie einen unheimlichen Anblick im schummrigen Licht des Treppenhauses. Gwen kam sich ertappt vor, sie blieb wie erstarrt vor der Frau stehen, die sie nun gegen das Eisengeländer drückte und auf sie einzureden begann.

«Miss John, wohin so schnell? Warten Sie doch einen Augenblick. Seit langem möchte ich Ihnen meine letzte Büste zeigen, sie ist beinahe fertig. Aber immer gehen Sie mir aus dem Weg.»

«Nein, nein. Ich bin heute nur etwas in Eile. Morgen vielleicht. Wenn Sie mich nun bitte durchlassen wollen. Danke.»

Widerwillig trat Miss Hart zur Seite, doch ihre Hände strichen wie klebrige Fühler eines Tiers über Gwens Schultern und Arme. Gwen riss sich los und versuchte, sich an der Künstlerin vorbeizuzwängen. Sie empfand Mitleid mit dieser Frau, die sich in einem dunklen Treppenhaus Liebkosungen von einer Fremden erstehlen musste. Viele Male hatte sich die Nachbarin Gwen schon in den Weg gestellt und unter dem Vorwand eines Gesprächs zweideutige Berührungen gewagt. Harmlose zwar, über die sich Gwen weiter nicht den Kopf zerbrach. Eine kurze Verschränkung der Finger, ein gehauchter Kuss in den Nacken oder auch bloss geflüsterte Worte. Gwen tat, als merkte sie nichts. Sie wusste, dass sich Frauen von ihr angezogen fühlten, das war nichts Neues für sie, auch auf der Strasse hatte sie schon Frauenblicke geerntet, die nicht misszuverstehen waren. Damit konnte sie leben.

Vielleicht erinnerte sich Gwen an Miss Harts seltsamen Blick, als sie dem Meister wieder gegenüberstand. Sie musste die Augen vor den seinen senken, fürchtete beim Händedruck in ihnen den Blitz einer ähnlichen Neugier zu überraschen.

Die Concierge kehrte den Mörtel in einer Zimmerecke zusammen, das regelmässige schleifende Geräusch des Besens untermalte die spitzen Meisselschläge eines Lehrlings, der neben dem Ofen an einem Marmorblock arbeitete. Die Wölbung eines Kopfes löste sich unter seinem Werkzeug aus dem Material heraus, ein gestreckter Arm ragte aus der Steinmasse, noch ungeschliffen, die Hand formlos. Drüben, unter der verglasten Fensterfront, bewegten sich zwei Modelle frei im Raum. Schwestern vielleicht. Dasselbe Kraushaar, dieselbe gebräunte Haut. Blutjung. Sie verrenkten die Glieder wie orientalische Tänzerinnen, umschlangen sich, strebten auseinander, in rascher Abwechslung liegend und stehend. So leicht, dachte Gwen neidisch, und so unbefangen, wie ich nie sein werde. Der Bildhauer schielte von seinem Block immer wieder zu ihnen, Gwen meinte eine leichte Röte auf seinen Wangen zu erkennen.

Sie schaute sich zwischen den Statuen um. *Balzac* überragte mit seiner imponierenden Wucht mehrere kleinformatige Gipsabgüsse des *Denkers,* die sich beim Fenster nebeneinander reihten. Viel weniger Skulpturen als das letzte Mal standen im Atelier, Gwen war, als stünde sie in einem gelichteten Wald. Sie fühlte sich ausgeliefert in ihrem schäbigen Umhang, fürchtete die Blicke der schönen Tänzerinnen und des Lehrlings. Vielleicht hatte sie sich im Termin geirrt und sollte erst morgen kommen, aber der Meister fasste sie lachend am

Ellbogen und führte sie zu einer Sitzgruppe an einen Tisch.

«Veuillez attendre un moment ici, Mademoiselle, je viens tout de suite.»

Warten machte Gwen nichts aus, sie besass die Gabe der Geduld, denn Zeit bedeutete ihr wenig. Sie legte die Hände in den Schoss und atmete in tiefen Zügen die Luft des Ateliers ein, die trocken war und nach Gips roch. Der Duft war ihr vom letzten Besuch noch vertraut, das gab ihr das Gefühl des Dazugehörens. Neben ihr lag, zugedeckt mit einem feuchten Tuch, etwas Rundliches auf dem Tisch. Ton wahrscheinlich, was anderes konnte es in diesem Atelier sein? Auch bei Hilda standen solche zugedeckten Formen herum. Neugierig hob Gwen einen Zipfel, vielleicht versteckte sich unter dem Stoff eine Marmorbüste oder eine Miniaturfigur des berüchtigten *Höllentors,* aber es kam nur ein grauer, unförmiger Klumpen zum Vorschein. Sie betupfte ihn mit dem Zeigefinger, wollte fühlen, wie das Material unter dem Druck nachgab. Die Masse war zäher als erwartet, Gwen musste fester drücken, dann erst stiess der Finger in die kalte Nässe, und als sie ihn herauszog, klebten glitschige Krümel dran, die an der Luft sogleich trockneten.

«So so, das englische Fräulein will die Arbeit gleich selber machen!»

Gwen drehte sich erschrocken um. Der Meister stand hinter ihr und verzog die Mundwinkel, belustigt, sie ertappt zu haben. Vielleicht genoss er ihre Scham, denn er machte keinerlei Anstalten, sie aus der peinlichen Lage zu erlösen. Er stand nur stumm da, während sie an ihrer Tasche herumzupfte.

«Ich … ich wollte nur ...»

«Schon gut, ich machte doch nur Spass. Da, reiben Sie sich sauber, heute brauche ich Ihre Hände.»

Er warf ihr ein Taschentuch zu, setzte sich ihr gegenüber und begann sie von Kopf bis Fuss zu mustern. Auf dem Taschentuch war ein grosses A gestickt, A für Auguste. Verblichen grün. Welch ein seltsamer Zufall, überlegte sie, der Meister hat den gleichen Vornamen wie mein Bruder. Und beide sind Künstler. Ob dieser Zufall etwas zu bedeuten hat? Sie schaute auf. Wollte etwas sagen. Ihm von diesem Bruder erzählen, dass er auf dem besten Weg sei, berühmt zu werden. Aber schon beim ersten Wort schüttelte er den Kopf und bat sie, still zu sein.

Lange tat er nichts als schauen. Wie versteinert sass sie vor ihm, sogar den Atem versuchte sie anzuhalten. Am liebsten wäre sie unter seinem Blick zur Salzsäule erstarrt, um ihn mit keiner Regung in seinen Betrachtungen zu stören. Seine zugekniffenen Augen, nur mehr Schlitze im breiten Gesicht, huschten von ihrem Nacken über die Hände zu den Knien und wieder zurück zu den Händen, blieben immer wieder an ihnen haften. Gwen hielt sie verschränkt im Schoss und versuchte, Lockerheit vorzutäuschen.

Endlich brach er das Schweigen.

«Ihre Hände sind bezaubernd. Ich werde sie zeichnen, formen, meisseln und so zu einem Leben bringen, von dem Sie selbst noch nichts erahnen. Darf ich sie berühren?»

«Berühren?»

«Ja, ich möchte Ihre Hände anfassen, um sie zu spüren. Erlauben Sie?»

Schüchtern hielt ihm Gwen ihre Hände hin, und er nahm sie und umschloss sie mit den seinen, die warm und trocken waren, fast rau. Männerhände. Seit wie vielen Jahren hatte sie keine Männerhände gespürt. Seit Ambrose. Aber Ambrose hatte zarte Hände gehabt, die immer etwas feucht gewesen waren, nicht solche warmen und festen Finger, die sich streichelnd über die ihren legten. Die Berührung lähmte sie, ihr ganzes Bewusstsein floss in die Hände, die reglos in jenen des Meisters ruhten. Damals, als sie nackt vor ihm gelegen hatte, Jahre schien es her, der Gedanke daran bis zur Unwirklichkeit verblasst, da hatte sie sich längst nicht so ausgeliefert gefühlt. Sie erschauerte. Liess es zu, dass der Meister nun an ihren Fingern herumdrückte, über ihre Handflächen strich und alle Gelenkknochen abtastete, als wollte er auf diese Weise ein unbekanntes Land mit seinen Tälern und Bergen erfassen.

«Wenn ich Ihre Hände formen will, Mademoiselle, das müssen Sie wissen, dann gestalte ich Ihre ganze Person mit hinein. Ich darf Ihre Hände nicht losgelöst von Ihnen betrachten. Da entstünde etwas Starres, ein unverzeihlicher Betrug.»

Gwen hauchte ein leises Ja. Sie verstand. Wenn sie Dorelia malte, erging es ihr ähnlich. Ein Porträt ist zuerst bloss ein blindes und zermürbendes Suchen nach dem Leben, das unter der Haut pulsiert. Dann erst kommt die Technik, kommen die angelernten Methoden, wie man dieses Leben von innen auf die Oberfläche überträgt.

«Jetzt legen Sie bitte Ihre rechte Hand mit dem Handrücken auf die Tischfläche und lassen die Finger locker. Ja, so. Très bien.»

Wo sollte sie hinschauen, während er sich mit ihrer Hand beschäftigte? An die Diele oder aus dem Fenster hinaus in den blauen Himmel? Zum jungen Bildhauer hinüber? Sie entschied sich fürs Parkett. Verfolgte Maserungen, zählte Körnchen von Mörtel und Gips. In den helleren Latten häuften sich die Wurmlöcher. Der Meister zeichnete schnell, er warf entschiedene Striche aufs Papier und füllte in rascher Folge mehrere Seiten seines Blocks. Zwischendurch stockte der Stift, und der Meister, der sich mühelos aus seiner Konzentration löste, blickte auf und lächelte Gwen so unvermittelt an, dass ihr heiss wurde. Ihre Unbefangenheit war dahin, sie mied seine Augen, fürchtete eine unangenehme Annäherung.

«Wie heissen Sie eigentlich mit vollem Namen?» Er fragte beiläufig, ohne von seinem Blatt aufzuschauen.

«Gwen Mary John, Maître.»

«Guen? Was ist das für ein unaussprechlicher Name?»

«Eine Abkürzung für Gwendolen, Maître. Aber niemand nennt mich so.»

«Guen, Gven, damit kann ich mich nicht anfreunden. Kein Franzose kann das aussprechen. Unmöglich. Aber Ihr zweiter Name ist Mary?»

«Oui, Maître.»

«Ah, Marie, das klingt besser. Marie ist der schönste Frauenname überhaupt. Miss Marie John. Wenn es Ihnen nichts ausmacht, werde ich mir erlauben, Ihren ersten Namen mit dem zweiten zu tauschen. Ich bin nicht Engländer, und ...»

«Ich komme aus Wales, Maître, nicht aus England.»

Der Meister hielt inne, legte Stift und Block neben den Tonklumpen und holte Atem. Gwens Berichtigung überraschte ihn. Sie passte nicht zu ihr. Wie hart und laut war sie ihm, durch das Reizwort England wie aus einem Dämmerschlaf aufgeschreckt, ins Wort gefallen. Sie, die sich eben noch vor lauter Befangenheit ihre Antworten kaum hatte abringen können. Er versuchte, das Bild, das er sich von ihr gemacht hatte, zu korrigieren, die kaum zu zügelnde Leidenschaft, die sie ihm nun schon zum zweiten Mal ungewollt enthüllt hatte, mit diesem Geschöpf zu vereinbaren, das ihm voll trügerischer Demut gegenübersass.

«Ist dieser Unterschied wichtig für Sie?»

«Ja, sehr wichtig.»

«Dann verzeihen Sie. Es lag mir fern, Sie zu beleidigen.»

Warum hatte sie sich plötzlich so hinreissen lassen? So wichtig war ihr Tenby nicht mehr. Die weite, dünengesäumte Bucht von South Beach, die Felsen von Giltar Point, in denen Gus und sie im Sommer stundenlang herumgeklettert waren, die Möwen, das Schwellen und Klatschen der Wellen unter dem bleiernen Gewitterhimmel, das alles bedeutete ihr nicht mehr viel, war blass geworden, so selten dachte sie zurück. Das Glück hatte gefehlt, damals, und Liebe war ein Fremdwort gewesen im Elternhaus, lange schon, bevor die Mutter gestorben war. Wales, das war das Schweigen am Tisch, die Tanten in den dunklen Korridoren. Die Tauben unter dem Glassturz, von denen sie nachts manchmal träumte. Die Töchterschule. Die Langeweile. Und die Faustkämpfe mit Gus, ihre Tränen der Niederlage. Nein, Wales war nicht mehr wichtig, lag weit zurück.

«Können Sie in ein paar Tagen wieder kommen, Donnerstagnachmittag vielleicht?»

«Gewiss, ich bin frei.»

«Gegen drei Uhr. Die Concierge wird Ihnen den Stundenlohn geben. Ich zahle drei Francs die Stunde. Au revoir, Mademoiselle Marie John.»

Diesmal wollte Gwen nicht so erschöpft zu Hause ankommen, sie leistete sich für zehn Sous einen Impériale-Sitz im Omnibus. Wie zufrieden sie war. Mit drei Francs in der Tasche konnte sie sich in den Läden des Quartiers sehen lassen. Etwas Butter und Milch kaufen, irgendein feines Gemüse. Sie freute sich am Lachen eines Mädchens, das am Strassenrand spielte. Beobachtete eine Herde Schafe, die, aufgeschreckt vom herannahenden Fahrzeug, beim Observatoire auseinanderstrebte und in die Rue Méchain hineinstürzte. Von ihrem Marsch durch die sumpfigen Aussenquartiere hatten die Tiere kotige Hufe, der Dreck hing ihnen dunkel an den Zotten, bräunte die Krauswolle. Aber Gwen fand sie schön an diesem Tag. Auch Ziegen grasten entlang der Böschung der Rue Michelet, und am Strassenrand stelzten Hühner herum. Gwen kam es vor, als fahre sie inmitten des städtischen Tumults plötzlich durch eine ländliche Insel, als müssten statt der Häuser, die sich wie ein Kranz um die offene Place Denfert-Rochereau legten, nur Felder und Äcker sich hin zum Horizont dehnen.

Auf dem Arbeitstisch, den am Morgen noch Dorelias Schnittmuster und bunte Fadenspulen überstellt hatten, stand nur die Vase mit den Primeln. Die Vorhänge waren gezogen. Neben dem Schrank fehlten Dorelias Pantoffeln, beim Porzellankrug ihre Parfümflasche und die Bürste.

«Dodo?» Gwen brauchte nicht lange zu rufen, sie wusste sofort, dass die befürchtete Einsamkeit Einzug gehalten hatte. Wo sie hinschaute, sprangen ihr Beweise von Dorelias Abwesenheit in die Augen; am Türhaken hing kein Morgenmantel, und der Schrank war bis auf Gwens wenige Kleider leer. Verschwunden das Nähkörbchen, die Tasche mit den Stoffen und der Seidenschal. Und unter dem Bettkissen lag bloss noch ein Nachthemd, das hellblaue mit der gestrickten Kragenborde. Von Dorelia war der Abdruck ihres Körpers auf dem Bett geblieben, die tiefere der beiden Einbuchtungen unter der Decke. Dennoch konnte Gwen nicht glauben, was sie sah. Es konnte nicht sein. Nicht heute. Nicht so unvermittelt und heimlich. Aber die Zeichen waren eindeutig. Sogar *Germinal* hatte Dorelia eingepackt, von dem sie höchstens zehn Seiten gelesen hatte. Gwen wurde übel beim Gedanken an die kommende Nacht, an alle zukünftigen Nächte ohne die Freundin an der Seite. Sie würgte und musste sich übergeben, doch ihr Magen war leer. Von ihren Lippen schlingerte nur ein bitterer Speichelfaden, als sie sich über den Spültrog beugte. Später, als sie sich einigermassen beruhigt hatte, setzte sie sich in die abgedunkelte Zimmerecke und verharrte lange Zeit reglos und stumm. Sie fühlte sich wie betäubt. Vielleicht gibt es gar keine Zukunft mehr für mich, überlegte sie, vielleicht hört mein

Leben einfach hier auf. Sie wartete auf ein Zeichen, horchte in sich hinein, ob der Wille zu leben nicht plötzlich brechen würde. Kann er das überhaupt, dieser Wille, brechen wie ein Ast, splittern wie Glas? Oder verebbt er im Gegenteil ganz langsam, ein Ton, der leiser und leiser wird, unmerklich die Grenze zur Stille überschreitet, plötzlich nicht mehr schwingt, trotz des trügerischen Nachklangs?

Dorelia hatte alles mitgenommen, was ihr gehörte, nur die vier Porträts standen unangetastet hinter dem Schrank. Vier Dorelias, die Gwen die endgültige Absenz der wirklichen Dorelia nur umso deutlicher ins Bewusstsein riefen. Auch die Zeichnungen hatte sie liegen gelassen, ein halbes Dutzend Porträtskizzen in Rötel oder Kohle lagen zwischen jenen von Blumen und Tiger in der Mappe. Keine fehlte, nicht einmal ihre Rückenansicht im Toulouser Zimmer, vor offenem Fenster, die Dorelia so viel bedeutet hatte. Sie hatte alles verschmäht, was mit ihrem gemeinsam durchlebten Halbjahr zusammenhing. Ach Dodo, warum? Warum gerade jetzt, wo alles gut ist? Gwen klappte die Mappe zu und schob sie unters Bett zurück. Sie tastete nach der Tür, wollte fliehen, weg von dem Ort, an dem sie doch nur über die Absenz der Freundin brüten konnte und Szenen und Gedanken durch ihren Kopf gingen, die sie demütigten.

Sie glichen einem plötzlichen, unbegreiflichen Tod, einem Loch, von dem sie nicht wusste, ob es sich in ihr drinnen auftat oder ob es vor ihren Füssen gähnte und wartete, dass sie hineinstürzte. Sie musste an die frische Luft, dem Schmerz davonlaufen, der in ihr festhockte und sie vernichten wollte. Sie lief schnell, als verfolgte sie ein Ziel. Aber sie hatte keines, sie liess sich nur von unbewussten Vorlieben treiben. Die Rue Froidevaux, wo sie vor sechs Jahren mit Ida eine kurze, glückliche Zeit gelebt hatte, war so eine; an der Ecke zum Friedhof wurden die Erinnerungen wach, die gemeinsamen Träume einer einfachen und geradlinigen Malerkarriere unter Whistlers Leitung. Damals hatte sie wirklich daran geglaubt, und jetzt war sie allein, und Whistler, von dem sie sich die nötige Unterstützung erhofft hatte, seit einem Jahr tot. Bald zog es Gwen zurück in die Boulevards mit den Gaslaternen und den spazierenden Paaren, dort durfte sie sich einer beruhigenden Anonymität erfreuen. Die Passanten blickten durch sie hindurch und über sie hinweg. Sie genoss die Narrenfreiheit einer Unsichtbaren. Niemandem fiel ihre Verwirrung auf, niemand wunderte sich über ihren jagenden Gang. Schliesslich beendete Gwen ihren wilden Streifzug im Jardin du Luxembourg, der Park war ihr Zuhause an diesem Abend. Sie versteckte sich hinter den Hecken, als die Tore geschlossen wurden, und verbrachte die Nacht unter freiem Himmel, dürftig gebettet auf Laub und Erde. Und am Morgen zupfte sie sich die Nadeln aus der Jacke, strich die Haare mit den Fingern glatt und trat, die Glieder noch steif von der Nachtfrische, mit einer Selbstverständlichkeit den Heimweg an, die sie selbst überraschte.

In den nächsten Tagen vergass Gwen zu essen, sie hungerte wie eine Liebeskranke, bis Magenschmerzen und Schwindelgefühle sie an die Bedürfnisse ihres Körpers mahnten. Jede Nahrung ekelte sie. Der Hunger begann sie zu zeichnen. Die Wangen wurden hohl, die Rippen sichtbar. Der Meister wähnte sie krank und empfahl ihr Ferien auf dem Land. Er drückte ihr zusätzliche Francs in die Hand, damit sie sich Fleisch und Früchte kaufe. Inzwischen nannte er sie Marie, nicht mehr Miss John, und weil sie ihm trotz ihrer Magerkeit ein wunderbares Modell war, geschmeidig und mit dem unfehlbaren Gespür für die richtige Pose, gab er ihre Adresse an andere Künstler weiter. Von ihrem Leid verriet sie ihm nichts.

Der Meister fertigte jetzt Kopfstudien von ihr an, dafür besuchte sie sein Atelier häufiger. Sie kam immer am späten Nachmittag, wenn die Hitze am Abklingen war. Der Kummer hatte ihr Gesicht verändert. Eine zerbrechliche Maske wars, die sie ihm in diesem Sommer bot, glatt, die Haut fester über die Knochen gespannt und von Unruhe durchzogen. Je länger er sie betrachtete, desto rätselhafter erschien sie ihm. Er wurde nicht müde, ihren Kopf nachzubilden, arbeitete versessen an den Augen, die grösser schienen, betonte die sichtbar gewordene Struktur der Wangenknochen, den leicht geschwungenen Nasenrücken.

Aus der geplanten Studie entstand eine Serie mit Variationen, Beweis seiner ungestillten Faszination. Gewiss, er hatte hübschere Frauen als Gwen porträtiert, Hélène de Nostitz oder Eve Fairfax kamen ihm in den Sinn, beide ausserordentlich schöne Frauen; von Camille Claudel, an die er lieber nicht mehr dachte, ganz zu schweigen. Seit seinem durchschlagenden Erfolg an der Pariser Exposition Universelle von 1900 wurde er mit Aufträgen überschüttet, die elegantesten Damen der Pariser Société wollten sich von ihm verewigen lassen. Er hatte die Wahl. Aber Gwen war anders. Sie war sein

Mauerblümchen inmitten des grossen Orchideenstrausses.

Gwen entging nicht, dass der Meister ihre Besuche nun zu Zeiten einrichtete, da niemand mehr im Atelier arbeitete. Nur noch selten begegnete sie anderen Modellen, und die Concierge war entlassen, als Gwen klingelte und vom Meister persönlich an der Tür empfangen wurde.

In der Wohnung war die Hitze kaum auszuhalten, die Julisonne sengte aufs Schrägdach, Gwen glaubte in ihren Wänden zu ersticken. Sie öffnete das Fenster, doch es wehte kein Wind, und in der Luft lag der Gestank von faulendem Unrat. Wenn sie sich nicht zu niedergeschlagen fühlte, besuchte sie die neue Ausstellung im Pavillon de Marsan, über die in dieser Saison ganz Paris spottete. Sie zwang sich, die wilden Bilder genau anzuschauen, sie wollte sie verstehen lernen, von ihnen wachgerüttelt werden. Ihre Bewunderung für die Maler war gross, doch sie ahnte auch schon, dass der Weg, den sie sich aus der bourgeoisen Biederkeit bahnten, nicht der ihre sein konnte. Sie lauschte nach innen, wenn sie malte, und diese Künstler stülpten ihre Seele nach aussen, schrien sie mit grellen Pinselstrichen in die Welt hinaus. Hier warf ein blutroter Baum seinen blauen Schatten auf einen Weg, dort räkelte sich ein braunhäutiges Mädchen am rosaroten Strand, violettes Meergekräusel um die Fersen, das Ganze flächig aufgetragen, fast unsorgfältig, dass die Struktur des Leinwandstoffes unter der Deckfarbe hervorschimmerte und die Tiefendimension geopfert war. In jedem Saal prallten die sattesten Farben unvermischt aufeinander, nirgends fand Gwen lindernde Übergänge fürs überforderte Auge. Die Gesichter glotzten ihr fratzenhaft entgegen, waren Masken, und die Körper mit ihren sonderbaren Anwinkelungen schienen die Natur narren zu wollen. Gwen war wider Willen fasziniert. Während der Betrachtungen schöpfte sie Impulse für eigene Werke, die sie in sich reifen spürte. Immer wieder ging sie in den Louvre, und wenn ihr das Geld für den Eintritt ausgegangen war, spazierte sie unter den Arkaden der Rue de Rivoli dem Palast entlang, auf und ab, den ganzen Tag lang, um wenigstens in der Nähe der Bilder zu sein. Abends aber, wenn sie in die einsame Wohnung zurückkehrte, fiel das Gefühl der Euphorie schlagartig von ihr ab. Sie wurde trübsinnig und ganz irr vor Sehnsucht nach der Freundin. Dann raffte sie sich auf und schrieb Dorelia lange Briefe über die Liebe. Sie schrieb über das Schicksal und die Pflicht des Menschen, sich den Naturgesetzen zu beugen, um sich zu vervollkommnen. Sie schrieb gegen den Liebhaber an, der ihrer Freundin den Kopf verdreht hatte. Schrieb und schrieb, um den Verlust zu überwinden und mit sich ins Reine zu kommen.

Kraft und Schwäche, Selbstsucht und Selbstlosigkeit sind nur Wörter – unser Lebenswerk besteht darin, uns zu entwickeln und auf diese Weise unser Schicksal zu erfüllen. Tun wir dies, sind wir der Welt von Nutzen und können unsern Freunden in ihrer Weiterentwicklung helfen. Ich weiss, dass Gussie und Ida mehr Teil deiner selbst sind, als Leonard es je sein wird. Wenn du ihn verlässt, wirst du vielleicht einen starken Charakter aus ihm machen – falls er dir vertraut, dass du aus deinem wahrsten Selbst heraus handelst … Du weisst doch so gut wie ich, dass du Gussie gehörst ... Verzeih mir, wenn ich so zu dir spreche, liebste Dorelia – ich möchte dir nur helfen, dich selbst zu kennen. Ich liebe dich so sehr, dass ich auch glücklich sein könnte, wenn ich dich nie mehr sehen würde, nur wüsste, dass du glücklich bist ...

Es tut mir Leid für Leonard, aber er hat sein Glück für eine Zeit gehabt, was kann er mehr erwarten? Wir erwarten ja auch nicht mehr. Und die ganze Zukunft liegt nun in deinen Händen. Denk nicht, dass dies nur meine Gedanken sind – sie sind mein Instinkt und von allem inspiriert, was wir Göttliches in uns haben. Falls du ratlos bist, vertraue mir ... Komm mit dem ersten Zug zu mir, ich werde dich an der Gare empfangen. Wenn du erst mal hier bist, wirst du wissen, was tun ... Schieb es keine Minute hinaus, sonst werde ich denken, dass du meinen Brief nicht verstanden hast ... Ich werde am Abend in der Gare du Nord sein. Ich würde mich nicht von Leonard verabschieden.

Deine Gwen

Gwen sprach über die Liebe, als wüsste sie genau, wie Dorelia fühlte. Während sie sich den Schweiss von der Stirn wischte und die Hände am Tischtuch trocken rieb, überflog sie die Sätze und fragte sich, ob sie Fehler enthielten. Viele ihrer Briefe enthielten Fehler, Rechtschreibung war noch nie ihre Sache gewesen. Selbst in der Muttersprache unterliefen ihr Schnitzer; elegante Sätze, wie sie Gus so locker aus dem Handgelenk schütteln konnte, gelangen ihr nie. Doch es war ihr gleichgültig, Wörtern, den geschriebenen wie den gesprochenen, hatte sie nie vertraut.

Briefe schreiben überbrückte die langen, einsamen Stunden vor dem Zubettgehen. Gwen entwickelte ein unbändiges Verlangen, mit der Freundin zu sprechen, die nie antwortete. Aber auch an Gus schrieb sie, an Ida, an Ursula in England, an die Schwester Winifred, die gerade mit dem älteren Bruder Thornton durch Amerika reiste. Sie feilte stundenlang an ihren Sätzen und merkte lange nicht, dass die Liebe, über die sie sich so sehr ausliess, auch in ihr geweckt worden war.

Als Gwen am darauf folgenden Tag beim Meister vorsprach, geriet sie schon auf der Türschwelle ins Stottern. Die Angst, er könnte lesen, was in ihr vorging, hatte sie die ganze Nacht wach gehalten. Er aber empfing sie nicht anders als üblich. Er erhob sich von seinem Schreibtisch und zündete, wie er es um diese späte Nachmittagsstunde gerne tat, eine Kerze an, die im Hals einer leeren Flasche steckte. In ihrem Licht, erklärte er, träten plastische Modellierungen klarer hervor. Anatomische Ungenauigkeiten offenbarten sich, die im Tageslicht verborgen blieben.

«Das Kerzenlicht deckt Fehler auf. An den Schattenformen lässt sich der genaue Verlauf von Muskeln unter der Oberfläche des Steins ablesen. Schauen Sie, hier zum Beispiel. Am rechten Bein meines *Jean Baptiste* oder an diesem Mantel.»

Gwen versuchte zu verstehen. Sie nickte brav und folgte mit dem Blick seinem Finger, der *Balzacs* Faltenwurf entlang fuhr und ihr am Gipsmodell von *Adeles Torso* die Stränge der angespannten Bauchmuskeln nachzeichnete. Inzwischen kannte Gwen einzelne Skulpturen wie alte Freunde. Von allen gefiel ihr *Jean d'Ai-*

re am besten, jener Bürger von Calais mit dem Stadtschlüssel in den Händen. In der Figur mit der schlichten Kutte und ihrem Ausdruck verbissener Entschlossenheit ballte sich eine Kraft, die sie mehr beeindruckte als alle diese nackten und kompliziert gedrehten Leiber, deren Ekstasen sie nicht nachvollziehen konnte.

«Marie, ma petite», sagte der Meister, «venez par ici! On se met tout de suite au travail.»

Er rieb sich die Hände vor Freude über die bevorstehende Arbeit und summte ein Lied, während sie den obersten Knopf der Bluse löste und im Korbstuhl die gewünschte Pose einnahm. Ihr war heiss, sie rutschte eine Weile unruhig hin und her, bevor sie sich wohl fühlte und dem Meister in die Augen schauen konnte. Er wirkte alt. Das Kerzenlicht verschärfte nicht nur die Oberfläche der Skulpturen, sondern auch die Linien auf seiner faltigen Haut. Schliesslich war er ja alt, älter als der eigene Vater, Gwen wusste das nur zu gut. Immer wieder kehrte sie zu diesem Gedanken zurück, in der Hoffnung, er würde sie ernüchtern, doch ihr Blick hatte sich über Nacht verändert. Der Mann, den sie vor sich hatte, dieser arbeitswütige Schöpfer, er hatte in ihren Augen plötzlich die betörende Schönheit eines Gottes erlangt. Alles an ihm übte eine unwiderstehliche Anziehungskraft auf sie aus, die Art, wie er während der Arbeit den Kopf neigte, der dunkle Klang seiner Stimme, seine abgetragene Jacke. Allem haftete etwas Liebenswertes an. Da sass er, der grosse Bildhauer, um den sich zurzeit die ganze Welt riss, sass so nah, dass seine Knie fast die ihren berührten, und er war sich nicht zu schade, sich mit ihr zu befassen, mit ihr allein. Gwen war stolz auf seine Aufmerksamkeit.

Sie beobachtete, wie seine Finger die Stirn, unverkennbar ihre eigene Stirn, der Tonmasse entlockten und die Kontur ihres Kiefers mit dem Spachtel herausschnitten. Seine Hände, die sie früher grobschlächtig gefunden hatte, sie strichen jetzt mit zarten Bewegungen die letzten Unebenheiten auf Wangen und Augenlidern glatt, fuhren noch einmal leicht über die Lippen. Und ihr Ebenbild, es hatte die Schamlosigkeit, sich seinen Berührungen hinzugeben wie eine Geliebte. Er aber, wie konnte er sie nur so quälen?

Gwen rang nach Luft. Sie musste die Augen schliessen, um sich nicht zu verraten. Im Atelier war es still. Der Meister hatte sein Werkzeug niedergelegt.

«Marie?»

Gwen öffnete die Augen, verloren wie nach einem langen Schlaf.

«Qu'avez-vous, Marie, vous êtes toute pâle, ça ne va pas?»

«Non, non, Maître, c'est rien, ça passe maintenant.»

«Allons donc, ma petite, vous savez bien que vous pouvez tout me dire, non?»

Er beugte sich langsam zu ihr. Seine Augen waren wieder zu Schlitzen geworden, wie immer, wenn er ernst wurde. Umsonst versuchte Gwen, sich von ihm abzuwenden, er zog ihren Blick auf sich und presste, einem plötzlichen Impuls nachgebend, ihre zitternden Knie mit den Beinen zusammen, hielt sie mit einem sanften, aber entschiedenen Druck fest.

Gwen wollte schreien, er solle sie schonen. Sie ertrage es nicht, sein Spielzeug zu werden. Andere Frauen mochten sich seine Freiheiten gefallen lassen, sie nicht. Sie habe nichts mit ihnen gemeinsam, sei auf immer vom Unglück des Liebens gezeichnet. Aber schon legte er den Arm um ihre Schultern, suchten seine Lippen ihren Mund und erzwangen sich den Kuss, den sie verwehren wollte und doch sogleich mit unverstelltem Liebeshunger erwiderte. Sie versuchte, an nichts zu denken, und leistete keinen Widerstand, als er ihr Liebesworte auf den entblössten Hals hauchte und mit den Händen schon die Rundung ihrer Brüste unter dem Blusenstoff abtastete. Allzu gern wollte sie sich verlieren und lernen, zu lieben und geliebt zu werden. Sie schlang die Arme um seinen Hals und küsste zaghaft sein Gesicht, seine Haare, spürte mit wachsendem Herzklopfen, dass sich ihre Brustwarzen unter seinen forschen Fingern erhärteten, aber Freude wollte dabei nicht aufkommen. Die Angst vor der Ernüchterung war zu gross, die alte Angst, wieder im Stich gelassen zu werden wie in London vor ein paar Jahren, als Ambrose sie wegen einer anderen hatte sitzen lassen. Gwen versteifte sich. Sie klammerte sich an seinen Kittel und vergrub das Gesicht in seinem Hals. Sie wollte ihm nicht zeigen, dass sie weinte.

Der Meister fuhr ihr beruhigend über die Haare und tröstete sie mit Worten, die einem Kind hätten gelten können. Vieles verstand sie nicht, aber sie beruhigte sich, als er sie sanft hin- und herwiegte und sich dabei vom Liebhaber wieder zurück in einen guten Vater verwandelte.

«Excusez-moi, Maître, je suis stupide.»

«Mais non, je comprends très bien.»

Ein tiefer Atemzug war alles, womit er seine Enttäuschung kundtat. Dann trennte er sich von Gwen und wandte sich wieder der Büste zu.

«Vous êtes si jeune, Marie», sagte er, während er sein Werk nach allen Seiten drehte und hier und dort mit dem Nagel eine Kerbe einritzte. Gwen meinte, so etwas wie Wehmut aus seiner Feststellung herauszuhören, und blickte erstaunt auf. Durch die Tränen hindurch erkannte sie den Anflug einer Sorge auf seinem Gesicht. Oder war alles bloss dem trügerischen Lichtspiel der Kerze zuzuschreiben? Sie wusste es nicht, der Meister war wieder in seine Arbeit versunken und schien sie nicht mehr zu beachten.

Lautlos schlich sich Gwen aus dem Atelier, warf unter der Tür einen letzten Blick auf die Statuen und auf den massigen Rücken des Meisters. Schwor sich, nie wieder den Fuss in diese Räume zu setzen.

Der Meister aber liess sie nicht in Ruhe. Die Concierge schob Gwen am nächsten Morgen einen Pneumatique aus der Rue de l'Université durch den Türspalt. Sie fragte, ob es der Miss gut gehe, ob sie was brauche. Gwen gab keine Antwort, sie lag mit offenen Augen im Bett und dachte an Dorelia, dann wieder an den Meister, an seinen Kuss. Es erniedrigte sie, an den Meister denken zu müssen, auch in ihre Träume hatte er Zugang gefunden. Sie erlebte den Kuss wieder, immer dieselbe Szene, dieselben Worte, ein steter Gedankenreigen, von dem ihr zunehmend schwindlig wurde. Sie wollte sich reinwaschen vom gestrigen Tag, in den Schlaf wie in einen riesigen Teich abtauchen und ohne Erinnerungen daraus entsteigen. Wieder blank sein und dem Meister unschuldig gegenübertreten können. Sie sah den Brief am Boden und wusste, von wem er stammte, sie kannte die blassgrüne Farbe des Papiers, das kleine Format, doch sie rührte sich nicht. Sie verkroch sich tiefer unter die Decken und presste die Fäuste an die Brust. Atmete die eigene Körperwärme, den Duft der Seife an ihrer Haut, und versank schliesslich wieder in ein unruhiges Dämmern, trotz des Mittagslichts, das durch die Gardinen das Zimmer erhellte.

Als sie sich endlich aufraffte, fühlte sie sich elender als am Vortag. Sie ertrug es nicht, bei Anbruch der Nacht hellwach im Zimmer herumzugehen und zu fühlen, dass sie mit ihrer Umwelt aus dem Takt geraten war. Draussen waren die Lichter gelöscht, alles schlief. Nur sie nicht. Sie war allein. Entsetzlich frei. Sie hatte ein glasklares Bewusstsein und eine Trauer, die sie bis zum Wahnsinn plagte. Umsonst versuchte sie, nicht an die Nachricht vor ihren Füssen zu denken. Die Neugier oder war es die Hoffnung, sie wusste es nicht, beides vielleicht drängte sie, um den Brief zu kreisen, so lange, bis sie ihn aufhob und öffnete.

Der Meister hatte sich kurz gefasst, nicht mehr als drei Zeilen hatte er geschrieben. Er liess ihr den Lohn zukommen und hatte sogar die Unverfrorenheit, ihr einen neuen Termin anzubieten. Worte über das Vorgefallene verlor er keine. Er sprach sie mit ‹Chère Marie› an und schlug seinen gewohnt väterlichen Ton an. Als ob sich zwischen ihnen nie Vertrauliches abgespielt hätte. Gwen stand ratlos im Zimmer mit den Francsscheinen in der Hand. Vielleicht war die Zeit gekommen, Paris den Rücken zu kehren und in London oder, warum nicht, mit Ida und Gus in Matching Green einen Neuanfang zu wagen. Sie schaute um sich, sah im Dunkeln die Katze, die erwartungsvoll auf sie zukam, ihr zerwühltes Bett, daneben Hogarths *Analysis of Beauty* auf dem Nachttisch, aus dem sie abends manchmal ein paar Seiten in ihr Tagebuch kopierte, sah den Korbstuhl und die Staffelei mit der unbemalten Leinwand, die drei Rosenknospen in der Vase, ihre bescheidene Welt, worin sie sich aufs Alleinsein eingerichtet hatte. Nein, sie wollte nicht wirklich von Paris weg, trotz Dorelia, trotz dem Meister. Es fehlte ihr die Kraft zum Abreisen. Und wenn sie sich immer nur von den äusseren Umständen bedrängen, von Stürmen hin- und herschaukeln liess, verlor sie sich, verlor ihre Kunst. Sie legte den Brief offen auf den Nachttisch, so konnte sie ihn jederzeit in die Hand nehmen und lesen. Sie wollte sich Zeit lassen, den richtigen Entscheid zu treffen. Abwägen. Überlegen. Bald kannte sie jede Eigentümlichkeit des Papiers, jeden Federdruck. Manchmal dachte sie, er halte sie zum Narren, und war empört, andere Male meinte sie, darin ein kaum verhohlenes Verlangen nach ihr zu entziffern, eine unterwürfige Bitte, sie möge schnell kommen, er liebe sie, er brauche sie. Der tägliche Anblick seiner Handschrift zauberte ihn immer leibhaftiger in ihre Gedanken. Immer öfter ertappte sie sich beim Lesen, dass sie diesem dummen Kuss nachträumte und sich ausmalte, einmal in seinen Armen einschlafen zu dürfen.

An diesen hemmungslosen Liebesträumen, die bis spät in den Tag nachhallten, brach ihr Widerstand. Plötzlich wollte sie schön sein für ihn, schöner und eleganter als die Frauen, die bei ihm ihre Büste in Auftrag gaben. Sie kaufte sich Seidenbänder, um ein altes Sommerkleid umzuändern, und blühte während des Nähens auf. Der Meister liebt mich, redete sie sich ein, warum sonst lässt er mich zu sich kommen? Sein Brief ist der Beweis.

Nach Wochen wechselte sie wieder von der Nadel zum Stift und fertigte Skizzen von ihrer Katze an. Immer brauchte es mehrere Anläufe, bis sie, bei aller scheinbaren Faulheit des Tieres, die Angespanntheit unter dem samtenen Fell richtig festhielt, bis das Zucken der Muskeln in der statischen Momentaufnahme erkennbar wurde und aus dem Auge die Konzentration des Jägers leuchtete. Unzählige Zeichnungen entstanden in diesen Tagen des Abwartens, Gwen behielt nur die besten und kolorierte sie mit Wasserfarbe nach.

Und was sie nicht mehr für möglich gehalten hatte, geschah. Dorelia hatte ihren belgischen Liebhaber verlassen und war Gus, der eigens nach Brügge gereist war, am ersten August nach Matching Green gefolgt. Gwen erhielt eine Postkarte mit dem Poststempel vom Brüggener Bahnhof. *Wie geht es der Katze?,* schrieb Dorelia. Nur diese eine Frage. Aber Gwen wusste, dass sich hinter der Belanglosigkeit die widersprüchlichen Gefühle der Freundin versteckten, und war erlöst. Sie las die Karte wie eine in Geheimschrift verfasste Entschuldigung für den Verrat.

Das umgeänderte Sommerkleid hielt Gwens kritischer Begutachtung nicht stand. Gwen hatte das Diktat des aufgehenden Pariser Modesterns Paul Poiret für diese Saison befolgt und die Taille höher gesteckt und den Saum hinten schleppenartig herabgesetzt. Nur die Ärmel, am Oberarm leicht gebauscht und eng ums Handgelenk, erinnerten an die Londoner Mode vor der Jahrhundertwende. Sie hoffte, als sie in ihrer neuen Aufmachung etwas unsicher auf die Strasse trat, dass der

Meister diese kleinen Unstimmigkeiten nicht beachten würde, aber sie wusste, dass ihm ein unfehlbares Auge für Stilbrüche nachgesagt wurde.

Vom Glockenturm von St-Germain-des-Prés schlug es vier. Es war die Zeit des Goûter in den vornehmen Häusern, für die Kindermädchen Pausenzeit in den Parkanlagen. Sie sassen in Gruppen auf den Bänken und schwatzten, während die kleinen Buben in Matrosenanzügen ihre Papierschiffe in den Bassins schwimmen liessen und die Mädchen ihre Puppen spazieren führten. Auch Kinderwagen standen herum, Gefährte mit grossen Rädern. Gwen dachte an Ida und ihre beiden Söhne. Wie sehr Idas Schönheit durch die Geburten gelitten hatte. Diese Erschöpfung, nunmehr ein Dauerzustand, sie hatte den Ausdruck zuversichtlicher Erwartung verfrüht von ihrem Mädchengesicht gefegt. Schon in Liverpool, wo Gwen sie nach der ersten Geburt besucht hatte, war ihr dieses langsame Erlöschen aufgefallen. *Ich bin meist so müde, dass ich einnicke, sobald ich mich hinsetze,* hatte Ida Dorelia in diesem Winter nach Toulouse geschrieben, und seither schimmerte immer deutlicher der Neid auf ihre Freundinnen in Paris durch: *Ich sehne mich danach, rüberzukommen … Euer Leben ist so romantisch, meines ein Schweinestall … Ich frage mich langsam, ob mein Kopf die Gesellschaft von Säuglingen noch lange aushalten wird.* Gwen hatte miterlebt, wie sehr die Betreuung des Kindes Ida aufrieb und ihr die Zeit zum Malen raubte. Und jetzt hatte Ida zwei Söhne und sprach über die Malerei in der Vergangenheit. Aber Ida hatte zu schnell aufgegeben. Sie hatte ihr Leben vergeudet, kampflos ihr Hausfrauen- und Mutterschicksal akzeptiert. Gwen schauderte beim

Gedanken daran. Sie war froh, mit ihren achtundzwanzig Jahren kinderlos zu sein. Frei. Niemandem Rechenschaft schuldig. Nur in absoluter Freiheit wollte sie leben. Und lieben, ohne in die Falle der Heirat zu geraten.

Im Hof der Rue de l'Université spendeten die Kastanien wohltuenden Schatten. Gwen war dankbar für die Frische unter den Bäumen, lehnte sich mit dem Rücken an einen Stamm, so dass sie, selbst unsichtbar, die Tür zum Atelier im Auge behalten konnte. Mit Bangen dachte Gwen an den Vater, an seine strengen Grundsätze, die sie im Begriff war, über Bord zu werfen. Vater würde sie jetzt ans Licht zerren und mit erhobenem Zeigefinger belehren, dass keine anständige Frau zu einem Mann zurückgehe, dem sie zuvor die Freiheit einer Annäherung gewährt hatte. Eine solche Frau müsse verrückt sein. War sie verrückt? Oder gehörte sie, wegen dieses unglücklichen Kusses, gar nicht mehr zu den anständigen Frauen, zu der sie der Vater erzogen hatte?

Kurz vor der verabredeten Zeit traten zwei Männer aus der Tür des Ateliers, Fremde, denen Gwen noch nie begegnet war. Bestimmt keine Bildhauer, dazu wirkten sie zu vornehm. Anwälte oder Kunsthändler vielleicht, die sahen so geschniegelt aus mit ihren lackierten Schuhen und den Nadelstreifen. Daneben wirkte der Meister, der hinter ihnen auf dem Flur erschien, geradezu ärmlich. Der fleckige Kittel hing ihm lose übers Hemd, die Hose, ausgebeult an den Knien, schien aus anderen Zeiten zu stammen. Er blinzelte gegen die Sonne, und sein Lächeln, mit dem er sich an der Schwelle Hände schüttelnd von den Besuchern verabschiedete, war matt und freudlos. Die Fremden hatten laute Stimmen, sie kommentierten die kürzliche Abstimmung der Chambre des Députés, die diplomatischen Beziehungen zwischen Frankreich und dem Vatikan abzubrechen, und wollten wissen, was der Meister hierzu zu sagen habe.

«Oh moi, vous savez», wehrte er ab, «je n'ai guère le temps de m'occuper de politique en ce moment.»

«Nous prépareriez-vous une nouvelle exposition?»

Der Meister schüttelte den Kopf. Nur die übliche Arbeit, sagte er. Die tägliche Routine.

«Au revoir, Messieurs, et merci de votre visite.»

Die beiden Besucher drückten ihm die Hand und bedankten sich überschwänglich für die grosszügige Schenkung; Gwen hörte sie von der *Baigneuse* und den *Trois Faunesses* reden, sie rühmten daran die Grazie und Schlichtheit, dann verschwanden sie um die Strassenecke und liessen den Meister allein zurück. Breitbeinig stand er auf dem Treppenabsatz und musterte die drei Marmorquader entlang der Mauer, zwei schlohweisse Brocken, der mittlere grau. Ihm galt lange seine besondere Aufmerksamkeit, bis sein Blick über die Glätte der Steine hinweg zu den Kastanien schweifte und an den Blättertrauben hängen blieb. Gwen hielt den Atem an, doch nein, er sah sie nicht. Er drehte sich um und stiess mit dem Ellbogen die Türe zum Atelier auf. Sie wunderte sich, dass er sich so träge bewegte, so abgehärmt schien. Sie hatte ihn ganz anders im Gedächtnis. War er krank? Verdrossen oder nur müde? So etwas wie Mitleid befiel sie, aber es war nicht Mitleid, natürlich nicht, nur zu gut kannte sie diese zaghaften Anzeichen des Verlangens, für Ambrose hatte sie damals ähnlich empfunden. Zögernd kam sie aus ihrem Versteck hervor, sie rang nach Würde, doch als der Meister eben ins Dunkel des Raumes entschwinden wollte, konnte sie sich nicht länger halten und rannte ihm blindlings hinterher.

Hilda war aus Finnland zurück, voller Ideen für den Sommer, voller Kraft und Fröhlichkeit. Sie hatte die Haare kurz geschnitten und die Lippen mit ungewohnt dunklem Rot nachgezogen. Auch über den Augen, die sich zu einem steten Staunen zu runden schienen, hatte Hilda Farbe aufgetragen, ein helles Grün, das jenes ihrer Iris wiederholte. Die Schminke ist zu stark für die Blässe ihrer Haut, dachte Gwen. Später, wenn wir uns wieder gefunden haben, werde ich ihr vielleicht sagen, dass ihr Mund einer blutigen Stichwunde gleicht. Es befremdete sie, von Hilda auf der Türschwelle geküsst zu werden, unwillkürlich wischte sie sich mit der Hand die Wangen sauber. Hilda lachte.

«Gwen, sei nicht so prüd. Etwas Röte auf deinen Wangen täte dir ohnehin gut. Überhaupt Farben. Was gibt es Herrlicheres als Farben! Gerade du solltest wissen, was Farben bewirken. Ich jedenfalls will mich diesen Sommer ganz in Farben hüllen.»

Hilda trug über den Kleidern tatsächlich bunte Schals, im Ton auf ihre Strümpfe abgestimmt. Irgendeine Mode aus dem Norden. Oder die Marotte einer Künstlerin, die gerne auffiel. Als Gwen nach Wochen wieder in die Wohnung am Boulevard du Montparnasse zu Tee und Kuchen vorbeikam, holte Hilda als Erstes die neuen Strümpfe aus dem Schrank und legte sie Gwen in die Hände, damit sie fühlen konnte, wie seidig sie waren. Gwen liess sie begeistert durch ihre Finger gleiten, staunte, dass es auf der Welt so etwas Feines zu kaufen gab. Ein blosser Farbhauch, samten auf der Haut, der Inbegriff von Luxus.

«Die habe ich mir gestern geleistet. Sind sie nicht wahnsinnig feminin? Ich habe vor meiner Abreise aus

Helsinki einer reichen Dame eine Büste verkauft, davon kann ich jetzt leben.»

Hilda tanzte um den gedeckten Tisch und lachte, während sie die roten und grauen Strümpfe wie die Tücher der Duncan um den Kopf flattern liess. Die Strümpfe flogen über der Tafel, zeichneten Schlaufen in die Luft. Weil es eng war im Zimmer, stiess die Tanzende bei jeder Runde an die Tischkante, ein Löffel fiel zu Boden, die Milch schwappte über, aber sie tanzte weiter, tanzte und sang dazu in ihrem ungehobelten Französisch den Refrain eines Music-Hall-Liedes. Erst als sie sah, dass sich Gwen das zweite Stück Kuchen abschnitt, es sich sorgfältig in den Teller kippte und einen Sahnerest vom Daumen leckte, hielt sie inne und liess sich neben ihr auf den Stuhl fallen.

«Mensch, Gwen, was ist mit dir? So kenne ich dich ja gar nicht. Du bist ein richtiger Vielfrass geworden in meiner Abwesenheit.»

«Ich weiss. Aber vorher war ich einfach zu dünn, das musst du zugeben. Die Engländerin, der ich seit kurzem als Modell diene, hat sich über meine magere Brust beklagt. Sie drohte, mich abzubestellen. Deshalb esse ich jetzt etwas mehr.»

«Und Rodin? Klagt der auch?»

Hilda beugte sich zu ihr hinüber und schaute ihr in die Augen. Die ihren hatten rostig braune Sprenkel im Grün, genau wie die Sommersprossen auf ihren Schultern. Gwen knabberte abwartend am Kuchen.

«Du liebst ihn, nicht wahr?»

«Wie kommst du darauf?»

«Ach Gwen, die Liebe steht dir buchstäblich ins Gesicht geschrieben.»

Gwen lachte auf. Eine Spur zu laut.

«Wirklich? Sieht man mir an, dass ich verliebt bin?»

«Ich habe ein Auge für solche Dinge. Ich sehe nicht nur, dass du ihn liebst, sondern auch, dass du kürzlich mit ihm geschlafen hast. Heute sogar, stimmts?»

«Wie kannst du das sehen?»

«Also hab ich Recht. Du bist schon so weit mit ihm. Das geht schnell, nicht wahr, der Meister geht immer gleich aufs Ganze.»

«Wie du redest. Das klingt furchtbar roh und hat nichts mit Liebe zu tun.»

«Hat es auch nicht. Rodin ist in dieser Hinsicht ein Rätsel.»

Hilda wurde nachdenklich. Sie blickte geradeaus, die Teetasse unbewegt in der Rechten. Der Dampf umnebelte ihr Profil.

«Du denkst an früher, nicht wahr?», fragte Gwen vorsichtig, «trauerst du diesen Zeiten nach?»

«Ach nein, eigentlich nicht. Ich und Rodin, das könnte ohnehin nicht von Dauer sein. Ab und zu kommt er noch zu mir, seltener jetzt, da er dich hat. Aber ich bin nicht eifersüchtig, ich habe es längst aufgegeben, ihn für mich allein haben zu wollen. Wenn wir uns lieben, geniesse ich es. Für mich spielt es keine Rolle, dass er daneben noch andere Frauen hat. Nicht mehr. Man kann ihn nicht ändern, er braucht das.»

«Das kann sich ändern, wenn er die Richtige findet.»

«Glaube das nicht. Bis jetzt hat ihm nur die Claudel etwas bedeutet. Aber die ist angeblich daran, den Verstand zu verlieren. Seinetwegen, sagt man. Ist das nicht tragisch, ein solches Talent vor die Hunde gehen zu lassen nur wegen einer Liebe? Das sollte es nicht geben.

Kein Mann verdient ein solches Opfer, nicht einmal Rodin – doch Schluss mit Rodin. Es gibt ja nicht nur ihn auf dieser Welt, wir zählen auch was, nicht? Was sagst du dazu, wenn wir zu einem Ausflug aufbrächen? Es ist so schön draussen. Ich zeige dir einen herrlichen Ort an der Seine. Und dann lade ich dich ins Restaurant ein. Du hast ja im Moment nicht so viel Geld wie ich. Komm.»

Hildas Geplauder wirkte ansteckend. Gwen kam ins Reden, während sie der Freundin hinterherlief, sie erzählte ihr von Dorelias Brüggener Eskapade, von Ida, die plötzlich Besorgnis erregende Briefe aus Matching Green schreibe, nachdem sie eben noch von ihrem Ménage à trois geschwärmt habe.

«Ich glaube, Ida ist unglücklich. Die Atmosphäre im Haus sei schrecklich, schreibt sie.»

«Meinst du denn allen Ernstes, dass sich Ida und Dorelia deinen Bruder teilen können, ohne zu streiten?»

«Warum nicht? Das sollte möglich sein.»

«Armes Ding, da bist du aber nicht ganz von dieser Welt. Stell dir mal einen solchen Haushalt vor. Die Diskussionen, die ganze Geheimniskrämerei, wer wann und wo mit wem schläft. Nein, ehrlich, das muss in eine Katastrophe münden. Die Reaktion deiner Schwägerin wundert mich nicht. Ich würde das auf die Dauer auch nicht aushalten.»

Hilda ging schnell, sie hatte den Gang einer Sportlerin, wirkte fast männlich in ihrer Anführerrolle. Sie kannte Abkürzungen über brache Feldstücke, um schneller von der Rue de Vaugirard zur Porte de Sèvres zu gelangen, kletterte Schutthalden hinab, stakste beim Quai d'Issy quer durch die weite, ausufernde Sandbank und wies, als die Sonne schon über den Waldgipfeln von St-Cloud unterging, triumphierend in Richtung der Ile St-Germain, deren bewaldete Spitze sich wie eine kleine Zunge unter dem Pont d'Issy hervorwagte.

«Links ist die Guinguette, die ich meinte. Es ist nicht mehr weit.»

Gwen stapfte durch den Sand bis ans Ufer der Seine. Der Fluss war seicht und von trübem Grün. Beidseitig entlang der Böschung zeugte der Schlamm noch vom hohen Winterstand. Angedockte Kähne schaukelten bei der Brücke, ein Bateau-Mouche dampfte in Richtung Stadt, schnitt auf dem Spiegel des Wassers einen gurgelnden Riss. Hinter ihm quirlte Schwärze in den Himmel.

«Es riecht hier wie am Ufer der Themse. Immer muss ich an London denken, wenn ich an der Seine spazieren gehe.»

«Gehst du oft an die Seine?»

«Manchmal. Wenn ich mich zu blass finde, spaziere ich einen Tag lang an der frischen Luft. Das rötet meine Wangen und verleiht Appetit.»

Spaziergänge an der Themse. In ihrer Londoner Zeit war sie oft in der Gegend des Towers dem Wasser entlang gegangen. Viele Stunden war sie gelaufen, bis die Dunkelheit den Weg aufsog. Sie hatte die Grautöne studiert, während sie lief, hatte versucht, sich die Nuancierungen einzuprägen. Für später, wenn sie einmal vom Porträt zur Landschaft wechseln würde. Nebel, Wasser, Himmel, Stein, alles war grau an der Themse. Ein sattes oder luftiges Grau, ein düsteres, dann wieder unendlich gleichgültiges. Und wenn es regnete, legte sich eine bleierne Stumpfheit über den Fluss. Die Themse im Regen oder abends, hatte sie dann gedacht, wer ausser Whistler würde sich je an ein solches Bild wagen? Monet hatte es letztes Jahr versucht. Aber er hatte das Grau nicht erfasst. Er hatte es nicht gesehen oder mit dem mediterranen Blau verwechselt, das ihm inzwischen so mühelos aus dem Pinsel floss. Wer weiss, vielleicht konnte er dieses Grau als Franzose gar nicht sehen? Vielleicht konnte nur derjenige die beklemmende Trostlosigkeit in dieser Farbe fühlen, der auf englischem Boden aufgewachsen war. Monets Londoner Bilder in der Galerie Durand-Ruel enthielten zu starke Blautöne, zu viele frei schwebende Lichtzonen. Das Auge verirrte sich darin. Die Themse plätscherte harmlos wie das Mittelmeer, und die Möwen segelten dunkel übers Wasser, ähnlich den Krähen über den Kornfeldern des verrückten Holländers. Ein Irrtum des Sehens. Gwen hatte die Bitterkeit des Nebels in den Bildern vermisst, die Gerüche von Tang und Öl, die Armut in den Docks.

Die Guinguette war mit Wimpeln dekoriert, auch an den Pfählen, welche die Bretter der Tanzfläche über dem Wasser stützten, flatterten einige in der Brise. Am Wasser sass ein Ehepaar bei einem Glas gekühlten Weissweins, und neben ihnen schlürfte die Tochter eine milchige Flüssigkeit aus ihrem Becher. Einer Gruppe von Männern, die ihre Fahrräder drüben im Gras liegen hatten, wurde ein Teller Friture serviert, ein Haufen winziger, fett glänzender Fische, nach denen sie mit den Händen griffen.

Gwen war noch nie in einer Guinguette gewesen. Wenn sie an Sonntagen der Seine entlang spazierte, wagte sie sich nicht allein in ein solches Lokal. Sie hatte nicht einmal Lust dazu, wegen der lauten Musik, des

Gelächters der Frauen, die am Arm ihrer Männer über die Bretter wirbelten.

«Setzen wir uns an die Seine?»

Der Tisch war hübsch gedeckt. Blumen in einer Vase, die Servietten zusammengerollt im Weinglas. Die Patronne, die Hilda von ihrem letzten Besuch erkannt hatte, begrüsste sie mit kräftigem Händedruck und empfahl ihnen das Tagesmenü oder die Friture. Garantiert frisch, ihr Gaston habe sie am Nachmittag gefangen, keine drei Stunden her.

«Keine solchen kleinen Fische für mich, danke», wehrte Gwen ab.

Hilda bestellte für beide Rindsbraten mit Kartoffelgratin, dazu ein Gläschen roten Wein. Sie streckte die Arme aus, als wollte sie die Welt umarmen, und seufzte zufrieden.

«Wie schön es hier ist. Keine Stunde von Montparnasse entfernt ein solches Paradies! Eigentlich sollte man viel öfter die Stadt verlassen, man wird ein anderer Mensch.»

Unter ihnen strudelte das Wasser, trug Zweige und Grasbüschel mit sich fort. Ein Eisvogel schoss wie ein türkisfarbener Blitz durchs Ufergebüsch. Hilda und Gwen verfolgten seinen Flug, bis der letzte Farbtupfer im Dickicht verschwand, rätselten, an welcher Stelle des Flusses er wieder auftauchen würde. Rund um das Lokal hing der Geruch des frittierten Fischs in der Abendluft. Weit entfernt, vielleicht in Issy-les-Moulineaux, läuteten die Kirchenglocken, ein lang gezogenes, feierliches Bimmeln.

«Sag mal, Gwen, ganz ehrlich, macht dich Rodin glücklich?»

Gwen wurde plötzlich ernst und starrte in den Teller, den die Patronne ihr eben vorgesetzt hatte.

«Er ist mein Meister. In jeder Hinsicht, verstehst du? Er wird für immer mein Meister sein.»

«Ist es nicht zu früh, die Dinge so zu sehen? Wie lange seid ihr jetzt zusammen, eine Woche? Zwei?»

«Fast zwei. Aber jeden Tag fleht er mich an, anderntags wieder zu kommen. Er liebt mich, und für mich ist es so, dass ich nie einen andern Mann lieben werde. Ich bin mir ganz sicher, Hilda. Er ist mein Schicksal.»

«Sag das nicht. Du weisst nicht, worauf du dich einlässt. Nach zwei Wochen ist noch alles offen.»

«Du kennst mich nicht. Ich liebe ihn mehr als mein Leben.»

«Vielleicht kenne ich dich wirklich nicht so gut, aber ihn kenne ich, und ich weiss, wie er in der Liebe ist. Er lässt sich nicht festhalten.»

«Der Meister liebt mich. Er hat es mir gesagt. Er liebt meinen Körper, verehrt ihn geradezu, du solltest das sehen. Er heuchelt nicht.»

Gwen erging sich in Einzelheiten über die Stunden, die sie mit dem Meister auf dem Lager des Ateliers verbrachte. Dass sie nicht gewusst habe, wie stark die Liebe sein könne, wie fest sie in den Sinnen verwurzelt sei. Sie beschrieb jede Berührung, jeden Kuss und vergass in der Flut der Erinnerungen das Essen, das in ihrem Teller erkaltete.

Auch Hilda erzählte. Sie hatte dieselben Erfahrungen gemacht, aber die Worte, mit denen sie darüber sprach, klangen entzaubert. Hilda dachte an Gwen, an die Verzweiflung, die ihr bevorstehen würde. Wenige Wochen, höchstens Monate könne es dauern, bis Rodin sie fallen lassen würde, Hilda kannte den Rhythmus seiner Liebesaffären. Sie verliefen immer nach demselben Muster. Gwen war keine Ausnahme, es fehlte ihr die Kraft zum Kämpfen. Die wilde Kraft der Claudel, die Rodin über Jahre hatte fesseln können, und die andere Kraft, jene der Gewohnheit, mit der sich Rodins Lebensgefährtin Rose an seiner Seite hielt.

«Was schaust du mich so an?»

«Nichts. – Sag mal, ab nächster Woche möchte ich dich gern wieder anstellen. Zwei Stunden am Nachmittag. Einverstanden? Ich muss für den Salon vorwärts machen. Rodin tadelt mich, er wirft mir Faulheit vor.»

«Natürlich bin ich einverstanden», sagte Gwen, «ich bin nicht ausgebucht. Nur am Montag bin ich besetzt, und vielleicht engagiert mich auch eine deutsche Malerin, aber ich bin noch nicht sicher, ich warte auf ihre Zusage. Ansonsten gehe ich täglich zwischen fünf und sieben zum Meister.»

«Dann kommst du finanziell also besser zurecht als im Frühling. Soll ich trotzdem meine Freunde fragen, ob sie dich als Modell brauchen können?»

«Danke, im Augenblick geht es. Der Meister ist gütig. Er hat mir Adressen gegeben, die Deutsche eben. Daneben aber leider fast nur Männer. Ich hasse es, für Männer zu posieren. Die sind so schmierig, und die Posen, die sie verlangen, sind anstrengend. Oft habe ich Rückenschmerzen. Ich möchte aber auch nicht meine ganze Zeit ausser Haus verbringen, sondern vermehrt in meinem Zimmer bleiben und malen wie früher.»

«Das verstehe ich. Doch versprich, dass du zu mir kommst, wenn du etwas brauchst. Ich bin nicht reich, doch zu knabbern gibt es immer etwas.»

Auf dem Heimweg hakten sich die Freundinnen ein. Dicht aneinander geschmiegt hatten sie weniger Angst vor der Dunkelheit und den zwielichtigen Gestalten, die aus den Gebüschen auftauchten und sie belästigten. Sie fühlten sich stark und lachten den Männern ins Gesicht oder schickten sie mit derben Sprüchen zum Teufel. Hilda kannte eine Menge solcher französischer Sätze und versprach, sie Gwen einmal beizubringen.

Seit Dorelia sie verlassen hatte, las Gwen beim Frühstück den *Paris-Journal* vom Vortag, den ihr die Concierge vor die Tür legte. Beim Lesen fühlte sie sich weniger einsam, die Stille im Raum wurde erträglicher. Sie las unruhig und gespannt, quer über die Spalten hinweg, getrieben von einer unbestimmten Erwartung. Sie meinte, es könnte in diesen Blättern etwas über ihre Liebe geschrieben stehen, eine Anspielung, dass Rodin jetzt eine feste Geliebte habe. Immerhin verbrachte sie jeden Nachmittag mit ihm, sicher wusste ganz Paris von ihrer Liebe. Sie kämmte die Artikel nach dem verehrten Namen durch, inzwischen entging er ihr nirgends mehr. Oft machte der Meister von sich reden. Man lobte eine Ausstellung oder verspottete ihn mit Karikaturen. Berichtete über seine Reisen nach Deutschland, Belgien, England. Heute sorgten die Illustrationen des Stechers Henri Boutet am Salon d'Automne für Aufregung, die Presse bedauerte, sie irrtümlicherweise für Aquarelloriginale von Rodin gehalten zu haben.

Schritte hallten im Treppenhaus, Gwen horchte auf. Miss Hart konnte es nicht sein; Miss Hart hatte einen polternden Schritt und redete laut vor sich hin, während sie die Treppen stieg. Diese Schritte waren bedächtig und schwer, und zwischen den Fluren hielten sie inne, dann hörte Gwen ein leises Keuchen. Sie wagte nicht, an ihr Glück zu glauben, sie dachte an den Zimmermann, der gestern Reparaturen im Dachstuhl vorgenommen hatte, an irgendeinen Arbeiter. Es gab immer Arbeiter in einem alten Haus. Oder Miss Hart bekam Besuch. Aber nein, diese schleppende Trägheit, die Seufzer, Gwen kannte sie nur zu gut. Sie federte aus dem Sessel und vergewisserte sich mit einem raschen

Blick, dass das Zimmer in Ordnung war, die Bettdecke straff. Frisches Wasser in der Blumenvase, ein sauberes Küchentuch am Nagel. Nirgends sichtbarer Staub. Doch da waren noch, angelehnt an die Wand neben dem Schrank, die vier Porträts von Dorelia, stand die Staffelei mit der weissen Leinwand im Raum, zeugte die Palette mit den ausgetrockneten Farbtupfern von einer Tätigkeit, über die sie dem Meister nie ein Sterbenswörtchen verraten hatte. Gerade noch rechtzeitig schob sie die Spuren ihrer Malerei unters Bett, als es an der Tür klopfte.

«Marie?»

«Je suis là, Maître. Entrez!»

Sie zitterte, als sie ihn an der Schwelle empfing, flatterte ihm ins Zimmer voraus und forderte ihn mit einer unsicheren Armbewegung auf, sich auf einen der beiden Stühle zu setzen. Hatte er Hunger? Oder Durst? Sollte sie ihm etwas kochen? Er schüttelte den Kopf, während er sich umsah, er wirkte verloren ohne seine Statuen. Vielleicht befremdete es sie nur, dass er keinen Arbeitskittel trug. Zum ersten Mal sah sie ihn in städtischer Kleidung.

«Vous dessinez?»

«Moi, pourquoi?»

Er hielt ihr ein Blatt hin, das er unter dem *Paris-Journal* hervorgezogen hatte, Rosen in einer bauchigen Glasvase.

«C'est de vous?»

Sie nickte. Ja, manchmal zeichne sie, aber nur zum Zeitvertreib, nicht wirklich seriös. Sie wollte ihm das Blatt aus der Hand nehmen, aber er wehrte ab und betrachtete es, ohne ein Wort zu sagen. Was sah er in den ungezwungenen Strichen und den Farbklecksen, die über die Umrisse quollen? Brave Sonntagsmalerei? Ein Gepfusch? Umsonst versuchte sie, in seinem Gesicht zu lesen. Es verriet nur die routinierte Neugier des Künstlers für ein fremdes Werk. Schliesslich legte er das Blatt auf die Zeitung zurück und fasste sie an der Schulter. Blickte ernst in ihr Gesicht.

«Es wäre schön, wenn Sie zu jeder Sitzung eine Zeichnung mitbrächten. Das gäbe Ihnen neben dem Posieren einen Arbeitsrhythmus. Die Arbeit, Marie! In der Arbeit liegt das Heil des Menschen. Stete, tägliche, mühsame Fronarbeit.»

Dann liess er sich auf einen der Stühle fallen und zog sie zu sich auf die Knie. Er streichelte ihre Wangen und grub die Hände in ihr Haar, sagte Dinge, die noch kein Mann zu ihr gesagt hatte. Sie erlebte unter seinen fiebrigen Händen, wie ihr Wille verflog und sie in der Hörigkeit den höchsten Genuss fand. Er musste es wissen, denn er gebärdete sich herrisch, fast grob drückte er ihre Hüfte an seinen Bauch, zerrte am Mieder, um die kleinen Brüste zu befreien, und fuhr mit den Fingern ihre Schenkel hoch, die sie willig spreizte. Wie sie es liebte, von ihm durchdrungen zu werden, zu spüren, wie er sich in ihr verlor und für kostbare Momente die Grenzen zwischen ihr und ihm sprengte. Sie sei seine Puppe, sein kleines Geschöpf, flüsterte sie ihm zu. Sie konnte nicht genug bekommen von seinen Küssen, hing an ihm, umschlang ihn mit den Beinen, dass er sich nicht mehr rühren konnte, und überfiel ihn stets mit neuen Liebkosungen.

«Encore, Maître», bat sie lachend und rollte sich wieder über ihn, als er müde, gesättigt wie nach einem üppigen Mahl, die Augen schloss und mit den Fingern leise auf ihre Rückenwirbel trommelte.

«Marie, je suis vieux, ne l'oubliez pas. L'amour me fatigue.»

Er erzählte ihr, dass zu viel Liebe ihm neuerdings Kopfschmerzen bereite. Mehrere Tage könne er danach nicht richtig arbeiten. Er müsse sich schonen. Und wenn sie ihn liebe, müsse sie ihm versprechen, ihn nicht allzu oft zu verführen. Er sprach wie ein Lehrer, aber seine Hände streichelten sie dabei am ganzen Körper, und sie versprach, was er wollte, und konnte sich doch nicht beherrschen. Lustvoll räkelte sie sich unter seinen Händen und küsste ihn auf die grau behaarte Brust, bereit, ihn zu neuen Liebesspielen anzufeuern.

«Je vous appartiens», hauchte sie ihm ins Ohr. «Je suis votre plante, votre petit animal. Vous me faites vivre par le plaisir.»

Aber der Meister stiess sie von sich und richtete sich auf.

«Non Marie, assez pour aujourd'hui.»

Er hatte wieder seinen gewohnten ernsten Ausdruck, der Gwen verunsicherte. Sie hätte weinen können, wenn er sie so anschaute.

Der Meister blieb an diesem Tag bis zum Mittag. Er empfahl ihr, viel zu lesen, damit ihr Französisch sich verbessere. Romane zum Vergnügen, Philosophie zur Bildung. Und für die Körperhygiene seien Bäder gut. An der Rue d'Odessa gebe es welche, sie solle doch einmal in der Woche hingehen, dort könne sie für wenig Geld ein ordentliches Bad nehmen. Er sage es zu ihrem Wohl, denn er sorge sich um sie. Und bei Gelegenheit solle sie sich ein anderes Zimmer suchen. Dieses sei zu dunkel, und im Winter werde es bestimmt feucht und ungemütlich.

Nicht für die Liebesdienste, sondern für ein neues Kleid, das sie sich im Samaritaine leisten solle, schob er ihr zwanzig Francs unter die Morgenzeitung und verabschiedete sich mit einer unverbindlichen Umarmung.

Am Nachmittag hatte Gwen ihre erste Modellsitzung bei der deutschen Malerin. Sie musste sich zwingen, ihr Zimmer zu verlassen. Wenn sie zu Hause blieb, brauchte sie nicht zu befürchten, dass ihr bei der Rückkehr Stille und Leere ins Gesicht schlugen. Zu Hause hatte sie Zeit, in der Erinnerung an den Geliebten zu schwelgen und sich langsam wieder ans Alleinsein zu gewöhnen, sich zu freuen, dass er überhaupt da gewesen war. Dass er sie geliebt hatte. Wenn sie jetzt aber auf die Strasse ging, unter die Leute, ans grelle Sonnenlicht? Sie zögerte und machte sich unnötig zu schaffen, um die Entscheidung aufzuschieben. Aber sie brauchte das Geld, trotz der zwanzig Francs, die sie vor dem Hinausgehen unter die Matratze schob. Zwanzig Francs, was konnte sie schon damit kaufen? Die Miete war wieder fällig, und wenn sie umziehen sollte, würde sie für den Tag einen Pferdekarren bestellen müssen. Weiss der Himmel, wie viel das kosten mochte.

Die Malerin bewohnte ein grosses Atelier mit Fenstern, die bis zum Boden reichten und auf die Kirche von St-Sulpice gingen. Überall lagen Kleider und Schuhe herum, Taschen, Gepäckstücke. Sogar auf dem Bett lag ein Koffer, offen, randvoll mit Farbkästen und Büchern. Fräulein Reder war eine junge Frau, die wenig Worte verlor. Sie fragte Gwen nichts Persönliches und wollte auch nicht wissen, wo und seit wie lange sie Modell sass. Und von sich verriet sie nur, dass sie Anna Reder heisse, seit einem halben Jahr in Paris wohne und dass sie Rodin durch einen dänischen Malerfreund kennen gelernt habe.

«Er hat Sie mir wärmstens empfohlen, Fräulein John. Ich bin sicher, dass unsere Zusammenarbeit fruchtbar wird.»

Sie zeigte Gwen ihre letzten Gemälde, grossformatige Leinwände, in denen Ocker und Sienamischungen überwogen. Grobe Pinselstriche, die Farbe dick aufgetragen, stellenweise triefend. Die Bilder wirkten traurig, selbst in den Landschaften mit den blühenden Apfelbäumen und Weilern am Bachufer herrschte eine gedrückte Stimmung.

«Und wie soll ich für Sie sitzen, Madame?»

Gwen hatte für das Porträt neben dem offenen Fenster zu stehen. Sie musste die Arme verschränken und den Kopf seitlich senken. Nur ganz leicht, schärfte die Malerin ihr ein, sonst würden sich unvorteilhafte Schatten über die Halspartie ausbreiten. Das Bild sollte entfernt die Idee einer modernen Madonna vermitteln, angedeutet mit dem blauen Tuch, das ihr Fräulein Reder um die Schultern drapierte. Gwen fand die Vorstellung unsinnig, aber sie schwieg. Modelle hatten keine Meinung zu äussern, sie hatten nur stumm zu gehorchen. Gwen war der Deutschen immerhin dankbar, dass sie während des Malens kein Gespräch anstrebte. Viele Maler erzählten den Modellen ihr Leben oder brüsteten sich mit Erfolgen. Erste Preise, eine lobende Kritik von Octave Mirbeau, Besucher- oder Verkaufszahlen, bei denen Gwen schwindlig wurde. Noch schlimmer waren jene Maler, die ihren Modellen Fragen stellten, als räumte ihnen das Arbeitsverhältnis ein Recht auf Schnüffelei ein. Frauen gaben sich kumpelhaft dabei, und die Männer flochten gern Zweideutigkeiten ein. Aber die deutsche Malerin arbeitete ohne grosses Getue, ohne übertriebene Versessenheit. Fräulein Reder überlegte lange, bevor sie neue Farbtöne auftrug, probierte erst deren Verträglichkeit auf der Palette aus. Das gefiel Gwen. Es wirkte professionell.

Während sie am Fenster stand, kehrten Gwens Gedanken immer wieder zu den Ermahnungen des Meisters zurück. Sie versuchte, sich an den Tonfall zu erinnern, in welchem er gesagt hatte, sie solle mehr lesen, sie solle Bäder nehmen. Lesen. Baden. Die Sätze wurden zum Alptraum und stürzten sie in eine schreckliche Scham, denn sie konnten nichts anderes bedeuten, als dass der Meister sie unbelesen und dumm fand. Und dass er an diesem Morgen ihre körperliche Sauberkeit bemängelt hatte. Welche Demütigung! Ein Gassenlied kam ihr in den Sinn, mit dem sich die Pariser Künstler über ihre Modelle lustig machten und das ihr Hilda im Frühling einmal, zu Beginn ihrer Freundschaft, beigebracht hatte:

Quand on veut être modèle
Chez les rapins,
Chez les rapins,
Suffit pas d'être belle
Faut prendre des bains, bains!

Sie hatten beide herzhaft darüber gelacht, doch jetzt hatten die Worte eine andere Bedeutung. Hatte der Meister dieses Lied im Kopf gehabt, als er ihr die Bains d'Odessa empfohlen hatte?

Zur Vollendung des Porträts buchte sie die Malerin für drei weitere Nachmittage. Das bedeutete achtzehn Francs. Eine neue Jacke für den Winter. Oder zehn Bogen handgeschöpftes japanisches Papier und die Miete des Karrens für den Umzug. Vor allem aber weitere sechs Stunden trübsinnigen Brütens.

Nach den drei Sitzungen blickte Gwen ein gequältes Spiegelbild von der Leinwand entgegen, eine spröde, ärmlich gekleidete Figur am Rand der Verzweiflung. Lesen. Baden. Ich bin dumm. Ich bin schmutzig. Gwen stand die Demütigung deutlich im Gesicht. Sie sah nur das. Das Madonnenhafte, die Schlichtheit, der nach innen gekehrte Blick, all das war bloss Staffage. Darunter, beinahe zugeschüttet von der schweren Symbolik, schwelte die Kränkung.

«Was sagen Sie dazu? Ich glaube, ich habe noch nie so was Gutes gemalt», sagte Fräulein Reder am Ende. «Sie haben verstanden, was ich von Ihnen wollte. Dafür muss ich mich wirklich bedanken. Und ich denke, dass ich mit diesem Porträt etwas von Ihrem Wesen erfasst habe. Meinen Sie nicht?»

Aber Gwen merkte, dass die Malerin sie nicht verstanden hatte, nicht wirklich. Sie hatte nur die äusseren Anzeichen einer Verstörung erkannt und damit eine seltsame Spannung im Bild erzeugt. Es wäre unnötig gewesen, Worte darüber zu verlieren, Fräulein Reder würde es nicht einsehen. Gwen verabschiedete sich höflich von der Künstlerin, sie lächelte sogar und wollte nicht ausschliessen, wieder einmal für sie Modell zu sitzen. Vom plötzlichen Überdruss für ihren Brotberuf sagte sie nichts. Dorelia hatte Recht. Als Modell verhalf sie nur den andern zur künstlerischen Selbstverwirklichung, sie selbst kam keinen Schritt weiter. Im Gegenteil, mit jeder Sitzung verlor sie sich und ihre Zukunftspläne etwas mehr aus den Augen. Verlor Zeit, an sich zu arbeiten. Aber wovon leben? Wie überhaupt wieder zu malen anfangen?

Am Abend zog Gwen ihre Ölporträts von Dorelia hinter dem Schrank hervor und stellte sie auf. Sie wunderte sich, dass sie je die Kraft und Ausdauer hatte aufbringen können, sie zu malen. Nicht einmal ein Jahr war verstrichen, seit sie mit Dorelia nach Frankreich aufgebrochen war und den langen Winter in Toulouse mit Malen zugebracht hatte. Und doch schien es ihr unmöglich, je wieder an diese Zeit anzuknüpfen. *Dorelia im Lampenlicht, Dorelia im schwarzen Kleid, Die Studentin,* jedes Bild zeugte von derselben Konzentration, einer inneren Versenkung, die von der Figur auf den ganzen Hintergrund strahlte. Wie hatte sie nur diese Nähe zum Modell zu Stande gebracht, diese Lebendigkeit? Sie verstand sich selbst nicht mehr. Sie war in diese seelischen Tiefen vorgedrungen, hatte sie erforscht und sichtbar gemacht, doch diese Gwen John war eine andere als die heutige, eine sich selbst treuere, wahrere. Eine, die sich nicht in Modellsitzungen verzettelt und in der Liebe verloren hatte. Eine, die beobachtete und malte und an nichts anderes dachte als an ihre Bilder. Die wusste und akzeptierte, dass Malen mit persönlichen Opfern verbunden war.

Jedesmal, wenn Gwen in Dorelias Augen blickte und sich an Toulouse erinnerte, plagte sie die Sehnsucht nach jenem Winter. Sie hatte Angst, nie mehr malen zu können, wie sie es in Toulouse gekonnt hatte. Dann versuchte sie, eine Farbpalette zusammenzustellen, um sich zu beweisen, dass die Kunst bloss eine Frage des Willens sei. Jeden Farbton mischte sie, wie Whistler es sie gelehrt hatte, im Voraus auf der Palette, bevor sie das eigentliche Bild in Angriff nahm. Ihre Palette enthielt keinen Misston, so weit beherrschte sie ihre Kunst, aber weiter als bis zu den Farben kam sie nicht. Sie sass vor der Leinwand, die präparierte Palette und die Pinsel der Grösse nach griffbereit neben sich, doch der Mut fehlte, mit einem ersten Zeichenstrich das Sujet und damit die Richtung einer Arbeit festzulegen. Die Hand blieb reglos im Schoss.

Gwen war zu aufgewühlt, um sich auf ein Bild einzulassen. Etwas in ihr strebte hinaus, wollte leben und erleben. Sträubte sich, freiwillig die Knechtschaft der Kunst zu erleiden. Sie räumte die Staffelei wieder aus dem Weg und streunte in der Gare Montparnasse umher, in der Hoffnung, unter den Reisenden den Meister auf seinem Heimweg nach Meudon zu erblicken. Sie kleidete sich adrett und parfümierte sich. Steckte kleine Liebesbriefe in die Tasche, die sie zu Hause geschrieben hatte, und ging zum Perron, von dem die Züge in Richtung Vanves und Clamart nach Meudon fuhren. Wartete, an eine Säule gelehnt, bis der geliebte Meister auftauchte. Es konnte irgendwann sein, er hatte keine feste Zeit. Manchmal stand sie Stunden da und spähte durch den Strom der Fahrgäste, gab nicht auf, bis sie ihn sah. Doch bald wollte sie sich nicht mehr damit begnügen, ihm den Brief in die Hand zu drücken und winkend neben dem fahrenden Zug zu laufen, die Liebe machte sie dreist.

«Darf ich Sie nach der Arbeit von der Rue de l'Université bis zum Bahnhof begleiten, Meister? Es wäre eine Freude für mich», fragte sie ihn und versprach, dass er sich ihrer nicht zu schämen brauche, sie trage jetzt schönere Kleider als früher. «Es würde mir auch nichts ausmachen, hinter Ihnen her zu gehen, wenn Sie es lieber haben.»

Der Meister hatte nichts dagegen. Wenn es nicht zu oft geschehe, wolle er sich gern von ihr begleiten lassen.

«Pas d'amour aujourd'hui, Marie, je vous en prie.»

«Mais ...»

Gwen wollte es nicht glauben. Die Assistentin des Meisters, die eben begonnen hatte, Tonbüsten aufzureihen, konnte nicht der Grund sein. Andere Male hatte der Meister keine Rücksicht auf diese Frau genommen, er hatte Gwen vor ihren Augen umarmt und in den Alkoven entführt. Nicht einmal den Vorhang hatte er zugezogen. Gwen versuchte, sich an ihn zu schmiegen. Sie lehnte den Kopf an seine Brust und streichelte seinen Bart. Er roch nach Gips und Staub, nach Arbeit. Sie liebte diesen Geruch. Er weckte Sehnsüchte in ihr. Sie schob die Hand unter seinen Arbeitskittel, wollte das Herz fühlen und sich vergewissern, dass es schneller schlug unter ihren Berührungen. Sie streckte sich, um ihn zu küssen, meinte, auf der Stelle sterben zu müssen, wenn er sie nicht gleich an sich drückte und ihr das Hemd vom Leib riss. Aber der Meister blieb seltsam beherrscht. Er stiess sie zurück und legte einen Finger auf ihre Lippen.

«Pas de mais, Marie. Aujourd'hui on travaille.»

Er streifte sie flüchtig am Handgelenk. Lächelte. Dann seufzte er, als kostete der Verzicht auch ihn Mühe. Er wirkte plötzlich gross und herrisch, unwillkürlich duckte sie sich unter seinem Blick, und ein Frösteln ging durch ihre Glieder.

«Ma petite Marie.»

Er sagte nur das, aber die leise gesprochenen Worte beruhigten sie sofort. Sie fühlte ihren Körper ernüchtern, während sie sich hinter den Wandschirm zurückzog und sich das letzte Kleidungsstück abstreifte, das feine Litzenhemdchen, mit dem sie ihn heute hatte betören wollen. Sie legte es auf das zusammengefaltete Sommerkleid, kämmte sich und schlängelte sich zwischen den Skulpturen zum Podest. Sie hatte in diesen Wochen gelernt, sich unbefangen zu bewegen. Der Meister musste ihr keine Anweisungen mehr geben. Sie merkte allein an seiner Stimmung, in welcher Pose er sie skizzieren wollte; es waren Posen, über die sie noch vor einem halben Jahr errötet wäre, aber heute tanzte sie unter seinen Augen wie eine Odaliske, war biegsam, erkannte den Reiz, den sie auf ihn ausübte. Sie war stolz auf sich, schwelgte in den eigenen Bewegungen, angefeuert von den ermutigenden Blicken des Meisters, wenn er kurz von seinem Zeichenblock aufschaute. «Je vous aime, Maître», rief sie ihm zu oder: «Je suis votre petite chose, n'est-ce pas?» Aber der Meister gab keine Antwort. Seine ganze Aufmerksamkeit galt der Zeichnung. Und Gwen drehte sich, verrenkte die Glieder, lachte und freute sich am Einklang zwischen ihnen. Er schien ihr vollkommen, durch nichts auf der Welt zu zerstören. Ohne den Meister war sie nichts, dachte sie dankbar, ohne seine Blicke würde die Glut, die sie in seiner Gegenwart beseelte, alsgleich erlöschen. Und ohne sie würde er wiederum zu keinem würdigen Ausdruck seines Genies mehr finden. Sie lauschte dem Kratzen seiner Feder auf dem Papier, während sie ihre kühnen Posen einnahm, werweisste, ob er gerade ihren Fuss, einen ausgestreckten Arm oder ihr Schamhaar skizzierte. Und wenn sie an ihm vorbeiwirbelte, schielte sie ihm über die Schulter und erkannte sich staunend im Mädchen, das sich wollüstig auf dem angedeuteten Kissen streckte. Sie fühlte sich glücklich, wie sie es noch nie in ihrem Leben gewesen war, weder als Kind noch mit Ambrose in den fernen Jahren an der Slade. Sie hatte auch nichts dagegen, als sich später Mademoiselle Cadalti zu ihr gesellte, ein brünettes Ding, dem Gwen manchmal auf dem Markt begegnete und das wie alle Modelle den Meister verehrte und liebte.

Draussen perlte der Nieselregen die Scheiben herunter. Den ganzen Tag hatte es geregnet. Die Äste der Kastanien wippten im Takt des Herbstwindes, warfen die ersten gelben und roten Blätter ab. Es dunkelte früh.

Mademoiselle Cadalti sagte, dass sie sich fürchte, abends allein nach Hause zu gehen. Die Rue Huyghens sei gar weit. Sie kauerte mit gespreizten Beinen auf dem Podest, während sie sprach, den Kopf hatte sie zurückgeworfen und die Hände in die Hüfte gestemmt. Immerzu erzählte sie von ihrem Liebhaber, von der kranken Mutter in der Provinz, vom Hausbesitzer, der ihr heute gekündigt habe, weil er herausgefunden habe, womit sie sich den Lebensunterhalt verdiene.

«Sâles gens», murrte sie. «Peuvent même pas faire la différence entr'une fille des rues et une artiste. Hein, Miss, qu'en dites-vous? C'est un monde, ça.»

Gwen zuckte die Achseln. Ihr Französisch war nicht gut genug, um darauf zu antworten. Sie würde nur stottern und sich lächerlich machen. Was konnte sie schon dazu sagen? Modelle wurden nun einmal mit Huren verwechselt, aber es nützte nichts, sich darüber aufzuregen. Die Meinungen der Leute liessen sich ohnehin nicht ändern.

«Ben, M'sieur Rodin, elle parle pas grand'chose, vot' Miss.»

«C'est parce qu'elle est Anglaise», warf die Assistentin helfend ein. Inzwischen standen die Büsten dem Fenster entlang aufgereiht. Die Assistentin rieb sich die Hände am Kittel sauber und stellte sich hinter einen Marmorblock. Nur ihr graumelierter Dutt ragte hinter dem Stein hervor.

Eben wollte der Meister eine neue Zeichnung beginnen, als vom Hof ein lautes «Mister Rodin, Mister Rodin» ertönte. Gwen und Mademoiselle Cadalti tauschten fragende Blicke, während der Meister Stift und Papier ablegte und, über den unvorgesehenen Besuch sichtlich missgelaunt, zur Tür ging.

«Qui qu'ça peut être, à c'te heure-ci? Z'avez une idée, vous? Moi, en tout cas, j'vais m'rhabiller.»

Mademoiselle Cadalti sprang hinter den Wandschirm, Gwen hörte sie in ihren Kleidern wühlen, dann fluchen, weil sie den Rock im Rücken kaum zuknöpfen konnte. Sie selbst stand allein neben dem Schreibtisch des Meisters und bewegte sich nicht. Ihre Blösse störte sie nicht. Auch wenn der Meister Besuch erhielt, störte es sie nicht, nackt zu bleiben. Nicht mehr. Der Meister hatte sie gelehrt, ihre Nacktheit im Atelier als natürlich zu empfinden. Der eigene Körper wurde zur lebenden, bewunderungswürdigen Skulptur. Wenn sie nur etwas zunehmen würde, dann würde auch sie diese üppigen Rundungen gewinnen wie die Torsos beim Ofen drüben und die herrliche Frau vom *Kuss.*

Gwens Blick schweifte über die Bücher, die Ausstellungskataloge und Briefe, die in wildem Durcheinander den Schreibtisch übersäten. Zuoberst lag die Fotografie einer Marmorbüste mit der handschriftlichen Widmung des Modells: *À Monsieur Rodin, mon sculpteur, Paris le 30 septembre 1904, Kate Simpson.* Ein nachdenkliches, ernstes Gesicht mit der Andeutung eines

Doppelkinns. Am Ausschnitt der geraffte Stoff eines Sommerkleids, so luftig, dass er unter den kunstfertigen Fingern des Meisters die Härte des Marmors zu widerlegen schien. Mehr als fünfzig Sitzungen hatte Mrs. Simpson für diese Büste über sich ergehen lassen müssen, nie war der Meister zufrieden gewesen. Gwen hatte ihn oft ungeduldig an diesem Werk arbeiten sehen, damit es rechtzeitig für den Salon fertig wurde. Und nun zeugte auf der vollkommenen Glätte des Gesichts keine einzige Spur von dieser Mühsal mehr.

Nicht die zurückkehrenden Schritte des Meisters liessen sie aufhorchen, sondern das Schleifen eines schweren Stoffes über das Parkett. Eine Frau hatte sich beim Meister eingehakt, eine von diesen Damen im eleganten Abendkleid, die ihn an Samstagnachmittagen belagerten und von seiner Arbeit ablenkten. Sie trug ein smaragdgrünes Rüschenkleid unter dem Samtcape und einen lächerlich grossen Hut, auf dem sich vorne, von einer Goldbrosche zusammengehalten, vielerlei Federn auffächerten. Gwen spähte unter gesenkten Lidern zu ihr hinüber. Alles an dieser Frau missfiel ihr auf Anhieb, die Selbstsicherheit, mit der sie am Arm des Meisters durchs Atelier marschierte, die Kulleraugen und vor allem ihr übertriebenes Entzücken beim Anblick der Skulpturen.

«Ah, quelle merveille, cher ami. Fantastic! Absolutely genial!»

Vor jedem Werk blieb sie stehen und machte wirre Komplimente. Vielleicht war diese Frau verrückt. Nur Verrückte rudern so wild mit den Armen in der Luft und vermischen alle Sprachen, wenn sie reden. Tragen solche Hüte. Kreischen. Mademoiselle Cadalti wagte sich hinter dem Wandschirm hervor, stupfte Gwen in den Arm und bohrte sich hinter dem Rücken der Besucherin den Zeigefinger in die Schläfe, bevor sie mit einem flüchtigen Knicks das Atelier verliess. Gwen stand noch immer neben dem Schreibtisch und begann sich allmählich ihrer Nacktheit zu schämen. Sie wollte hinter dem Wandschirm Zuflucht suchen, aber etwas zwang sie auszuharren und abzuwarten, was diese Frau mit ihren Schmeicheleien im Schilde führte. Der Meister schien ihr plötzlich fern und unerreichbar. Er machte keine Anstalt, sich der Fremden zu entledigen, im Gegenteil, er führte sie mit galanter Höflichkeit zum Schreibtisch, kramte Zeichenmappen unter dem Stapel Korrespondenz hervor und legte sie in ihre weissen, mit Edelsteinen geschmückten Hände. Auch die Zeichnungen, die er eben von Gwen angefertigt hatte, gab er ihr zum Begutachten. Gwen sah, wie sich ihre Finger dabei berührten, und empfand einen stechenden Schmerz. Der Meister stand nahe neben der Fremden, er strich mit dem Finger erklärend über die Linien und Flächen, blätterte vorwärts und wieder zurück, und die Frau äugte zu Gwen hinüber und nickte zu allem, was er sagte.

«Oui oui, je vois, absolutely genial, really.»

Dann zog sie der Meister vom Schreibtisch weg und lenkte ihre Aufmerksamkeit auf die Gipsfragmente einer Tänzerin. Er erörterte in einfachen Sätzen das Problem des Zerlegens zeitlicher Abläufe in einer Figur. Gwen hörte ihm gebannt zu, aber er hatte sie beim Vorbeigehen keines Blickes gewürdigt. Sie stand wie angewurzelt vor Enttäuschung, wollte nicht wahrhaben, dass der Meister sie übersah und seine Aufmerksamkeit einer anderen widmete. Ausgerechnet dieser arroganten Person. Seine Stimme hallte wie aus einer anderen Welt zu ihr hinüber, noch nie hatte sie ihn zu einer Fremden so reden hören, so geduldig und teilnahmsvoll. Jetzt fasste er die Besucherin sogar am Ellbogen, um sie zu jenen Büsten zu führen, die von der Assistentin neu geordnet worden waren.

Gwen krallte die Finger in die Tischplatte, wollte schreien, aber ihre Lippen brachten nur erstickte Laute hervor. Sie ertrug den Anblick der Frau nicht mehr und stürzte hinter den Wandschirm, wo sie auf den Stuhl sank und schluchzend das Gesicht in den Händen verbarg. Er vergisst mich, er liebt eine andere. Dieses schreckliche Weib mit ihren Kuhaugen und der krächzenden Stimme hat ihn verzaubert. Gestern noch sagte er mir, wie sehr er mich liebe, wie kostbar ich ihm sei, ein Geschenk des Himmels. Warum ist er heute so anders, wie bringt er es übers Herz, mich wie Luft zu behandeln? Merkt er denn nicht, wie sehr er mich kränkt? Was habe ich ihm getan?

Sie dachte nicht daran, sich anzukleiden. Sie verharrte auf dem Stuhl und grübelte über das sonderbare Verhalten des Meisters, merkte nicht, dass er inzwischen seinen Gast hinausbegleitet hatte und sich anschickte, das Atelier zu verlassen. Er streifte den Arbeitskittel ab, hängte ihn über die Stuhllehne und klopfte seine Jackentasche nach Kleingeld für den Zug ab. Erst das Klirren der Münzen schreckte Gwen aus ihren Gedanken, und sogleich stand sie auf und griff nach den Kleidern, im Nu bereit, ihn zu begleiten. Der Meister murmelte Gwen aber nur ein kurz angebundenes «A demain» durch den Wandschirm zu und entfernte sich mit schnellen Schritten. Morgen war Samstag, allgemeiner Empfangstag. Jeder, der den Meister besuchen wollte, konnte samstags ins Atelier kommen. Samstag war kein Tag für Gwen. Der Meister wusste es, nie liess sie sich an Samstagen blicken, weil sie Angst hatte vor den vielen Leuten. Und weil sie es nicht ertrug, den Geliebten mit seinen Verehrerinnen zu teilen.

Langsam kleidete sie sich an. Noch immer rannen ihr die Tränen über die Wangen. Sie trat hinter dem Wandschirm hervor und schaute sich in der Dämmerung um. War sie allein? Im Flaschenhals war die Kerze zu einem Stummel geschmolzen, der Docht drohte jeden Augenblick zu erlöschen. Die Assistentin drückte ihn mit zwei Fingern aus und fuhr zusammen, als sie im jähen Dunkel Gwens Gestalt erriet.

«Oh Gott, haben Sie mich erschreckt.»

«Entschuldigen Sie», stammelte Gwen. Sie wollte sich abwenden, doch die Assistentin hielt sie am Arm zurück.

«Aber du meine Güte, Sie weinen ja, was ist denn passiert, Mademoiselle John?»

Gwen schwieg.

«Ach, kommen Sie, wir können ein Stück Wegs zusammen gehen.»

Sie gingen auf dem Quai d'Orsay der Seine entlang. Gwen starrte an ihrer Begleiterin vorbei in den Fluss, verfolgte stumm die wirbelnden Kringel und das Treibgut, das an ihnen vorüberschwamm, und liess sich belehren, dass der Meister ein launischer Mensch sei und dass es nichts zu bedeuten habe, wenn er sich nicht von ihr verabschiede.

«Aber eben. Sie ist eine Herzogin, und der Meister hat eine Schwäche für solche Leute. Das muss man verstehen.»

«Eine Herzogin?»

«Ja. Duchesse de Choiseul nennt sie sich. Sie hat ein Haus und einen Mann in der Bretagne, aber sie selbst kommt aus Amerika.»

Der Regen hatte aufgehört, lag in Pfützen auf der Strasse und rieselte die Böschung hinunter. Die Strasse glänzte im Licht der Laternen. Im Quartier Montparnasse gab es nicht so viele Lichter, hier stand auf den Brücken alle paar Meter eine Laterne, und darunter schillerte und schaukelte die gespiegelte Flamme wie ein Irrlicht. In einem anderen Augenblick als diesem, einem Augenblick innerer Ruhe, hätte Gwen vielleicht an Whistlers *Brücke über der Themse bei Nacht* oder an Van Goghs *Sternennacht über der Rhône* denken können, daran, in welchen Farben sie selbst die Nacht und das künstliche Licht der Stadt in einem Bild gestalten würde. Doch jetzt verdüsterte die Angst ihre Gedanken, und alles drehte sich in ihrem Kopf. Nur der Meister und die Herzogin standen ihr gestochen scharf vor Augen.

Am Quai des Grands Augustins trennten sich die beiden Frauen, denn die Assistentin wohnte auf der Rive Droite in der Nähe der Opéra. Gwen schwenkte in den Boulevard St-Michel ein, hastete nach Hause und legte sich mit leerem Magen ins Bett. Tiger schlief am Fussende, sie aber fand keinen Schlaf. Die Demütigung sass zu tief. Mitten in der Nacht stand sie auf, setzte sich mit einer Kerze an den Arbeitstisch und schrieb sich mit einem kurzen Brief an den Meister den Kummer vom Leib:

J'ai pleuré. J'ai les yeux tout petits, je ne peux plus poser. Je suis misérable. Oh mon Maître, vous n'avez pas de pitié pour ma douleur? Vous faites ce que vous voudrez, vous êtes mon Maître. *Marie*

Ich habe geweint. Ich habe ganz kleine Augen, ich kann nicht mehr Modell sitzen. Ich fühle mich elend. Oh mein Meister, haben Sie kein Mitleid mit meinem Schmerz? Tun Sie, wie Ihnen beliebt, Sie sind mein Meister. *Marie*

II

There is something beautiful in me not to be cut and left to die. This flower, with all my thoughts however silly, belongs to Rodin. He will await its flowering.

Gwen John

7, Rue St-Placide
November 1904 – Frühling 1907

Anfang November zog Gwen aus ihrer Wohnung am Boulevard Edgar Quinet aus. Sie hatte Dutzende von Mietzimmern im Quartier besucht, bevor sie sich für zwei Räume neben dem Bon Marché entschied, ganz in der Nähe von Matisses Atelier im ehemaligen Couvent des Oiseaux.

Ein Mann stand im Türrahmen und musterte aufmerksam den Koffer und die Taschen, die Gwen vom Umzugskarren herunterholte und vor dem Eingang absetzte. Sein Morgenmantel öffnete sich über einer mageren Brust, und die Füsse, klein und schmal wie Kinderfüsse, steckten in Pantoffeln, die vorn bei den Zehen zu einer rückwärts aufgezwirbelten Spitze ausliefen. Gwen konnte sich ein Lächeln nicht verkneifen.

«Bonjour, Mademoiselle. Bienvenue dans notre maison», verbeugte sich der Herr. Er stellte sich als der Mann der Concierge vor, Schlosser von Beruf, aber en retraite und seither aufblühender Amateurhistoriker, und entschuldigte sich sogleich mit übertriebenen Bücklingen für seine Neugier. Diese sei vielleicht befremdend, aber hélas notwendig, denn heutzutage könne man den Menschen nicht mehr trauen und möchte doch wissen, n'est-ce pas, mit wem man unter einem Dach schlafe. Aber wie er sehe, habe er es hier mit einer harmlosen Person zu tun.

Schon nach dem ersten Austausch von Höflichkeiten versuchte er, Gwen in ein politisches Gespräch zu verwickeln. Er wollte ihre Meinung über Kaiser Wilhelms Angebot einer defensiven Allianz mit dem Zar für die Dauer des russisch-japanischen Krieges wissen und erfahren, was sie als Engländerin über dessen Vorhaben denke, Britanniens Stolz ein für alle Male zu brechen.

«Je ne sais pas, Monsieur», keuchte sie, während sie ihren Koffer hochtrug, «je ne connais pas bien ces choses-là.»

«Je vois, très diplomatique, la demoiselle. Pourtant, je me demande pourquoi le 21 octobre l'amiral russe Rojdest ... je ne sais pas quoi a tiré sur d'inoffensifs bateaux de pêche anglais dans la Baltique? Cela ne vous provoque pas, vous? Cela pourrait être le début d'une grande guerre.»

Gwen stellte den Koffer vor den Eingang ihrer Wohnung und blickte sich ungläubig nach dem Alten um.

«Une guerre? Vous exagérez.»

«Vous verrez, vous verrez, Mademoiselle, c'est comme ma femme dit toujours: Victor n'a jamais tort», deklamierte er und fuchtelte dabei mit dem Zeigefinger in der Luft herum.

«Les temps sont mauvais, très mauvais.»

In den nächsten Tagen nagelte Gwen eigene Zeichnungen an die Wände, und Monsieur Victor befestigte für sie ein Regal neben dem Fenster, in das sie ihre Bücher reihte. Drei Bücher über Kunst, einen bebilderten Band über die griechische Skulptur, den ihr der Meister ausgeliehen hatte, und ein paar Romane aus der Quartiersbibliothek. Die Bücherrücken verliehen dem Zimmer etwas Gelehrtes, das Gwen mit Stolz erfüllte. Sie verweilte beim Vorbeigehen mit dem Blick gern darauf und dachte an den Meister, der sie bei seinem ersten Besuch deswegen gelobt hatte. Es sei ein Anfang, hatte er gesagt, braves Mädchen, sie sei auf dem rechten Weg. Und als er gegangen war, hatte sie sogar die Staffelei unter dem Bett hervorgeholt und wieder in der Zimmerecke aufgestellt.

Seit Weihnachten konnte sie wieder ernsthaft ans Malen denken, drängte es sie zur Verwirklichung eines Bildes. Es sollte nichts Grosses werden, kein ehrgeiziges Experiment mit dem neuen Formverständnis, wie es zur Zeit von den Pariser Künstlern angestrebt wurde, nein, nichts Kompliziertes oder Abstraktes. Nur ein kleines Bild von ihr im Raum, intim, still, bescheiden. Eine Art Stillleben nach holländischer Art. Gwen hatte in diesen Tagen schon begonnen, Modellsitzungen abzulehnen, sass stattdessen in ihrer Wohnung, um sich ganz von der häuslichen Atmosphäre einhüllen zu lassen. Sie beobachtete, wie sich die Farbtöne der Tapete je nach Lichteinfall und Witterung veränderten und die wabenförmigen Fliesen im Laufe eines Nachmittags vom hellen Rosa bis zum tiefsten Bordeaux nacheinander alle Rotnuancen durchspielten. Probierte anhand von Skizzen verschiedene Blickwinkel aus. Der Korbstuhl vor dem Fenster und die Vorhänge gezogen. Oder das Fenster offen und der Korbstuhl seitlich in die Ecke gestellt, Nähzeug auf dem Kissen, vielleicht die Katze. Sie selbst stehend oder sitzend, frontal oder leicht abgedreht. Morgenlicht oder Dämmerung. Nichts von alledem stand schon fest. Einzig über die Stimmung im Bild war sich Gwen im Klaren. Eine Stimmung des Friedens und der Genügsamkeit, wie sie in den Häusern der kleinen Leute herrscht. Sie dachte an Terborch, Vermeer. Wie viel ein blank polierter Kupfertopf über die Stimmung der Familie aussagt, die sich gerade um den Esstisch vereint. Oder der Milchstrahl, den die junge Frau aus dem Tonkrug giesst, was er alles über die Weiden und Kühe des Hofs und über ihr geordnetes Bauernleben verrät.

Gwen trug den Gedanken an ein ähnliches Bild schon seit über einem Jahr mit sich herum. Sie wollte auch ein solches schlichtes Interieur schaffen und die wenigen Elemente ihrer Wohnung im Bild Geschichten erzählen lassen. Geschichten, für die sie keine Worte kannte. Geschichten über ihr stilles Glück und wie es das mönchisch karge Zimmer erfüllte. Hier nun, an der Rue St-Placide, glaubte sie, dass ihr ein solches Bild gelingen könnte. Sogar der Meister hatte die Ruhe und Zufriedenheit in diesen Wänden gespürt. Er verweilte gern in ihrer Wohnung. Er mochte die hellen Möbel und fand, dass das Zimmer sauberer und fröhlicher wirke als dasjenige am Boulevard Edgar Quinet. Drei Monatsmieten hatte er ihr im Voraus bezahlt und kam sie jede Woche einmal besuchen, immer am Mittwochmorgen. Das hatte er früher nicht getan. Er entwickelte Gewohnheiten, die sie auf eine gemeinsame Zukunft hoffen liessen.

Es war Sonntagmorgen. Gwen stellte Tiger die Milch hin und bereitete das Frühstück zu. Butterbrot und Tee. Sie setzte sich damit an den Tisch und schrieb dem Meister einen ihrer gewohnt kurzen Briefe:

Mon cher Maître,
Je serais heureuse de faire votre chambre en Angleterre et autre petite chose. Je travaille de m'instruire et de me cultiver. Le soir je me promène par la rivière.

Mein lieber Meister,
Ich wäre glücklich, wenn ich Ihr Zimmer in England machen dürfte oder andere kleine Dinge. Ich bemühe mich, mich zu bilden. Am Abend spaziere ich am Fluss.

Dann betrachtete sie die Wand, die Tür, den frisch gestrichenen Rahmen. Klar begrenzte Flächen und einfache Linien. Sollte sie heute wirklich ausser Haus gehen? Sollte sie nicht lieber an ihrem Bild weiterstudieren oder die Leinwand mit Kalk grundieren, damit sie bald mit der ersten Farbschicht beginnen konnte? Und gegen Abend mit Tiger im Bois de Boulogne spazieren gehen, vielleicht fuhren wieder einmal Männer auf ihren lustigen Zweirädern um die Wette?

«Was meinst du, Tiger, wäre das was heute?»

Sie warf einen Blick auf die Strasse. Bald würde es regnen, die Damen vor den Schaufenstern des Bon Marché schauten ängstlich in den Himmel, einige spannten vorsorglich ihre Schirme auf, bevor sie weitergingen. Gwen war unschlüssig. Sie brachte das Geschirr in die Küche, goss den Farn über dem Kamin und stellte sich neben Tiger ans Fenster. Der Hof war mit Unrat übersät. Neben dem Durchgang zur Strasse stapelten sich Kisten, verfaulte eine alte Matratze mit aufgesprungenen Nähten. An den Abflussrohren leuchteten Striemen von Rost. Zwei Spatzen hüpften übers Pflaster. Auch Tiger hatte sie gesehen und duckte sich angriffsbereit. Sie drückte die Stirn gegen die Scheibe und stiess mit der Pfote ans Glas.

«Heute darfst du nicht hinuntergehen, Tiger, tut mir Leid, heute ist Sonntag. Die Leute wollen ihre Ruhe. Du musst dich bis morgen gedulden. – Aber ich gehe nun doch ein bisschen ausser Haus. Ich glaube, der Meister hat Recht: Es ist wichtig, dass ich meine Vorsätze befolge und den Tagesplan, den er mir aufgestellt hat, genau einhalte. Dann werde ich mich besser fühlen, seiner würdig. Und so lange werde ich ja nicht weg sein.»

Bains d'Odessa stand in grünen Lettern neben der Hausnummer 5 der gleichnamigen Strasse. Gwen suchte die Klingel, aber es gab keine. Auch Namensschilder fehlten. Das hatte sie nicht erwartet, sie stand auf dem Treppenabsatz und getraute sich nicht, unaufgefordert die Klinke zu drücken.

Der Regen rieselte ihr in den Nacken. Ein schwerer Regen, fast schon flockig. Vielleicht würde es gegen Abend sogar schneien. Es wäre der erste Schnee im neuen Jahr. Ob der Meister in London auch schon Schnee hatte? Hatte er als neu gewählter Präsident der International Society of Painters, Sculptors and Engravers überhaupt Zeit, sich um das Wetter zu kümmern? Er hatte ihr noch nicht geschrieben, aber von Vaters letztem Brief wusste sie, dass Wales unter einer dicken Schneeschicht lag, und aus England waren die Nachrichten auch nicht besser. Augustus fluchte über die verdammte Kälte. Dorelia sehnte sich nach dem Süden, einem warmen Ort, wo sie im Frühjahr ihr Kind auf die Welt bringen könnte. Den Winter in Matching Green empfand sie, wie so vieles in ihrem Leben, als eine Zumutung. Nur Ida sagte nichts. Schnee oder Regen, es war ihr einerlei. Sie hatte keine Empfindungen mehr dafür. Seit der Geburt des dritten Sohnes im letzten Oktober war sie noch ein bisschen mehr abgestumpft und brachte die Wochen nur noch schlafwandelnd hinter sich. Ein leiser Neid war alles, wozu sich Ida noch aufraffen konnte. Neid, dass Gwen in Paris alles hatte, was ihr fehlte; Zeit, Freiheit, Museen, Inspiration.

Gwen löste die Hand von der Klinke und wollte sich entfernen. Aber der Meister wäre nicht zufrieden mit ihr, wenn sie unverrichteter Dinge wieder nach Hause ginge, bloss weil sie zu schüchtern gewesen war, eine Tür aufzustossen. Er würde sie tadeln.

«Chaque dimanche un bain, Marie. Et après une belle promenade en plein air. Surtout, ne laissez rien vous en empêcher, promettez-le-moi, c'est pour votre bien.»

«Oui, Maître, je promets», hatte sie geantwortet. Dabei sollte es bleiben. Sie biss sich auf die Lippen, atmete tief durch und drückte die Klinke nieder. Sie musste sich einreden, dass sie es seinetwegen tat. Es war ein Beweis ihrer Liebe.

Hinter der Tür erstreckte sich ein langer Gang. An den Wänden liefen florale Verzierungen, ähnlich im Stil wie jene in Hildas Haus. Kacheln in meergrünem Ton, ein unentwirrbares Geschlinge von Stängeln und Blumen, zu üppig und kompliziert für Gwens Geschmack. Modern eben. Gwen drückte sich den Kachelwänden entlang bis zur Glastür, die über einen Hof zur exotisch dekorierten Hausfront führte. Türkisblaue Fensterläden, Schuppenmotive und Muschelornamente mit pseudogriechischen Köpfen über den Fenstern beschworen die Wasserwelt, die Gwen im erhöhten Erdgeschoss erwartete. Gwen hatte noch nie in ihrem Leben ein öffentliches Bad betreten, sich immer nur mit einem Lappen gewaschen, mit kaltem, höchstens lauwarmem Wasser.

In der Eingangshalle waren Badetücher auf der Theke gestapelt. Seifenstückchen, die nach Rose dufteten, lagen in einer muschelförmigen Schale daneben. Durch die Ritzen der Türen entwich Dampf. Gwen vernahm Planschgeräusche. Den Ruf nach einem Tuch. Gedämpfte Schritte.

Sie legte dreissig Sous auf die Theke, wie der Meister es ihr erklärt hatte. Zwanzig Sous für das Bad, zehn für Seife und Tuch. Eine Dame in weisser Schürze begleitete sie zum Waschraum.

«Une demi-heure, Mademoiselle. Pas plus.»

Der Raum war klein, bis zur Decke mit weissen Kacheln belegt. Eine Gaslampe warf einen bleichen Lichtkegel über die Wanne. Auch sie war weiss und hatte hohe, geschwungene Füsse. Gwen hängte das Tuch an den Türhaken, liess das Wasser einlaufen und entkleidete sich. Mit der Hand prüfte sie die Temperatur des Bades, tauchte vorsichtig beide Arme hinein, bevor sie in die Wanne stieg und sich hineinlegte. Das Wasser reichte ihr bis zu den Schultern. Es umschloss sie wie eine warme Haut und trieb ihr Schweissperlen auf die Stirn. Wenn sie sich bewegte, klatschten Wellen an die Wände. Zog sie die Beine an, ragten die Knie aus dem Wasser wie zwei Inseln im Meer. Das linke Knie St. Catherine's Island vor Tenbys Esplanade und das rechte Goscar Rock. Oder sie war eine riesige, vor Jahrhunderten im Meer versunkene Statue, die wieder an die Oberfläche gelangte, erst eine Schulter, später ein Arm, ein Schenkel. Bald begann die Seife das Badewasser zu trüben, und die Glieder verschwanden unter den Blasen, die sich an der Oberfläche bildeten. Vom Hals abwärts gab es keine Gwen mehr. Es erinnerte sie an das Meer in Wales. Wenn die Wellen geschäumt hatten, häufig im Spätsommer, war das Wasser milchig geworden, sie hatte ihren Körper darin nicht sehen können, ihn nur gespürt, ihn und die kalte Strömung, die ihn umspielte und mitriss.

Die ganze halbe Stunde lag Gwen in der Wanne und hing ihren Gedanken nach. Mit Winnie, Thornton und Gus dem Strand entlang zu den Felsen laufen und warten, bis die Flut weicht, um die Krabben aus ihren Löchern zu locken. Sie sah sich neben Winnie gehen, vor ihr die Brüder mit hochgerollten Hosenbeinen und den Schuhen, die an den Schnürsenkeln zusammengebunden über der Schulter baumeln. Gus, der Zigeunerlieder pfeift oder nach interessanten Zeichensujets Ausschau hält, daneben, den Kopf gesenkt, Thornton mit der geliebten Fischerrute, der sich von Zeit zu Zeit nach den Schwestern umdreht. Vier Kinder, von denen zwei nie ohne ihren Zeichenblock aus dem Haus gingen. Auch am Meer nicht. Immer hatte es sonderbare Dinge zum Abzeichnen gegeben. Eine Felsformation, ein Kraut, ein flüchtig erhaschtes Profil. Gus hatte schon damals Menschengruppen bevorzugt. Am liebsten Leute vom Wanderzirkus, Feuerschlucker, Wahrsager. Die Romafrauen mit ihren grossen goldenen Ohrreifen. Auch das Volk der Zuschauer hatte ihn interessiert, die Neugier auf ihren Gesichtern, der kindliche Glaube an Wunder. Sie aber hatte lieber einzelne Kinder beobachtet. Manchmal hatte sie kleinen Jungen einen Penny von ihrem Taschengeld in die Hand gedrückt, damit sie eine Weile still hielten. Noch heute ertappte sie sich in den Boulevards, Kindern ins Gesicht zu starren.

Ungern entstieg Gwen dem Bad und rubbelte die Seifenspuren mit dem Lappen ab. Ihr Körper glänzte und duftete nach der Rosenseife. Sie schaute an ihrem Bauch hinunter auf die Beine und Füsse, um die sich Wasser breitete. Wenn der Meister sie jetzt nur hätte sehen können, während sie nackt und sauber in diesem dampfenden Raum stand, er hätte ihr nicht widerstehen können. Während sie sich ankleidete und vor dem Spiegel die feuchten Haare kämmte, verweilte sie bei den Erinnerungen, kostete sie aus, als gäbe es keine amerikanische Herzogin, die das Atelier bestürmte und sich aufführte, als hätten der Meister und seine Werke schon immer ihr gehört.

Der Meister sass am Schreibtisch, als Gwen ihn nach seiner Rückkehr aus London zum ersten Mal aufsuchte. Es war spät. Sie wusste, dass die Concierge längst nach Hause gegangen war, so zwängte sie sich ohne zu klopfen durch die Tür und schlich sich an den Skulpturen vorbei bis zum Wandschirm. Der Meister liebte es nicht, überrascht zu werden, aber die Freude machte sie verwegen. Sie blieb stehen und gönnte sich Zeit, den Geliebten ungestört zu bewundern. Er hatte Telegramme und Briefe beiseite geschoben und die *Illustrated London News* vom 18. Februar aufgeschlagen. Gwen las über seine Schulter das Datum und erkannte darunter das Bild Edwards VII mit seinem Zylinder. Der König hielt ein Buch in der Hand und begutachtete eine männliche Marmorbüste in einem Ausstellungsraum. Frauen in Pelzmänteln scharten sich um ihn und warteten auf sein Urteil. Lange merkte der Meister nichts von Gwens Anwesenheit, er sass über die Zeitung gebeugt und las, und von Zeit zu Zeit entfuhr ihm ein verärgerter Seufzer, als sei er mit dem Urteil des Schreibenden ganz und gar nicht einverstanden.

Drei Wochen hatte sie ihn nicht gesehen, drei Wochen ungestillter Sehnsucht nach seinen Händen, seinen Lippen, und nun stand sie dicht hinter ihm und durfte wieder dieselbe Luft einatmen wie er, brauchte nur die Hand auszustrecken, um ihn zu berühren. Aber sie zögerte, sie wollte den Augenblick so lange wie möglich auskosten. Ihn betrachten und sich von der Erkenntnis überwältigen lassen, dass sie nicht träumte und dieser Mensch, dieser grosse Künstler, den die ganze Welt verehrte, ihr Geliebter und Herr war. Nach einer Weile legte er die Zeitung beiseite und holte zwei Zeichnungen aus der Schublade hervor, die einander zum Verwechseln ähnlich waren.

«Maître. C'est moi, Marie», gab sie sich endlich zu erkennen.

Der Meister zuckte zusammen, doch er wehrte sich nicht, als sie ihm von hinten die Arme um den Hals schlang und seinen Nacken küsste, ihm beichtete, wie sehr er ihr gefehlt habe.

«Je suis presque morte, Maître», sagte sie, und ihr ungeschicktes Französisch rang dem Meister ein leises Schmunzeln ab.

Sie erzählte ihm, dass sie tagelang die Rue de l'Université auf und ab gegangen sei, ganze Nachmittage und Abende habe sie hier zugebracht, aus Angst, seine Rückkehr zu verpassen. Er fasste sie an der Taille und zog sie an sich, er brummte sogar ein Kompliment über die Eleganz ihres neuen Mantels, aber seine Gedanken waren noch nicht bei ihr. Seine Augen lösten sich nicht von den Zeichnungen, sie suchten etwas darin und fanden es nicht, und der Meister wurde immer ruheloser und stummer und schüttelte schliesslich den Kopf.

«Non», sagte er, «ce n'est pas ça.»

Gwen schaute fragend auf die Blätter. Sie sah nichts Besonderes. Auf beiden war die gleiche bis zur Hüfte drapierte Frau skizziert, nur hatte der Meister sich einmal des Bleistifts bedient und das andere Mal brauner Chinatinte. Die Frau hielt einen Blumenkranz umfasst, und auf Kniehöhe hatte der Meister in seiner hastigen Schrägschrift *voile et fleurs* vermerkt.

«Gefällt es Ihnen?»

«Alles, was Sie erschaffen, ist schön und ohne Makel, Meister.»

«Unsinn. Diese Zeichnungen sind schlecht. Es sind auch bloss Entwürfe, ich habe mir nicht angemasst, Kunstwerke zu zeichnen. Doch selbst als Skizzen taugen sie nichts. Ich muss weitersuchen. – Was hat meine Marie denn alles während meiner Abwesenheit unternommen und erlebt?»

«Ich habe Ihren Rat befolgt. Jeden Sonntag bin ich in die Bains gegangen und habe Spaziergänge im Freien gemacht. Sehen Sie nicht, wie gesund ich aussehe?»

«Ja, gut, mein Kleines, das ist sehr gut. Und für den Geist, für Ihre Bildung?»

«Sie werden stolz auf mich sein, Meister. Ich habe viel getan. Ich habe fast jeden Tag eine oder zwei Stunden Modell gesessen. Und dann waren Ausstellungen in der Stadt, die ich nicht verpassen wollte. Die Ihre im Musée du Luxembourg vor allem. Ich war viele Male dort.»

«Meine erste Ausstellung in einem staatlichen französischen Museum. Vierzig Jahre habe ich darauf gewartet. Und ob es ein Erfolg ist, das wissen die Götter, denn man hat meine Anordnungen wieder einmal nicht befolgt.»

«Aber Ihre *Jahreszeiten* kommen sehr schön zur Geltung. Es gibt viel Freiraum um die Skulpturen, und die Beleuchtung hat mir ebenfalls gefallen.»

«Die Sockel, Marie, die sind das Problem. Die Museumsleute wollen meine Gipssockel nicht verwenden. Seit Jahren streite ich mit ihnen darüber. Aber erzählen Sie mir lieber, was in dieser Zeit sonst noch Ihre Aufmerksamkeit verdient hat.»

«Nun, da gibt es in der Galerie Serrurier am Boulevard Haussmann drei Moderne, die zusammen ausstellen, Gérardin, Picasso und Trachsel. Ich bin hingegangen, weil ich den einen vom Namen her kannte. Er malt Harlekine und Zirkusleute, alles in Blautönen, recht kühn, vor allem seine Raumdispositionen interessieren mich. Und dann habe ich letzte Woche an der Sorbonne einen Vortrag von Marcel Schwob über den Dichter François Villon gehört. Ich wollte mein Französisch verbessern.»

«So? Und wie war der Vortrag?»

«Ich habe leider nicht viel verstanden. Es herrschte eine sonderbare Atmosphäre im Saal. Irgendwie düster. Wie wenn der Tod dabei wäre. Der Vortragende schien sehr krank.»

«Weiter?»

«Weiter? Weiter nicht viel. Ich habe zu Hause ein bisschen das Buch studiert, das Sie mir ausgeliehen haben. Ich möchte Ihr Werk verstehen, Meister. Ich glaube, dieses Buch hilft mir.»

«Haben Sie auch gezeichnet? Haben Sie mir gar etwas mitgebracht?»

«Ja, natürlich. Wie Sie es mir empfohlen haben. Hier.»

Gwen klaubte das Blatt aus der Tasche und legte es neben die zwei Aktzeichnungen des Meisters.

«Das ist meine Katze auf dem Stuhlkissen.»

«Zeichnen Sie denn immer nur Katzen und Blumen?»

Gwen errötete. «Für mich ist das Sujet nicht so wichtig. Die Zeichenprobleme sind eigentlich dieselben, ob ich eine Katze oder einen Menschen male. Es ist eine Frage des Volumens.»

Der Meister nickte. «Richtig, Marie. In der darstellenden Kunst ist alles eine Frage des Volumens. Betrachten Sie die Formen immer in der Tiefendimension. Ihre Oberflächen müssen von innen heraus als Extremität eines Volumens verstanden werden. Das gilt nicht nur in der Bildhauerei. Aber ich sehe anhand Ihrer Katze, dass Sie schon viel gelernt haben. Machen Sie weiter so. Und nun Schluss mit der Ausfragerei. Wir haben doch aufregendere Dinge zu tun, Sie und ich, nicht wahr?»

Gwen lag auf dem Parkett, die Kleider verstreut um sie. Ein Schuh war unters Sofa geschlittert, der andere stand an die Aktenmappe des Meisters gelehnt. Gwen fror, aber unter der Gänsehaut durchströmte sie ein wunderbares Feuer. Sie hätte diesen Augenblick in die Ewigkeit ausdehnen wollen, wäre unter den streichelnden Händen des Meisters am liebsten zu einer Statue erstarrt, sein Lebenswerk geworden, von dem er sich bis zum Tod nicht mehr trennte.

«Mon corps est comme des petites fleurs dans un jardin», sagte sie, als der Meister sich von ihr wegdrehte und nach seinem Hemd griff. Sie versuchte ihn zurückzuhalten, es wäre so schön gewesen, einmal, ein einziges Mal, die ganze Nacht mit ihm zu verbringen. Am Morgen aufwachen und als Erstes dem andern in die Augen schauen. Gemeinsam frühstücken, gemeinsam den Tag beginnen. Ob er es sich nicht auch schön vorstellte? Sie bat und flehte, doch es war umsonst. Schon nach den ersten Worten unterband er das Gespräch mit einer unwirschen Geste. Er wollte nichts davon wissen. Er wollte auch nicht bleiben. Jetzt nicht und später nicht. Nie. Fast wurde er wütend, dann verfiel er in stumpfes Brüten. Gwen konnte ihn zu keinem Wort bewegen; ihre Bitte hatte ihn verstimmt, sie merkte, dass er jetzt an

Rose dachte und an den Zug, den er ihretwegen nicht verpassen wollte. Aber heute machte es ihr nichts aus. Heute war sie immun gegen die Eifersucht. Kleinliche Gefühle hatten keinen Platz im grossen Freudenstrom, der sie geworden war.

«Allez, Marie, habillez-vous vite! Nous partons.»

Gwen legte sich auf den Rücken und streckte die Arme von sich. Sie lächelte ins Halbdunkel, die Augen auf die Diele geheftet, auf welche die Schatten der Skulpturen zittrige Bilder warfen. Lang gezogene Zacken von den Flügeln des *Ikarus,* eine Ellipse von der *Danae.* Schöne, zufällige Formen. Sie wäre so gern hier geblieben und hätte erlebt, wie die Kerze erlosch und die Dunkelheit plötzlich wie ein tintendurchtränkter Schwamm darüberfuhr. Sie wollte die Nacht inmitten dieser Kreaturen verbringen, horchen, was sie einander zuwisperten, wenn er nicht da war. Die früheren Lieben des Meisters aus den Lippen der Frauen erfahren und von den Männern am Höllentor die Sünden und Seelenqualen.

«Non. Je reste.»

«Vous plaisantez. Venez.»

Gwen scherzte nicht. Sie blieb liegen und trotzte der Kälte und der Härte des Bodens. Ihr Körper hatte die Liebe des Meisters eingeimpft bekommen, was konnte er je Höheres auf dieser Welt empfangen? An ihren Oberschenkeln glänzte als Beweis eine getrocknete Samenschliere, und in ihrem Kopf hallten noch die Schmeicheleien des Geliebten: «Du bist meine Frau, meine kleine Muse.» – «Du bist mein schönstes Modell.» – «Ich liebe dich, wie ich keine andere Frau je geliebt habe.» Sie fühlte sich stark, auf eine befremdende Art gewachsen, ausgedehnt über die Grenzen der Haut hinaus. So sehr war sie von seinem Schöpfergeist erfüllt, dass sie in einem Zukunftsblitz ihre wahre Berufung auf Erden zu erkennen meinte. Nicht zur Malerin bin ich auserwählt, ich dummes Ding, sondern zum Modell und zur Muse des Meisters. Das ist die Wahrheit, für die der Meister mir heute die Augen geöffnet hat, die einzig gültige Wahrheit, nach der ich zu leben habe. Wie in einem Rausch begann sich Gwen auf dem Boden zu wälzen. Ihr war, als hätte sie diese Erkenntnis von den letzten Hemmungen erlöst, ihr Körper schien zu wogen, zu delirieren.

«Marie!»

Der Meister blieb verblüfft stehen. Wie zart sie war und doch so wild. Weiss wie Marmor. Wenn er sie jetzt nur in eine Skulptur hätte bannen können, so wie sie sich gab, selbstvergessen, ungekünstelt den elementarsten Gefühlen hingegeben, das Werk würde die Krönung seines Schaffens. Er spürte es. Spürte die Wahrheit in seinen Fingern, den Drang, in den irdenen Massen zu wühlen und nach ihrem Bild zu suchen, um es zu befreien. In seinen Augen vermischte sich das lebende Fleisch mit der Vision einer grossen Skulptur, er sah schon den Lebenshunger aus den steinernen Gliedern hervorleuchten, sah das geschaffene Abbild über die Quelle der Inspiration hinaus ins Zeitlose weisen.

«Ça y est, Marie, ça y est. J'ai trouvé. C'est vous la muse, vous et personne d'autre. Demain nous commencerons notre grand travail.»

Auf dem Weg zur Gare Montparnasse liess sie sich das neue Projekt vom Meister erklären. Sie hatte sich beruhigt, hielt seine Hand während des Gehens und lauschte seinen Worten mit der Hingabe einer Schülerin, auch wenn er weit ausholte und sie keine Zusammenhänge erkannte. Der Meister sprach von Whistler und vom gewaltigen Eindruck, den seine Bilder auf ihn machten. Er erging sich in schwer verständlichen Worten über das Atmosphärische in ihnen, und sie musste ihn oft mit der Bitte unterbrechen, er möge seine Sätze vereinfachen.

«*Die Themse bei Chelsea.* Sicher kennen Sie dieses Bild. Es zählt zu seinen besten Werken. Es ist wundervoll wegen der Raumtiefe. Die Landschaft ist eigentlich nichts; es gibt nur diese Ausdehnung der Atmosphäre, mit vollendeter Kunst ins Bild gezaubert. Whistlers Werk wird mit der Zeit nichts verlieren; im Gegenteil, es wird gewinnen, denn eine seiner Stärken ist die Energie, die andere das Fingerspitzengefühl; aber die wichtigste von allen scheint mir die zeichnerische Bravour.»

Gwen wollte einstreuen, dass Whistler einmal ihr Lehrer gewesen sei. Vor sechs Jahren, als sie und Ida kurz in Paris gewohnt hatten. Dass sie den geschärften Sinn für Farbschattierungen ihm verdanke und auch die Technik, erst auf der Palette die Farben genau aufeinander abzustimmen, bevor sie die Leinwand in Angriff nehme. Und dass er höchstpersönlich einmal vor Gus ihren Sinn für Farben gelobt habe. Sie hielt sich jedoch zurück. Sie war keine Malerin mehr. Seit heute Abend wollte sie nur noch das Modell sein, das der Meister zur Verwirklichung seines neuen Werkes brauchte. Der Bereich der Kunst gehörte ihr nicht mehr.

«Die International Society hat mich beauftragt, ein Monument für Whistler zu schaffen. Ich habe angenommen. Wie konnte ich auch anders? Schliesslich bin ich als neuer Präsident dieser ehrwürdigen Gesellschaft sein Nachfolger.»

Unter dem Eiffelturm blieb der Meister stehen und blickte auf den weiten, unbeleuchteten Rasen des Champ de Mars. Die Perspektiven faszinierten ihn, die geraden Weglinien, die absolute Symmetrie des Parks. Schneereste tupften das Gras, dahinter bildete die Front der Ecole Militaire mit ihren Säulen eine geisterhafte Kulisse in der Nacht. Gwen drückte sich fröstelnd an den Meister. Manchmal beängstigte sie die Grösse dieser Stadt. Sie wuchs und wuchs, auch über Nacht dehnte sie sich aus, nicht nur an der Oberfläche, sogar unter der Erde gab es jetzt Wege, Tunnels, die wie ein einziger gigantischer und sich verästelnder Schacht die Stadt unterhöhlten, und die Bewohner wurden darin immer kleiner und unwichtiger. Gingen verloren.

«Comme tout est grand à Paris», flüsterte sie.

«Oh, mais Londres aussi, c'est pareil. Cela devient invivable.»

Gwen begleitete den Meister bis zum Zug. Die Strassen waren leer, nur in der Rue de Rennes, vor dem Spezialitätengeschäft Felix Potins, ging es um diese Zeit noch geschäftig zu. Körbe von Früchten und Gemüse wurden aus dem Lieferwagen gehoben und neben den Eingang gestapelt. Kisten mit Terrinen, Wein in golden beschrifteten Schachteln. Pralinen. Der Kutscher stieg von seinem Sitz, hetzte gestikulierend zwischen den Waren hin und her und schrie die Handlanger an, sie sollten sich beeilen. Eine Orange rollte über den Gehsteig und landete in der Rinne. Der Kutscher verwarf die Hände, spuckte vor Aufregung auf den Boden. Ein brauner Auswurf, dem Paar genau vor die Füsse. Der Meister hielt inne und murmelte etwas von unerträglicher Verrohung.

«Vous dites?»

«Je dis que vous êtes un malotru, Monsieur.»

«Bah, vous m'faites rire, vous, avec vot' beau paletot et vos godasses fines. On voit que vous n'travaillez pas des mains. Pas besoin, le grand seigneur, n'est-ce pas? On est riche, on mène la grande vie, hein?»

Der Meister blinzelte belustigt und zog Gwen weiter.

«Wo war ich? Ach ja. Die Engländer denken an eine geflügelte Siegesfigur, welche den Triumph über die Schwierigkeiten in Whistlers Leben symbolisieren soll. Die Idee ist brauchbar, sie würde endlich aufräumen mit den gestellten Porträts wie Boehms *Carlyle* am Cheyne Walk. Haben Sie diese schreckliche Statue in London gesehen? Ein Widersinn. Mich schauderts, wenn ich nur daran denke. Um die ewige Seele des Geehrten darzustellen, begnügt man sich heute mit der getreuen Abbildung seiner vergänglichen Hülle. Ebenso viel Sorgfalt und Wert wird auf die Kleider und Schuhe wie auf den Kopf verwendet. Das ist doch reine Fotografie in Bronze. Whistler würde so was hassen.»

«Bestimmt, Meister. Sie müssen etwas Neues erschaffen, etwas, das die Ideen und Werke des Malers ehrt, nicht dessen Körper.»

«Genau. Und da, Marie, sehe ich Ihre Rolle. Ich denke nicht so sehr an einen geflügelten Sieg als an die Muse, die Whistler inspiriert hat.»

«Soll ich diese Muse sein?»

«Ja. Und wenn ich das ganze Monument auf diese Muse konzentriere, dann löst sich meine Hauptschwierigkeit von allein. Whistlers Porträt, meine ich. Es soll gar nicht erst erscheinen, nicht einmal auf einer Relieftafel, nein, sein Genie soll ganz in dieser vergeistigten Frauenfigur aufgehen und ihr Leben einflössen. Ich glaube, dass ich mit einer solchen Interpretation Neuland betreten würde. Und gleichzeitig könnte ich Whistlers Abneigung gegen ein Monument respektieren.»

«Hat er Ihnen das einmal gesagt?»

«Nicht persönlich. Aber seine Meinung ist allgemein bekannt. Er meinte, sein gesamtes Werk bilde letztlich sein Denkmal. Und er hat natürlich Recht. Das gilt für jeden Künstler. Für mich wird es auch gelten.»

«Reden Sie nicht so, Meister. Ich ertrage das nicht.»

«Marie, den Tod soll man nicht verdrängen, er gehört zum Leben. Er ist auch nichts Endgültiges, wenn man Vertrauen in den Herrn hat.»

«Sie sind gläubig?»

«Sie etwa nicht?»

«Ich weiss nicht. Ein bisschen vielleicht. Nein – ach, es ist alles so kompliziert. Ich kann darauf nicht antworten.»

«Sie müssen sich mit dieser Frage auseinandersetzen, Marie. Die Religion ist wie die Arbeit, sie ist ein zentrales Anliegen des Menschen. Heute ganz besonders. Wir stehen nämlich in Zeiten tiefer Umbrüche. Politischer Umbrüche, sozialer Umbrüche und religiöser Umbrüche.»

«Ich verstehe nicht so recht, was alles in der Zeitung steht. Für mich ist es schwierig, diese Dinge zu verfolgen. Ich sehe nur, dass sich in der Regierung etwas tut, was die Leute unzufrieden macht.»

«Unzufrieden? Das ist ein schwaches Wort. In Rage versetzt, müssten Sie sagen. Der neue Ministerpräsident

Rouvier ist daran, die antiklerikalen Ideen vom alten Père Combes zu übernehmen, er will in Frankreich die Trennung von Kirche und Staat durchsetzen, und – glauben Sie mir – es wird ihm sogar gelingen, denn so wie die Dinge in unserem Land jetzt leider stehen, habe ich über den Ausgang der Wahlen im März eigentlich keine Zweifel.»

«Verzeihen Sie, Meister, aber solche Fragen sind zu hoch für mich. Was Sie denken, ist sicher richtig.»

«Dann sprechen wir lieber wieder über unsere *Muse.* Ich sehe sie schon, Marie, es soll ein grosses Werk werden, das seine Aussagekraft ganz aus der monumentalen Schlichtheit schöpft.»

Der Meister begeisterte sich und entwickelte immer neue Gedanken, vergass, dass Gwen neben ihm hertrippelte und vergeblich versuchte, seinen Gedanken zu folgen. Sie schnappte nur unzusammenhängende Dinge auf, Drapierungen, Kränze, mögliche Posen. Noch auf dem Bahnsteig sprach er über seine *Muse* und deren Bedeutung. Er bemerkte die Leute nicht, die an ihm vorbeihasteten, auch den Pfiff des Bahnhofsvorstehers überhörte er, Gwen musste ihn darauf aufmerksam machen.

«Votre train, Maître. Il part dans deux minutes.»

«Déjà?»

Er drückte ihr einen Kuss auf die Stirn und streichelte ihre Wange. Seine Augen glänzten wie im Fieber. Noch nie hatte ihn Gwen so erregt gesehen.

«Bis morgen, chère Marie, vergessen Sie nicht, sehr früh zu kommen. Ich brauche Sie.»

Nachts erschienen Gwen wieder die Tauben im Traum. Sie erwachte mit einem Druck auf der Brust, Bilder von Tenby begannen, durch ihren Kopf zu geistern. Die Dünen von South Beach, Caldey Island, ein langer flacher Rücken, und die Lydstep Cliffs mit den unheimlichen Grotten. Im Frühsommer die im Ingwer eingemachten Erdbeeren auf dem Sonntagstisch, Limonade dazu, für die Erwachsenen weissen Wein. Winnie und sie, die mit dem Fahrrad auf den Lanes landeinwärts fuhren, die Schwester mit ihren wippenden Locken immer etwas voraus. Gwen meinte sogar den würzigen Boden von Pembrokeshire zu riechen, so stark waren ihre Erinnerungen, und eine Sekunde, bevor sie die Augen öffnete, war sie das kleine Mädchen, das im Sonntagskleid die Treppe hinunterpolterte und an den schrecklichen Tauben vorbei zum Tisch rannte, auf dem die Kristallschalen mit den aufgeweichten Beeren bereitstanden. Dann zersprengte der erste Augenaufschlag die Vergangenheit, und von den schwindenden Splittern rettete sich nur die Beklemmung vom Taubentraum in den Tag.

Als kleines Mädchen hatte Gwen nicht an den ausgestopften Tauben vorbeigehen können, ohne zu schaudern. Die Vögel hatten, auf einen Ast montiert, unter einer Glasglocke auf der Kommode des Wohnzimmers gestanden. Gwen erinnerte sich, dass Strohhalme auf dem Boden ein Nest vorgetäuscht und ein Ei aus Papiermaché darin gelegen hatte. Es war eine ungeschickte Montage, über die sich Winnie und Thornton hinter dem Rücken der Tanten oft lustig gemacht hatten. Nur Gus hatte wie sie empfunden, er war vor den Tauben zurückgeschreckt. Unheimlich seien sie, hatte er gegrübelt, nicht weil sie tot seien, sondern weil man sie in einer unnatürlichen Pose verewigt habe; die Köpfe waren beschützend zum Ei herabgesenkt, gleichzeitig aber öffneten die Vögel ihre Flügel, als wollten sie jeden Augenblick davonfliegen. Einen solchen Zwiespalt bringe die Natur nicht zu Stande, hatte Gus entschieden, deshalb hätten die Vögel etwas Dämonisches.

Sie waren schon vom Korridor aus sichtbar gewesen, und wenn Gwen am Tisch gesessen oder auf dem Sofa Bücher gelesen hatte, war ihr deren Starre ein steter Dorn im Auge gewesen. Ihretwegen hatte sie es nie lange im Wohnzimmer ausgehalten. Kaum war der verhasste Pudding ausgelöffelt, kaum die letzte Seite unter Vaters strengem Auge gelesen, war sie aufgeschnellt und ins Dachzimmer geeilt. Und doch hatte das Vogelpaar eine dunkle Neugier in ihr geweckt. Beim Vorbeilaufen hatte sie manchmal die Schritte verlangsamt, um einen verstohlenen Blick auf die feinen Daunen und auf die erhärteten Kleistertropfen um die Spreizfüsse und an der Borke zu werfen. Sie hatte versucht, darin Spuren von Leben auszutüfteln, hatte gewartet, dass ein Herzpuls oder Schnäbeln die sich tot stellenden Tiere verriet. Denn dass die Vögel in Wirklichkeit lebten, war für sie keine Frage gewesen. Sie lebten, vielleicht litten sie sogar unter der Glocke, jedenfalls hielten sie sich still und warteten, bis jemand ihren gläsernen Käfig zerschlüge und sie endlich befreite.

Die Träume von den gefangenen Vögeln waren mit den Jahren deutlicher geworden und hatten begonnen, einem unveränderten Muster zu folgen. Immer betrat sie das Wohnzimmer mit dem heimlichen Vorsatz, die Glasglocke vom Sockel zu heben und zuzuschauen, wie die Vögel aus dem offenen Fenster aufs Meer hinausflogen. Schon an der Türschwelle erfüllte sie die gute Tat mit Vorfreude, doch jedes Mal, wenn sie nah bei den Vögeln stand und die Erwartung in ihren Äuglein glänzen sah, überkam sie eine plötzliche Angst, und sie ging an der Glocke vorbei, ohne einen Finger zu rühren. Dann stand mit einem Mal die Mutter neben ihr, die sie in die Arme nahm und tröstete, was alles nur noch schlimmer machte.

Der Traum war während der Jahre an der Slade verschwunden. Er hatte Gwen auch in ihrer ersten Pariser Zeit in Ruhe gelassen, in jenen unbeschwerten Wochen mit Ida, aber seit ein paar Monaten war er wieder aus der Vergessenheit aufgetaucht, unverändert und mit denselben Schuldgefühlen belastet.

Gwen ging an diesem Tag nicht aus dem Haus. Nicht einmal zum Einkaufen. Sie fegte den Boden und machte Ordnung in ihren Kleidern, trug die Bettdecke in den Hinterhof und schüttelte sie über dem verschneiten Boden aus, der grau wurde von den Fusseln und vom Staub. Bügelte. Schnippelte die verdorrten Blätter vom Farn weg und mied mit dem Blick die immer noch blanke Leinwand. Das Haushalten tat ihr gut an Tagen, die sie fern vom Meister hinter sich bringen musste, es gab ihr das Gefühl, mit ihm verheiratet zu sein. Die Ordentlichkeit, die sie in ihrer Wohnung zu Stande brachte, empfand sie als heiligen Akt der Dankbarkeit für die Ehre seiner Zuneigung.

Am Mittag war Gwen soweit und konnte Lappen und Besen mit bestem Gewissen wegräumen, der Meister hätte nichts beanstanden können. Sie breitete die aus englischen Zeitungen ausgeschnittenen Artikel vor sich aus, seitenlange Besprechungen, die sie dem Meister an der nächsten Sitzung übersetzt zurückbringen sollte. Die meisten Artikel befassten sich mit der grossen Bostoner Ausstellung am Copley Square. Der *Denker* wurde gewürdigt, die *Verzweiflung, Alcestes Tod.* Rodins Ästhetik, hiess es, knüpfe an die klassischen Schönheitsideale an, stehe in überzeugender Harmonie mit Monets 95 Bildern, welche die Copley Society in einer ersten grossen Retrospektive zusammengestellt habe. Gwen übersetzte Satz für Satz. Stellen, an denen nicht vom Meister die Rede war, überflog sie, während sie die anderen, die voll des Lobs für ihn waren, in grösstmöglicher Genauigkeit niederschrieb. Sie blühte in dieser Tätigkeit auf, liebte es, den Namen Auguste Rodin zu lesen, ihn zu schreiben und dabei zu denken, dass der Mensch, der ihn trug, untrennbar mit ihrem Schicksal verbunden war. Jeden einzelnen Buchstaben seines Namens liebte sie, den Klang jeder Silbe.

Als der Abend anbrach und sie die Augen von den Zeitungsblättern hob, war ihr, als sei der Meister den ganzen Nachmittag nicht von ihrer Seite gewichen. Sie fühlte ihn im Raum, während sie die Übersetzungen beiseite legte, sein Name war ihr auf der Zunge, seine Stimme im Ohr. Fast meinte sie, dass sie nur zu sprechen brauche, und er würde antworten, die Nacht mit ihr verbringen. Einbildung, die reinste Fantasterei, sie wusste es, aber sie wollte nicht wieder zurück in die Einsamkeit, sie wollte noch ein bisschen verweilen in seiner beschworenen Nähe, ihn festhalten und für sich haben. Mit ihm hatte ihr wahres Leben begonnen; was vorher gewesen war, die Kindheit in Wales, die Jahre an der Slade, Ambrose, all das war ins Nichtige verschwunden seit ihrer Begegnung mit dem Meister.

Oh mon Maître, il n'y a pas un homme comme vous au monde, vous êtes la beauté de ma vie! Vous vous occupez de mes besoins, cela est si bon de vous, mais si j'avais faim et froid, mon âme serait encore le plus satisfait et heureux au monde en vous voyant quelquefois et en pensant à vous – en vous aimant, mon Maître! Vous me donnez tout, mon Maître, mais mon amour pour vous est la plus belle chose que vous me donnez. C'est cela qui fait belle ma vie.

Oh mein Meister, es gibt keinen Mann wie Sie auf der Welt, Sie sind die Schönheit meines Lebens! Sie kümmern sich um meine Bedürfnisse, das ist so gütig von Ihnen, aber wenn ich hungerte oder kalt hätte, wäre meine Seele noch die zufriedenste und glücklichste auf Erden, weil ich Sie manchmal sehe und an Sie denke – weil ich Sie liebe, mein Meister! Sie geben mir alles, Meister, aber meine Liebe zu Ihnen ist das Schönste, was Sie mir geben. Diese ist es, die mein Leben schön macht.

Der Brief gefiel ihr. Sie schrieb ihn mehrere Male ins Reine, bis sie auch mit dem Schriftbild zufrieden war; ihre Feder neigte zur Fahrigkeit, und wenn sie sich nicht im Zaum hatte, wirkten die Buchstaben unvollendet und disziplinlos. Und das war der letzte Eindruck, den sie auf den Meister machen wollte.

Über den blauroten Hügeln ein Himmel, den es nur im Süden gibt. Ein Wölklein schaukelt darin, schräg, verspielt. Die Sonne geht unter, entwirft einen gelben Kranz am Horizont. Sieben Frauen sind in die Bucht gesegelt und haben im Meer gebadet, der Mast ihres an einen Pfahl gebundenen Bootes schneidet die Landschaft entzwei. Jetzt geniessen sie die letzten Sonnenstrahlen auf ihren nackten Körpern, stehen oder liegen um ein ausgelegtes Tuch unter dem Pinienbaum und werden sich mit Tee und Früchten verpflegen. Eine wringt sich das Haar aus. Die Beine und Arme entlang fährt eine dunkle pointillierte Linie. Ihr Gesicht hat einen türkisfarbenen Schimmer, wie das Tuch, das ihr zu Füssen geglitten ist. Eine andere stützt sich seitlich auf dem Ellbogen auf, flammendes Haar, die Schenkel blaugrün und rosa. Hinter ihr, entrückt und von Strahlen umrahmt, steht eine verhüllte Figur, und eine andere breitet verzückt die Arme aus, will die Abendluft durch alle Poren der Haut in sich aufnehmen.

Das Bild *Luxe, calme et volupté* war neu, die Farbe fast noch feucht; Henri Matisse, so wurde gemunkelt, habe es für den Salon des Indépendants erst in letzter Minute abgeliefert. Die Leute drängten sich unruhig vor dem Bild, Gwen und Hilda mussten auf Zehenspitzen stehen, wollten sie über die Schultern der Besucher einen grösseren Ausschnitt davon erhaschen. Sie standen vor dem Pinienbaum, studierten die vertikalen Pinselbewegungen am Stamm und die Kühnheit, mit welcher der Maler das Schillern des Wassers dahinter in Striche ungemischter Farbe aufgelöst hatte. Ein Gesamteindruck über die Komposition blieb ihnen an diesem Eröffnungstag jedoch verwehrt, sie mussten sich mit Bruchstücken begnügen, mit dem Meer oder im unteren Bildteil dem Tuch, einem liegenden Akt. Vom Himmel immer nur ein Fetzchen. Der Menschenstrom stiess sie vorwärts, sie hörten gerade noch, wie Jean Puy im Gespräch mit dem Kunsthändler Ambroise Vollard den angeprangerten Matisse als einen Anhänger des Pointillismus lobte, hörten Louis Vauxcelles im Hintergrund über die Gefahren der Abstraktion donnern, dann fanden sie sich plötzlich im nächsten Saal, vor Bildern von bescheidenerem Format, über die sich kein Gemüt erhitzte.

«Welch ein Menschenbad da drüben. Ich wäre fast erstickt. Hier kann man wenigstens atmen.»

«Ja, aber dafür sind die Bilder nicht so aufregend. Alles ziemlich banal.»

Gwen überflog die Wände, sie wollte schon weiterlaufen, als ihr ein Namensschild in die Augen sprang. *Edmond Lempereur, né en 1876.* Nicht der Name heischte ihre Aufmerksamkeit, sondern das Geburtsjahr. Es war das ihre. Wenn sie sich nicht von ihrem Weg hätte abbringen lassen, dachte sie mit einem leisen Stich im Herzen, wer weiss, vielleicht hätte eines ihrer Bilder an dieser Stelle hängen und ihr Name darunter stehen können. Lempereurs Bilder stellten die üblichen Szenen des Pariser Nachtlebens dar. Damen an der Bar, eine Tanzfläche, eine sitzende Frau mit blauem Hut im Moulin de la Galette.

«Warum bleibst du ausgerechnet hier stehen?», fragte Hilda verunsichert. «Findest du diese Bilder gut? Ich sehe nichts Besonderes in ihnen.»

«Ich auch nicht. Wenn du Acht gibst, dann merkst du, dass alle drei Bilder die eher fantasielose Variation eines einzigen Kompositionsprinzips sind. Eine horizontale Dreiteilung des Bildes und im Vordergrund die Frauenfiguren oder der Türrahmen, die ein senkrechtes Gegengewicht dazu schaffen. Der Maler hat sich wirklich nicht viel einfallen lassen, aber wenigstens ist es hübsch gemalt.»

«Du bist wirklich eine erstaunliche Person, Gwen. So scheu und zurückhaltend, so in dich gekehrt. Aber wenn es um die Malerei geht, dann urteilst du sehr selbstsicher und tust fast schon gelehrt. Das würde man dir eigentlich nicht zutrauen.»

«Da staunst du, nicht wahr? Das kommt von der Slade und von den Theoriebüchern, die ich lese. Aber eigentlich geht nichts über die Betrachtung von Bildern. Da lernt man am meisten. Bei den guten Bildern geht dir auf, wie du es machen könntest, und die schlechten zeigen dir ...»

«Psst, schau, das ist der komische Amerikaner dort drüben. Leo Stein. Es lohnt sich, ihm zuzuhören, wenn er von Kunst redet, der Kerl ist einmalig. Und wenn wir Glück haben, steht irgendwo auch seine dicke Schwester herum. Die zwei tauchen nämlich selten allein auf. Komm.»

Der kleine Mann mit Hut und in modischer Kordsamthose stand mit dem Rücken zu einem intimen Interieur. Für einmal predigte er nicht über seine Grossen Vier, er erwähnte Manet, Renoir, Degas und Cézanne überhaupt nicht, sondern beschränkte sich, vor seinem skeptischen Publikum die Laszivität des *Aktes auf gelbem Kissen liegend* hinter ihm zu verteidigen. Seine Gebärden waren den Franzosen offensichtlich eine Spur zu leidenschaftlich.

«Ach, bitte sehr, Monsieur Stein, Sie brauchen sich nicht so zu ereifern. Félix Vallotton ist doch nur ein geschickter und redlicher Zeichner», unterbrach ihn Vauxcelles, der sich eben noch vernichtend über Matisse geäussert hatte. «Die Frau im Bild wirkt mit ihren Verrenkungen höchst unnatürlich.»

Leo Stein lächelte überheblich in die Runde, er war sich seines Urteils sicher. Der Akt sei im Gegenteil ein ausgeklügeltes Stimmungsbild. Die Pose der Hure, die, man werde es sich wohl nicht entgehen lassen können, eindeutig auf Manets *Olympia* Bezug nehme, das leere grüne Zimmer und dieses schmiegsame gelbe Kissen; alle Bildelemente seien genauestens aufeinander abgestimmt, um diese Atmosphäre trostlosester Gleichgültigkeit zu beschwören.

«Die Gleichgültigkeit der Hure, meine Damen und Herren, sie ist abgrundtief. Die Frau hat durch ihre vielen anonymen Freier einen unheilbaren Seelenschaden erlitten, und Vallotton ist es hier gelungen, diese Not ganz ohne Larmoyanz oder billige soziale Anklage in der räumlichen Komposition auszudrücken.»

«Wenn schon Bordellszenen, dann wenigstens was Deftiges. Toulouse-Lautrec vielleicht. Aber nicht so was Schwüles, bitte. Meiner Meinung nach ist das Bild keinen Sou wert.»

«Der Wert des Bildes soll Sie auch nicht länger beschäftigen, cher Monsieur. Ich habe im Sinn, es zu kaufen und nach dem Salon zu Hause neben meine Cézannes, Bonnards und Picassos zu hängen.»

Ein paar Zuhörer klatschten, andere schüttelten den Kopf und nannten Herrn Stein einen verrückten Amerikaner. Hilda lachte.

«Der Mann ist wirklich witzig. Und ein Kenner dazu. Man sagt, dass in seiner Wohnung die besten modernen Bilder von Paris hängen.»

«Mag schon sein. Aber für meinen Geschmack schwatzt er etwas viel. Über Kunst reden ist das eine, Kunst machen ist das andere.»

«Leo Stein ist eben kein Maler. Handkehrum könnten Künstler ohne Leute wie ihn gar nicht leben. Irgendjemand muss ja die Bilder kaufen. – Nur schade, dass die Schwester nicht da ist. Hast du sie schon einmal gesehen?»

«Nein. Die Steins interessieren mich wenig. Sie fallen gern auf, und das ist mir suspekt.»

«Dann hast du auch nichts dagegen, wenn wir jetzt hinausgehen? Ich bin schon ganz verwirrt von den vielen Eindrücken. Und unsere Sitzung möchte ich heute nicht allzu spät ansetzen. Ich arbeite ungern nachts.»

Obwohl sie müde waren vom Herumstehen und vom Tumult in den Ausstellungsräumen, beschlossen sie, nach Hause zu laufen. Sie machten einen Umweg über die Rue Notre-Dame-des-Champs und kauften sich in der Pâtisserie Nezard mit dem gesparten Fahrgeld ein Stück Schokoladekuchen, das sie sich zum Abendbrot teilen wollten.

«Erst die Sitzung, dann der Kuchen. Einverstanden?»

Gwen war mit den Gedanken noch bei Matisse. Bei seinen grossen Flächen von Himmel und Meer. Bei seinen Farben. Während sie die Tuileries durchquerten, versuchte sie, den Pariser Himmel, der sich über den Baumkronen schon rosa tönte, ähnlich in farblich getrennte Schichten zu zerlegen. Wenn sie sich anstrengte, konnte sie in den Übergängen vom hellen Blau zum Rosa tatsächlich auch Grün und Gelb erraten; so flüchtig waren diese Blitze jedoch, dass sie sich nicht sicher war, ob sie die Nuancen wirklich sah oder ob sich ihre Wahrnehmung nicht schon von Matisse hatte beeinflussen lassen. Im Rückblick erlebte sie sein Bild wie eine Aufforderung, im Schauen dem eigenen Auge zu misstrauen und das Wesen der Farben neu zu hinterfragen. Es zeigte die Wirklichkeit wie durch ein Filterglas, das die Mischung der Farben als ein Raster nebeneinander geordneter Primärfarben enthüllte. Erst das Auge sollte die aneinander gereihten Farben mischen und auf diese Weise die visuelle Korrektur vornehmen. Paul Signac hatte neuerdings südliche Häfen in diesem Stil gemalt. Und jetzt Matisse.

«Wir haben höchstens noch zwei Sitzungen, dann ist deine Büste fertig. Ich habe in den letzten Tagen viel daran gearbeitet. Ich hoffe, dein Ebenbild gefällt dir.»

Gwen war beeindruckt von Hildas Arbeitswut. Fertige Skulpturen standen der Zimmerwand entlang, drei neue Büsten hatte die Freundin seit ihrem letzten Besuch begonnen, und davon war ein männlicher Kopf schon fast beendet, nur noch am hochgestellten Kragen waren Verfeinerungen einzuschleifen. Ihr eigener Kopf stand neben dem Wandschrank auf einem Sockel. Unter der nassen Tuchbandage machte sie das Profil aus, erkannte am Halsansatz die Andeutung des Schmuckstücks, das sie im Sommer zu ihrer Bluse trug.

«Darf ich?»

«Meinetwegen, aber sei vorsichtig.»

Sachte rollte Gwen das Tuch auf. Sie betrachtete den Kopf von allen Seiten, keinen Blickwinkel liess sie ungeprüft, bückte sich sogar, um unters Kinn zu schauen.

Zum Schluss hielt sie sich in gespielter Verlegenheit die Hand vor den Mund und kicherte:

«Ich wusste gar nicht, dass ich so schön sein kann.»

«Liebe macht eben schön.»

«Ach komm, immer redest du von der Liebe.»

«Sie hat dich tatsächlich verändert. Du redest auch viel offener, seit du mit Rodin bist. Doch unter uns gesagt, Gwen, zu viel Liebe kann auch gefährlich sein.»

«Wie muss ich das auffassen?»

«Vielleicht denkst du im Stillen mal darüber nach. Denn nun wollen wir anfangen. Setz dich einfach hin, wos Platz hat. Am besten aufs Bett. Oder nimm die Wäsche vom Stuhl und leg sie auf den Boden. Ich zünde erst mal meine Öllampen an, man sieht schon fast nichts mehr um diese Zeit.»

Gwen schnürte die Schuhe auf und setzte sich im Schneidersitz auf Hildas Bett. Sie rückte den japanischen Wandschirm näher heran, und während Hilda die Öllampen aufstellte und die Büste zum Arbeitstisch hinüberschob, vertiefte sie sich in die Küstenlandschaften, die mit luftigen Strichen auf dem Holzlack angedeutet waren. Boote, Felsen, exotische Blumen und Vögel. Der Meister hatte Hilda den Wandschirm in Zeiten geschenkt, als Gwen mit Dodo noch durch Südfrankreich gewandert war und von ihm nichts mehr als seinen Namen gekannt hatte. Ob sie jemals ein solches kostbares Geschenk von ihm erhalten würde?

Hilda setzte sich ihr gegenüber, tauchte die Finger in ein Wasserschälchen und machte sich daran, Gwens Mundpartie zu verfeinern. Sie bat Gwen, ein Lächeln anzudeuten, wollte die Grübchen einkerben, bevor sie zur endgültigen Formung der Oberlippe überging. Immer wieder stand sie von der Arbeit auf und trat nahe an Gwens Gesicht, prüfte es bis auf die Beschaffenheit der Haut, als wollte sie sich vergewissern, dass sich in der Zwischenzeit nichts daran verändert hatte.

«Du schaust mich so sonderbar an, ist was?»

Hilda schmunzelte schelmisch.

«Etwas an dir ist heute Abend besonders reizvoll. Ich weiss nicht, was es ist, aber wenn ich Rodin wäre, würde ich dich jetzt küssen.»

«Dann tus doch.»

«Nein. Rodin sähe das nicht gern.»

Gwen war erstaunt. Hilda hatte im Atelier auch schon zugeschaut, wie der Meister ihren ganzen Körper mit Küssen bedeckt hatte. Hatte sich neuerdings sogar eingemischt, war zwischen ihnen bald Liebende, bald Geliebte geworden.

Hilda verschanzte sich wieder in sicherer Entfernung hinter der Büste. Tonspritzer hingen in ihren Haaren, und an den Unterarmen und am Hals klebten spröde Kleckse. Es störte sie nicht, sie arbeitete jetzt entschlossen und blickte kaum mehr von der Büste auf.

«Ich habe kürzlich einen Brief von Ida bekommen, und weisst du was, Hilda? Vielleicht siedelt mein Bruder nach Paris über.»

«Was? Dein Bruder muss ja schön verantwortungslos sein. Lässt die ganze Sippschaft einfach in England zurück und geniesst hier das Leben.»

«Nein, nein, alle kommen. Ida, Dodo, die Kinder, der Hund, alle. Ida ist zuversichtlich, dass es klappen wird.»

«Ist Paris denn besser für sie als England? Die komische Familiensituation ändert sich ja nicht. Sie muss deinen Bruder immer noch teilen.»

«Aber sie wäre wenigstens den Druck ihrer Familie und Freunde los. Niemand versteht drüben, dass sie Dodo unter ihrem Dach duldet. Und sie leidet, weil sie sich mit niemandem richtig aussprechen kann. Hier hat sie wenigstens mich.»

«Würdest du dich freuen, wenn sie kämen?»

«Ja, sicher. Und doch habe ich meine Vorbehalte. In der Nähe meines Bruders wird für mich alles schwieriger. Ich bin gehemmt, beim Malen vor allem. Aber da ich ja nicht mehr male ...»

Gwen löste während des Gesprächs die Augen nicht vom japanischen Wandschirm. Sie begann zu erahnen, was Maler wie Manet und Whistler an der orientalischen Kunst faszinierte. Die japanischen Künstler begnügten sich, die Distanzen und Perspektiven im Bild zu suggerieren, sie legten nichts fest und liessen der Fantasie des Betrachters durch die ästhetische Spannung von weiten Leerräumen und präzis hineingelegten Objekten freien Lauf. Wie viel konkreter war da die westliche Kunst, wie viel mehr Anhaltspunkte sie dem Betrachter lieferte, wie viel deutlichere Fingerzeige sie benötigte, um zur richtigen visuellen Wahrnehmung anzuleiten. Gwen betrachtete die Chrysanthemen, die Apfelblüten, die als schwebende Kleckse im Raum hingen. Den Berg im mittleren Streifen, der ihr besonders gut gefiel, weil er so solid wirkte, so elementar. Ein schneebedeckter Kegel, der aus dem Nebelfeld herausragte. Und darunter, wie ein Schachbrett, breiteten sich Felder aus, auf denen gebückte Menschen gingen. Ihre Hüte wiederholten die Form des Berges, nur kleiner. Kein Schatten, der den Stand der Sonne angäbe, keine nachvollziehbaren Fluchtlinien, an denen die Tiefe sich messen könnte. In einem Schaufenster am Boulevard du Montparnasse, auf halbem Weg zwischen dem Observatoire und Hildas Wohnung, hatte Gwen einen japanischen Holzdruck mit derselben Landschaft gesehen. Derselbe Berg und dieselben Menschen in den Reisfeldern. Was ihren Blick damals gefangen hatte, war das tiefe Indigoblau des Himmels. Auf dem Wandschirm wirkte es hingegen verwässert, nur gerade durch zwei breite Pinselstriche angetönt.

«Wie wärs mit einer Pause? Sicher tun dir schon alle Glieder weh.»

Hilda legte den Spachtel nieder und deckte die Büste wieder zu. Sie packte den Kuchen aus, schnitt ihn in zwei gleichmässige Stücke, während Gwen den Tee zubereitete und das Geschirr hereinbrachte.

«Wir müssen heute wohl am Boden essen. Ich mag den Tisch jetzt nicht für die Pause räumen.»

«Du meinst, ich soll die Tassen einfach auf den Teppich stellen?»

«Ist das unschicklich? Meinetwegen breiten wir ein Tuch aus. Da. Nehmen wir das da, die Skulptur ist sowieso fast trocken.»

Das Tuch, unter dem ein Kindergesicht zum Vorschein kam, war steif vom angetrockneten Ton, Hilda musste es erst eine Weile knittern und kneten, damit sich die harten Stückchen vom Stoff lösten. Dann breitete sie das Tuch auf dem Teppich aus, strich es mit dem Ellbogen glatt und pustete die Splitter unter den Schrank.

«So, Miss John, high tea is served.»

«Es fehlen nur noch das Meer und das Boot, dann ist die Szene wie auf Matisses Bild.»

«Stimmt. – Doch nein. Wir haben unsere Kleider an, das macht eine ganz andere Atmosphäre.»

Nachdem sie gegessen und getrunken hatten, legte sich Hilda rücklings auf den Boden und bettete den Kopf auf Gwens Oberschenkel. Schloss die Augen und schwieg. Gwen konnte den Verlauf der Äderchen auf ihren Augendeckeln verfolgen, so durchsichtig war ihre Haut. Auch an der Schläfe zog ein dunkler Mäander bis unters Haar. Gwen fuhr mit der Hand leise über Hildas verkleckste Wangen, über die Stirn und fragte:

«Du bist so still. Woran denkst du?»

«Willst dus wissen? An die Schokoladenkrümel auf deinem Mund denke ich. Ich möchte dich küssen, Gwen, ich möchte die letzten Reste unseres Kuchens von deinen Lippen essen.»

«Das geht aber nicht.»

«Gwen, komm, sei doch nicht so ernst. Es ist nur ein Spiel. Denk an das Matisse-Bild, du selbst hast ja davon angefangen.»

«Ich weiss nicht», entgegnete Gwen unsicher. Aber sie leistete keinen Widerstand, als Hilda lachend die Hände auf ihre Schulter legte und ihr die Wolljacke herunterzog, sie half ihr sogar, die Nadeln aus ihren Haaren zu zupfen, und horchte klopfenden Herzens auf ihre Einflüsterungen:

«Schnell, zieh dich aus. Du bist die Liegende mit den feurigen Haaren, und ich, schau, ich bin diejenige, die mit ausgebreiteten Armen die Natur umarmt.»

Im Nu war Hilda aus ihren Kleidern geschlüpft. Sie breitete die Arme aus, warf den Kopf zurück und stellte sich unbefangen in Pose. Ihr kräftiger Körper gemahnte Gwen an den Stamm eines Ahorns. Hell. Fest im Boden verankert. Gwen blickte auf ihre Beine, den Bauch, der sich unter den vollen Brüsten höhlte, bestaunte die grossen, dunklen Warzen, die fast aufgesetzt wirkten auf der weissen Haut. Eine Narbe zog sich wie ein Riss über ihren linken Schenkel.

«So komm schon, Gwen. Sonst fang ich noch zu frieren an.»

Jetzt lachte auch Gwen, als sie die Kleider auszog und sich mit dem Ellbogen neben dem Tuch aufstützte. Sie hatte sich schon lange nicht mehr so unbekümmert gefühlt. Hilda musterte sie, schüttelte abwägend den Kopf und sagte:

«Dir fehlen noch Rundungen, um ganz so zu sein wie die Frau im Bild. Aber für einen Anfang ist es nicht schlecht. Bleib ein bisschen so. Ich stelle jetzt die andere dar. Die Frau, die sich das Haar auswringt.»

Sie schüttelte ihre Haare aus, packte sie vorn zu einem Strang zusammen und verharrte in der Pose.

«Perfekt», rühmte Gwen, «man könnte denken, du habest Matisse Modell gestanden. Pass auf, ich verwandle mich jetzt auch. Wer bin ich?»

Gwen riss die Decke vom Bett und wickelte sich ein. Sie fasste die Enden unters Kinn, zog die Ellbogen ein und starrte mit ernstem Gesicht geradeaus.

«Die rätselhafte, undurchschaubare Geistfrau.»

«Habe ich auch solche bunten Strahlen um mich herum?»

Hilda tanzte mehrere Male um die Freundin, als huschte sie den irrlichternden Strahlen nach, zog immer engere Kreise.

«Ich sehe leider keine. Vielleicht sind sie nur für die Auserwählten sichtbar. Dafür aber hast du immer noch die Schokoladenkrümel auf deinem Mund. Das passt nicht für die Geistfrau. Sie müssen weg.»

Langsam zog Hilda Gwens Gesicht zu sich und berührte ihren Mund mit der Zunge, leckte die Krümel ab. Hilda roch nach Gips, sie roch wie der Meister, nach Arbeit, nach schöpferischer Kraft. Gwen brauchte nur die Augen zu schliessen, und schon fühlte sie sich ins Atelier des Meisters versetzt, meinte, in seinen Armen zu liegen. Unwillkürlich löste sie die Finger und liess die Decke fahren, die von ihren Schultern glitt und geräuschlos zu Boden fiel.

Am Ende der Strasse St-Placide war mit dem Abriss der kleinen Vorstadthäuser begonnen worden. Die letzten Schmieden und Gehöfte des Quartiers verschwanden. Wo die Gärtnereien im Wechsel der Jahreszeiten mit Streifen von Lilien und Sonnenblumen das Strassenbild aufgeheitert hatten, begannen sich jetzt elegante Wohnhäuser mit sechs oder gar mehr Stockwerken zu erheben. Von ihrem Fenster aus blickte Gwen auf eine Reihe von Gräben, in die Leitungsrohre gelegt wurden. Auf brachen Feldstücken türmten sich Erd- und Schutthaufen, die über die Gehsteige quollen, sprossen Baugerüste. Pferde trotteten zu jeder Tagesstunde mit beladenen Karren an ihrem Haus vorbei, und gegen Abend fuhren Kutschen die Delegierten des Polizeipräfekten herbei, die lange herumstanden, um sich ein Bild vom Fortschritt der Strassenarbeiten zu machen. Präsident Loubet hatte im Februar die Erlaubnis erteilt, einen neuen Boulevard von St-Germain bis zur Place Denfert-Rochereau zu ziehen, der zusammen mit der eben abgeschlossenen Nordsüd-Verbindung der Métropolitain bis zur Gare Montparnasse das ländliche Quartier an die Hauptstadt anschliessen sollte. Gwen sah Jahren zermürbenden Lärms und Aufruhrs entgegen und befürchtete, dass sie sich in ihrer Wahlheimat von einem Tag auf den andern nicht mehr zurecht finden würde. Immer weiter hinaus musste sie laufen, wollte sie die Häuser hinter sich lassen und in Wäldern und an einsamen Flusspromenaden Ruhe finden. Auch hinter der Porte de Vanves, ihrer geheimen Pforte in die Freiheit, erschienen schon die ersten Verästelungen eines Strassennetzes, das Wiesen und Haine verdrängte. Wenn Gwen sonntags nach dem Bad ihren Spaziergang machte, fuhr sie jetzt mit dem Schiff vom Pont Royal bis nach St-Cloud und ging von der Anlegestelle in Richtung Sèvres durch einen weiten, wenig besuchten Park. Sie trug Tiger in einem Körbchen mit und liess sie im Grünen springen, während sie am Ufer des Sees sass und Gräser und Blumen abzeichnete. Auch bei Wind und Regen ging sie spazieren, weil der Meister ihr eine strikte Routine empfohlen hatte.

Diesen Sommertag legte sich Gwen in den Schatten von Eichen und beobachtete die Enten, die am Wasser dösten. Auch der Meister hatte Enten in seinem Garten, er hatte sie ihr beschrieben, wie sie über den Rasen watschelten, wie sie schliefen, die Köpfe in die Rückendaunen gekuschelt, und sich jedesmal aufgeschreckt plusterten, wenn der Hund zu nah an ihnen vorbeirannte. Gwen konnte sich die Idylle lebhaft vorstellen und träumte, daran teilzuhaben. Wenn ihr der Meister nur erlaubte, in Meudon zu leben und seine Haushälterin zu sein. «Votre petite servante», sagte sie. Das stimmte ihn heiter. Sie wollte ihm kochen, die Hemden waschen, die Schuhe binden. Alles würde sie tun, um in seiner Nähe bleiben zu dürfen. Aber er wollte es nicht. Trotz der *Muse,* die ihn fesselte und während der Arbeitsstunden in ein Verhältnis umgekehrter Abhängigkeit stürzte. Er war es dann, der sie zum Leben brauchte; solange sie die Pose der Muse einnahm und er sie zeichnete und Tonentwürfe von ihr modellierte, lebte er nur durch sie. Sobald die Arbeit jedoch beendet war, zog er sich innerlich zurück. Verlor seine gute Laune. Aus seinen Ratschlägen meinte sie manchmal sogar Ungeduld herauszuhören.

«Pensez, Marie, exercez votre esprit.»

«Mais comment, Maître?»

«Je ne sais pas, moi, pensez à un problème bien défini. Concentrez-vous. Tenez ma sculpture, par exemple. Vous dites toujours que vous l'admirez. Qu'elle est belle. Pourriez-vous me dire ce que vous entendez exactement par ‹belle›?»

Er hatte ihr die Beantwortung dieser Frage zur Hausaufgabe auf Montag gegeben. Ihre Unfähigkeit, sich in Worten auszudrücken, ärgerte ihn. Seit einiger Zeit war er schroff, wenn sie zusammen über Kunst oder Literatur redeten und sie ihm die übersetzten Zeitungsartikel unterbreitete. Immer fand er daran etwas auszusetzen, sagte, sie sei nicht präzise genug in ihren Ausdrücken, übergehe wichtige Stellen und widme dafür solchen, die so offensichtlich belanglos seien, ihre ganze Aufmerksamkeit.

Gwen sass auf dem Boden und suchte mit dem Blick die gegenüberliegende Seeseite nach Tiger ab, die auf ihren Streifzügen gern im Gehölz untertauchte. Erst als sie ihr weiss- und schildpattgeschecktes Fell zwischen den Büschen ausmachte, lehnte sie sich zurück und schaute zwischen den Kronen in den Himmel. Lichte Wolkenschleier durchzogen ihn. Ein Vogel schoss vorbei, ein Ast wippte. Strahlen fielen wie staubige Lichtbündel auf den See. Was konnte Gwen über die Werke des Geliebten sagen? Es gab keine Worte für die Mischung von Wucht und Grazie, die seine Kunst kennzeichnete. Oder wenn es diese Worte gab, dann würde sicher nicht sie es sein, die sie fand. Gus hätte ausholen und den Meister mit einem wunderbaren Wortschwall blenden können. Sie nicht. Die Wörter waren ihre Feinde, immer fühlte sie sich von ihnen betrogen.

Inzwischen sollte der Meister sie kennen und nicht mit solchen schwierigen Aufgaben herausfordern.

Wie schön die Wolken rissen und zerflossen und sich zu neuen, überraschenden Formen ineinanderkeilten. Gwen konnte sich in diesen launischen Mustern vergessen. Sie erlebte die Eichen über ihr wie eine Kathedrale. Der dunkle Blätterdom, die Pfeiler, die Kühle, auch darin lag Wucht und Grazie. Sie ahnte Zusammenhänge, die ihre Zunge umspielten, ohne sich benennen zu lassen. Ihre Gedanken flatterten zügellos an den Rand des Traums, verzettelten sich in Geschichten, die keinen Anfang hatten und kein Ende. Unmögliche Geschichten und Wahres von früher, das sich vermengte und zu einzelnen lichterfüllten Wörtern verdichtete. Sie sah die Wörter im Himmel geschrieben: ‹fire›, ‹brilliance›, ‹lightning›. Ganz klar standen sie im dämmernden Blau, doch sie hatten ihre Bedeutung verloren, waren eingeflossen ins Licht, das sie benannten. Poesie. Reiner Klang. Wörter ohne Sinn, wo eben noch ein Sinn ohne Wörter gewesen war. Das Erlebnis verstörte sie, es erinnerte sie an die Spiele von damals. Ein Wort so lange laut und pausenlos zu wiederholen, bis es hohl wurde, sich ganz im Klang auflöste. ‹Mellow› zum Beispiel. ‹Mellowmellowmellowmellowmellowmellow.› Aber hier, unter den Bäumen liegend, erfuhr sie es anders, die Feuerwörter durchzuckten ihren Kopf, sie brannten ihr eine Botschaft ein, etwas Schönes und Klares, das nicht mit dem Verstand zu begreifen war. Splitter eines grossen Zusammenhangs zwischen Natur und Kunst. Eine Antwort auf die Frage des Meisters, die so schwer fassbar war, dass sie sich nur mit Gleichnissen umschreiben liess:

La sculpture de mon Maître est comme des histoires sans suite, mais cependant associées, comme des rêves. Il est comme des poèmes qui sont sonores et pleins de mots éclatants mais je ne trouve pas le sens de la poème seulement quelques sentences sont compréhensibles comme des fragments de choses les plus diverses. Cela est la véritable poésie car la nature l'inspiriteuse est comme cela. Et cette sorte de poésie et de sculpture a un sens général et une action indirecte comme la musique. C'est la même sorte de poésie qu'il y a ici dans cette plantation sauvage.

Die Skulptur meines Meisters ist wie folgenlose Geschichten, aber dennoch zusammenhängend, wie Träume. Sie ist wie Gedichte, die klingen und voll prangender Wörter sind, aber ich finde den Sinn des Gedichtes nicht, nur einige Sätze sind verständlich wie Fragmente der verschiedensten Dinge. Dies ist die wahre Poesie, denn die inspirierende Natur ist so. Und diese Art der Poesie und der Skulptur hat einen allgemein gültigen Sinn und eine indirekte Wirkung wie die Musik. Es ist die gleiche Art Poesie, die es hier in dieser wilden Anpflanzung gibt.

Der Meister war nicht zufrieden mit ihrem Brief. Er sagte nichts, sondern schob das gefaltete Blatt unter die Zeitungen auf seinem Pult und seufzte:

«Ah, ma petite Marie, vous êtes charmante, mais Dieu, ce que vous pouvez être simple.»

Gwen wusste nichts zu erwidern. Sie liess die Schultern hängen und senkte den Kopf. Sie hatte versagt, war wieder dumm gewesen. Seiner unwürdig.

«Die Schönheit, wollen Sie wissen, worin sie besteht?»
«Ja, Meister.»
«Es gibt nur eine Schönheit, es ist die der Wahrheit, die sich offenbart. Und wenn eine Wahrheit, wenn ein tiefer Gedanke, wenn ein mächtiges Gefühl in einem literarischen oder künstlerischen Werk aufblüht, liegt es auf der Hand, dass der Stil oder die Farbe und die Zeichnung hervorragend sind; aber diese Qualität kommt ihnen nur durch den Abglanz der Wahrheit zu. Verstehen Sie?»
«Ja, Meister.»
Sie hatte es wirklich verstanden. Und sie erkannte in seinen Worten auch gleich den genauen Ausdruck für die Erkenntnis wieder, die sie am Vortag unter den Eichen überwältigt hatte. Sie wollte ihm sagen, wie es gewesen war, wollte die Wörter am Himmel beschreiben und diese plötzliche Ahnung in ihrem Kopf, dass zwischen der grünen Kuppel und den Werken der Kunst eine tiefe Verwandtschaft bestehe.
«Quand j'étais sous les arbres, j'ai ...»
«Mais, nous perdons du temps, Marie. La *Muse* attend. Déshabillez-vous vite pour poser.»

Die ersten Zeichnungen der *Muse* hatte der Meister neulich verworfen. Die Pose überzeugte ihn nicht, auch schien ihm der Zusammenhang mit Whistler zu weit hergeholt. Noch suchte er unter den verschiedenen Entwürfen einen brauchbaren Ansatz. In Ton hatte er Gwen stehend und leicht vornübergebeugt festgehalten, ihr Kopf nach links gedreht, die Oberarme gekappt. Mit ihrer festen Verankerung in den Boden drückte die Statuette jedoch etwas Urweibliches und Mütterliches aus, das nicht zu Gwen passte. Gwen war leichtfüssig und zerbrechlich; wollte er diese Eigenschaften im Whistler-Monument zur Geltung bringen, musste er sie in einer beinahe schwebenden Pose darstellen.

«Dansez, Marie. Pensez que vous êtes une fée.»

Gwen wirbelte mit den Armen, hüpfte durchs Atelier, sprang aufs Podest und experimentierte, seinem Vorschlag folgend, mit den verschiedenen Standebenen. Das rechte Bein stellte sie fest auf den Boden, und mit dem linken, das sie anwinkelte, stützte sie sich scheinbar gewichtslos auf den Holzplanken ab.

«Gut so. Wir sind auf dem richtigen Weg. Können Sie das Bein noch etwas höher heben?»

«So?»

«Höher. So hoch Sie können!»

Gwen gehorchte. Sie stand auf einem Bein, das andere bis zur Brust hochgezogen, und verharrte in der ungemütlichen Pose, bis der Meister mehrere Skizzen von ihr angefertigt hatte.

«Die Pose ist ausgezeichnet, ich glaube, wir sind bald so weit. Aber Sie können unmöglich lange so stehen bleiben. Nehmen Sie einen Stuhl zu Hilfe, dann können Sie auch Ihre Schultern lockern und besser auf die Pose des Oberkörpers achten.»

Zwischendurch legte der Meister seinen Tonklumpen beiseite und nahm sie in die Arme. Er umschlang ihre Hüfte und arbeitete mit der freien Hand weiter. Sie sei seine ‹petite muse›, sagte er, während er ihre Brüste küsste oder seine Wange an ihrem Bauch rieb, bald würde die Vollkommenheit ihres Körpers in seinem Werk verherrlicht. Er grub seine Finger in ihren Rücken und begann, das Fleisch zu kneten, als sei auch sie aus formbarem Material. Dann hielt er inne, nahm Abstand und konzentrierte sich wieder ganz auf seinen Entwurf.

Der Meister hatte schon verschiedene Figürchen angefertigt, als Claire de Choiseul die Intimität des Paares störte. Sie klopfte nicht einmal, sondern riss die Tür auf und stapfte zwischen den Statuen heran, pflanzte sich auf den Stuhl, auf den Gwen eben noch ihr Bein abgestützt hatte, und schmunzelte:

«Sieh mal einer an, die süssen Turteltäubchen.»

Sofort schlüpfte Gwen aus der Umarmung des Meisters und verkroch sich hinter den Arbeitstisch. Die Herzogin hatte getrunken, in den Duft ihres schwerblütigen Parfüms mischte sich jener von Wein. Es war nicht das erste Mal. Manchmal verlor sie die Beherrschung, schimpfte und tobte oder torkelte haltlos daher, dass man fürchten musste, sie stosse auf ihrem Weg alle Büsten vom Sockel. Heute hatte sie sich einigermassen im Zaum. Sie wartete, bis der Meister sie zur Kenntnis nahm, stocherte bloss mit der Spitze ihres Sonnenschirms auf dem Parkett herum. In ihrem weissen Mousselinekleid wirkte sie jünger, auch der passende Strohhut, schief aufgesetzt und mit einer Schleife, weckte eher den Eindruck von einem keuschen Mädchen, das irrtümlicherweise auf Abwege geraten war und nun vom Meister Hilfe und Rettung erwartete. Jeder Hohn war von ihr gewichen, sie hing wie ein armseliges Ding im Stuhl und hielt sich von Zeit zu Zeit die Hand vor den Mund, um zu rülpsen.

«J'ai bu. Je suis une misérable.»

«Mais chère amie», versuchte der Meister, sie zu beschwichtigen, «reposez-vous un moment. Ce n'est rien, cela passera.»

Die Herzogin wollte nichts von Ausruhen wissen. «Non», sagte sie, «no, no.» Sie wehrte mit ihrem Handschuh ab, liess den Kopf hängen und lallte etwas Unverständliches. Gwen hörte nicht einmal, ob sie französisch oder englisch sprach. Der Meister beugte sich zu ihr, er legte die Hand auf ihre Schulter und redete leise auf sie ein. Umsonst versuchte Gwen, ihre Eifersucht zu unterdrücken. Wie konnte der Meister nur auf die Machenschaften eines betrunkenen Weibes hereinfallen? Ekelte ihn denn nicht vor dieser Frau? Was reizte ihn an dieser Herzogin? Der Adelstitel? Das Geld? Sie verstand nicht, dass der Meister der Herzogin auf die Beine half und sich ihre lächerlichen Selbstvorwürfe anhörte, ohne sie zu unterbrechen. Er zeigte ihr die Tonfiguren und Skizzen für die *Muse,* zeigte ihr die Briefe aus London, in denen die Finanzierung des Werkes zur Diskussion stand. Nicht einmal mit Gwen hatte er von diesen Dingen gesprochen.

«Die Kosten der Muse werden sich auf rund 1200 Pfund belaufen», sagte er. «Die International Society hat mir bereits 500 Pfund zugesichert, der Rest soll durch Subskriptionen zusammengetragen werden.»

«700 Pf...und! Da...das ist eine stolze Summe. Aber ich w...werde Ihnen helfen, cher ami. Ich habe gute Beziehungen, in Europa, in Amerika, überall auf der Welt, s...seien Sie unbesorgt.»

Der Meister verneigte sich. Er strahlte. Lud sie ein, ihn zum Bahnhof zu begleiten, damit sie sich unterwegs über die Einzelheiten unterhalten konnten. Er tätschelte ihre baumelnden Arme, als sie in den Stuhl zurückplumpste und mit leerem Blick aus dem Fenster stierte. Nannte sie ‹mon amie›, ‹ma chère Claire›. Schliesslich hatte sie ihm auch schon Käufer ins Atelier gebracht und während ihrer Aufenthalte in Amerika die Werbetrommel für seine Skulpturen gerührt. Das mochte zur Höflichkeit verpflichten, gewiss, Gwen sah es ein, aber Unterwürfigkeit? Kriecherei? Und was war jetzt mit ihr?

Die Sitzung war zu Ende, auf Gwens fragenden Blick antwortete der Meister nur mit einem kurzen Handzeichen. Sie war entlassen. Natürlich war sie entlassen. Immer, wenn die Herzogin daherkam, musste sie gehen.

Gwen mochte nicht nach Hause gehen. Sie war viel zu aufgeregt, um der Leinwand in der Zimmerecke gegenüberzutreten. Am Ende würde sie das Opfer ihrer Kunst noch bereuen. Sie schlenderte die Seine entlang, überquerte den Pont-Neuf bis zur Ile de la Cité und setzte sich auf eine Bank unter die Bäume des Square du Vert-Galant. Sie liebte diese grüne Inselspitze, in ihren Augen schöpfte kein anderer Ort der Stadt seinen Frieden zugleich aus der Abgeschiedenheit und der ununterbrochenen Geschäftigkeit an den beidseitigen Ufern des Festlands. Aber sobald Gwen zu den Schleusen und Dämmen hinüberschaute, die vor dem Hôtel de la Monnaie den Wasserstand des Flusses regelten, schob sich die Vision von der schneeweissen Herzogin vors Wasser. Und wenn sie den Wäscherinnen auf dem Deck des angedockten Bateau-Lavoir bei der Arbeit zusah, horchte, wie die Tücher in unregelmässigem Takt aufklatschen, hier, dort, wieder näher, dann war ihr, als peitschte die Zeit die Sekunden voran und risse die ganze Welt mit sich in eine wunderbare Zukunft, liesse sie mit ihrem Elend allein zurück. Sie war daran, den Meister zu verlieren. Die Herzogin hatte ihn verhext, bald würde er seine kleine Muse und ihr gemeinsames Werk vergessen. Die *Muse* würde auf immer ein Entwurf bleiben. Hatte sie dafür ihre eigene Kunst aufgegeben? Für eine blosse Laune des Meisters, für eine unvollendete Statue? In solchen Momenten war sie nicht glücklicher als Ida, der höchstens noch die bevorstehende Übersiedlung nach Paris ein paar fröhliche Sätze entlocken konnte. Sie hätte dieselben verzweifelten Briefe schreiben können und sich in den tröstenden Antworten, die sie der Schwägerin schrieb, nicht wieder erkannt. Scheitern. Die Vorstellung jagte ihr einen Schauer durch den Körper. An der Slade School hatte sie sich geschworen, dass es ihr nicht widerfahren würde, ihr nicht. Sie hatte die Kraft des Gelingens in sich und würde aufpassen; sie würde die ersten Warnzeichen sofort erfassen und umso verbissener an sich arbeiten. Aber niemand hatte ihr gesagt, dass es Scheitern und Scheitern gibt. Ein klares, plötzliches Scheitern und ein anderes, viel gefährlicheres, das schleichend daherkommt und sich als solches erst offenbart, wenn es zu spät ist. Idas Scheitern war voraussehbar gewesen; es hätte sich vermeiden lassen, wenn sie nicht so früh geheiratet und Kinder bekommen hätte. Ihr eigenes Scheitern jedoch schien ihr rückblickend unabwendbar und endgültig, ihr Weg als Künstlerin hoffnungslos im Dickicht der unentwirrbaren Lebensumstände verheddert. Nicht anders als Idas Weg. Nicht anders als der Weg hunderter mittelmässiger Malerinnen. Sie hatte zu wenig aufgepasst.

Bin ich mittelmässig? Gott, sag, bin ich mittelmässig, oder ist es so, dass ich mich nicht einmal zu den Künstlern zählen darf, weil ich aus Liebe zum Meister meine Pinsel niederlege?

Gwen schaute aufs Wasser, verfolgte die Wirbel und die braunen Schlieren. Das Schäumen an den Brückenpfeilern. Zum ersten Mal seit der Kindheit vermisste sie einen Gott, an den sie sich hätte wenden können. Der Gott von damals, der strenge Rächer der Tanten, er hatte ausgedient und war nie von einem andern Gott ersetzt worden. Und von der Seine, die in gewohnter Gleichgültigkeit durch die Stadt floss, war keine Antwort zu erwarten.

«Wie du siehst, wir habens doch noch geschafft. Die Reise war zwar schrecklich. Stürmisches Meer, Kinder, die heulten und überall hinkotzten, Gus, der sauer vor sich hinbrütete, überfüllte Züge, kurzum: ein Alptraum. Aber nun sind wir hier, und das Abenteuer Paris kann beginnen.»

Ida empfing Gwen an der Eingangstür und schloss sie in die Arme.

«Wie glücklich ich bin, dich zu sehen. Deine Briefe haben mir so viel bedeutet in meiner dunklen Zeit. Jetzt sind wir ja fast Nachbarn, und ich hoffe, du kommst uns oft besuchen.»

Ida war wieder schwanger. Zum vierten Mal. Das schwarze Kleid spannte zum Reissen um den Bauch, nur mit Mühe stieg sie die Treppe hoch. Ihr Gesicht hatte unschöne Flecken, und die Lider über den Augen, die früher gegen die Schläfen zu gestrafft gewesen waren und dem Blick etwas Orientalisches verliehen hatten, sie lagen jetzt schwer und hatten erste Falten bekommen. Aber es schien Ida nicht sonderlich zu kümmern. Sie lachte und plauderte in einem fort. Seit der Slade-Zeit hatte Gwen sie nicht mehr so sprudelnd erlebt, so jugendlich. Sie schwärmte von ihrer Zukunft in Frankreich, sogar das Kind in ihr machte sie glücklich. Es sollte ein Mädchen sein, verriet sie, und es würde Susannah heissen. Sie habe es einfach beschlossen. Gus sei auch schon ganz aufgeregt, nach drei Söhnen endlich eine Tochter zu bekommen. Und sie selbst könne fast nicht mehr warten. Schluss mit dem Hosennähen, Röckchen seien angesagt, rosarote, hellblaue, weisse Röckchen mit Spitzenkragen, Schleifen und allem Drum und Dran.

«Weisst du, Gwen, vielleicht wendet sich doch noch alles zum Guten. Im Moment fühle ich mich wie eine Champagnerflasche, die geöffnet werden will. Plop und dann gehts richtig los.»

«Ich freue mich für dich, Ida. Du wirst sehen, Paris wird dir gut tun. Und wir werden zusammen viel Aufregendes unternehmen können. Aber wo sind Gus und Dodo?»

Ida zwinkerte Gwen zu und flüsterte:

«Ach, Gus. Du weisst, wie er ist. Seit wir hier sind, streunt er in den Cafés herum und kennt schon alle Maler und Literaten des Quartiers. Er kommt kaum nach Hause, höchstens um sich zu waschen und Kleider zu wechseln. Die Kinder stören ihn, deshalb sucht er gern das Weite. Und Dodo bringt gerade unsere Kleinen ins Bett. Komm, aber leise, sonst wachen sie auf.»

Ida nahm Gwen bei der Hand und zog sie zur Zimmertür. Durch den Spalt erspähte Gwen einen länglichen, dürftig möblierten Raum. Ein einziges Bett im Alkoven, einen Tisch und drei Stühle, unter dem Fenster zwei Holzkisten auf Rollen und zwei Körbe. Koffer, Taschen. Dorelia kniete zwischen den Körben und summte ein Lullaby. «Mary had a little lamb, little lamb, little lamb ...» Dodo und Kinder! Wer hätte je geahnt, dass Dodo von Gus ein Kind haben würde. Sie selbst hätte es niemals für möglich gehalten. Kinder hatten nicht zu ihren Lebensplänen gehört. Sie hatte nicht wie Ida werden wollen. Sie hatte frei bleiben und vom Leben nur das Beste haben wollen, sich ja keine Verantwortung aufbürden. Und nun summte Dodo Kinderlieder und wog vier Buben in den Schlaf, von denen drei nicht einmal die ihren waren. Gwen war von dieser raschen

Verwandlung beeindruckt. Auf einen Blick wurde sie sich des Grabens bewusst, der sich in den letzten Monaten zwischen ihnen aufgetan hatte. Dodo war eine andere geworden. Sie war nicht mehr die Freundin, mit der sie gemeinsam durch Frankreich gewandert war und die ersten Pariser Monate durchgestanden hatte. Nicht mehr das junge Mädchen, das unschlüssig zwischen zwei Männern pendelte. Sie war Mutter und fühlte sich offensichtlich wohl in ihrer neuen Rolle. Ihr Rücken war breiter geworden, ihre Arme fülliger; überhaupt diese Weiblichkeit, die sie schon immer ausgestrahlt hatte und die nun durch die Mutterschaft noch überwältigender geworden war. Ein Kind wimmerte im rechten Korb, sofort legte Dorelia die Hand auf seine Brust und streichelte es leise, bis es still wurde.

«Dodo ist ein Engel. Ich weiss nicht, was ich ohne sie tun würde. Tagsüber muss ich mich oft hinlegen wegen des Kindes», Ida zeigte auf ihren Bauch, «dann kümmert sich Dodo um alles. Morgens und abends führt sie die Kleinen in den Luxembourg, kleidet und badet sie, füttert sie, und dies alles mit einer engelhaften Ruhe und Geduld. Mir gelänge das nie.»

«Du bewunderst sie, nicht wahr?»

«Ja, aber auf eine seltsame Art. Wie man einen grossen Fluss bewundern würde oder einen sonnigen Tag, was weiss ich, etwas jedenfalls, das irgendwie gross, natürlich und unvermeidbar ist. Verstehst du, was ich meine? Manchmal denke ich, dass sie meine Zuneigung gar nicht braucht. Sie scheint so erhaben, so ruhig und unabhängig wie ein Tier. Man hat das Gefühl, dass sie gar niemanden auf der Welt braucht, sie nimmt von niemandem etwas an, sie gibt nur.»

«Ja, ich weiss, was du meinst. Als wir zusammen lebten, erging es mir auch so.»

«Es macht mich eifersüchtig. Ich kann nichts dafür, diese Eifersucht überkommt mich bisweilen wie ein dunkler Sturm.»

Ida begann zu zittern. Die angestauten Gefühle drängten hinaus, in abgehackten Sätzen schilderte Ida die zerfleischenden Wintermonate zu dritt, ihre Wut und ihre Enttäuschung, dass sie es beim besten Willen nicht geschafft hatte, über die niederen Gefühle hinauszuwachsen.

«Ich hätte so gern darüber stehen wollen, ich ...»

«Ida, bitte, beruhige dich. Lass die Vergangenheit, hier fängt für euch alle ein neues Kapitel an.»

«Du hast Recht. Dabei verdanke ich Dorelia so viel.»

Ida und Gwen betraten das Zimmer auf Zehenspitzen. Kinderbücher lagen am Boden, eine Rassel, ein Lutscher. Auf dem Tisch stand eine volle Milchflasche, und über dem Ofen trockneten Söckchen und Windeln. Dodo richtete sich vorsichtig auf, legte beiden Säuglingen ein Stofftier aufs Kissen, glättete die Decke unter ihrem Kinn, dann erst drehte sie sich zu Gwen und küsste sie auf die Wangen.

«Gwen, du altes Biest. Du bist immer noch gleich dünn und blass.»

«Und du bist dafür fast matronenhaft geworden. Aber sag, welcher von den Buben ist dein Pyramus?»

«Psst. Nicht so laut. Der linke ist mein. Rechts ist Robin. Und in den Kisten schlafen David und Caspar.»

Gwen versuchte, die frühere Intimität mit Dodo wieder herzustellen. Sie schwatzten über die Pariser Zeit, gingen zurück bis zu ihrem Aufbruch nach Rom.

«Weisst du noch, was wir damals vorhatten?»

«Wir hätten Rom nie erreicht. Ja, wirklich, weiss Gott, was wir uns dabei gedacht haben. Und jetzt, mit Pyramus, wäre ein solches Unternehmen sowieso nicht mehr denkbar.»

«Warum nicht? Wir könnten ihn doch in einen Schal binden und uns beim Tragen abwechseln.»

Dodo lachte, aber ihr Lachen klang gekünstelt.

«Du hast wirklich keine Ahnung von Kindern. Kinder kannst du nicht einfach so transportieren. Es sind Lebewesen, Gwen, keine Dinge. Sie haben Hunger, Durst, müssen gewickelt werden und brauchen viel Ruhe.»

«Ich machte doch nur Spass. Ich weiss schon, dass man mit Kindern nicht so etwas Verrücktes unternehmen kann.»

Gwen sass steif auf der Stuhlkante und kniff die Lippen zusammen, als Dodo von ihrem Leben in England zu erzählen anfing, von Postbridge, wo sie Pyramus ohne fremde Hilfe in einem Wohnwagen zur Welt gebracht hatte.

«Gus war gerade in Liverpool und Ida in Matching Green. Zu dem Zeitpunkt schien es sowieso das Beste, dass wir getrennte Wege gingen.»

Von Zeit zu Zeit legte Ida einen Finger an den Mund und deutete mit dem Kopf auf die schlafenden Buben. Sie sprach nicht mehr. Sie faltete die trockenen Windeln zusammen und überliess Dorelia die Schilderung ihrer schwierigen Vergangenheit.

«Und was macht die Malerei, Gwen? Ich kanns nicht erwarten, deine neuen Bilder zu sehen.»

Gwen schaute zu den schlafenden Buben hinüber. Sie wusste nicht, wie sie ihre Untätigkeit rechtfertigen konnte, ohne vom Meister zu sprechen. Sie wand sich, antwortete mit Gegenfragen über Gus' Winterausstellung im New English Art Club, die, so habe sie erfahren, recht erfolgreich gewesen sei.

«Ja, Gus ist endlich von den grossen Kritikern ernst genommen worden. Sogar Roger Fry hat ihn im *Athenaeum* gerühmt. Darauf ist unser Gussie sehr stolz. Und du, Gwen. Sag nicht, du habest aufgehört zu malen.»

«Warum nicht?»

Dorelia schaute besorgt zur Freundin hinüber. «Nicht du. Malen ist für dich so wichtig wie atmen. Du kannst nicht ohne die Malerei leben. Sag, dass du weitermachst, sag es bitte.»

Gwen schlug die Augen nieder. Die Wörter versagten, blieben im Hals stecken oder liessen sich nicht abrufen. Ida lehnte den Kopf an ihre Schulter und nahm ihre Hand, streichelte sie, wie um sie zu beruhigen. Aber Dorelia hakte nach, sie quälte sie mit gezielten Fragen, wollte genau wissen, woher diese plötzliche Lähmung stamme und warum sie nichts dagegen unternehme.

«Du warst früher nicht so. Ich verstehe dich nicht mehr. Offenbar bekommt dir das Alleinsein nicht. Es ist Zeit, dass du wieder unter die Leute kommst.»

«Ich bin nicht gern unter Leuten.»

«Lass das meine Sorge sein. Ich werde dich an alle wichtigen Kunstanlässe begleiten. Dann wirst du dich nicht mehr so verkriechen können. Allein sein ist ungesund.»

Dorelia schmiedete Pläne. Aber sie kannte die verborgenen Zusammenhänge nicht. Sie wusste nicht, wie abgöttisch und selbstverneinend die Liebe war, in die sich Gwen verstrickt hatte.

«Dodo, lass sein. Ich könnte es dir so oder so nicht erklären.»

«Gus wird niemals zulassen, dass du nicht mehr malst. Er sagt immer, du seist die wahre Malerin in der Familie. Nicht er. Später würde man sich seiner bloss als des Bruders von Gwen John erinnern. So redet er von dir. Und es ist ihm ernst.»

Gwen zuckte die Achseln. Mochte sein, dass Gus so dachte. Aber ändern konnte auch er nichts. Nur der Meister konnte ihr helfen.

«Ich sitze dem Meister Modell. In letzter Zeit bin ich fast täglich bei ihm», stammelte sie zur Rechtfertigung. Doch es klang nicht überzeugend. Dorelia schnaubte verächtlich.

«Weisst du noch, was du früher sagtest? Dass du eigentlich Malerin seist und nur zum Geldverdienen als Modell arbeitetest. Nur eine Zeit lang, bis du deine Bilder verkaufen werdest. Weisst du noch? Das ist noch gar nicht so lange her.»

Gwen stand auf und wollte sich verabschieden. Es schmerzte sie, von Dorelia zur Rede gestellt zu werden. Sie ging im Raum umher, warf einen Blick auf das zerwühlte Bett und konnte sich der Frage nicht erwehren, ob Gus mit beiden Frauen darin schlief. Ida links und Dorelia rechts. Oder ob sie sich abwechselten. Oder Gus überhaupt nicht nach Hause kam. Sie beugte sich nacheinander über jede Kiste und jeden Korb und war gerührt von den Kindern. Sie empfand nicht viel mehr als Neugier, wenn sie in ihre Gesichtchen schaute. Keine wirklichen Gefühle wollten aufkommen, keine Wärme, die sich unterschieden hätte von ihrer Liebe zu Tiger.

«Nun, was sagst du zu dieser grossen John-Brut?», fragte Ida. Sie schien Gwens Gedanken zu erraten. Sie stellte sich neben Gwen und betrachtete ihre drei Söhne. Ihr Atem ging schwer, sie hatte Mühe, sich über die Betten zu beugen. Das Rückgrat schmerze, klagte sie, bei jeder Schwangerschaft sei es schlimmer.

«Das Leben wäre aufregender ohne die Kinder.»

«Was würdest du denn tun?»

«Ich würde zum Louvre gehen, wann immer ich gerade Lust hätte. Und dann zurück in meine Wohnung, oder, nein, zuerst ins Restaurant gehen, wo man draussen essen kann. Denk doch, all die Salate und die Sonne und blauen Kleider, die Kellner. Und der Duft von Butter und Käse in den engen Strässchen. Ich beneide dich, du bist so frei. Du kannst alles haben.»

«Du hast eine Familie, Ida. Das hat auch sein Gutes, vergiss das nicht.»

«Tja, es kommt darauf an. Ich glaube, dass ich auf die Dauer diese Kompromisse gar nicht aushalten kann, welche die Familie mir aufzwingt. Am liebsten würde ich mit einer Freundin wohnen und daneben viele verschiedene Liebhaber haben. So stelle ich mir das Leben am einfachsten vor. Aber dazu ist es jetzt für mich zu spät. Ich habe für diese drei Wesen da zu sein und bald für ein viertes. Mach du wenigstens diesen Fehler nicht, Gwen. Kinder bringen einen um.»

«Ich brauche keine Kinder. Meine Kinder sind die Statuen, die der Meister von mir macht. Diese Statuen sind unsere Kinder, und sie sind schöner als lebende Menschen, weil sie unvergänglich sind.»

«Ha, du bist immer noch die gleiche Schwärmerin. Sprichst vom Meister wie von einem Gott.»

Dorelia, die schweigend hinter den Freundinnen gestanden hatte, legte eine schwarze Samtjacke um Gwens Schultern und stiess sie neckisch in die Rippen.

«Da, ein kleines Geschenk. Darin wirst du dem Meister bestimmt gefallen.»

«Dodo, ist das dein Ernst? Das ist eine wunderbare Jacke. Echt modisch. Der Stoff muss dich ein Vermögen gekostet haben. Wie kann ich dir nur danken?»

«Musst du gar nicht. Du weisst, wie gern ich nähe. Vielleicht können wir ja ab und zu wieder zusammen nähen. Einmal bei uns zu Hause, ein anderes Mal bei dir. Ich habe ein paar englische Stoffe mitgebracht. Und wenn du willst, kann ich dir wieder Modell sitzen. Inzwischen habe ich darin einige Erfahrung, mehr als damals in Toulouse. Du brauchst mich nur zu rufen, und ich komme.»

Vom belgischen Liebhaber sprach Dorelia nicht mehr. An der Art, wie sie ihre Sätze drehte, merkte Gwen, dass Len für sie schon zur fernen Vergangenheit geworden war, vielleicht gar ein Tabu.

«Ich muss jetzt nach Hause, meine Lieben. Tiger wartet auf sein Essen. Schade, dass Gus nicht da ist. Schickt ihn mal zu mir. Oder wie wärs, wenn ihr alle nächste Woche zu mir essen kämt?»

Ida schüttelte den Kopf. «Gus kommt wohl nicht. Er lebt in der Closerie des Lilas und in den Höhlen von Montmartre. Auf ihn ist im Moment kein Verlass. Dafür werden Dorelia und ich kommen. Und die Kinder lassen wir in der Obhut eines Kindermädchens, nicht wahr Dodo? Wir wollen eine suchen, die mit uns lebt, damit wir mehr Zeit für uns haben.»

Mehr Zeit für sich haben. Idas Vorsatz blieb Gwen tagelang in den Ohren. Wenn sie bei den englischen Damen Modell sass, dachte sie an die Zeit, die ihr zwischen den Fingern zerrann, dachte an die leere Leinwand zu Hause und an die Jahre an der Slade, als sie noch an sich geglaubt hatte. Woher sollte sie die Zeit für sich nehmen? Und wozu mehr Zeit? Sie malte ja nicht mehr.

Gus war besonders hart zu ihr. Er, der seit seiner Ankunft in Paris keinen Pinsel angerührt hatte, fand zu Unzeiten seinen Weg in ihre Wohnung, liess sich grusslos auf ihr Bett fallen und murmelte die beleidigendsten Dinge ins Kopfkissen, bevor er einschlief. Ihre Untätigkeit machte ihn rasend, die vielen Briefe, die sie an den Meister schrieb, anstatt zu malen, tat er als infantil ab, als reine Zeitverschwendung. Sie sei doch kein kleines Mädchen, schimpfte er, wie habe sie sich nur in eine derartige Hörigkeit hineinmanövrieren lassen? Wo bleibe da ihr alter Stolz, ihre Sturheit?

Mit Gus konnte Gwen nicht reden. Er erstickte sie. In seiner Gegenwart kamen die unguten Gefühle von früher wieder hoch, diese Angst, nie aus seinem Schatten treten zu können, nie sich selbst zu sein, sondern immer nur die Schwester mit der minderen Begabung. Schweigend setzte sie ihm Mahlzeiten vor, die er stehen liess, weil er zu müde und betrunken war, um an einem Tisch zu sitzen. In seinem Rausch rezitierte er Gedichte in Zigeunersprache oder erzählte von den Dichtern, mit denen er die Nacht durchgezecht hatte. Jean Moréas mit seinen dunklen Bildern hatte es ihm besonders angetan, ganze Strophen sprach er auswendig und kostete jede Silbe aus, als wäre sie eine seltene exotische Frucht:

J'allumai la clarté mortuaire des lustres
Au fond de la crypte où se révulse ton oeil,
Et mon rêve cueillit les floraisons palustres
Pour ennoblir ta chair de pâleur et de deuil.

«Hörst du das, Gwen? Hörst du die Klänge, diese herrliche Melodie?»

«Ich verstehe kein Wort.»

«Musst du gar nicht. Um die Klänge geht es, Herrgott nochmal, nur um die Klänge. Hörst du sie nicht? Wecken sie nichts in dir, kein Gefühl von ... von ... ich weiss nicht, von Melancholie, von Sehnsucht?»

«Nein. Du solltest lieber nach Hause gehen, statt hier Gedichte zum Besten zu geben.»

«Wie nüchtern du bist. Aber das bist du ja schon immer gewesen. Hast überhaupt keinen Sinn für die Schönheit der Sprache und der Musik. Kannst du nicht mal einfach zuhören und geniessen?»

«Gus, bitte, geh! Es ist schon spät, Ida und Dodo warten bestimmt auf dich.»

«Nein, ich mag es hier. Es ist gemütlich. Zu Hause schreit doch immer irgendein Balg. Und die Weiber sind stets so gereizt. Ich leg mich nur gerade etwas hin, dann verschwinde ich. Gott, bin ich gerädert.»

Gwen sass still neben dem Bruder, die Hände im Schoss verschränkt und den Blick auf das Gesicht des Schlafenden gerichtet. Sie wartete. Es schien ihr, dass sie ein Leben lang nichts anderes getan habe als zu warten. Ihr Kopf war leer, wenn sie Gus anschaute, sie empfand weder Liebe noch Abneigung für ihn. Nur eine milde Ungeduld wie mit einem kleinen Kind. Sein Atem ging langsam und war von einer aufreibenden Regelmässigkeit, er zerstörte die Nachtstille. Sie wollte ihn wecken und nach Hause schicken, rüttelte ab und zu an seinem Arm, aber er rührte sich nicht, und sie konnte nichts planen, weil sie nicht wusste, wann er die Wohnung verlassen würde. Manchmal verschlief er den ganzen Morgen, und sie musste ihm zureden, wollte sie ihn vor den Modellsitzungen am Nachmittag loswerden. Dann schaute sie ihm vom Fenster aus nach, wie er sich bei der Ecke zur Rue du Cherche-Midi elegant in der Menge verlor, und war erleichtert. Eine stattliche Erscheinung, das musste sie ihm zugestehen, selbst wenn er betrunken war, erntete er überall bewundernde Blicke von den Passanten. Dunkel wie ein Dämon, den wild gelockten Kopf selbstsicher hochhaltend, stolzierte der Bruder durch die Strassen und schaffte, ohne es zu wissen, die Distanz, die Gwen zum Leben brauchte.

Silvesterabend. Eine festliche Stimmung herrschte in Paris, die Theater und Music-Halls boten besondere Spektakel, welche den Zuschauern einen fröhlichen Übergang ins neue Jahr versprachen, und die vornehmen Restaurants köderten ihre Gäste mit auserlesenen Menüs und Weinen. Ida, die vor einem Monat ihren vierten Jungen zur Welt gebracht hatte, wollte Gwen für ein Festessen in der Familie haben, aber Gwen verkroch sich in ihren vier Wänden und verbrachte die Nacht brütend vor einem Briefbogen. Sie fühlte sich stumpf und alt. Verbraucht. Der Meister hatte ihr vor ein paar Tagen auf dem gemeinsamen Spaziergang zur Gare Montparnasse Dinge gesagt, über die sie nicht hinwegkam. Unbegründete Vorwürfe. Andeutungen.

«Vous êtes égoïste, Marie», hatte er gesagt, «vous parlez toujours de votre amour. Ce n'est pas charmant pour une femme. Vous n'étiez pas comme ça avant. Vous devez refuser de faire l'amour avec moi, croyez-moi. Je parle pour votre bien, mais aussi pour le mien.»

Er hatte sehr leise gesprochen, vielleicht hatte er die Boshaftigkeit in den Wörtern abschwächen wollen, aber sie hatte ihn verstanden. Er wollte nicht mehr mit ihr schlafen, er hatte jetzt die Herzogin, andere Modelle. Er war ihrer überdrüssig und suchte Wege, sie von sich fernzuhalten. Er verhielt sich nicht besser als früher mit Camille Claudel. Und die hatte kürzlich wieder einmal ihr Herzleid an die grosse Glocke gehängt, als sie sich anlässlich ihrer Werkretrospektive in der Galerie von Eugène Blot wie ein aufgetakeltes Huhn hatte blicken lassen und, betrunken oder wahnsinnig, wer hatte das schon genau unterscheiden können, zwischen den eigenen Skulpturen umhergeirrt war. Ein Wrack. Ein Opfer des Meisters. Und sie, Gwen, seine ‹petite Marie›? Was wusste er schon von ihrer Leidenschaft? Er kannte nur die Spitze des Eisbergs, ahnte gar nicht, wie tief auch in ihr schon die Wurzeln gewachsen waren. Gwen war niemand mehr ohne ihre Liebe, und diese Liebe hatte alle Kräfte in ihr vernichtet, war eine Krankheit, von der sie niemals genesen wollte. Lieber leiden als gar nichts empfinden. Lieber sich verneinen als den Geliebten verlieren.

Pardon, schrieb sie in einem Brief, *je n'ai pas été modeste,* und in einem andern drohte sie: *Bientôt je ne soignerai plus ma chambre, ni mon corps, à quoi bon?* Die Briefe waren ihr Neujahrsfest: Während draussen der Schnee fiel und die Kirchenglocken von St-Sulpice das Jahr 1906 einläuteten, las Gwen die Briefe durch und steigerte sich in die Vorstellung, dass der Meister neben ihr sass und über jede neue Zeile, die sie schrieb, mehr erschrak und in sich ging.

J'ai été si malheureuse, je n'ai pas posé deux jours depuis que j'ai posé chez vous, car j'étais malade, vous m'avez quitté sans adieu. J'ai le cœur si lourd, je suis incapable de chercher du travail et dire un mot aux voisines dans les escaliers. Le soir j'allais donner à manger au chat d'une Anglaise partie pour Noël. J'ai écrit des petites lettres la nuit, je ne les enverrai pas jusqu'à ce qu'elles soit faites plus artistes. Quand je me réveille vers trois quatre heures de la nuit, je me sentais capable de vous écrire. J'ai si peur de vous parler. Je ne serai jamais heureuse si vous ne me laissez pas vous voir souvent. Si je vous voyais souvent je vaincrais mes défauts et deviendrais parfaite pour vous. Je ne peux pas vivre sans tendresse, le manque me rend malade, je ne suis même pas capable de lire. Vous me tenez loin de vous. Mon amour est comme une plante – des violettes oubliées au fond de votre jardin. *Marie*

Ich bin so unglücklich gewesen; seit ich bei Ihnen posiert habe, habe ich zwei Tage nicht mehr posiert, weil ich krank war, Sie haben sich grusslos von mir verabschiedet. Mein Herz ist so schwer, ich bin unfähig, Arbeit zu suchen und mit den Nachbarinnen im Treppenhaus zu plaudern. Abends ging ich die Katze einer Engländerin füttern, die über Weihnachten weggegangen ist. Ich habe in der Nacht kleine Briefe geschrieben, ich werde sie nicht abschicken, bis sie nicht kunstvoller gestaltet sind. Wenn ich nachts gegen drei, vier Uhr aufwache, fühlte ich mich fähig, Ihnen zu schreiben. Ich habe solche Angst, Sie anzusprechen. Ich werde nie glücklich sein, wenn Sie mich nicht oft Sie besuchen lassen. Könnte ich Sie öfter besuchen, würde ich meine Fehler besiegen und würde vollkommen werden für Sie. Ich kann nicht ohne Zärtlichkeit leben, der Mangel macht mich krank, ich bin nicht einmal fähig, zu lesen. Sie halten mich fern von Ihnen. Meine Liebe ist wie eine Pflanze – im hintersten Winkel Ihres Gartens vergessene Veilchen. *Marie*

Was machte der Meister um diese Zeit? Dachte er ein bisschen an sie, an das letzte Mal, als sie eng umschlungen auf dem Sofa des Ateliers gelegen hatten? Fühlte auch er bei der Erinnerung das Blut in den Kopf schiessen, die Erregung durch seinen Körper kribbeln, das Verlangen?

Zur Ablenkung versuchte sich Gwen in den Roman zu vertiefen, den der Meister ihr geliehen hatte, aber das Kapitel über die Entehrung der Heldin stürzte sie nur in tiefere Verzweiflung. Die Welt schien ihr voll Ungerechtigkeiten, wo sie hinschaute, gab es nur Leid und Elend. Die arme Clarissa des Romans, Ida, sie selbst, waren sie nicht alle von Geburt an dem Unglück geweiht? Gwen begann Selbstgespräche zu führen, irrte im Zimmer umher, rief den Meister, wartete auf ein Zeichen von ihm, glaubte fast, dass er kommen und sie erlösen würde. Aber sie wartete umsonst. Worauf konnte sie hoffen? Er feierte mit Rose, vielleicht sass er mit ihr gerade in Notre-Dame. Oder mit der Herzogin, was noch schlimmer war. Niemand würde kommen. Nicht einmal Miss Hart, die neuerdings ihre Adresse herausgefunden hatte und auf unwillkommene Besuche vorbeikam. Ich bin allein. Ich habe nur das Bild des Meisters über dem Bett, sein gütiges, aber starres Lächeln, das niemandem gilt. Gwen legte sich darunter, und als sie sein Lächeln nicht mehr aushielt, schlug sie die Decke über den Kopf und weinte sich in einen rauschähnlichen Schlaf. Der Kummer drückte sie auf der Brust, Visionen wilder Liebesszenen schreckten sie auf und schaukelten sie in einen seltsamen Wahn. Sie wusste nicht mehr, ob sie träumte oder ob der Meister sie wirklich küsste und versprach, sie nie wieder allein zu lassen. Ob es überhaupt einen Unterschied zwischen Traum und Wirklichkeit gab, ob Wunschvorstellungen nicht etwa ihre eigenen Gesetze hatten und auf einer anderen, höheren Ebene wahr sein konnten.

Gegen Morgen gab Gwen ihren Kampf gegen die Sehnsucht auf. Sie legte die Hände auf die Brüste und stellte sich vor, dass die Hände dem Meister gehörten und er es sei, der sie streichle, der ihren Bauch herunterfahre und sich zwischen ihre Schenkel zwänge. Der Trug beschämte sie erst später, als sie die Augen öffnete und die Erkenntnis ihres Alleinseins sich ernüchternd über die letzten Zuckungen ihres Körpers legte.

Gwen hatte sich herausgeputzt. Sie trug neue Stiefel und zur schwarzen Samtjacke das kirschrote Kleid, das sie diesen Winter mit Dorelias Hilfe selbst geschneidert hatte. Sie hatte Dodos Rat befolgt und einen steifen Stoff gewählt, er vertuschte ihre Magerkeit und gab ihr genügend Selbstvertrauen, um heute unangemeldet beim Meister vorzusprechen. Sie hatte zwei Briefe in der Handtasche, die sie ihm persönlich aushändigen wollte, einen Liebesbrief und eine Beichte über die Nächte, die sie ohne seine Liebe nicht durchstehen konnte.

Sie begegnete an diesem Februarmorgen Monsieur Victor im Korridor, der, in seine Morgenzeitung vertieft, kopfschüttelnd zu seiner Wohnungstür schlurfte. An seinem Spitzbart hingen noch Krümel des morgendlichen Croissants, und sein Hemd war vorn falsch geknöpft, aber die glänzenden Äuglein, vom Schlaf noch leicht geschwollen, widerriefen die allgemeine Schludrigkeit seiner Erscheinung.

«Bonjour, Monsieur Victor.»

«Bonjour, Mademoiselle. Oh mais, vous n'allez quand même pas sortir aujourd'hui? Regardez, il y a des émeutes partout.»

«Emeutes, c'est quoi?»

Als Antwort hielt ihr Monsieur Victor die Zeitung unter die Augen und zeigte ihr die verschiedenen Artikel, die sich mit den landesweiten Protesten der Priester und der rechtsextremen Action française befassten. Gwen überflog die Seiten. Victor zuliebe wollte sie sich bemühen, wenigstens die Überschriften zu lesen, aber sie gab zu, nicht viel zu verstehen.

«Es geht um die Trennung von Kirche und Staat, die im Juli 1905 von der Kammer angenommen und am

9. Dezember vom Senat offiziell verabschiedet worden ist. Das bedingt eine genaue Inventarisierung der Kirchengüter, bevor sie dem Nutzrecht der Gemeinden zufallen.»

«Na und?»

«Meinen Sie, die Franzosen werden tatenlos zuschauen, wie die Behörden in ihre Kirchen dringen und alles, vom Kreuz über den Messkelch bis zum gotischen Fenster, auflisten und bewerten? Die Franzosen sind ein bigottes Volk, wissen Sie, sie empfinden jede staatliche Einmischung in religiöse Angelegenheiten als Sakrileg. Und nun wehren sie sich gegen die Profaneurs, schauen Sie, Mademoiselle, im Norden Frankreichs und der Bretagne, den sogenannten Pays de chrétienté, meldet die Zeitung bereits erste handgreifliche Auseinandersetzungen. Und das Schlimmste soll noch kommen. Auch in Paris rechnet die Polizei mit Aufruhr. Vielleicht schon heute.»

Ob solche Vorfälle etwa den Anfang dieses schlimmen Krieges bilden konnten, vor dem Monsieur Victor immer warnte?

«Mais non, pensez donc», belehrte er Gwen, «ces problèmes-là, ce ne sont que des pécadilles. Et franchement, entre nous, si ces prêtres allaient se faire voir ailleurs, tenez, au Vatican, par exemple, on en serait que mieux ici. C'est Victor qui vous le dit, notre gouvernement a besoin de respirer de l'air pur, un air qui ne soit pas infesté d'encens.»

Viktor skandierte seine antiklerikalen Sentenzen mit dem Stock auf dem Treppenabsatz und begleitete Gwen bis auf die Strasse. Er verabschiedete sich mit der Andeutung einer galanten Verbeugung und riet ihr, trotz allem gut auf sich aufzupassen, man könne nie wissen, was den Pariser Pfaffen in diesen Zeiten alles einfalle.

Als Gwen von der Rue Amélie in die Rue St-Dominique einbog, stiess sie vor der Eglise St-Pierre-du-Gros-Caillou auf einen ungewöhnlichen Menschenauflauf. Sofort dachte sie an Victor und an die rebellierenden Priester, sie wollte umkehren und einen Umweg über die Invalides machen, aber Schaulustige, die aus den nahen Strassen herbeiströmten, versperrten ihr den Weg. Vor dem verbarrikadierten Portal hatten sich dutzende von Männern versammelt, Arbeiter, aber auch viele Bourgeois, die mit erhobenen Fäusten Schlagwörter gegen den Präsidenten Rouvier schrien. Sie hatten einen Karren mit Steinen herbeigeschleppt, Parolen an die Kirchenfassade gepinselt: *A bas Rouvier, vive l'église!* Kaum wagten die Gendarmes, die das Gotteshaus aus sicherer Distanz umzingelten, einen Schritt in ihre Nähe, wurden sie mit den Steinen beworfen und pietätloser Kirchenschänderei bezichtigt. Gwen sah die Steine fliegen, sah Frauen, die sich schreiend ans blutverschmierte Kopftuch fassten, strauchelnde Männer, Polizisten, die sich mit ihren Knüppeln erfolglos einen Weg bis zum Kircheneingang zu bahnen suchten. Kinder, die heulten. An der Ecke der Rue de la Comète scharrte ein überreiztes Zugpferd, von seiner Mähne stob der Schnee wie Staub, wenn es sich aufbäumte. Hier und dort klirrte eine Scheibe, prallten die Steine gegen Hausmauern und schlugen den Verputz weg. Gwen duckte sich und legte die Hände schützend über den Kopf, sie hatte Angst, von den Steinen getroffen zu werden, aber noch grössere Angst, in der Menge zu ersticken oder erdrückt zu werden. Eine Ewigkeit schien es zu dauern, bis den Aufwieglern die Steine ausgingen und die Gendarmes sie endlich an den Armen packen und abführen konnten. Erst als auf dem festgestampften Schnee nur noch Scherben und Steine zurückgeblieben waren und die Polizisten sich daran machten, die Planken vom Kirchenportal niederzureissen, wagte sich Gwen wieder auf den Weg.

Im Atelier brannte Licht, aber die Concierge verweigerte Gwen den Einlass.

«Le Maître est occupé, revenez quand vous aurez une invitation.»

«Mais j'entre toujours sans invitation. S'il vous plaît, seulement une minute.»

«Non, je regrette. Il vous faut une invitation comme aux autres. Au revoir, Mademoiselle.»

Gwen traute ihren Ohren nicht. Sie starrte auf die geschlossene Tür, stemmte sich dagegen und drückte vergeblich die Klinke nieder, Tränen der Wut in den Augen. Alte Hyäne, dachte sie, warte nur, wenn der Meister davon erfährt. Er wird dich entlassen, und dann werde ich hier ein- und ausgehen wie früher. Du hast nicht zu bestimmen, wen der Meister empfängt.

Den ganzen Morgen sass Gwen auf der Treppe vor dem Atelier. Sicher träume ich, dachte sie. Alles ist so unwirklich. Aber sie wusste, dass es nicht sein konnte. Was sie in ihrem Schmerz um sich herum gewahrte, hatte nicht die verwirrende Schleierhaftigkeit des Traums, war im Gegenteil von gestochener Schärfe. Die Kälte der Treppe, die in ihre Glieder fuhr, die Strassengeräusche vom Hofeingang, Schritte, ein lahmes Scheppern und die Amseln, die in den Bäumen schon ihr frühlingshaftes Trillern übten. All dies war in seiner Alltäglichkeit grausam wahr. Es würde kein Erwachen geben.

Gegen Mittag schien die Sonne und schmolz die dünne Schneeschicht ein. Von der Dachrinne tropfte es auf die Marmorblöcke, Lachen bildeten sich auf dem Kies. Gwen war wie versteinert vor Kälte, sie hatte keine Empfindung in den Gliedern, keine geordneten Gedanken mehr. Als die Tür in ihrem Rücken aufging, konnte sie sich nicht einmal freuen, zu lange hatte sie der Meister warten lassen. Doch es war nicht der Meister, auch nicht die Concierge; Gwen erkannte den leichten, federnden Schritt des Sekretärs, den der Meister vor ein paar Monaten angestellt hatte. Der junge Deutsche hatte schon früher bei ihm gearbeitet und Aufsätze über seine Skulpturen geschrieben, die er von Zeit zu Zeit im Ausland vortrug. Er durfte beim Meister in Meudon wohnen, durfte mit ihm reisen und zugegen sein, wenn berühmte Leute ihn besuchten, und sein Stundenlohn, so munkelten die Modelle, betrug das Doppelte von ihrem. Der Meister hatte Gwen gleich zu Beginn seiner Anstellung untersagt, je das Wort an den jungen Herrn zu richten. Verschiedene Welten, sagte er, sollten sich unter seinem Dach nicht vermischen. Gwen hatte den Sekretär noch nie richtig angeschaut, sie wusste nicht einmal, wie er hiess. Nur seine schmächtige Gestalt war ihr vertraut, der gebückte Rücken am Pult des Meisters, das braune, leicht gewellte Haar. Sie rückte zur Seite, um ihn vorbeigehen zu lassen. Den Kopf hielt sie im Schoss vergraben, die Hände zu Fäusten geballt unter dem Kinn.

«Mademoiselle?», fragte der Sekretär leise. Er stand neben ihr, sie schielte zwischen den Haarsträhnen auf seine Schuhe hinab, auf die Hose, die tadellos gebügelten Falten. Warum lief er nicht weiter? Warum wich er nicht von ihrer Seite, beugte sich sogar zu ihr herab? Redete sie an? Fragte, ob sie krank sei, ob er ihr helfen könne? Das war doch verboten.

«Venez, Mademoiselle, ne restez pas au froid. Je vous en prie.»

Sein Französisch war besser als das ihre, aber der Akzent verriet deutlich die Herkunft, klang hart.

«Mademoiselle, s'il vous plaît. Vous allez vous rendre malade.»

Sie gab kein Zeichen. Er hatte sich nicht einzumischen. Ihr Kummer gehörte ihr allein, sie konnte ihn mit niemandem teilen. Am wenigsten mit einem Menschen, dessen Bekanntschaft ihr verboten war. Der Fremde liess jedoch nicht locker. Er blieb neben ihr stehen und redete auf sie ein, dann schwieg er wieder, beugte sich zu ihr herab, so nah, dass sie seinen Atem im Nacken fühlte und den Hauch sich in der kalten Luft verflüchtigen sah, wenn sie unter ihrem Arm hervorschaute. Sie fürchtete, dass der Meister sie mit dem Sekretär überraschen könnte. Die Folgen waren undenkbar. Ein Wutausbruch. Verachtung. Alles war möglich. So liess sie sich auf die Beine helfen, nahm die Hand, die sich ihr darbot, aber den besorgten Blick, den er ihr zuwarf, während sie das Kleid glättete, erwiderte sie nicht. Sie taten etwas Verbotenes, der Sekretär und sie, wenn sie zusammen die Rue de l'Université hinuntergingen, der Meister würde es niemals dulden. Mit jedem Schritt wurde sie sich ihres Ungehorsams bewusster und bereute, der gewinnenden Zusprache des Fremden nachgegeben zu haben.

Als erriete er ihre Gedanken, sagte er nach einer Weile stillen Gehens:

«Monsieur Rodin hat uns einander nicht vorgestellt. Ich heisse Rilke. Und Sie?»

«Marie John. Aber eigentlich dürfte ich nicht mit Ihnen reden. Der Meister hat es mir untersagt.»

«Mir auch. Das gilt jedoch nur für unsere Arbeitszeit. Für die Zeit hier auf der Strasse werden wir nicht bezahlt, und so dürfen wir wohl tun, wie uns gefällt. Monsieur Rodin hat kein Anrecht auf unser Leben.»

Gwen schwieg. Der Einspruch brannte ihr auf der Zunge. Doch einem Fremden gegenüber brauchte sie ihre Liebe und Opferbereitschaft nicht zu rechtfertigen. Ihre Gefühle gingen ihn nichts an. Worüber reden? Was sagen, damit sie sich nicht verriet? Seine Gegenwart wurde ihr zunehmend unangenehm, das Schweigen peinlich, am liebsten hätte sie ihn abgeschüttelt, aber sie wollte ihn nicht verletzen.

«Erlauben Sie, dass ich Sie bis vor Ihre Haustür begleite?»

«Danke, das ist nicht nötig. Ich kann sehr gut allein gehen. Ich mache den Weg jeden Tag allein.»

«Ich weiss. Ich sah Sie oft im Atelier.»

Gwen errötete. Enthielt sein Satz eine Anspielung? Wollte er sie gar demütigen? Sie drehte sich zu ihm, während sie in die Avenue Bosquet einbogen, forschte verstohlen in seinem feinen, ernsten Gesicht nach Zeichen des Spotts. Es gab keine. Sie sah nur eine masslose Ruhelosigkeit darin wohnen, die es bis zur Verzerrung anspannte. Augen, die unstet um sich schauten. Vielleicht hatte auch er sein geheimes Leiden, was konnte sie schon wissen? Sie hatte Rilke zuvor kaum wahrgenommen. Er sass immer in einer Ecke des Ateliers über irgendwelche Briefe und Dokumente gebeugt und hob selten den Blick. Unauffällig und still erledigte er seine Arbeit, und wenn er sie beendet hatte, schlich er sich an den Skulpturen und Modellen vorbei zum Ausgang und verschwand mit einem kaum hörbaren Gruss an den Meister. Für jemand anderen als für den Meister schien er keine Augen zu haben.

«Sie haben mich schon gesehen? Wirklich? Ich dachte, Sie sehen nur die Papiere, die Sie zu übersetzen und schreiben haben.»

Der junge Mann lachte. «Sie täuschen sich. Die Papiere, die sind eigentlich nur ein Vorwand. Ich habe mich von Monsieur Rodin als Sekretär anstellen lassen, um ihm bei seiner Arbeit zuschauen zu dürfen. Seine Kunst ist es, die mich nach Paris gezogen hat. Seine schier übermenschliche Arbeitskraft. Seine Geduld. Er ist einer der wenigen unserer Zeit, der die Gnade der grossen Dinge hat. Und mit dieser Gnade beschäftige ich mich mit Unterbrüchen seit gut vier Jahren.»

An der Ecke der Rue St-Dominique zeugten Scherben und zersplissene Holzplanken auf dem Pflaster noch vom blutigen Aufruhr des Morgens. Sie gingen an der Kirche vorbei, deren beschädigtes Portal nun offen stand, und Gwen schilderte ihm die Vorfälle und die Angst, die sie an diesem Morgen in der aufgewühlten Menge durchgestanden hatte.

«Ich fürchtete, dass die Polizisten schiessen würden und die fliehenden Menschen mich zertrampeln könnten. So was kann passieren, wissen Sie.»

Rilke stiess mit dem Fuss die herumliegenden Steine gegen den Strassenrand und spähte durchs Portal ins

Innere der Kirche. Von der Glasrosette im Mittelschiff breitete sich zwischen den Bankreihen ein bleiches Farbmuster auf dem Steinboden aus. Sonst herrschte im Gewölbe nüchterne Dunkelheit.

«Hier hat es wohl nicht sehr viel zu inventarisieren gegeben. Auch vor Ste-Clotilde hat es heute Morgen Krawalle gegeben. Ein Schuss sei gefallen, hörte ich. Und dabei ist Ste-Clotilde, wie diese Kirche hier auch, von keinerlei künstlerischem Wert. Man könnte meinen, dass sich solche Handgemenge für schäbige Bilder und Monstranzen gar nicht lohnen. Aber ich verstehe die Leute, ihre religiösen Werte lassen sich nicht einfach katalogisieren und mit einer Anzahl Francs erfassen. Die Emotionen zeigen doch, dass es um viel mehr geht als um die Verstaatlichung kirchlicher Güter. Es geht um die fundamentale Glaubensfreiheit des Menschen. – Aber ich will Ihnen keine Vorträge halten, Mademoiselle, seien Sie unbesorgt. Sagen Sie mir lieber, in welchem Quartier der Stadt Sie wohnen, damit ich Sie auf dem kürzesten Weg nach Hause bringen kann.»

«In Montparnasse. Die meisten Modelle wohnen da.»

«Nicht nur die Modelle. Auch Maler und Dichter wohnen in diesem Quartier, nicht wahr? Huysmans, Paul Fort, Bourguereau.»

«Monsieur Bourguereau ist im letzten Sommer gestorben. Der Arme würde sich im Grab umdrehen, wenn er wüsste, an wen sein Atelier übergegangen ist.»

«An wen denn?»

«An einen sogenannten Wilden, den jungen Friesz. Vielleicht haben Sie schon von ihm gehört, er wird diesen Herbst mit Malern wie Matisse, Derain, Vlaminck und dergleichen ausstellen.»

«Sie interessieren sich für Malerei?»

«Ja, das heisst, wenn mir das Modellsitzen Zeit dazu lässt.»

«Dann kennen Sie diese Maler persönlich?»

«Nein, nein, ich sitze meist englischen und deutschen Malerinnen Modell, die ganz der alten Tradition folgen. Und ich bin nicht einmal sicher, ob man sie wirklich als Malerinnen bezeichnen soll. Manche sind so ... so schrecklich dilettantisch. So stümperhaft.»

«Sie sind sehr streng in Ihrem Urteil.»

«In der Kunst muss man streng sein. Halbe Kunst gibt es nicht.»

«Meine Frau ist Künstlerin. Eine Bildhauerin wie Rodin», sagte der Sekretär nach einer Pause mit verhaltenem Stolz. «Sie weilt zur Zeit noch in Deutschland.»

Mehr verriet er nicht über sie. Er schlug stattdessen vor, in einem Bistrot einzukehren, weil es so kalt sei und weil er den Hunger zu spüren beginne.

«Ich kann mir aber nur etwas sehr Bescheidenes leisten. Ich gehe sonst nie aus essen.»

«Ich auch nicht. Aber heute würde es uns beiden gut tun. In Ihrem Quartier gibt es bestimmt ein einfaches Restaurant, wo man ein gutes Essen bekommt, nicht?»

«Ja, unweit von hier, in der Rue du Bac, gibt es eines, da bezahlt man nur etwas über einen Franc.»

Das Tagesmenü war auf einer grossen Tafel über dem Eingang angeschrieben: *Petit salé aux lentilles, 1 franc 20 centimes.* Gwen zählte ihre Sous nach, sie hatte bloss zwei Francs in ihrer Tasche, doch in einem Anflug mädchenhaften Übermuts stiess sie die Tür des Lokals auf und stolzierte ihrem Begleiter voraus hinein. Seit Monaten hatte sie nicht mehr in einem Restaurant gegessen, und in Paris war es das erste Mal, dass sie mit einem Herrn ausging.

Sie passten beide nicht in das Lokal. Ein Blick verriet ihnen, dass sie zu vornehm gekleidet waren und unter den Strassenarbeitern und Krämern auffielen. Sie wurden stumm gemustert, während sie sich auf den einzigen unbesetzten Tisch neben der Tür zubewegten und der Wirt ihre Bestellung entgegennahm. Gwen musterte die Gäste eine Weile, dann schaute sie aus dem Fenster zur Schmiede gegenüber und sagte:

«Man mag uns hier nicht, weil wir keine Arbeiter sind.»

«Stört es Sie, sollen wir anderswohin gehen?»

«Nein. Ich bin ja nicht reicher als diese Leute. Und Sie offenbar auch nicht. Also ist das der richtige Ort für uns.»

Rilke erzählte ihr während des Essens von Prag und Florenz und von den Gedichten, die er zu schreiben versuchte, wenn ihm nach der Erledigung der Korrespondenz des Meisters noch genügend Kraft und Fantasie übrig blieb.

«Leider viel zu wenig. Ohne Überstunden schaffe ich den gewaltigen Anfall von Briefen nicht. Rodin korrespondiert mit der halben Welt, wegen Ausstellungen, Zeitungskritiken, nicht zu reden von den persönlichen Briefen an Bewunderer und Käufer. Abends bin ich dann meist zu müde, um an meinen Gedichten weiterzuarbeiten, und das betrübt mich.»

«Wovon reden Ihre Gedichte?»

«Von vielen Dingen. Eben habe ich eines über die Kathedrale von Chartres verfasst. Ich war letzte Woche mit Rodin dort, und er hat mir Wunderbares aus der Perspektive des bildenden Künstlers darüber erzählen können.»

«Dann sind Sie also ein echter Dichter?»

«Nun ja, wenn Sie so wollen. Aber ich bin nicht sehr berühmt.»

«Dürfte ich einmal ein Buch von Ihnen lesen?»

«Wenn es Sie interessiert, schenke ich Ihnen gern eines. Ich werde es Ihnen zu Ihrer Wohnung bringen.»

Dieses Angebot konnte der Auftakt zu einer Freundschaft bedeuten, Gwen erschrak über Rilkes Direktheit, sie liess die Möglichkeit eines Wiedersehens mit einem ungewissen Achselzucken in der Schwebe und versuchte, sich auf das Fleisch in ihrem Teller zu konzentrieren. Sorgfältig schnitt sie den Fettrand weg und schob ihn zur Seite, wartete ab, worauf der Sekretär mit seinem Vorschlag hinaus wollte. Rilke kehrte aber zum Meister zurück, er schien besessen von dessen Schaffenskraft, zeigte sich voll Ehrfurcht vor der Arbeitswut, die den Meister befähigt hatte, die ersten vierzig Jahre seines Lebens ohne Anerkennung und materiellen Erfolg ungebeugt durchzustehen.

«In meinen Augen ein Beweis, dass Kunst und bürgerliche Existenz nicht miteinander vereinbar sind. Kunst geht Hand in Hand mit dem Verzicht auf das Leben. Nicht nur Rodin, auch andere Künstler, Cézanne und van Gogh zum Beispiel, haben ihr Leben der Kunst geschenkt und von ihr nie etwas erwartet. Kompromisse in der Kunst sind nicht möglich, geht man sie ein, so geschieht es stets auf Kosten der Kunst. Zu dieser Einsicht gelange ich, wenn ich den Meister arbeiten sehe. Ich möchte von ihm lernen. Ich möchte dieselbe

Kraft in mir entwickeln, dieselbe grenzenlose Geduld, damit ich die Werke schreiben kann, zu denen ich mich berufen fühle.»

Dann fragte er Gwen unvermittelt, wie es um die *Muse* stehe. Also wusste er um das grosse Projekt. Aber wie viel wusste er? Und wie viel konnte sie ihm davon verraten? Sie schaute von ihrem Teller hoch und suchte in den seltsamen Augen, die sich immer nur flüchtig auf die Dinge legten, nach einer Antwort. Konnte sie diesem jungen Poeten vertrauen?

«Mögen Sie nicht über die *Muse* sprechen?», fragte Rilke behutsam nach.

«Nein, das ist es nicht. Es ist nur sehr schwierig für mich, darauf zu antworten. Ich verstehe die Arbeitsweise des Meisters nicht, und so muss ich zugeben, dass ich gar nicht weiss, wie weit er ist. Sie aber haben täglich die Gelegenheit, ihm bei der Arbeit zuzuschauen, und wissen mehr als ich.»

«Mir scheint, der Meister arbeite mit einem klaren Konzept an der Verwirklichung dieses Werkes, doch in letzter Zeit meine ich zu erkennen, dass seine Begeisterung nachgelassen hat und die Arbeit sich weit über den geplanten Zeitrahmen hinaus verzögert. Ich habe dies bei ihm oft bemerkt; in der Anfangsphase will sich nichts zu einem sichtbaren Ganzen fügen. Umso faszinierender ist es dann mitzuerleben, wie er aus der Rohfassung seiner Skulptur plötzlich zur Vollendung von etwas findet, das im Werden hilflos war. Ist es nicht so?»

«Vielleicht. Für mich ist es das erste Mal, dass ich dem Meister bei der Arbeit zusehen kann. Im Augenblick modelliert er meine Arme, er lässt sie vergrössern und davon Gipsabgüsse anfertigen. Aber er scheint nicht glücklich darüber, er vernachlässigt sie und denkt nicht daran, sie mit dem Torso zu verbinden. Seit ein paar Tagen experimentiert er auch mit Drapierungen. Er taucht Tücher in Gips, und die werden dann hart, so wie *Balzacs* Morgenmantel. Auch darüber scheint er keine Entscheidung treffen zu können.»

«Vertrauen Sie ihm, Mademoiselle. Er ringt vielleicht noch um die Form, die er für dieses Werk ahnt. Er wird sie finden, aber die Wege, die ihn führen, die sind für unsereiner undurchschaubar.»

Es wurde ruhiger im Restaurant, die Mittagspause ging ihrem Ende zu. Nacheinander verliessen die Strassenarbeiter das Lokal, zerstreuten sich beim Impasse Valmy in den Gassen. Auch Gwen mahnte zum Aufbruch.

«Ich habe um drei eine Modellsitzung, Monsieur. Ich sollte gehen.»

Rilke bestand darauf, sie bis vor ihre Haustür zu begleiten. Er meinte, dass ihr Gespräch noch keinen befriedigenden Abschluss gefunden habe.

«Ihre Liebe zur Malerei, Fräulein John, es ist Ihnen während unseres gemeinsamen Mahls nicht ganz gelungen, diese zu verbergen. Ohne indiskret sein zu wollen, möchte ich gern mehr darüber erfahren, denn es würde mich nicht wundern, wenn ich eben mit einer Malerin gegessen hätte, einer Künstlerin, die sich als Modell tarnt.»

«Wer weiss, vielleicht gibt es unter Künstlern so etwas wie ein geheimes Erkennungszeichen? Ja, ich male. Das heisst, ich malte. Bis ich begonnen habe, für den Meister Modell zu sitzen.»

«Wollen Sie damit sagen, dass Sie die Malerei aufgegeben haben?»

Rilke klang betroffen. Er schüttelte ungläubig den Kopf und fragte mehrmals, ohne auf eine Antwort zu warten: «Ist das möglich? Kann man das überhaupt?»

«Es war keine bewusste Wahl, sondern eher wie das langsame Versiegen einer Quelle. Ganz unbemerkt. Plötzlich war ich von der Welt der Farben abgeschnitten.»

«Sie dürfen es nicht geschehen lassen. Sie müssen sich wehren.»

«Ich bin ja selbst seit Monaten sehr unglücklich darüber, Monsieur Rilke.»

Gwen hob den Kopf gegen den Himmel, während sie sich zu ihrem Bekenntnis durchrang, sie liess die Flocken auf die Wangen fallen und an die Wimpern hängen, ein kurzes Glitzern, bevor es ihr kalt übers Auge schmolz. Sie wartete eine Weile die Wirkung ihres Satzes ab, und als von Rilke ein ermutigender Zuspruch kam, vermochte sie ihre angestauten Gefühle nicht länger zu verbergen. In ungeordneten Sätzen sprudelte aus ihr heraus, was sie seit Wochen plagte; ihre Eifersucht, ihre Liebe, die sie bis an den Rand des Wahnsinns trieb und von innen auffrass wie ein Feuer. Nein, wie eine Krankheit, von der sie nicht genesen wollte. Sie sprach von ihrer Einsamkeit, von den Tagen und Nächten in ihrer Wohnung, während deren sie an nichts anderes denken konnte als an den Meister.

«Und dabei gäbe es in mir ein Bild, das es zu malen gälte. Ich sehe es vor mir, die Farben, die Komposition, es ist eigentlich schon da. Ich muss mich nur überwinden, der leeren Leinwand gegenüberzutreten, mich ihr zu stellen. Aber ich kann nicht, ich bin wie gelähmt. Ich glaube nicht mehr an mich. Ich habe die Kraft nicht. Verstehen Sie mich?»

Der Dichter antwortete nicht sogleich. Er blickte auf seine Schuhspitzen, während er neben ihr herging, und suchte lange nach den geeigneten Worten. Die Sorge, etwas Falsches zu sagen, verdüsterte sein bleiches Gesicht. Er zog die Brauen zusammen und strich sich mit der Hand nervös über den Bart, und weil er vielleicht etwas mitteilen wollte, das ihm besonders am Herzen lag, hielt er mitten auf der Strasse an und stellte sich beschwörend vor sie hin.

«Ja, Mademoiselle, und wie ich Sie verstehe. Sie sind im Augenblick seine Muse, so wie ich sein Sekretär bin. Wir dienen ihm, wir helfen ihm, sein Genie zu verwirklichen, und dabei kümmert ihn unser Leben nicht. Aber glauben Sie mir, es ist nicht seine Schuld, wenn wir uns von ihm erdrücken lassen. Nicht in ihm, sondern allein in uns müssen wir den Grund für unsere versiegte Schöpfungskraft suchen. Wir allein sind für unser Leben und unser Werk verantwortlich, der Meister ist uns bloss als Prüfstein unserer Willensstärke auf den Weg gegeben. Zerbrechen wir an ihm, sind wir verloren. Er aber geht unbeirrt seinen Weg, denn sein Werk ist ihm auf Erden das Wichtigste. Daneben sind wir, Sie und ich, letztlich nichts, und es ist richtig so. Sonst könnte er diese Werke, die nach uns noch viele Generationen erfreuen werden, gar nicht schaffen.»

Mit diesen Worten verabschiedete sich Rilke von Gwen. Er stellte keine neue Begegnung in Aussicht, auch vom Buch, das er ihr einmal bringen wollte, sprach er nicht. Er schenkte ihr nur einen tiefen, nachdenklichen Blick, ein Lächeln, das nicht wirklich eines war, bevor er sich umdrehte und eiligen Schritts um die nächste Ecke verschwand.

Welcher Name würde dem Meister gefallen? Gwen erwog Pamela und Clarissa, sogar an den Namen ihrer Schwester dachte sie, Winnie, begann auch verschiedene Briefe mit: ‹Chère Winnie›, ‹Chère Pamela›, ‹Chère Clarissa›, doch viel weiter als bis zur Anrede kam sie nicht. Vielleicht lag es am Klang dieser Namen, keiner ermunterte sie zur spontanen Beichte; die Ideen stockten und versandeten schon nach den ersten Worten. Dumme Namen, befand Gwen, Namen, die den Meister befremden würden, weil sie englisch waren. Und er würde darin doch wieder nur ein Zeichen jener Fantasielosigkeit sehen, die er ihr vorwarf. Dabei gab es so viele schöne romantische Namen.

Aber welcher war der richtige, jener, der die Aufmerksamkeit des Geliebten verdiente, ihn zwingen konnte, ihre Briefe, die ihn so sehr langweilten, wieder spannend und lesenswürdig zu finden? Mathilde vielleicht? Oder Victoire?

Tagelang beschäftigte sich Gwen mit nichts anderem als den Briefen an diese fiktive Freundin. Sie wollte den Meister überraschen und ihm beweisen, dass sie nicht nur über ihr Liebesverlangen schreiben, sondern auch Geschichten erzählen konnte, echte, spannende Geschichten wie in Briefromanen. War ihre Liebe nicht der ideale Stoff für einen solchen Roman? Wenn sie nur erst den richtigen Namen hatte, dann würde die Geschichte von allein aus ihrer Feder fliessen, und diese Geschichte würde so interessant sein, dass der Meister von ihren Briefen nicht genug bekäme.

Julie war der Name, für den sich Gwen schliesslich entschied. Schlicht, in ihren Augen sogar ein Quäntchen frivol, enthielt er mit seiner Anspielung an Rousseaus Briefroman *La Nouvelle Héloïse* zugleich das Versprechen einer tiefen und ewigen Liebe. Für den Meister erfand sie eine Rahmenhandlung, wonach sie während ihres letzten Spaziergangs im Bois de Boulogne das Fragment eines Briefes an Julie unter einem Baumstrunk gefunden habe, den sie ihm nun zur Erheiterung vorlegen wolle. Eine Frau namens Marie schilderte darin ihrer Freundin Julie einen Abend im Atelier des Geliebten und den anschliessenden gemeinsamen Spaziergang zum Bahnhof. Gwen wählte einen konspiratorischen Ton für ihre Briefe, sie spielte vertraulich auf die Tatsache an, dass Julie ebenfalls einen Liebhaber habe und Marie somit die intimen Details ihrer Liebesaffäre gar nicht auszubreiten brauche. An Julie über den Geliebten zu schreiben, im Wissen, dass er selbst es lesen würde, raubte Gwen die Angst vor seinem Spott. Sie schrieb frisch von der Leber weg, füllte Briefbogen um Briefbogen mit ihren Ergüssen und brachte sie, oft mehrere Male am Tag, dem Meister ins Atelier.

Sie schrieb sogar Aufsätze, *Un jour à la campagne* oder *Une terrible aventure,* kleine Texte, die sie so zu gestalten versuchte, dass von ihrer verzehrenden Sehnsucht nach dem Meister so wenig wie möglich durchschimmerte:

Chère Julie,
j'ai été demandé en mariage par un inconnu sur le bateau. Il m'a pincé la jambe.

Liebe Julie,
Ein Unbekannter hat auf dem Schiff um meine Hand angehalten. Er hat mich ins Bein gezwickt.

Auch von ihrer Arbeit als Modell berichtete sie, von der körperlichen Anstrengung des Stillsitzens und vom schwierigen Charakter ihrer Arbeitgeber.

Chère Julie,
Miss O'Donnell gronde. Marie est trop longue à se déshabiller. La séance commence quand Marie est en pose seulement.

Liebe Julie,
Fräulein O'Donnell tadelt mich. Marie brauche zu lang, um sich auszuziehen. Die Sitzung beginne erst, wenn Marie in Pose sei.

Chère Julie,
j'ai essayé d'apprendre un poème de Shakespeare par cœur pendant la pose, mais je n'ai pas bien réussi. J'ai payé une visite a une anglaise cliente qui a eu une opération. Elle est dans une maison de santé qui est comme un couvent de religieuses, elles sont si jolies dans leurs robes noires et blanches.

Liebe Julie,
ich habe versucht, während der Pose ein Gedicht von Shakespeare auswendig zu lernen, aber es ist mir nicht gut gelungen. Ich habe einer Engländerin einen Besuch abgestattet, die eine Operation gehabt hat. Sie ist in einem privaten Krankenhaus, das wie ein Nonnenkloster ist, sie sind so hübsch in ihren schwarz-weissen Gewändern.

Chère Julie,
j'ai préparé le souper, omelette au jambon et thé, chez une dame russe. Elle est une intellectuelle, femme politique écrivain.

Liebe Julie,
ich habe bei einer russischen Dame das Abendessen zubereitet, Schinkenomelette und Tee. Sie ist eine Intellektuelle, Politikerin und Schriftstellerin.

Der Meister schien sich über die harmlose Täuschung zu freuen; er fragte während der Sitzungen, ob Marie ihrer Freundin nicht neue Abenteuer zu schildern habe, und schrieb:

Votre petit roman est très gentil et gracieusement fait, le style est un peu de Pamela et me plaît beaucoup parce que le fond est naturel. Amitié A. Rodin

Ihr kleiner Roman ist sehr nett und anmutig gestaltet, der Stil mahnt etwas an Pamela und gefällt mir sehr, weil der Grund natürlich ist.
Freundschaftlich A. Rodin

Gwen legte das Schreiben unters Bettkissen zu einem andern Brief aus London, in dem der Meister sie mit ‹chère petite amie› angeredet hatte, und wenn die Eifersucht auf die Herzogin sie nachts zu quälen begann oder wenn Träume sie mit einem Glück narrten, das ihr tagsüber immer mehr aus den Händen glitt, holte sie den einen oder andern Brief hervor und betastete ihn leise im Dunkeln, bis sie sich wieder beruhigt hatte. Solange der Meister solche Briefe schrieb, konnte die Herzogin ihrer Liebe nicht wirklich schaden.

«Unsere Liebe ist stärker», flüsterte sie beschwörend ins Dunkel, «unsere Liebe hat ihre Wurzeln in den Nährboden der Kunst geschlagen und trägt ihre Früchte in der Gestalt vollendeter Skulpturen. Da können weder die Herzogin noch Rose je etwas ausrichten. Wir gehören zusammen, der Meister und ich, wir sind ein Paar für die Ewigkeit.»

Nicht immer brachten solche Worte die gewünschte Seelenruhe. Oft erwachte Gwen mit den Briefen unter der Wange und einer wirren Erinnerung an ihre Zweifel. Sie schlief viel, auch tagsüber war ihr jeder Vorwand recht, ein Schnupfen, eine Migräne oder Periodenschmerzen, um bis in den Nachmittag hinein liegen zu bleiben und die aufkeimende Verbitterung im Dämmerschlaf zu ersticken.

Der Meister hatte während seiner letzten Reise nach London zwei Gipsabgüsse der *Muse* anfertigen lassen. Identisch bis auf die Drapierung, die, über das angewinkelte Knie geschlagen, bei einem Exemplar in schweren Falten zwischen die Beine fiel und den rechten Schenkel umwickelte, standen sich die beiden armlosen Skulpturen in einer Ecke des Ateliers gegenüber, am Torso noch die sichtbaren Nähte von der zusammengesetzten Abgussform. Gwen zwängte sich zwischen die Besucher und blieb vor der befremdenden Verdoppelung ihres Körpers stehen; sie studierte ihren Rücken, die geschwungene Linie des Nackens, das schmale, fast kindliche Gesicht, fragte sich, ob die Leute, die an diesem Samstagnachmittag zu Besuch gekommen waren, die Ähnlichkeit mit dem davor stehenden Modell erkennen würden.

«Quelle maîtrise!»

«Un vrai coup de génie.»

«Voyez, avec quelle subtilité la matière est travaillée, c'est inouï.»

«Rodin est vraiment le plus grand sculpteur de tous les temps.»

Gwen kannte die schwärmerischen Ausdrücke der Bewunderer auswendig. Jeden Samstag fielen dieselben Sätze, schmeichelten die Damen dem Meister mit denselben Floskeln. Sie schwebten in ihren eleganten Mänteln und Federhüten zwischen den Skulpturen herum, hakten sich beim Meister ein und rissen ihn zu diesem oder jenem Werk, wollten hören, was er zu sagen hatte. Am schlimmsten war Claire de Choiseul. Sie verpasste keinen Samstag, um sich an der Seite des Meisters zur Schau zu stellen. Man sah sie flattern und schwirren, hörte sie gurren und mit geschmacklosen Andeutungen auf das stadtbekannte Verhältnis anspielen, das sie nun schon seit über einem Jahr mit dem Meister unterhielt. Einmal klopfte sie mit ihrem Handschuh den Mörtelstaub von seinem Kittel, ein anderes Mal strich sie ihm übers Haar oder wagte es, wenn seine Ausführungen sie zu langweilen begannen, ihm die Zeichnungen aus der Hand zu reissen und selbst verworrene Kommentare zu geben.

«Ma parole, elle est ivre», wurde gemunkelt, «quel désastre, cette femme.»

Gwen hasste den Samstagnachmittag und die Frauen mit ihren komplizierten aristokratischen Namen, hasste die Blumensträusse, die sie dem Meister an der

Türschwelle in die Arme drückten. Sogar den Meister hasste sie an diesen Tagen, weil er sich die Ehrbezeugungen so gutmütig gefallen liess, weil er nicht merken wollte, dass die Besucher seine Zeit stahlen und als Gegenleistung nichts anderes als ihr leeres Geschmeichel zu bieten hatten. Mehr als ein Jahr war Gwen diesen Samstagen fern geblieben; sie war zu stolz gewesen, sich unter die Höflinge und Lobhudler zu mischen, aber nun bot ihr der Samstag fast die einzige Möglichkeit, den Meister zu sehen. Nur noch selten bestellte er sie für die *Muse* ins Atelier und für ihre täglichen Besuche zeigte er immer weniger Geduld. Meist hielt sie sich im Hintergrund versteckt, auch hinter Türen und in Nebenzimmern hatte sie schon ihre wöchentliche Besuchszeit verbracht, hatte abgewartet, bis der letzte Gast sich verabschiedet hatte, um den Meister mit ihrer Präsenz zu überraschen.

«Voyons, Marie, ne soyez pas si enfantine. Je suis pressé, allez, quittez vite mon atelier et revenez, quand je vous l'ordonnerai.»

Er lachte, wenn er sie aus dem Raum jagte, er demütigte sie mit einer verletzenden Bemerkung, so dass sie sich tagelang dumm vorkam und sich vor Scham kaum auf die Strasse wagte. Julie vertraute sie an:

R me désespère, il me fait bête et faible, alors il me critique et il ne trouve rien qui est digne de son amour.

R bringt mich zur Verzweiflung, er macht mich dumm und schwach, dann kritisiert er mich, und er findet nichts, das seiner Liebe würdig ist.

Dann aber nahte ein neuer Samstag, und mit ihm schwand der mühselig zurückeroberte Stolz dahin. Gwen hegte Ausflugspläne für den Samstag, sie wollte sich ihre Unabhängigkeit beweisen, aber wenn es so weit war, schlug sie ihre Vorsätze in den Wind und pilgerte an die Rue de l'Université, von der Hoffnung erfüllt, dass der Meister sie freundlich behandeln und endlich in der Öffentlichkeit als seine Geliebte anerkennen würde. Oft getraute sie sich nicht über die Schwelle des Ateliers und verlieh ihrer Enttäuschung in einem Brief an Julie Ausdruck:

J'étais si longtemps dans le noir devant sa porte dans le jardin assis sur un morceau de marbre, je n'osais pas frapper à la porte car j'ai cru qu'il y avait beaucoup de monde et qu'il faudrait dire quelque chose de conventionnelle à mon Maître devant le monde et je ne savais pas quoi dire.

So lange sass ich auf einem Stück Marmor im Dunkeln vor seiner Tür im Garten, ich wagte nicht, an seine Tür zu klopfen, denn ich habe geglaubt, dass viele Leute da waren und dass ich meinem Meister vor den Leuten etwas Konventionelles sagen müsste, und ich wusste nicht was sagen.

Wenn sie sich dennoch getraute, merkte sie bereits an der distanzierten Begrüssung, dass sie für ihn eine gewöhnliche Frau war, eine unter vielen Frauen, die ihn bezirzten und umschwärmten. Auch heute, am letzten Samstag vor seiner Abreise nach Spanien, rang er sich zu keiner freundlichen Anrede durch. Er gab ihr die

Hand, verbeugte sich und sagte: «Heureux de vous voir, Mademoiselle John.» Er sagte es im gleichen unpersönlichen Tonfall, in dem er eben seine Berufskollegin, Miss O'Donnell, begrüsst hatte. Gwen stotterte und schlug die Augen nieder, liess sich aber nicht von seiner Seite vertreiben.

«Eh bien, allez, Mademoiselle, allez donc, mêlez-vous un peu à la foule», versuchte sie der Meister nach einer Weile fortzuscheuchen.

«Maître, je … je vous apporte des lettres. De moi et de Julie.»

Sie steckte ihm drei Briefe zu, die er unauffällig in die Brusttasche seines Kittels gleiten liess. Schämte er sich dieser Korrespondenz? Gwen wollte ihn zur Rede stellen, die Frage brannte ihr auf der Zunge, doch der Meister widmete sich bereits neuen Besuchern.

«Monsieur de Ste-Croix, quelle agréable surprise, et vous, Madame, comment allez-vous? Permettez-moi de vous dire, que vous êtes absolument éblouissante. Mais venez, que je vous présente mes nouvelles œuvres, par ici, s'il vous plaît.»

Gwen irrte sich selbst überlassen in der Menge umher, erlebte mit wachsendem Befremden, wie der vertraute Raum, dieser heilige Ort ihrer Liebe, von Unbekannten bevölkert und entehrt wurde. Wenn wenigstens Monsieur Rilke unter den Leuten gewesen wäre oder Hilda, an beider Seite hätte sie sich stark gefühlt. Aber Hilda packte, und Monsieur Rilke war für eine Vortragsreise nach Deutschland abgereist, weiss der Himmel, wann er wieder nach Paris zurückkehren würde.

Immer wieder zog es Gwen zu den Entwürfen der *Muse,* zu den Tischen und Bänken, auf denen Abgüsse ihrer Arme, Hände und Beine durcheinander lagen. Diese Ecke des Ateliers war ihre geheime Heimat. Sie kannte jede Maserung des Holzparketts, jede Ritze, auch die beklemmende Nebelatmosphäre in Eugène Carrières Ölbildern barg kein Geheimnis mehr für sie. Hier hatte sie für den Meister stundenlang gestanden, hier hatte er sie einmal in einem Anflug unbändiger Leidenschaft auf den Boden geworfen, hatte sie mit tierischer Wildheit geliebt, hier, an eben dieser Stelle, wo sie jetzt stand, umringt von einer Gruppe angeregt diskutierender Männer.

«Wird die *Muse* in der endgültigen Fassung denn keine Arme haben, verehrter Meister?», erkundigte sich ein Amerikaner, der sich als Journalist einer namhaften Zeitung seines Landes zu erkennen gab. Gwen wich beim Herannahen des Meisters hinter den *Denker* zurück und horchte, an die Beine des Kolosses geschmiegt, auf seine Antwort.

«Mister, was Sie hier sehen, ist ein Entwurf. Ich habe schon verschiedene Armstudien angefertigt und werde mich bald mit der endgültigen Fassung beschäftigen. Seien Sie beruhigt, ich denke nicht daran, die *Muse* ohne Arme aus meinem Atelier zu entlassen.»

«Aber das würde durchaus im Bereich des Möglichen liegen, nicht wahr? Die *Muse* wäre ja nicht Ihr erstes Werk, das Sie bewusst unvollkommen belassen. *Adèles Torso* etwa, *Ariane* oder viele Figuren aus der *Porte de l'enfer,* die Sie miteinander verbinden, ohne sie zu beenden? Können Sie uns erklären, was Sie damit genau ausdrücken wollen, Monsieur Rodin? Mit solchen Skizzen setzen Sie sich doch jedes Mal grosser Kritik aus, warum also solche unfertigen Werke?»

«Werter Herr, wenn ich gewisse Gefühle in meinen Werken ausgedrückt habe, so ist es doch vollkommen unnötig, dass ich diese noch in Worte fasse, ich bin ja nicht Dichter, sondern Bildhauer.»

Wie gelehrt und geistreich der Meister seine Bewunderer unterhalten konnte. Er wusste auf jede Frage eine Antwort und redete sich mit Ironie aus allen Fallen heraus. Gwen trat hinter dem *Denker* hervor und näherte sich dem Geliebten. Ihr ganzer Körper verlangte nach seinen Händen, seinem Mund, von dem sie seit Wochen nicht mehr geküsst worden war. Zu mir spricht er, sagte sie sich, zu niemand anderem als mir. Alles, was er diesen Leuten sagen will, ist mir zugedacht, mir allein. Wenn er von seinen Gefühlen spricht, dann meint er seine Leidenschaft zu mir, ich weiss es, es ist seine Art, mich seiner Liebe zu versichern.

Gwen hing an seinen Lippen und starrte ihn mit weiten Augen an. Keinen einzigen seiner Ausdrücke wollte sie sich entgehen lassen, im Gegenteil, sie wollte sich einprägen, was er sagte und wie er sich bewegte, damit sie später in ihrer Wohnung die Einsamkeit mit den gewonnenen Eindrücken beleben konnte. Sie wollte seine Nähe wieder spüren, seine Wangen berühren, seine warme, kräftige Hand drücken und in die Welt hinausschreien, dass er ihr gehöre, dass sie, das Modell der *Muse,* seine einzig wahre Frau sei. Seine kleine Muse.

«Ah, Mademoiselle, venez donc par ici!»

Gwen zuckte unter dem Befehl zusammen. Sie hatte sich schon über den Kreis der Besucher hinaus vorgewagt, jetzt blieb sie erschrocken stehen, dem Blick aller Besucher ausgeliefert. Der höhnische Tonfall liess nichts Gutes erahnen.

«Mais approchez donc, voyons! Je ne vous ai pas demandé de vous immobiliser comme une statue, non?»

Ein allgemeines Schmunzeln ging durch die Reihen.

«Non, Maître.»

«Et alors? Bon. Je vous dois encore de l'argent, n'est-ce pas?»

«Oui, Maître, je crois, mais je ne suis pas venue pour demander ...»

«Bah, allez, prenez ça! Cela vous dépannera pour les prochaines semaines.»

Der Meister kramte Geldscheine aus seiner Jacke und hielt sie Gwen auf der offenen Handfläche hin. Es waren viele Scheine, die zusammen über hundert Francs ausmachten. Gwen rührte sich nicht. Sie verlor die Sprache, und das Herz begann zu klopfen, laut, immer lauter. Sie rang nach Luft, fühlte ihre Knie weich werden. Ihre Sicht verschleierte sich.

«L'orgueil ne vous sied décidément pas, Mademoiselle. Prenez, je vous dis, cet argent n'est pas un cadeau, puisque vous l'avez gagné.»

Und eh sie sichs versah, hatte der Meister ihr die Scheine in die Finger gedrückt und sich von ihr abgewandt.

Die Besucher schwiegen. Gwen meinte zu sehen, dass die Frauen einen Bogen um sie machten. Nur Claire de Choiseul kicherte und steuerte später auf unsicheren Beinen auf sie zu, um ihr ins Ohr zu zischen: «He is mine, understand?» Es war das erste Mal, dass die Herzogin sie ansprach. Eindrücklicher als ihre Worte, schlimmer als die Bosheit, die sie in ihren Augen deutete, empfand Gwen die Parfümwolke, die sie während der kurzen Annäherung umnebelte, ein Duft von Patschuli, durchsetzt mit dem Geruch von Schweiss und Puder. Gwen drehte angeekelt den Kopf zur Seite und erwiderte leise:

«No Madam, you're wrong. The master belongs to me and I belong to him. Forever.»

«Ha, so was Pathetisches habe ich schon lange nicht mehr gehört. Schön, was Sie da sagen, ja, ja, klingt wirklich schön. Doch, poor little thing, vielleicht wissen Sie noch gar nicht, dass Frauen wie Sie, Frauen, die den Meister langweilen und belästigen, neuerdings aus Frankreich ausgewiesen werden. Ja, vertrieben, fortgejagt. Ein für allemal weg – Sie glauben mir nicht?»

«Nein.»

«Sie müssen mir aber glauben, doch, das müssen Sie, es ist so wahr, wie ich die Duchesse von Choiseul bin. Sehen Sie Miss O'Donnell dort drüben? Die im dunkelblauen Mantel? Sehen Sie sie? Sie ist es, die sich um die Vertreibungen kümmert, Monsieur Rodin hat sie höchstpersönlich mit dieser Aufgabe betraut. Was sagen Sie dazu? Da bleibt Ihnen der Mund offen, nicht wahr? Aber ich vergass, Ihnen bleibt der Mund so oder so immer offen, das ist nichts Neues.»

Beim letzten Satz packte die Herzogin Gwens Arm und schüttelte ihn im Takt der skandierten Silben hin und her. Ihre Nägel bohrten sich durch den Ärmel, taten weh.

«Lassen Sie sofort die Finger von mir, sie ekeln mich.»

«Oho, ich ekle das kleine Modell, tatsächlich, ich, die Duchesse de Choiseul?»

Einen Augenblick schien es Gwen, als wolle sich die Herzogin auf sie stürzen, aber dann erlosch die Glut in ihren aufgerissenen Augen, ein Lächeln zog über ihr

Gesicht, und mit einem verächtlichen Grinsen rauschte die Beleidigte davon und verlor sich in der Menge, die sich neben dem Gipsentwurf des *Balzac* um den Meister neu zu gruppieren begann.

Zu Hause hielt Gwen während Tagen die Tür verriegelt. Sie wollte niemanden sehen, mit niemandem reden. Sie hungerte und bekam Kopfschmerzen, legte sich mittags ins Bett, schlief oder führte Zwiegespräche mit dem Bild des Meisters. In der Nacht hielten sie Geräusche von nebenan wach, Gwen musste sich die Ohren zustopfen, den Kopf mit ihren Kleidern und Unterröcken bedecken, die sie winters über ihre Bettdecke legte; aber ganz vermochte sie sich nicht gegen das Liebesgestöhn ihrer Nachbarin, Mlle Pelletier, und ihres neuen Liebhabers abzuschirmen, es drang deutlich herüber und weckte Erinnerungen.

Von den zwei Tauben erstickte die eine neuerdings im Traum. Sie schlug ein paar Mal hilflos gegen die Glaswand, bevor sie taumelnd über dem Nest zusammenbrach. Die Füsse erstarrten unter dem daunigen Bauch, das Gefieder und die Stecknadelaugen büssten ihren Glanz ein. Das Bild vom toten Vogel verfolgte Gwen in den Tag hinein, es begleitete sie als dumpfer Druck in allem, was sie tat und dachte. Nur die Briefe konnten sie ablenken. Sie schrieb an Ursula in England, an Julie, aber daneben häuften sich die Briefe an den Meister, obwohl er ihr verboten hatte, ihm während seiner Spanienreise zu schreiben.

Gwens Schrift veränderte sich. Sie wurde kindlich, verlor jegliche Richtung. Tintenkleckse verrieten eine ungewohnte Schlampigkeit.

Le désespoir m'a encore pris. Ma vie est affreuse. Pas un mot de tendresse, pourtant vous avez vu mon désespoir. Vous avez changé mon charactère, je suis folle de douleur. J'aime mieux porter mes habits d'été que de prendre votre argent. On m'a pas repris pour du travail – c'est votre faute. Reprenez votre argent – je vivrai sans jusqu'à ce que vous avez besoin de moi pour poser.

Marie

Die Verzweiflung hat mich wieder ergriffen. Mein Leben ist schrecklich. Kein zärtliches Wort, und dabei haben Sie meine Verzweiflung gesehen. Sie haben meinen Charakter verändert, ich bin wahnsinnig vor Schmerz. Ich trage lieber meine Sommerkleider, als Ihr Geld zu nehmen. Man hat mich nicht wieder angestellt – es ist Ihre Schuld. Nehmen Sie Ihr Geld zurück – ich werde ohne leben, bis Sie mich wieder für eine Pose brauchen.

Marie

Dorelia, blass und abgespannt von ihrer zweiten Schwangerschaft, sorgte sich um die Freundin und kam in diesem Frühling häufiger als sonst zu Besuch in die Rue St-Placide. Sie liess sich nicht so leicht abwimmeln wie die Concierge oder Miss Hart. Sie blieb vor der Wohnungstür stehen und redete so lange auf Gwen ein, bis deren Widerstand erlahmte und sie sie einliess. Dodo weilte zurzeit allein in der Hauptstadt, Ida verbrachte ihre Ferien mit der Mutter und den Kindern in Südfrankreich, und Augustus war wieder nach London gereist, wo er im Hinblick auf eine Ausstellung an der Chenil Gallery im Mai seine Technik des Kupferstechens verfeinerte. Allein, seltener mit ihrem kleinen

Sohn, gelang es Dodo, Gwen aus der Wohnung zu locken. Sie führte sie in die Pariser Pärke spazieren, zwang sie, die Ausstellung der Fauvistes im Salon des Indépendants zu besichtigen und sich in den Galerien die neuen Seinebilder von Albert Marquet und die farbstrotzenden provenzalischen Landschaften von Henri Manguin anzuschauen, und am 21. April wollte sie, dass Gwen sie an die Enthüllungsfeier von Rodins *Denker* vor dem Pantheon begleite.

«Nein, da kannst du allein hingehen. Ich bleibe lieber in meinen vier Wänden. Menschenmengen beängstigen mich.»

Aber Dorelia gab nicht nach.

«Du musst dich wieder mit der Kultur auseinandersetzen, die dich umgibt, Bilder sehen, Kunstwerke aller Art. Und mit Leuten zusammen sein, die für die Kunst leben. Das ist deine Welt. Die Einsamkeit ist nichts für dich, glaube mir. Du musst aus deinem Dornröschenschlaf herausfinden, wieder werden wie in Toulouse, weisst du noch? Lachen, malen, ausgehen, mit Gleichgesinnten diskutieren.»

«Ich mag nicht mehr. Das ist lange her und sehr fern von mir. Jetzt bin ich lieber allein. Ich war auch in Wales viel allein. Und in London. Es macht mir nichts aus, das Alleinsein liegt in meiner Natur.»

«Aber du warst damals bestimmt nicht so allein wie jetzt. So absolut allein, meine ich. Du verkümmerst ja, auch äusserlich. Schau dich im Spiegel an, du siehst armselig aus. Krank.»

«Ich bin müde, das ist alles. Dodo, ich bin alt genug, um zu wissen, was gut für mich ist. Du brauchst dich nicht um mich zu sorgen.»

«Meinst du, ich habe nicht gemerkt, wie du wieder fastest, dich vernachlässigst und vor lauter Schlafen und Herumliegen immer mehr in Trübseligkeit verfällst? Da, nicht einmal das Brot, das ich dir vorgestern gebracht habe, hast du angerührt. Und im Körbchen liegen noch dieselben Kartoffeln. Wetten, du hast die Küche seit meinem letzten Besuch nicht einmal betreten. Höchstens für Tiger. – Komm schon, Gwen, tu mir den Gefallen und raffe dich auf. Mir zuliebe, bitte. Es ist nicht weit bis zum Pantheon. Und zieh bitte was Anständiges an. Bestimmt hast du was Passenderes im Schrank als dieses unförmige Kleid.»

«Ich komme nicht.»

«Man sagt sogar, dass Shaw dabei sein wird.»

«Shaw? Was kümmert mich Shaw? Ich käme auch nicht, wenn König Edward persönlich dabei wäre.»

«Ist es wegen Rodin? Willst du nicht erleben, wie dein Meister von den Parisern geehrt und gefeiert wird? Wie die grosse Segond-Weber Victor Hugos *Stella* rezitiert? Seit Wochen fiebert die Stadt dem grossen Ereignis entgegen. Das darfst du nicht verpassen, gerade du nicht.»

«Gib dir nicht weiter Mühe, es hat keinen Zweck. Geh zu den Feierlichkeiten, wenn du so grosse Lust auf ein Menschenbad hast. Du kannst mir dann erzählen, wies war. Aber ich komme nicht.»

«Jetzt schlägst du wieder diesen Ton an. Ich hasse es, wenn du dich so stur gibst. Aber bitte, wenn du unbedingt verwildern willst.»

Als Dodo endlich gegangen war, setzte sich Gwen auf die Bettkante, nahm den Kopf in die Hände und horchte auf die Strasse hinaus. Bauarbeiter schaufelten gegenüber eine Senke aus, Wohnhäuser sollten hier entstehen, Häuser mit Mustern von Schlingpflanzen über dem Eingang und weiblichen Allegorien, deren Haare im Style nouille die Fensterrahmen umwoben, wie sie zur Zeit überall in der Stadt aus dem Boden schossen. Die Schaufelhiebe markierten die Zeit, die langsam und ereignislos zerrann. Mochte Dodo ihretwegen zum Pantheon pilgern, um den *Denker* und seinen Schöpfer zu sehen. Mochte sie sich später rühmen, einem historischen Ereignis beigewohnt zu haben. Na und, was ist dabei?

Sie selbst kümmerte es nicht, was sich auf der Strasse oder vor dem Pantheon abspielte. Sie stellte sich die Umrisse der Bronzeskulptur unter dem Tuch vor, wie sie von ihrem Sockel aus über dem dunklen Meer von Damenhüten, Melonen und Zylindern in den Himmel ragten, gewaltig, erdrückend. Und sie sah ihn, den Geehrten, unter den uniformierten Regierungsbeamten stehen, dankbar für die öffentliche Anerkennung, auf die er viele Jahre gewartet hatte.

Gwen seufzte. Den Meister so nah zu wissen und doch unerreichbar, von ganz Paris umjubelt und wie ein Gott verehrt, rief ihr das eigene Versagen umso grausamer ins Bewusstsein. Wie müde sie war, ihn zu lieben. Er war allgegenwärtig in ihrem Leben; in ihren Augen, ihrer Haut, ihrem Atem und ihren Träumen, in die verborgensten Winkel ihres Wesens hatte sie ihm Einlass gewährt, und nun war sie niemand mehr ohne ihn, hatte ohne seine Liebe keinen Lebensinhalt mehr.

Kerzen und Tannenzweige schmückten das Tischtuch, neben den Tellern lagen die Servietten kunstvoll gefaltet, ein paar Nüsse. Und für die Buben hatte Ida in der Zimmerecke Kisten zusammengerückt, darüber ein Leintuch gespannt und die Teller mit Schokoladenstückchen und Bonbons dekoriert.

Kaum betrat Gwen das Wohnzimmer, sprangen die beiden älteren Buben an ihr hoch, wollten wissen, ob sie etwas mitgebracht habe, Süssigkeiten oder ein Spielzeug: «Please, Tante Gwendolen», bettelten sie, «sag, was hast du da in deiner Tasche? Wir wollen sehen, bitte, bitte, lass uns hineinschauen.»

Sie sahen seltsam aus, diese Neffen, ihre englische Herkunft war kaum mehr fassbar, wie verschüttet unter dem französischen Schliff aus der Ecole maternelle. Ida hatte die Söhne in bunt bestickte russische Hemdchen und Pluderhosen gesteckt und ihre Haare, ungewöhnlich lang für Buben, für einmal ordentlich gekämmt. Kleine Lords, dachte Gwen, richtige Aristokraten, wenn sie sich nur entsprechend benähmen. Sie zerrten an Gwens Kleid, johlten und übertönten ihre Proteste, bis Gwen hilflos in den nächsten Stuhl sank und sich die Ohren zuhielt.

«Ida, Hilfe, ich werde ja regelrecht belagert.»

Sie hätte beinahe gefragt, wie Ida mit einer solchen Meute noch bei Verstand bleiben könne, doch sie biss sich auf die Lippen. Ida war zum fünften Mal schwanger, und Gus hatte Gwen gewarnt, dass es seither um ihre Nerven nicht zum Besten bestellt sei. Aber was wusste Gus schon über Idas Nerven? Er hatte den ganzen Herbst in London mit Alice, seiner neuen Flamme, verbracht, war erst gestern für die Festtage angereist und unverzüglich in den Spelunken des Quartiers untergetaucht.

«Gwen, meine Liebe, übertreibe nicht. Du weisst nicht, wie verwöhnt du bist mit deinem Alleinsein. Kinder sind nun einmal laut.»

«Und die zwei Kleinen, wo sind sie?»

«Die kommen mit Dodo. Sie hat sie heute zu sich an die Rue du Château genommen. Ab und zu tut sie mir diesen Gefallen, um mich zu entlasten. Alles ist einfacher geworden, seit sie mit ihren Söhnen ausgezogen ist. Und dennoch ... Weisst du, dir kann ich es ja sagen, denn du bist die Einzige, die mich wirklich versteht. Manchmal bin ich so müde, so wahnsinnig müde, dass ich am liebsten sterben möchte.»

Als wollte sie ihre Müdigkeit betonen, rückte sie einen Stuhl in Gwens Nähe und liess sich mit dem ganzen Gewicht darauffallen.

«Noch zwei Monate, und dann ist es wieder so weit. Windeln wechseln, stillen, schlaflose Nächte. Ich weiss nicht, wie ich diesen Zirkus noch ein fünftes Mal überstehe. Wenn ich nachts daran denke, ersticke ich fast vor Verzweiflung, Wut steigt in mir auf, dass ich es im Bett kaum aushalte.»

«Vermisst du Gus?»

«Überhaupt nicht. Das klingt herzlos, aber es ist wahr. Es fällt mir viel leichter, ihn aus der Distanz zu lieben. Eigentlich haben wir jetzt eine ideale Lebensweise ausgearbeitet: Dodo und ich in Paris, aber getrennt, und Gus, der zwischen London und uns beiden hin- und herpendelt. So haben wir unsern Freiraum und kommen entsprechend besser miteinander aus. Streit gibt es selten mehr. – Aber was bin ich für eine Gastgeberin! Ich habe dir noch gar nichts angeboten. Wollen wir nicht von meinem hausgemachten Kirschpunsch trinken, bevor die andern kommen?»

«Ja, aber bleib sitzen und lass mich die Flasche holen.»

In der Küche stand schon alles bereit. Ida hatte verschiedene Gemüse und Kartoffeln vorgekocht, Salat gerüstet und das Brot in Scheiben geschnitten, und im Ofen schmorte ein riesiger Trutenbraten.

«Ida, dein Truthahn riecht himmlisch», schwärmte Gwen, als sie mit der Punschflasche zurückkam.

Der Duft des Fleisches rief Bilder von Weihnachtsabenden in Haverfordwest wach. Sie sah den Truthahn auf dem Tisch, die betenden Tanten, Vater mit seiner feierlichen Sonntagsmiene, Mutter. Nein, Mutter sah sie nicht mehr. Zweiundzwanzig Jahre war sie schon tot, und die Erinnerung an ihr Gesicht, ihre Stimme, an die gedämpfte Fröhlichkeit ihres Blicks beinahe erloschen. Seltsam, dachte Gwen, wie der Duft eines Bratens Jahre wegfegen kann, und da bin ich nun, eine dreissigjährige Frau, und muss erleben, wie ein Weihnachtsbraten lebhafter aus meinen Kindheitserinnerungen hervorsticht als die eigene Mutter.

«Schenk mir nur ein Tröpfchen ein, Gwen, in meinem Zustand ertrage ich nicht viel Alkohol.»

«Zum Wohl, Ida. Auf ein gesundes Kind.»

«Auntie, rat, wer bin ich?»

Zwei kalte Kinderhände hatten sich von hinten über Gwens Augen gelegt. Im Hintergrund verriet Dodos Stimme, dass vier weitere Buben hinzugekommen waren; welcher nun aber hinter ihr stand und seinen zuckersüssen Atem in ihren Nacken hauchte, konnte sie mit bestem Willen nicht erraten.

«Caspar?»

«Nein», kicherte es von allen Seiten.

«Robin?»

«Schon wieder falsch geraten.»

«Kinder, lasst Tante Gwen bitte in Frieden.»

Dodo beugte sich zu Gwen herab und gab ihr einen Klaps auf die Schulter.

«Abend, Gwen. Schön, dass du Weihnachten mit uns feierst.»

«Bitte, Auntie, bitte, nur noch einmal raten.»

«Dann kann es nur David sein.»

«Ja, ja, richtig!»

«Lasst uns jetzt aber in Ruhe. Geht drüben spielen, bis wir euch zum Essen rufen.»

Dodo hatte ihren vier Monate alten Sohn im Arm, mit der freien Hand packte sie Geschenke aus der Tasche und versteckte sie unter einem Stapel gebügelter Wäsche neben dem Eingang. Pyramus hing ihr Daumen lutschend am Rockzipfel.

«Wie lange ist es eigentlich her, seit wir alle drei letztmals zusammen waren?», fragte Ida, während sie Dorelia ein Glas Kirschpunsch zum Anstossen einschenkte.

«Ich glaube, seit unseren Sommerferien in Ste-Honorine-des-Perthes, als Gwen uns für ein paar Tage besuchte.»

«Nein, wir waren doch alle diesen Herbst zusammen im Salon d'Automne.»

Gwen schüttelte den Kopf. «Du irrst dich Dodo. Ich war nicht mit euch.»

«Stimmt. Ida und ich gingen allein. Vielleicht meine ich, du seist dabei gewesen, weil wir dort gleich drei Büsten von dir gesehen haben. Es war, als wärst du selbst dabei gewesen, obwohl die *Muse* nicht unter den ausgestellten Werken war. Wir haben uns jedenfalls vergeblich nach ihr umgeschaut.»

«Der Meister will mit dieser Skulptur noch nicht an die Öffentlichkeit. Auch aus London hat man ihn angegangen, die *Muse* für die Ausstellung der International Society im Januar zu schicken. Er will nicht. Er schickt dafür seine Büste von Shaw, er meint, dass sie die Leute genauso interessieren werde.»

«Warst du überhaupt einmal am Salon diesen Herbst?»

«Einmal, aber nur kurz. Ich finde solche öffentliche Anlässe mühsam.»

«Alle drei Büsten waren auf ihre Art sehr beeindruckend, das musst du zugeben. Ich wusste übrigens nicht, dass diese O'Donnell eine aussergewöhnliche Bildhauerin ist.»

«Ja, Gwen, wir waren so stolz auf dich. Rodins Marmorbüste hat mich an eine jener Koren von Griechenland erinnert. So geheimnisvoll und verklärt. Welch ein Kontrast zu seiner Büste von Claire de Choiseul, die neben deiner ausgestellt war. Die Herzogin strotzte nur so von vulgärer Ausstrahlung. Neben ihr schienst du geradezu von heiliger Reinheit. Vielen Leuten ist dieser Gegensatz aufgefallen.»

«Hör auf, Ida, sonst steigen deine Komplimente Gwen noch in den Kopf. – Zum Wohl allerseits, auf ein schönes Weihnachtsfest.»

«Hoffentlich ist Gus auch bei guter Laune. Bei ihm weiss man nie, es hängt immer ein bisschen von seinen momentanen Kumpeln ab. Im Augenblick ist es Wyndham. Die zwei sind unzertrennlich.»

«Ist der fünfte Teller für ihn?»

«Ja, Gus will Wyndham unbedingt dabei haben.»

Gus zeigte sich von seiner freundlichsten Seite, als er endlich mit Wyndham eintraf. Er unterhielt die Familie mit Geistergeschichten aus Pembrokeshire, sprach von seinen Zukunftsplänen, von Reisen und von Ausstellungen, die er für Gwens Bilder in London planen wolle.

«Dein letztes Bild ist wieder mal erste Klasse, Schwester. Ich kenne drüben so viele Leute, die es sofort kaufen würden. Zwischen dreissig und fünfzig Pfund kannst du bestimmt herausholen. Gib es mir mit, wenn ich wieder abreise.»

«Es ist noch nicht fertig. Und du weisst, dass ich nicht gern ausstelle.»

«Bist du denn so reich, dass du dir leisten kannst, deine Bilder zu verstecken? Oder lebst du bloss von Luft und Liebe?»

Gwen senkte den Blick und sagte nichts.

«Gwen», doppelte Ida nach, «hör auf Gus. Er kennt den Kunstmarkt von London. Wir alle wissen, dass du erstklassig bist. Und du weisst es im Grunde auch. Du bist die einzige erstklassige Frau, die ich kenne. Du und Gus, ihr werdet beide hoch hinauskommen, ich weiss es. Was würde ich nicht alles hergeben, um euer Talent zu besitzen, aber ich habe nie mit euch mithalten können. Und jetzt sowieso nicht mehr.»

«Du übertreibst.»

«Nein, Gwen, in deinem Fall schon gar nicht. Du malst wie keine andere Frau in England. Du verkörperst die Hoffnung aller Künstlerinnen, die noch zu schwach oder unsicher sind, um gegen den Strom zu schwimmen. Deine Kunst hat Vorbildcharakter. Du kannst den Frauen Mut machen, neue Wege einzuschlagen, deshalb musst du deine Werke an die Öffentlichkeit bringen, glaube mir, du musst malen und ausstellen, du musst der Welt zeigen, dass auch Frauen malen können und ernst genommen werden wollen. Mit deinem Talent geht eine grosse Verantwortung einher.»

Ida wurde rot vor Eifer, während sie auf Gwen einsprach. Sie legte die Hand auf ihren Arm, streichelte ihn, um ihren Worten Nachdruck zu verleihen. Gwen wich vor ihren Berührungen zurück.

«Lass Ida», sagte Gus, «Gwen wird schon noch zur Einsicht kommen. Wyndham, mon vieux, noch etwas von diesem köstlichen Pudding?»

Wyndham legte dankend seine Hand über den Teller und lachte.

«Willst du mich mästen, bis ich mich nicht mehr vom Stuhl erheben kann?»

«Keine Sorge, das werden wir am Schluss des Abends sowieso nicht mehr können. Und da hast du gleich noch einen Punsch. Nein, keine Widerrede, diesmal stossen wir auf den armen Cézanne an. Ich bitte alle um eine Schweigeminute für Cézanne. Seit seinem Tod im Oktober ist die Welt der Kunst ärmer geworden, und sie weiss es noch nicht einmal. Wir wenigstens wollen seiner gedenken. – Und nun, Kinder, her mit euch allen. Wir schreiben Grandpa John in Tenby einen Weihnachtsbrief. Los, zückt eure Bleistifte.»

Gwen blickte zwischen den leeren Flaschen zum Bruder hinüber, der seinen Arm um die jüngsten Söhne gelegt hatte und ihnen das Papier zurecht legte. In Momenten, da er nicht vom Malen besessen war, konnte er ein liebevoller Vater sein. Aber es kam selten vor, meist nahm die Ungeduld überhand, und dann duckten sich die Jungen unter seinem Blick und versteckten sich hinter Ida oder Dodo. Wie anders hatte der Meister sein Künstlerleben gestaltet; er hatte Kindern und dauerhaften Bindungen abgesagt, weil sie sein Schaffen gehemmt hätten. Einen Sohn hatte er zwar, das wusste Gwen von einer Biographie, die Miss O'Donnell ihr einmal zum Lesen gegeben hatte, einen Sohn, der den gleichen Vornamen hatte wie er, aber der Meister sprach nie über ihn, so wie er auch seine Schwester nie erwähnte, jene arme Marie, die sich nach einer enttäuschten Liebe ins Kloster zurückgezogen hatte und bald darauf gestorben war.

Während die Kinder ihre Grüsse mit krakeliger Schrift aufs Papier brachten, packte Gwen ein Bild aus ihrer Tasche und reichte es Gus über den Tisch.

«Ich dachte, du würdest es vielleicht gern bei dir zu Hause aufhängen. Ein anderes Geschenk ist mir nicht eingefallen.»

Es war das Porträt von Dorelia, das der Bruder bei jedem seiner Besuche zu sehen verlangte. Es zeigte Dodo bei Kerzenlicht an einem Tisch sitzend, ein aufgeschlagenes Buch vor sich, daneben, halb von ihm verdeckt, ein anderes Buch mit dem gut lesbaren Titel *La Russie*. In der oberen rechten Bildecke ein geschlossenes Fenster, hinter Dorelia der Schatten ihrer Schultern und ihres Kopfes an der Wand.

«Ich kann dieses Geschenk nicht abschlagen, du weisst, wie sehr ich dieses Bild liebe. Es wird in meinem Atelier einen Ehrenplatz bekommen, und ich verspreche dir, dass ich mich nie davon trennen werde.»

«Tu, was du willst damit, es gehört jetzt dir.»

«Du stellst dir nicht vor, welche Freude du mir damit machst. – Weisst du, grosse Schwester, Ida hat Recht. Du bist wirklich eine aussergewöhnliche Künstlerin. Als solche hast du die heilige ... »

«Gus, genug!»

«Unterbricht mich nicht und hör zu! Ich sagte: Als solche hast du die heilige Pflicht, deine Begabung in den Dienst der Menschheit zu stellen. Male, Gwen, lass dich durch niemanden von deinem Weg abbringen. Du verstehst mich, nicht wahr? – Wyndham, was meinst du? Du als Dichter und Slade-Student, dichte doch mal eine kleine Eloge auf dieses Meisterwerk, ist es nicht einmalig schön? Diese rembrandtsche Stimmung, diese meditative Konzentration, die sich von Dorelia aus übers ganze Bild breitet, einfach grossartig, ich finde keine Worte dafür, finde du sie für mich.»

«Tja, Gus, old fellow, ich fürchte, ich bin zu keinem brauchbaren Reim mehr in der Lage. Zu viel Truthahn, zu viel Pudding und Cake. Vor allem zu viel Punsch. Vor den Wohlgenährten und Übersättigten ergreift die Muse gewöhnlich die Flucht. Lass mich da aus dem Spiel, aber, ich gebe zu, das Bild ist in der Tat bemerkenswert.»

«Bemerkenswert! Ist das alles, was du sagen kannst? Pfui!»

Gwen nippte an ihrem Glas, sie hatte noch nie in ihrem Leben so viel getrunken, spürte schon eine ungewohnte Heiterkeit in sich aufsteigen, ein Bedürfnis, Dinge aus ihrem Leben preiszugeben, die sie um nichts in der Welt verraten wollte. Sie stellte das noch halb volle Glas ab und schob es in die Tischmitte.

«Gwen, was grübelst du wieder? Da, öffne, das ist für dich.»

Dodo legte ihr eine Schachtel auf den Schoss und lächelte sie erwartungsvoll an.

«Du musst es anprobieren, ich will sehen, ob es passt.»

Dodo hatte ein hellgraues Samtkleid genäht. Ein schwarzer Gürtel schnürte die Taille, gesteppte Falten musterten das Oberteil bis zum Kragen, der, ebenfalls aus schwarzem Samt, mit Stickereien verziert war.

«Dodo, du beschämst mich. Ich habe nichts anderes mitgebracht als Süssigkeiten für die Kinder und das Bild für Gus, das für euch alle ist. Und da kommst du und machst mir ein solches Geschenk.»

«Unsinn. Du weisst, wie gern ich für dich nähe.»

«Jetzt brauche ich nur noch einen passenden Hut, dann bin ich so elegant wie die Damen, die sich vom Meister eine Büste anfertigen lassen.»

Gwen dachte an die Herzogin. Würde sie je so vornehm sein wie sie? Sie bezweifelte es. Was auch immer sie unternahm, stets schien ihr, als sei die Herzogin einen Schritt voraus. In der Gunst des Meisters, in der Eleganz, in der unbeirrbaren Selbstsicherheit; nirgends war sie zu übertreffen, das heisst, nirgends sonst als in der Kunst.

Das Interieur, das Gwen vor einem Jahr hatte malen wollen, tauchte nach ihrem Besuch in der Familie plötzlich als klare, durchkomponierte Vision in ihr auf. Drängte mit einer Wucht, die keinen Aufschub duldete. Noch heute musste die Arbeit begonnen werden. Heute oder nie. Gwen fühlte es in den Fingern kribbeln, sie holte ihren Malkasten und die Palette unter dem Bett hervor, wischte den Staub von den Farbtupfern, über denen das oxydierte Bindemittel seine schützende Haut gebildet hatte, begutachtete jeden Pinsel. Bei einigen hatte sich die Zwinge gelockert, sie verloren Haare, wenn sie mit dem Finger ihre Geschmeidigkeit prüfte. Sie würde neue kaufen müssen. Bleiweiss fehlte, Ocker und Kadmiumrot waren ausgetrocknet und das Lösungsmittel beinahe aufgebraucht. Tiger sprang auf den Malkasten und versuchte, mit der Pfote die aneinander gereihten Tuben aus der Ordnung zu bringen.

«Tiger, weg mit dir! Meine Farben sind kein Spielzeug. Da, nimm diesen Stofffetzen, den kannst du meinetwegen zerreissen.»

Eine Weile kaute die Katze am Fetzen, doch bald verlor sie das Interesse, schlich unter Gwens Korbstuhl und begann sich die Flanke sauber zu lecken.

Gwen stellte die Staffelei ans Fenster und grundierte die Leinwand mit einer Schicht roher und gebrannter Umbererde. Der Grund würde schnell trocknen, aber nicht schnell genug, dass sie noch am gleichen Tag mit der Untermalung beginnen könnte. Sie musste warten. Zum ersten Mal seit Weihnachten kleidete sie sich wieder an und kämmte sich, erschrak, als sie das magere Gesicht im Spiegel erblickte. Bin ich das? Diese Schatten um die Augen, diese blasse, fast durchsichtige Haut? Sie versprach sich, ihrem Körper wieder mehr Aufmerksamkeit zu schenken. Mehr zu essen. Tagsüber nicht mehr zu schlafen. Dann steckte sie das Geld der letzten Modellsitzungen in die Tasche und verliess die Wohnung.

Draussen strich ihr ein warmer Abendwind um die Wangen. Einen Augenblick blieb sie stehen und sog die Brise mit bewusstem Genuss ein. Sie hatte vergessen, wie belebend die Frühlingsluft in dieser Stadt wirkte. Wie aufreizend. Der Himmel zwischen den Baumkronen war von Gewölk durchzogen, dunkelte rasch. Irgendwo, in Richtung Rue de Sèvres, trällerte eine Goualeuse aus vollem Hals den Refrain eines Pariser Chansons in den Abend hinaus. Ein Automobil fuhr vorbei, an der Ecke zur Rue de Rennes stand ein Homme-Sandwich und machte für die neue Revue eines Caf'conc Reklame. Die Sapeurs-Pompiers stürmten durch die Rue Vaugirard. Das Leben. Mein Gott, sagte sich Gwen, ich habe vergessen, dass es hier draussen noch ein Leben gibt, ein Leben, in dem auch ich meinen Platz habe. Ich habe teil an ihm, ich bin, wie alle andern Menschen um mich herum, wie die ganze Menschheit, ein Teil in diesem grossen Geschehen, darf es mitgestalten, habe eine Aufgabe. Gehöre dazu. Wie konnte ich nur die Augen vor diesem Wunder verschliessen?

Adam, le coloriste de Paris, lag keine zwanzig Schritte von ihrer früheren Wohnung am Boulevard Edgar Quinet entfernt. Ein geräumiger Laden, der sich neben Gattegno und Castellucho-Diana der grössten Auswahl an Pinseln und Farben rühmen durfte. Seit sie ausgezogen war, hatte er sich vergrössert und warb mit der gerahmten Fotografie eines Pariser Nähateliers von

Atget im Schaufenster nun auch für Rahmen aller Grössen und Stile. Gwen kehrte mit Pinseln, Firnis und Farbtuben nach Hause zurück, setzte sich mit ihrem Notizbuch an den Tisch und arbeitete bis spät in die Nacht hinein am Konzept ihres Bildes. Sie legte die Farbtöne und Tonwerte fest und vermerkte jede Schattierung mit einer Zahl, damit sie sich anderntags an die Intensität und genaue Farbtendenz für die einzelnen Bildelemente erinnern konnte.

Den nächsten Morgen widmete sie der Aufbereitung der Palette, so wie sie es während ihrer Zeit in der Académie Carmen gelernt hatte. Sie mischte jeden Farbton auf der Palette in der festgelegten Reihenfolge von Hell zu Dunkel, erarbeitete die Abstufungen und gab sich erst zufrieden, als jede Schattierung fliessend in die nächste überging und kein Misston die chromatische Harmonie störte. Darin wenigstens hatte sie die Übung nicht verloren, ihr Gefühl für Nuancen hatte sie nicht im Stich gelassen; bald hatte sie eine saubere, tadellos abgestimmte Farbskala auf der Palette, die von Eierschalenweiss über Eisblau bis zum braunstichigen Schwarz für das Kleid ihrer Figur den ganzen Farbhorizont des Bildes abdeckte. Sie war ungeduldig, wollte schon mit der Untermalung beginnen, als die Concierge an ihre Tür klopfte.

«Bonjour, Mademoiselle Miss, une lettre pour vous. Apportée personellement, parce qu'y a la grève des facteurs, vous savez. Mais ne vous dérangez pas, j'vous la passe sous la porte.»

Ein Brief? Vater hatte ihr vor wenigen Tagen Grüsse auf einer Postkarte mit der Ansicht des Hafens von Saundersfoot geschickt, auch von Ursula hatte sie eben einen Brief erhalten. Ida war zurück aus Südfrankreich, Gus viel zu sehr mit seinen Kupferstichen beschäftigt, und Hilda schrieb nie aus Finnland. Es konnte nur der Meister sein. Gwen hob den Brief vom Boden auf und betrachtete den vertrauten Schriftzug. Wollte er sie wieder quälen? Hatte ihm die Erniedrigung an jenem Samstag nicht genügt?

Zitternd riss sie den Umschlag auf, traute ihren Augen nicht:

Ma chère petite amie,
Cette lettre pour vous dire de faire toujours vos promenades et de vous soigner car nous poserons bientôt.
Je pense aller vous voir aujourd'hui à midi et demi.
Affectueusement Rodin

Dimanche, si je ne vous vois pas aujourd'hui, à mercredi, rue de l'Université à 2 h.

Meine liebe kleine Freundin,
Dieser Brief um Ihnen zu sagen, dass Sie immer Ihre Spaziergänge machen und sich pflegen sollen, denn wir werden bald posieren. Ich gedenke, Sie heute um halb eins zu besuchen. *Aufrichtigst Rodin*

Sonntag, wenn ich Sie heute nicht sehe, bis Mittwoch, Rue de l'Université um zwei Uhr.

Er will mich sehen. Er liebt mich noch. Er braucht mich. In Gwens Kopf wirbelten die wildesten Gedanken, während sie den Farbkasten und die Palette unters Bett schob und die Staffelei hinter den Schrank versteckte.

Sie schlüpfte aus den Kleidern, wusch sich und bügelte den Rock, bevor sie ihn wieder anzog, steckte die Haare auf und tanzte summend durch die Wohnung, glücklich und doch seltsam verstört von diesem unverhofften Unterbruch. Sollte denn nicht beides möglich sein, die erfüllte Liebe und die Arbeit? Musste die eine notgedrungen der andern geopfert werden? *Kann eine Frau, die liebt, Kunstwerke schaffen?*, kritzelte sie rasch auf den letzten Briefentwurf an Julie.Warum eigentlich nicht? Gwen rief sich Rilkes Worte in Erinnerung, während sie das Bett frisch bezog und den Boden kehrte, aber an diesem Tag wollten ihr seine idealistischen Ausführungen nicht mehr einleuchten. Kompromisse, warum sollten sie der Kunst abträglich sein?

Der Meister war pünktlich gekommen, aber so kurz bei ihr geblieben, dass sie nach seinem Weggang noch lange brütete, ob er besser nicht gekommen wäre. Zwar hatte er sie gleich ungeduldig aus den Kleidern geschält, hatte ihr, während sie sich zusammen im Bett gewälzt hatten, wieder die betörendsten Worte zugeraunt, aber danach war er so rasch wieder aufgestanden, hatte sich so plötzlich wieder von seiner nüchternen Seite gezeigt, dass er ihr unheimlich geworden war. Er hatte sie zum Abschied auf den Hals geküsst, leicht, mehr zum Spiel als aus Leidenschaft, hatte ihr gesagt, dass er sie am Sonntag erwarte, doch als sie ihn von der Schwelle ins Zimmer hatte zurückzerren wollen, hatte er den Zeigefinger mahnend vor ihrer Nase hin- und herbewegt und war wortlos gegangen.

Gwen stand am Türrahmen und lauschte auf die verhallenden Schritte im Treppenhaus, den Zettel mit Soudbinines Adresse in der Hand. Die Eingangstür schlug zu, von den Wohnungen des unteren Stockwerks war das Schlagen von Gabeln und Messern auf Porzellan zu hören, Victors Stimme, nebenan ein leises Schleifen, als zöge Fräulein Pelletier ihren Teppich über den Boden.

Er ist nicht aus wirklicher Liebe gekommen, dachte Gwen, er hat mir nur die Adresse des russischen Bildhauers übergeben, der eine Büste von mir anfertigen möchte, mehr nicht. Und bei der Gelegenheit hat er mir wieder einmal etwas Liebe geschenkt, damit ich in meinen Briefen nicht immer klage. So stehen die Dinge zwischen uns, ob ich es wahrhaben will oder nicht. Ich bin nur noch ein Zeitvertreib für ihn, eine Frau von vielen.

Als Gwen später die Palette unter dem Bett hervorzog und die Staffelei aufstellte, war die Stimmung des geplanten Bildes verschwunden, von der Unterbrechung wie weggezaubert. Umsonst verglich Gwen die Farben mit ihren Skizzen, sie wollten nicht mehr übereinstimmen, waren fremd und nichtssagend geworden. Wo war da in all diesem Tumult von Liebesschmerz und neu erwachten Ambitionen noch eine innere Mitte, wenn ein bisschen Liebe sie wie eine Windfahne nach Lust und Laune drehte? Wo war die unverrückbare Gewissheit, woran sie sich festhalten konnte? Von der Leinwand schlug ihr nur sinnlose Leere entgegen, doch diesmal zwang sich Gwen, der verstörenden Entfremdung zu trotzen.

«Ich muss dieses Bild malen, ich muss es, auch wenn ich den Glauben daran verloren habe, ich muss mich auffangen, muss malen. Niemand dürfe mich davon abhalten, hat Gus gesagt, niemand, nicht einmal der Meister. Was nachher kommt, ist einerlei, nur dieses Bild zählt; mein Leben hängt davon ab. Wenn ich jetzt versage, geht etwas kaputt in mir, und der Weg ist für immer verbaut.»

Gwen redete laut, es tat gut, die eigene Stimme zu hören. Sie sprach sich Mut und Kraft zu und verscheuchte die Gedanken an den Meister mit immer neuen Ausrufen des Ansporns. Erst zaghaft, dann mit wachsender Zuversicht untermalte sie die Leinwand, deutete mit Farbzonen die räumlichen Elemente ihres Interieurs an, einen hellen Mittelstreifen für das geöffnete Fenster, einen dunkleren Querbalken, wo die Wand und der Boden aufeinander treffen, Schattierungen für die Tapete und Schwarz für die weibliche Figur des Vordergrunds.

Bis in den Sommer hinein malte Gwen an ihrem Bild. Jeden Tag rückte sie den Schrank vor, damit sie sich im Spiegel sehen konnte, stellte den Korbstuhl rechts vors Fenster und öffnete den linken Fensterflügel, um die Bildtiefe über den Hof bis ins Zimmer von gegenüber auszudehnen. Sie malte morgens, wenn die Sonne hereinschien, und am Nachmittag spazierte sie im Quartier und skizzierte auf der Rückseite von Einkaufszetteln Menschen auf der Strasse und in den Omnibussen. Sie sass dem alten Soudbinine und Miss O'Donnell Modell, die beide mit einer Büste von ihr am Salon teilnehmen wollten. Immer aber blieb sie innerlich mit ihrem Bild verbunden, und diese Verbindung half ihr, die wechselhaften Launen des Meisters zu ertragen und seine Abwesenheit durchzustehen. Das Bild war ihr Zuflucht, die Fläche, auf die sie den Traum vom ungestörten Glück bannen wollte. Schicht um Schicht überzog sie die untermalten Zonen mit dünnflüssigen Lasuren, zeichnete zuletzt die Fliesen und das Rautenmuster der Tapete mit einem feinen Marderpinsel darüber, beliess aber das Gesicht der nähenden Figur bewusst in einer schattigen Unbestimmtheit. Die Figur war sie selbst, und doch sollte das Bild kein Selbstporträt werden, sondern die Ansicht eines kleinbürgerlichen Pariser Interieurs, in dem für einen Augenblick die Zeit stillsteht.

III

People are like shadows to me
and I am like a shadow.

Gwen John

87, Rue du Cherche-Midi
Frühling 1907–Herbst 1909

Nach dem Gewitter, das sich in der letzten Nacht über Paris entladen hatte, boten die Strassen einen gespenstischen Anblick. In den Boulevards versperrten Baumäste die Gehsteige, Schindeln und Ziegelsteine lagen herum, Hausrat aller Art, und die Seine, im Nu auf den Höchststand angeschwollen, schwemmte Gehölz und Tangknäuel fort. Seit Jahren hatte Paris kein solches Unwetter erlebt, *Le Matin* und *Le Figaro* berichteten über Schäden an Monumenten, über Verletzungen von späten Heimkehrern, die das Unwetter überrascht hatte. Ein Mann war in Gentilly von einer Platane erschlagen, ein Zigeunerkind der Zone bei Montreuil in einem ähnlichen Unfall verletzt worden. Unweit vom Hôtel de Ville stand ein Fiaker mit zertrümmerter Achse, eine Robinie war darauf gekracht, hatte wie durch ein Wunder Fahrer und Passagiere verschont, aber die Sanitätsdienste hatten den Schimmel, der nach dem Unglück mit gebrochenem Rückgrat am Strassenrand verendet war, wegführen müssen. Am sichtbarsten offenbarte sich die Wucht des Unwetters jedoch auf der Butte. Die Baugerüste von Sacré-Cœur, die tags zuvor noch wie ein Netz die Kuppel umschlossen hatten, waren an der Ostflanke eingestürzt und schienen nicht mehr als ein ausgefranstes Gewebe.

Das Gewitter hatte Idas letzte Nacht mit Sehnsüchten erfüllt; Ida hatte plötzlich der Wind sein wollen. Fliegen, über die Stadt fegen, die Bäume peitschen, welch ein Wunsch. Sie hatte gemeint, sie brauche sich bloss vom Spitalbett zu erheben und schon fliege sie fort und werde Teil des blitzdurchzuckten Himmels, der sich draussen entfesselte. Später war ein Stern zwischen den Wolken erschienen, ein Stern, den nur sie hatte sehen können, und dieser Stern, hatte sie geflüstert, sei unbeschreiblich leuchtend und hell gewesen. Lange Zeit hatte Ida mit ihren grossen, fiebrigen Augen hinausgestarrt und die Lippen bewegt und in ihrem Wahn behauptet, dass der Stern ein Mahnzeichen der Demut sei. Dann war sie, erschöpft und beglückt von der Reise ihres wirren Geistes, aufs Kissen zurückgesunken, hatte noch einmal in die Runde gelächelt und fast unhörbar gehaucht: «Ein Witz.»

Am nächsten Morgen war sie gestorben. An Kindbettfieber, an akuter Blinddarmentzündung. An Lebensüberdruss.

Nach Tagen der Ungewissheit bedeutete die Nachricht von Idas Tod eine Erlösung. Gus stürzte sich in die Cafés, und Gwen wanderte ziellos durch die verwüsteten Strassen des Quartiers. Sie ertrug den Anblick ihrer neuen Wohnung nicht mehr, die Ida bei ihrem letzten Besuch so hübsch gefunden hatte, luftiger und heller als jene an der Rue St-Placide; immerzu hörte sie Ida sprechen, wenn sie zu Hause war, hörte die Schwägerin den Ausblick auf die Dächer loben und vom Duft der frischen Baguettes schwärmen, der aus der Boulangerie von gegenüber durchs offene Fenster hereinkam. Hörte ihre Fragen über die Miete und die Bewohner des Hauses, ihr Lachen, wenn sie wieder einmal verrückte Zukunftspläne schmiedete. Es war nicht zum Aushalten, nur gerade zum Schlafen konnte Gwen in ihren vier Wänden bleiben, ansonsten durchstreifte sie den Luxembourg, den Bois de Vincennes, wagte sich in ihrer Rastlosigkeit sogar bis nach Meudon, das Val Fleury hinauf und ein Stück weit die Rue Paul Bert hoch, wo der Meister mit Rose und seinen Tieren wohnte. Sie war unfähig, ihre Trauer zu zeigen. Ihr Gesicht wurde starr, ihr Blick abwesend.

Während Ida im Beisein der Mutter und der engsten Freunde am Samstag im Père Lachaise kremiert wurde, schloss sich Gwen mit dem Bruder in seinem neuen Atelier an der Rue du Jardinet ein und vertrieb die Trauergäste, die Gus zum Teufel wünschte. Gwen war der einzige Mensch, den er in dieser schlimmen Zeit an seiner Seite duldete, Gwen allein wusste, was er mit Ida verloren hatte: seinen Halt, seine Orientierung. Gwen verstand. Wenige Worte wurden gewechselt, nur das Nötigste, denn beide wussten, dass es keine Antwort auf die Fragen gab, die sie beschäftigten; warum ausgerechnet Ida hatte sterben müssen; warum fünf Buben mutterlos hatten werden müssen, genau wie damals in Tenby vier Kinder eine Mutter verloren hatten; warum das Schicksal sich grausam wiederholen musste. Es gab keine Antworten. Weder Selbstvorwürfe noch Tränen halfen. Ida, die in den letzten Jahren oft mit dem Tod geliebäugelt hatte, sie konnte endlich gehen, wohin es sie gezogen hatte. Eigentlich hätte man sich ihretwegen freuen müssen.

Nun ja, schrieb Gus nach England, *sie ist jetzt sehr weit weggegangen, denke ich. Sie ist mit ihrem geistigen Geliebten zusammengekommen, meinem ernsthaftesten Rivalen in früheren Tagen.*

Gwen versuchte Ordnung im Atelier zu schaffen, während Gus apathisch vor sich hin stierte oder trank. In der sinnlosen Geschäftigkeit entwickelte sie die Kraft, ihren Schmerz zu versteinern. Als sie acht Jahre alt gewesen war, hatte sie mit Mutter dasselbe getan. Mutter lebte eingekapselt in ihr weiter, ähnlich einem Bild in einem Medaillon, das sich nicht mehr öffnen lässt. Man weiss, das Bild ist drinnen, gut geschützt und über die Jahre unverändert, man kennt es auswendig, liebt es, aber man findet keinen Zugang. Nur die beiden Deckel des Medaillons kann man in der Handfläche fühlen, das kalte Metall; es muss genügen. Bräche man das Medaillon auf, so würde man gleichzeitig das verehrte Bild zerstören.

Idas Tod gab Gwen zum ersten Mal Anlass, dem Meister etwas über ihre Familie zu schreiben. Zwei Sätze, nicht mehr. Einen Beileidsbrief verbat sie sich. Es war unnötig, über ihren Verlust ein weiteres Wort zu verlieren, nach dieser Nachricht wollte sie ihre Familie nie mehr vom Meister erwähnt haben. Als sie für die nächste Sitzung sein Atelier betrat, adrett gekleidet und ohne Trauer im Blick, konnte der Meister einen Ausruf des Erstaunens nicht unterdrücken.

«Marie, ma petite, vous êtes ravissante. Mais je ne m'attendais pas ...»

«Non, Maître, je vous prie, ne dites rien. Gardez vos forces pour l'amour. Je vous aime. Je vous aime tant.»

Sie umfasste ihn mit den Armen und legte den Kopf an seine Brust, wartete ungeduldig, bis er ihr Gesicht in die Hände nahm und sie küsste, bis er, angesteckt von ihrer Erregung, die Knöpfe ihres Kleids im Rücken löste und sie in den Alkoven hinübertrug. Ein Assistent behaute am andern Ende des Ateliers einen Steinblock, seit Wochen arbeitete er an der Marmorversion einer Figurengruppe, die der Meister einem amerikanischen Museum versprochen hatte. Gwen hörte das stetige Hämmern, hörte auch den Mouleur, er summte italienische Lieder, während er neben dem *Höllentor* die Gipsabgüsse der bestellten Tonskulpturen anfertigte. Aber das konnte sie heute nicht kümmern, sie musste die Hände des Meisters auf sich spüren, seine Haut auf der ihren, seinen Atem, nach diesen dunklen Tagen wieder erleben, dass jemand ihren Körper begehrte, dass es die Liebe noch gab, die Lust.

«Maître, aimez-moi, s'il vous plaît, aimez-moi maintenant, tout de suite!»

Sie schlang die Arme um seinen Hals und zog seinen Kopf zu sich herab, erbettelte sich mit neckischen Zungenspielen Küsse, die er nicht geben wollte, doch sie stellte sich in ihrem plötzlichen Taumel so geschickt an, dass der Meister nicht mehr wusste, wie ihm geschah, und sich mit ihr auf dem Boden fand.

«Marie, Marie, nous ne devrions pas.»

Er versuchte halbherzig, sich aus ihren Armen zu befreien; sie hatte ihn aber schon mit den Beinen umschlossen, war nicht mehr zur Vernunft zu bringen. Sie begann, ihn mit Küssen am Hals zu reizen, mit Wortgeraunen, in denen keine Scham mehr war. Federleicht fuhr sie ihm mit den Fingern über den Rücken, während sie die winzigen Brüste an seinem Oberkörper rieb und wie im Rausch die Hüften wiegte und ungehalten stöhnte, als überrollte sie schon die Lust, obwohl er sie noch gar nicht wirklich berührte. Wie aber konnte er dieser Liebeskranken widerstehen, wie konnte er diesem seltsamen Wesen, das nichts zwischen Keuschheit und ungezügelter Wollust kannte, die Zärtlichkeiten vorenthalten, die es zum Leben brauchte? Er liebte sie nicht, nicht mehr. Ihr Körper jedoch hatte Macht über ihn, ihm huldigte er mit seinen Küssen, ihm galt seine Bewunderung, der Blick des Bildhauers, der in den warmen, bebenden Gliedern schon den Rohstoff seines nächsten Werkes errät. Er fand sie mager, zu mager, aber von einer anmutigen Magerkeit, die Gefühle der Fürsorge und des Mitleids in ihm weckte. Seine ‹petite amie›, wie sie sich wieder vernachlässigt hatte in letzter Zeit. Die Haut spannte sich über den Rippen, deutlicher als früher stachen die Beckenknochen hervor, sie glich jetzt einem Mädchen, einem Kind fast. Cranach hatte solche Frauen gemalt. Er hatte Angst, sie mit seinem Gewicht zu erdrücken, doch gerade dies schien ihr besonders zu gefallen. Tief in die Polster hineingepresst gab sie sich seinen Liebkosungen hin, streckte die Arme aus, als wollte sie die ganze Welt umarmen.

«Marie, vous m'aviez pourtant promis d'être sage. Maintenant je vais avoir des maux de tête et ne pourrai pas travailler ces prochains jours.»

Gwen schaute auf ihren Bauch und rutschte beschämt von ihm weg.

«Pardon, Maître.»

Er stiess sie beiseite, knöpfte Hemd und Hose zu, zog den Kittel über und warf Gwen die Kleider zu.

«Habillez-vous, Mademoiselle. Et suivez-moi, vous serez surprise.»

Die *Muse.* Sie stand in der Ecke zum Fenster und ragte in überwältigender Grösse über die Fragmente weiblicher Torsen und Büsten heraus. Es war ein Gipsabguss der rund siebzig Zentimeter hohen nackten *Muse,* die der Meister schon vor fast einem Jahr fertig gestellt hatte und die nun mithilfe eines Pantographen auf mehr als zwei Meter vergrössert worden war. Gwen erkannte sich, ihren Körper und ihr Gesicht, und doch befremdete sie die Monumentalität des Werkes, sie fand sich in dieser Frau kaum wieder; einzig im seitlich geneigten Kopf war etwas von ihrer Scheu festgehalten.

«Elle est si belle, Maître, si grande.»

«Elle vous impressionne?»

«Oh oui, Maître.»

Langsam umkreiste sie die *Muse,* trat näher und berührte das hoch gestellte Knie, die Hüfte und den Rücken, dem die angedeuteten Muskelstränge eine unruhige Oberfläche verliehen.

«Et les bras? Vous ne les faites pas?»

Die Frage schien den Meister zu irritieren, statt einer Antwort winkte er Gwen zum Podest herüber. Es sei spät, mahnte er, ihretwegen geriete er mit seiner Arbeit in Verzug.

Er wollte wieder ihren Kopf modellieren, von neuem hatten ihre Gesichtszüge seine Neugier geweckt. Sie hatten nichts von der Exotik der kambodschanischen Tänzerinnen, die ihn im letzten Sommer in Marseille fasziniert hatten, nichts vom zarten Adel einer Eve Fairfax, auch nichts von der südländischen Sinnlichkeit seiner vielen abruzzischen Modelle, nein, vordergründig hatten diese Gesichtszüge nichts, was das Auge in Bann zog, sie waren gewöhnlich, nicht einmal ebenmässig. Aber jedes Mal, wenn er in ihr Gesicht schaute, war ihm, als offenbarte sich darin unverhüllt ihre Seele. Kein Gesicht hatte ihn je so unmittelbar vom göttlichen Funken im Menschen überzeugt, in Gwen zeigte er sich klar, und dafür war er ihr dankbar. Er hütete sich aber, es ihr zu sagen; es war ein Geheimnis, das allein im Stein seine Sprache zu finden hatte. Nun wollte er Skulpturen, die er vor Jahren geschaffen hatte, mit Gwens Kopf ergänzen. Bereits mit der vergrösserten Figurengruppe des *Ugolino* hatte er das Experiment des Kopftauschs gewagt; eines der Kinder, die der Hunger geplagte Vater soeben verschlingen würde, jenes, das sich an dessen Seite aufbäumt, trug neuerdings Gwens Kopf. Und nun plante der Meister, Gwen in andere Werke einzuschleusen.

«Asseyez-vous là, s'il vous plaît. Nous en aurons pour une bonne petite heure.»

Gwen setzte sich auf den Hocker, legte die Hände in den Schoss und schaute zum Fenster hinaus, während der Meister in kleinen Schritten um sie herum ging und seinen Tonklumpen modellierte. Seine Arbeitsweise war immer dieselbe, Gwen kannte sie. Erst formte er einen frontalen Umriss ihres Kopfes, dann folgte ein seitlicher Umriss, dann nacheinander unendlich viele Umrisse, bis der Kopf von allen Seiten betrachtet eine befriedigende Ähnlichkeit mit ihr hatte. Die Summe aller Umrisse, wenn sie richtig ausgeführt waren, sollten mit der Ähnlichkeit gleichzeitig auch ihren Charakter, ja ihr ureigenstes Wesen offenbaren.

«Maître, j'aimerais vous réciter *Iphigénie* pendant la séance. Je l'ai appris par cœur pour vous.»

«Hm.»

«Ainsi vous me trouverez peut-être intelligente.»

«D'abord, que pensez-vous d'Euripide?»

«Tout est beau pour lui, comme pour vous.»

Sie versuchte zu erklären, dass Euripides mehr Mut und weniger Falschheit zeige als seine Zeitgenossen. Man müsse doch seinen Helden in den Mund legen, was sie wirklich fühlten, und nicht nur, was sich schickte. Sie müssten ihr Herz ganz unverhohlen öffnen.

«Bon, assez, voyons un peu votre récitation.»

Gwen hatte das ganze Stück auswendig gelernt, aber sie kam nicht weit. Der Meister unterbrach sie nach der ersten Szene und bat sie zu schweigen. Er könne ihre Aussprache nicht ertragen, sagte er, und dass sie nach drei Jahren noch immer so unbeholfen französisch spreche, stimme ihn nachdenklich.

«Vous devriez faire un effort.»

«Oui Maître.»

Er duldete kein weiteres Wort. Nach der Sitzung bezahlte er sie grosszügig und zeigte ihr, als wollte er sich damit für seine Schroffheit entschuldigen, die Abbildung der *Muse* in der Februarnummer der Kunstzeitschrift *L'Art et les Artistes.*

Gwen sagte nichts. Sie fühlte sich nicht einmal geschmeichelt.

«Eh bien, ça ne vous plaît pas? C'est comme si vous étiez connue maintenant. Regardez.»

Der Meister machte sie auf Details aufmerksam und erklärte ihr die Schritte, die er bis zur Vollendung des Werkes noch benötigte.

«Die *Muse* wird nun doch ein Medaillon von Whistler in den Händen halten oder neben sich haben. Ich muss noch die Hände beenden und vergrössern, und dann will ich die Faltenwürfe anbringen. Ich schätze, dass mich das alles noch etwa acht oder neun Monate in Anspruch nehmen wird. Und für die Ausführung in Stein oder Marmor wird ein Jahr nötig sein; oder in Bronze, das würde etwas schneller gehen. Das bedeutet Arbeit! Arbeit und nochmals Arbeit. Kunst ist letztlich ein Handwerk, Mademoiselle.»

Er klappte die Zeitschrift zu und blickte Gwen tief in die Augen.

«Le travail, c’est ce qui importe. Il n’y a que le travail qui compte. Travaillez, Marie, ne vous laissez pas aller à la paresse.»

«Je vous promets, Maître, je vais dessiner et lire davantage.»

«Et vos séances de modèle, n’oubliez pas. Ceci est votre vrai métier.»

«Oui, Maître.»

Sie versuchte, seinen Ratschlag zu beherzigen, kaufte die Werke Shakespeares in französischer Übersetzung und verbrachte ihre Zeit zwischen Modellsitzungen, Auszüge aus philosophischen Büchern in ein Heft zu kopieren und sich Gedanken darüber zu machen.

Je ne voudrais [pas] être pour vous qu’une jolie fille, mais je voudrais vous parler en femme intelligente, schrieb sie dem Meister und versprach: *Je vais bien travailler demain, mon Maître, vous avez dit que le travail est si important, je le crois bien. Si je travaille bien, mon Maître, je serai plus digne de vous aimer, n’est-ce pas? Oh mon Maître, je voudrais que mon travail pouvait être de quelque service pour vous! Comme ces femmes doivent être heureuses qui sont utiles à ceux qu’elles aiment!*

Ich möchte für Sie [nicht] nur ein hübsches Mädchen sein, sondern mit Ihnen auch als intelligente Frau reden. Ich werde morgen gut arbeiten, Meister, Sie haben gesagt, dass die Arbeit so wichtig sei, ich will es gern glauben. Wenn ich gut arbeite, mein Meister, werde ich würdiger sein, Sie zu lieben, nicht wahr? Oh, mein Meister, ich möchte, dass meine Arbeit Ihnen von Nut-

zen sein könnte! Wie glücklich müssen die Frauen sein, die jenen nützlich sind, die sie lieben!

Und in ihr Tagebuch schrieb sie: *Ask God to help you. Keep his commandments. Think of the circumstances of people's lives, degree of devellopment, etc.* Sie wollte ein besserer Mensch werden. Geduld, Weisheit und Toleranz waren Charakterzüge, die sie am Meister bewunderte und an sich bemängelte, und sie hoffte, sie sich durch geeignete Lektüre anzueignen. Und irgendwo in einer anderen, besseren Welt gab es Ida, welche diese erstrebte Vollkommenheit besass. Aber wo?

Die Abwesenheit malen. Einem leeren Raum das Geheimnis einer unsichtbaren weiblichen Präsenz entlocken. Mitten im Frühling wuchs diese Idee für Gwen zu einer dringenden Aufgabe heran. Sie wollte malen, wer nicht mehr da ist. Ein Porträt anfertigen auf dem Umweg weniger Objekte, die den abwesenden Menschen andeuten. War das möglich? Liess sich im Ausschnitt eines Zimmers das Gefühl der Erwartung spürbar einbringen, dieses Wissen um ein baldiges Zurückkommen?

Gwen dachte oft an Ida, während sie an ihrem neuen Bild malte. Wie seltsam die Lücke war, die sie hinterlassen hatte. Eine beseelte Leere voll Ahnungen, dass Ida jetzt der Vorhang war und das Kissen auf dem Korbstuhl, aber auch das Funkeln des blank polierten Schirmgriffs, der Durchzug, der Primelnbund und das Gelb, das vor allem, dieses grosse Gelb, das um die späte Nachmittagszeit das Zimmer überflutete. Ida, sie war nicht weit gereist, nein, sie war ganz einfach in die Dinge eingegangen, und wenn Gwen sich beim Malen sammelte und die Welt draussen vergass, konnte sie Idas Atem in den Farben fühlen, in jedem Pinselstrich einen leisen Lebenshauch.

Das Bild verschwand wie jenes aus dem Vorjahr hinter dem Schrank, als die letzte Schicht Firnis getrocknet war. Das kleine Interieur würde ohnehin niemanden interessieren. Gus wohnte zurzeit mit Dodo in Equihen, und selbstständig auf die Suche nach einer Galerie oder einem privaten Käufer zu gehen widerstrebte Gwen. Überhaupt: Wie viel konnte ein Bild wert sein, worauf nichts als ein Fenster und ein Stuhl, ein Schirm, ein blaues Kleid und ein Tisch mit Primeln zu sehen war? Wer würde sich die Mühe nehmen, diese Wohnung nach der Bewohnerin zu befragen, die nicht abgebildet und doch präsent war in den Möbeln, in der Luft und den Blumen? Vielleicht ist es mein Los, Bilder zu malen, die niemand interessieren, sagte sich Gwen. Die Dinge, die ich male, Tiger, Dorelia, eine Ecke meines Zimmers, ein Blumenstrauss; vielleicht male ich sie nur, um die Distanz zwischen ihnen und mir zu verkleinern, um den Nebel rund um mich zu lichten, in dem alles Lebende mir schattenhaft entflieht, ich selbst sogar zum Schatten werde.

Manchmal zog Gwen das Bild vor dem Zubettgehen hervor und studierte es wie das Werk eines fremden Malers. Sie war stolz darauf. Es widerspiegelte die innere Sammlung, die sie beim Malen über Wochen hatte aufrecht erhalten können. Die räumliche Gliederung war einfach, nachträglich gesehen vielleicht allzu einfach. Viele Linien standen in genauer Senkrechte zueinander, auch die Dachschräge, die wuchtig von der linken Bildhälfte in die Mitte stürzte und als leuchtender Keil das Zusammenspiel gedämpfter Flächen verstörte, hatte in der Form des angelehnten Sonnenschirms ihre entsprechende Senkrechte. Das Motiv war geglückt, aber vielleicht verdiente es noch eine ausgeklügeltere Beziehung der Bildelemente zueinander. Dann würden Form und Inhalt jene Harmonie eingehen, nach der sie trachtete und die ein echtes Kunstwerk von einem guten Bild unterscheidet. Es war einen zweiten Versuch wert.

Während der Wochen, die Gwen bei einer ihrer englischen Arbeitgeberinnen auf dem Land zubringen durfte, liess sie auf ihren Spaziergängen über das hügelige Land und dem Wasser entlang die Eingebung langsam in sich reifen. Die Luft von Monneville tat ihr gut, überall gab es Blumen zu zeichnen.

Zurück in Paris, lebte Gwen den Sommer ganz im Zeichen ihres Malexperiments. Sie wählte dasselbe kleine Bildformat, dieselbe Perspektive, verzichtete auf den Sonnenschirm, und statt der Primeln legte sie ein aufgeschlagenes Buch auf den Tisch. Das Gelb, das sie im ersten Interieur mit grundiertem Neapelgelb erzielt hatte, erhielt vom Himmelausschnitt im offenen linken Fensterflügel nun einen seidigen Blaustich. Ruhe und Beschaulichkeit beherrschten auch hier die Atmosphäre, doch die komplexeren Verwinkelungen und Farbabstufungen stellten eine grössere formale Herausforderung fürs Auge dar. Und wie berauschend war es, ein zweites Bild aus einem ersten zu entwickeln, bereits erarbeitete Formen und Motive neu aufeinander abzustimmen und sich von den entstehenden Beziehungen überraschen zu lassen.

Auf der Höhe von Billancourt säumten Pappeln die Allee entlang der Seine, vom Bateau-Mouche aus schien es, als vergitterten sie den Wald, der dahinter bis zum Kiesweg vordrängte. Ihre Schatten fielen die Böschung bis ans Ufer herab und zerflossen in zittriger Spiegelung auf dem Fluss. Die Stelle rief Gwen beim Vorbeifahren Bilder von Alfred Sisley in Erinnerung; auch Edvard Munch hatte während seiner kurzen Pariser Zeit solche Seine-Landschaften im Hochsommer gemalt, solch ein lichtes Schillern von Himmel und Wasser und Bäumen.

Gwen stieg wie gewohnt an der Porte de St-Cloud aus und lenkte ihre Schritte in Richtung Sèvres. Sie hatte Tiger im Arm, eingewickelt in ihren Schal, und im Korb Brot, Zeichenblock und Briefbogen. Vom Anlegeplatz aus konnte sie die Kuppe des Observatoire von Meudon erkennen und links davon das Tal mit der Bahnbrücke, den Hügel, auf dem der Meister ein grosses Anwesen besass. Meudon lag fern, verschwommen im Sommerdunst. Sie musste die Augen zusammenkneifen, um den geliebten Ort, den sie doch so wenig kannte, zu sehen. Ulmen, die Villen entlang den gewundenen Strassenzügen, Bahngeleise, der Kirchturm, alle diese Dinge hatten das Glück, des Meisters tägliche Kulisse zu sein. Dorthin zog es sie, St-Cloud und Sèvres waren nichts als selbsttäuschende Annäherungen an das wahre Ziel, von dem sie nachts in ihrem Liebeswahn träumte. Der Meister sähe es nicht gern, wenn sie um sein Haus schlich. Die Claudel tat es nachts, er wusste davon und ärgerte sich. Doch die Claudel sei schon so irr, sagte man, dass sie zu keiner vernünftigen Einsicht mehr fähig sei.

Eben wollte Gwen von der Hauptallee in einen Waldweg einbiegen, als sich die Katze in ihrem Arm mit einem Sprung aus dem Schal befreite und hinter die nächste Hecke flüchtete. Es geschah nicht zum ersten Mal. Gwen versuchte sich zu beruhigen, während sie die Gebüsche absuchte; viele Male hatte Tiger schon das Weite gesucht, war verschwunden und dann doch wieder von irgendwoher aufgetaucht, zerzaust, mit blutigen Kratzern am Ohr.

Gwen überquerte das Stück Rasen, das sich hinter den Hecken bis zum künstlichen See erstreckte, sie lief ein Stück in den Wald hinein und machte Schmatzgeräusche, um Tiger anzulocken, doch die Katze zeigte sich nicht, und die Spaziergänger, die Gwen unterwegs ansprach, schüttelten den Kopf und höhnten:

«Un chat, vous savez, tôt ou tard, ça se tire. Que voulez-vous, c'est la nature.»

Die Natur. Was verstanden diese dummen Spaziergänger schon von der Natur? Gwen kehrte zum Ort zurück, wo die Katze ihr aus den Armen gesprungen war, und legte sich ins Gras. Sie würde hier warten, bis Tiger wieder auftauchte, und sollte es bis zum nächsten Morgen dauern.

Der Boden war warm und duftete nach Heu. Eine Ameisenstrasse verlief durchs Gelände, gabelte sich vor Kieseln und fand dahinter wieder zusammen. Gwen warf den Insekten Zweiglein in den Weg, um zu beobachten, wie sie es in mühseliger Gemeinschaftsarbeit wegschafften oder darum herum krochen. Die Geschäftigkeit der kleinen Tiere faszinierte sie, allmählich beruhigte sie sich, und ihre Gedanken wanderten von Tiger zurück zu den letzten Wochen, in die beglückende Zeit, die Ursula mit ihr in Paris verbracht hatte. Die Abende in den Boulevards, die Museumsbesuche, der Tratsch. Was aus Edna werde, was Gwen Salmond gerade tue. Morgens, bei Café au lait und Croissants, die endlosen Diskussionen über Malkunst und Bildhauerei, über Jacob Epstein, William Orpen, über Duncan Grant, der seit Januar ebenfalls in Montparnasse wohnte und im Louvre Rubens und Rembrandt kopierte. Und dann, vorletzte Woche, kurz vor Ursulas Abreise, der gemeinsame Besuch im Atelier des Meisters. Wie erpicht Ursula auf sein Urteil ihrer Büste gewesen war, wie sie ihn regelrecht gedrängt hatte, sich ihren Tonkopf anzuschauen, ihn zu begutachten, darüber etwas Aufmunterndes zu sagen. Noch nie hatte Gwen die Freundin so erregt gesehen. Und so enttäuscht, als sich der Meister dazu bloss ein Wort hatte entlocken lassen: «Continuez.» Ihr Gesicht hatte plötzlich zerfahren gewirkt, war beinahe hässlich geworden im krampfhaften Bestreben, die Bitterkeit zu verbergen. Die Augen hatten geglänzt, dem Weinen nah. Aber Ursula hatte sich nicht geschlagen gegeben. Kaum zurück in England, hatte sie sich entschieden, den Meister beim Wort zu nehmen, wollte weiterfahren, sich verbessern.

Den ganzen Tag wich Gwen nicht von ihrem Platz, sie spürte Hitze und Hunger nicht, achtete nicht auf die Leute, die mit argwöhnischen Blicken an ihr vorbeigingen. Gegen Abend kehrten die letzten Spaziergänger zur Anlegestelle zurück, die Familien trugen leere Picknickkörbe, und die Kinder, müde von den Spielen im Freien, hingen den Eltern quengelnd am Arm. Im Halbdunkel schien sich der leere Park zu dehnen und wurde unheimlich.

Gwen legte sich rücklings ins Gras und blickte zum Himmel. Die Halme kitzelten ihre Wangen. Der Boden war hart. Ungemütlich. Es wurde kühl. Gwen faltete den Schal unter den Kopf und schloss die Augen. Beim geringsten Knistern durchzuckte sie die Hoffnung, dass Tiger neben ihr sass, dann riss sie die Augen auf und streckte die Hand ins Dunkel, griff ins Leere, enttäuscht bis zum nächsten Geräusch, das neue Hoffnung brachte. An Schlafen war nicht zu denken. Schlaf war ein freiwilliges Abtauchen in die Welt der Alpträume, jene, in der die Vögel unter der Glasglocke ersticken und verirrte Katzen den Weg nicht zurückfinden. Eine grausame Welt. Nein, lieber sterben als sich da hineinbegeben.

Sterben. Vielleicht war sterben eine Lösung. Aber nicht hier im kalten Gras. Nicht in diesem Park, mitten in der Nacht. Sterben wollte Gwen in den Armen des Meisters. Sie stellte sich vor, wie er sich über sie beugte und, nach ihrem letzten Atemzug von einem Weinkrampf erfasst, endlich ihre Liebe verstand, die sie lebend nie in Worte hatte kleiden können. Welch eine schöne und beruhigende Vorstellung. Wer weiss, vielleicht würde er sie ewig lieben, wenn sie tot wäre? Und dort, wohin die Seele reiste, würde die Einsamkeit sie nicht mehr bedrücken; dort gab es sie nicht, die Einsamkeit, weder sie noch das Zusammensein, dort gab es beides gleichzeitig nebeneinander, denn alle Widersprüche offenbarten sich als Schein und waren im Grunde eins. Sie und der Meister, sie und Tiger, sie und Ida, sie würden alle zusammenschmelzen in diesen Zustand seliger Einigkeit. Das war der Tod. Kein dunkles Nichts, kein Paradies, kein ewiger Schlaf, sondern ein allumfassendes Wissen und Fliessen, ein steter Strom von Seelen, zusammen und getrennt wie die Ameisenstrasse. Aber wie gelangte man dorthin? Sterben war nicht einfach. Sterben konnte sie nicht durch alleiniges Wollen, es bedingte einen Akt der Gewalt, ein bewusstes Eingreifen in den Plan der Natur. Sie fühlte sich nicht fähig dazu.

Endlich kam die Dämmerung, und Gwen konnte noch einmal den Wald durchstreifen. Sie kratzte sich die Hände an den Sträuchern wund und riss sich beim Herumrobben Löcher in die Strümpfe. Jeden Passanten sprach sie an, und von allen erhielt sie dieselbe Antwort. Bauern, die ihre Verzweiflung rührte, boten sich an, das Gelände für sie abzusuchen, und kehrten abends unverrichteter Dinge zurück. Gwen quartierte sich im Hôtel St-Cloud ein, aber nach zwei schlaflosen Nächten zog es sie in den Wald hinaus, an den Ort, wo Tiger aus ihren Armen gesprungen war. Eine ganze Woche blieb sie im Wald, wechselte die Kleider nicht, vergass sich zu kämmen und zu waschen, wurde hager, weil sie nichts ass.

Als Gwen schliesslich in ihre Wohnung zurückkehrte, halfen ihr zahlreiche Anfragen für Modellsitzungen über die ersten Tage ohne Tiger hinweg. Miss Lloyd plante ein zweites Porträt von ihr, eine Schweizerin, die schreckliche Marienbilder malte, wollte Gwen gleich für mehrere Sitzungen verpflichten, ebenso eine neue Bekanntschaft, Miss Boughton-Leigh. Gwen versäumte keine Verabredung, sie brauchte das Geld. Aber sie war so geschwächt, dass es ihr während längerer Stehposen schwarz vor Augen wurde; dann musste sie sich hinlegen und wohl oder übel zu sich nehmen, was man ihr aufzwang. Ein Stück Kuchen, Kidney Pie oder eine Suppe, je nachdem, bei wem sie gerade posierte. Aber essen war eine Qual. Allein der Geruch des frischen Brotes, der morgens in den Strassen hing, machte sie krank. Zu Hause trank sie höchstens Tee oder Milch, doch am liebsten war ihr Wasser, weil es keinen Geschmack hatte und ihren Körper nicht beschwerte.

«Ma chère Marie, vous vous laissez aller. Regardez-vous, voyons, vous avez l'air d'une dévergondée», rügte der Meister, als sie wieder in sein Atelier kam.

Er hatte Recht. Sie sah vernachlässigt aus. Sie hatte keine Freude mehr an ihren schönen Kleidern, trug irgendwelche ungebügelten Klamotten, und an den Schuhen klebte noch Erde von ihren Streifzügen durch den Wald. Hatte sie sich überhaupt gewaschen an diesem Morgen? Sie war sich nicht mehr sicher. Sie erinnerte sich auch nicht mehr, ob sie sich gekämmt, ob sie sich im Spiegel angeschaut hatte, bevor sie auf die Strasse gegangen war. Vielleicht sah sie wie eine Hexe aus, aber es war ihr egal. Diesmal wollte sie ihre Not nicht verbergen. Herausfordernd stellte sie sich vor den Meister und zwang ihn, die äusseren Zeichen ihrer Trauer und Verwirrung wahrzunehmen.

«Je suis malheureuse, Maître. J'ai perdu mon chat et j'ai peur que sans mon chat, vous ne m'aimez plus.»

Der Meister schüttelte den Kopf und lachte.

«Quelle drôle d'idée. Cependant, je n'ai guère de temps pour vos états d'âme aujourd'hui, mon amie. Aidez-moi plutôt à répondre au maire de Manchester. Il veut mon buste en marbre de Shaw pour l'exposition d'automne, mais je vais lui envoyer un plâtre à la place, ça suffira.»

Shaws Büste stand neben dem Schreibtisch. Ein schmales, kantiges Gesicht mit Spitzbart, die sprichwörtliche Geistesschärfe des Dramatikers angedeutet. Ein Intellektueller, dachte Gwen, einer von denen, die Dinge denken und schreiben, welche ich nicht verstehe.

Sie hatte Mühe, sich auf die Aufgabe zu konzentrieren. Sie fand die Wörter nicht, die der Meister von ihr wollte; was sie übersetzte, war ihm zu ungenau. Er beugte sich über ihre Schulter, während sie schrieb, und drückte seinen Zeigefinger auf die Stellen, die ihn nicht befriedigten.

«Il y a des fautes. Et pourtant l'anglais est votre langue maternelle, non?»

«Pardonnez-moi, Maître. Je sais plus rien. Je suis si seule. Le malheur me rend bête.»

«Je vois, en effet. Laissez donc, mon secrétaire s'en chargera.»

Sie durfte ihm an diesem Tag nicht Modell sitzen. Sie war zu ungepflegt für seinen Geschmack, zu verwirrt, um die gewünschte Pose einzunehmen. Und die Katzengeschichte, die sie über Gebühr bedrückte, war ihm zu dumm.

«Au revoir, Marie. Je vous appellerai bientôt.»

Sie wollte nicht gehen. Sie bettelte, ob sie ihn am Abend zur Gare Montparnasse begleiten dürfe, schon so lange sei sie nicht mehr an seiner Seite durch die Pariser Strassen spaziert.

«Non, Marie. Je ne serai pas seul, ce soir. Rentrez et reposez-vous.»

Sich ausruhen! Wie konnte er denken, dass sie sich ausruhen könne, wenn er mit einer anderen Frau zusammen war.

«La duchesse, n'est-ce pas?»

Er antwortete nicht, nahm stattdessen ihren Arm, begleitete sie zur Tür und schob sie hinaus.

Die Einsamkeit war bedrückender denn je. Wo war Tiger? Fror sie? Hungerte sie, war sie gar krank? Tot? Gwen gab sich den schlimmsten Visionen hin und suchte in der Wohnung überall nach ihren Spuren. Unter dem Stuhl lag der Wollknäuel, mit dem Tiger immer gespielt hatte, sie hob ihn auf und legte ihn unters Kissen, grub das Gesicht in die Decke, auf der Tiger jeweils geschlafen hatte, und zupfte Haare heraus, steigerte sich bei deren Betrachtung in immer tiefere Wehmut. An Tiger zu denken tat gut, bereitete einen Kummer, der jenen anderen, grösseren Kummer in ihr betäubte. Doch die Nacht brachte wieder Träume vom Meister, Gwen erwachte schweissgebadet, glaubte für den Bruchteil einer Sekunde, dass die Träume sich bewahrheitet hatten und der Meister auf ihr lag, dass sein Mund ihren Hals und ihre Brüste küsste. Sie tastete neben sich den leeren Platz ab, die Wand, das zurückgeschlagene Laken, und versuchte vergeblich, wieder in den Traum hineinzuschlüpfen. Der Schlaf wollte nicht mehr kommen, das Verlangen nach dem Geliebten war zu gross. Schliesslich stand sie auf und setzte sich mit einer Tasse aufgewärmtem Kaffee an den Tisch. Zum Glück gab es Briefe. Die hunderten von Briefen, die sie ihm schon geschickt hatte, und all jene, mit denen sie sich ihm in Zukunft noch ins Gewissen schreiben wollte.

Merci pour l'argent. J'étais bête, jusqu'à la rue Babylone j'ai pleuré. Si je criais fort et m'habillais dans des couleurs voyantes vous feriez plus attention à moi. Mais je serais moins moi.

J'ai pris du café pour chasser la fatigue. Je pose parfois pour des dames perverses et tyranniques. Quand vous me laissez longtemps je n'ai pas de caractère. Je suis une machine qui souffre.

Danke für das Geld. Ich war dumm, habe bis zur Rue de Babylone geweint. Wenn ich laut schrie und mich in schrillen Farben kleidete, würden Sie mich mehr beachten. Aber ich wäre weniger ich.

Ich habe Kaffee getrunken, um die Müdigkeit zu vertreiben. Ich sitze manchmal perversen und tyrannischen Damen Modell. Wenn Sie mich lange Zeit vernachlässigen, habe ich keinen Charakter. Bin ich eine Maschine, die leidet.

Rilke war nach mehr als einem Jahr wieder in Paris und fast jeden Tag im Salon d'Automne vor Cézannes Bildern anzutreffen. Mehrere Male begegnete ihm Gwen in den Räumen, aber sie gewann den Eindruck, er wolle mit den Bildern allein sein, und so machte sie einen Umweg, dass sie sich möglichst nicht kreuzten.

Sechsundfünfzig Werke Cézannes waren für die Retrospektive zusammengestellt worden, die letzten, schon ganz in geometrische Formen aufgelösten Landschaften der Provence, Stillleben mit Äpfeln auf weissen Tüchern, mit Flaschen und Krügen und schweren, bunten Stoffen, ein paar Porträts und vor allem die *Grandes Baigneuses,* die Gwen von Mal zu Mal mehr bewunderte. Auch seine Äpfel faszinierten sie. Der Maler hatte sie zu leuchtenden Kugeln verfremdet; kein Geschmack haftete ihnen mehr an, kein Duft umwaberte sie. Gwen empfand sie als neutrale Körper, die, in ihrer einfachsten Gegenständlichkeit in den Raum gestellt, bloss Beziehungen zu den andern sie umgebenden Dingen zu knüpfen hatten und so das Dargestellte auf die elementare Formel eines Gleichgewichts unter Körpern reduzierten. Welch ein gewaltiger Schritt weg von den Lichteffekten der Impressionisten, weg von den Nabis, die mit ihren Pastellen alles Harte und Kantige aus der Welt zu schaffen suchten. Welch ein solider Sinn für Struktur und Farbe, im Cézanne-Saal überwältigte Gwen schon an der Schwelle das kalte Blau, das Grün und die durch Äste oder Berge entschieden gezeichneten Linien. Von ähnlich wuchtiger Dinglichkeit musste Picassos neustes Werk *Les Demoiselles d'Avignon* sein, aber dieses sei so hässlich, hatte Gwen gehört, dass weder die Geschwister Gertrude und Leo Stein noch der russische Sammler Tschukin sich zum Kauf hätten entschliessen können.

Der Besuch des Herbstsalons gab Gwen nach dem schönen und traurigen Sommer wieder den Anreiz zum Malen. Zwar fühlte sie sich keiner Strömung zugehörig, weder in Cézannes Stillleben noch in Picassos rosa oder blauen Bildern erkannte sie eine Verwandtschaft zum eigenen künstlerischen Anliegen. Sie stand abseits, stand im Schatten, empfand sich selbst als ein Schatten.

Gus zeigte sich oft irritiert über die bewegenden Neuerungen in der Malerei, er mass sich an den bekannten Namen und sah sich mit der eigenen Unzulänglichkeit konfrontiert. Gwen tat es nicht. Sie studierte die neuen Bilder, zerlegte sie gedanklich und wollte so alle Geheimnisse ihrer Effekte aufdecken, aber es lag ihr fern, diese Werke mit den eigenen zu vergleichen oder sie nachahmen zu wollen.

Sie konnte nicht malen, was nicht aus ihr selbst hervorwuchs. In ihrem nächsten Bild malte sie sich neben dem Bett sitzend, das Fenster geschlossen im Rücken, die Dachschräge über dem Bett eine Diagonale, die den Blick zu ihrem Schoss führt, auf den grob karierten Rock, über dem die Hände sich verschränken. Sie selbst blickt ernst und selbstsicher am Betrachter vorbei, das Haar ist hinters Ohr gekämmt und fliesst, von einem Schein gegen das Fenster abgehoben, den Rücken hinab.

Die Künstlerin in ihrem Pariser Zimmer. Ein Selbstporträt, das sie, kaum beendet, wie die früheren Bilder versteckte.

Sie hatte zu wenig Zeit zum Malen, zu wenig Kraft. Weil der Meister sie selten bestellte, musste sie die Nachmittage wieder vermehrt ausser Haus bei Damen verbringen, die sich zu Künstlerinnen berufen fühlten und doch nur amateurhaft mit dem Pinsel hantierten. Und wenn sie abends mit ihren Einkäufen die vier Stockwerke bis zu ihrem Zimmer hochgelaufen war, fühlte sie sich so müde und traurig über die verschwendete Zeit, dass sie gleich ins Bett schlich, um sich zum Trost bis spät in die Nacht hinein ihren Liebesfantasien hinzugeben.

Der Meister hatte während seines letzten Besuchs die Handschuhe auf der Kommode liegen lassen, diese steckte sie unter die Bettdecke und rieb ihre Wangen daran, beglückt, dass sie von ihm wenigstens diese Hüllen besass. Es war besser als nichts, eine Hoffnung, dass er wiederkehren würde, und sei es nur, um seine Handschuhe zu holen. Aber sonst besass sie nichts, kein Tier, keinen einzigen Menschen, an dem sie sich halten konnte. Sie presste die Handschuhe an ihre Brust, küsste das abgenutzte Leder, sprach zu ihm wie zu einer liebenden Hand, aber es fühlte sich schlaff und kalt an, war ja nur ein Stück Haut. War sie so tief gesunken, dass sie sich mit einem Paar Handschuhe zufrieden gab? Erschrocken über sich selbst warf sie die Handschuhe in die Zimmerecke und richtete sich auf. Eine jähe Nüchternheit hatte sie ergriffen. Einsam war sie, allein und verlassen, eine Frau, die keinen richtigen Beruf hatte, keinen festen Platz auf dieser Welt. Eine Versagerin, die sich an Handschuhe klammerte, um zu überleben. Nichts liess sich an dieser Tatsache beschönigen.

I am alone in this world. Alone, alone, alone. Die Worte verkündeten eine schreckliche Botschaft. Mit einem Mal beengten sie die eigenen Wände. Sie fühlte sich eingesperrt, musste hinaus in die Nacht, Menschen begegnen, die lebten und ihre Augen auf sie richteten, die sie zur Kenntnis nahmen und ihr bewiesen, dass sie noch existierte. Rasch kleidete sie sich an und hastete die Treppen hinunter, über die Steinfliesen des Gangs ins Freie. Es war schon zwölf Uhr vorbei, die Rue du Cherche-Midi leer und dunkel; der Wetterhahn über dem Haus an der Ecke zur Rue St-Placide, den tagsüber die Sonne zum Gleissen brachte, schnitt eine düstere Figur in den Nachthimmel. Gwen wusste nicht, in welche Richtung sie laufen sollte, die Geschäftsstrassen mit den geschlossenen Läden, den Hinterhöfen und Sackgassen zeichneten ein unübersichtliches Labyrinth, sie hatte Angst sich zu verirren. Planlos lief sie durchs Quartier, nur die Spitze des Eiffelturms über den Dächern bot ihr eine Orientierung. In der Rue de Vaugirard begegnete sie Paaren, die aus dem Theater kamen, Fetzen ihrer Gespräche drangen an ihr Ohr, ein Lachen, das nicht ihr galt, der Name einer Diva, und je länger sie umherirrte und sich nach einem Wort sehnte, nach einem Blick, der etwas Güte oder Anteilnahme ausgedrückt hätte, desto öder und feindseliger schienen ihr die Strassen. In den Seitengassen meinte sie Apaches zu sehen, die ihr auflauerten und sie beim Vorbeigehen ausrauben wollten, sie wähnte sich von unsichtbaren Männerblicken verfolgt, war plötzlich überzeugt, dass man sie für eine Hure hielt, als sie sich im Bahnhof Montparnasse fand, angezogen von den wenigen Gaslaternen, die in der Halle noch brannten. Züge fuhren keine mehr, nur eine Lokomotive stand auf dem letzten Geleise. Eine Weile ging Gwen auf dem vertrauten Bahnsteig auf und ab, von dem tagsüber der Zug nach Meudon fuhr, und blickte den Schienen nach, die in die Nacht hinausliefen. Sie wünschte einen Zug herbei, unter den sie sich hätte werfen können, nicht irgendeinen Zug, sondern den Meudon-Zug; unter ihm wollte sie liegen, von seinen Rädern zerfleischt werden, denn so wäre es ein bisschen gewesen, als hätte der Meister eigenhändig an ihrem Tod mitgewirkt; ein letztes Glück. Aber es kam kein Zug. Im Wind, der durch die Halle fegte, strichen Zeitungsblätter über den Boden.

«Toute seule, à cette heure-ci?»

Ein Mann hatte sich unbemerkt an Gwen herangeschlichen, ein kleiner, weisshaariger Mann, der nach Wein roch und das Funkeln in seinen Augen nicht verbergen konnte. Er streckte die Hand nach ihr aus, fasste sie am Arm und wollte sie an sich ziehen, fing plötzlich an, schmutzige Wörter zu sagen.

«Combien, dites?»

«Oh mais – non, je ...»

Der Alte lachte, braune Zahnstummel kamen zum Vorschein, eine spitze Zunge.

«Allez, combien? Ne soyez pas si farouche. Je paie bien, vous savez.»

Gwen blickte sich Hilfe suchend in der Halle um, ausser dem Hund war weit und breit kein Lebewesen. Mit einem entschiedenen Ruck riss sie sich vom Mann los, stiess ihm den Ellbogen in die Brust, sodass er einen Schritt zurücktaumelte, und rannte geradeaus durch den Bahnhof, quer über den Platz bis in die Avenue du Maine. Sie kehrte sich nicht nach dem Lüstling um, keine andern Schritte als die ihren hallten durch die Nacht, er musste aus Kränkung oder Erstaunen stehen geblieben sein.

Wohin aber nun? Die Geschäfte waren geschlossen, der Gemüseladen, der Trödler und die Pâtisserie Le Lapin Blanc, von der Dodo nach ihren Modellsitzungen beim Belgier manchmal ein Stück Mandelkuchen nach Hause gebracht hatte. Ach, wie lange war das schon her. Gwen mochte nicht mehr an diese Zeiten denken. Sie machte kehrt, überquerte den Boulevard Edgar Quinet und durchlief die Rue Delambre, die in den Boulevard du Montparnasse mündete. Von weitem sah Gwen, dass in Miss O'Donnells Studio noch Licht brannte und verstand es als ein Zeichen.

«Ja, was ist denn los, Miss John? So bleiben Sie doch nicht wie angewurzelt am Eingang stehen, kommen Sie hoch.»

«Ich bitte vielmals um Entschuldigung, Sie um diese Zeit noch zu stören, aber ich ... ich ...» Gwen kam nicht weiter. Kaum hatte Miss O'Donnell sie ins Studio geleitet, liess sie sich auf das Sitzkissen fallen, grub das Gesicht in ihre Hände und fing an zu schluchzen.

«Nanu. So verzweifelt? Ich glaube, Sie brauchen erst mal einen kräftigen Schluck Cognac.»

Miss O'Donnell wollte schon das Silbertablett mit den Likörflaschen aus dem Schrank holen, aber Gwen wehrte ab.

«Ah richtig, Sie trinken ja nicht. Dann eben Tee, der wird Ihnen auch gut tun.»

Als sich Gwen ausgeweint hatte, blickte sie sich im Studio um. Miss O'Donnell war vor Jahren einmal in Persien gewesen und hatte von ihrer Reise allerlei Erinnerungsstücke nach Hause gebracht. Teppiche, Tücher, blauweisse Kacheln und Vasen aus getriebenem Kupfer und Messing. Mehrere Kalligraphien mit Koransprüchen vervollständigten den exotischen Dekor.

«Nur ruhig, Miss John. Erzählen Sie, was Ihnen widerfahren ist.»

Was konnte Gwen erzählen? Es gab keine Worte. Nichts konnte diese Verzweiflung, welche die Handschuhe des Meisters in ihr hervorgerufen hatten, treffend benennen. Und wenn es sie gegeben hätte, diese Worte, Gwen hätte sich doch nur geschämt, davon zu erzählen. Sie blickte stumm zu Miss O'Donnell hinüber, die sich in ihrem eng anliegenden Glitzergewand über die Kissen gelegt hatte und ungewollt eine verführerische Pose einnahm, ausgerechnet sie, die so gar nichts Aufreizendes an sich hatte. «Sie gleicht einem Adler», hatte Hilda einmal über sie gespottet. Alles an ihr war spitz, Kinn, Nase, Schultern und Hüften; und die Hände, die sie während des Sprechens gern bewegte, erinnerten mit ihren langen Nägeln tatsächlich an die Klauen eines Raubvogels.

Gwen sagte leise:

«Ich will sterben.»

«Sterben? Aber Miss John, Sie sind noch so jung. Das dürfen Sie nicht sagen.»

«Ich bin einunddreissig, das ist nicht mehr jung. Mein Leben geht zu Ende, ich spüre es. Mir fehlt die Kraft, um weiterzukämpfen.»

«Trinken Sie erst mal, bevor Sie sprechen. Danach sieht alles anders aus.»

«Sie verstehen nicht. Ich bin am Ende. Ich kann und will nicht mehr.»

Neue Tränen erstickten die Worte. Gwen stiess die Teetasse von sich und barg den Kopf in ihre Arme.

«Miss John. Ich möchte Ihnen helfen, aber wenn Sie mir nicht sagen, was los ist, kann ich es nicht.»

«Meine Katze ist weg. Seither kann ich weder schlafen noch essen. Verstehen Sie mich? Sie haben ja auch eine Katze.»

«Sicher verstehe ich das. Aber Sie können doch nicht wegen einer Katze sterben.»

«Doch. Sie war das Einzige, was ich hatte. Nun habe ich nichts mehr.»

«Sie haben Ihre Arbeit, Miss John. Vergessen Sie Ihre Arbeit nicht. Man schätzt Sie im Quartier. Ich ja auch. Ich werde Sie immer wieder für Sitzungen anfragen, das wissen Sie.»

«Ja, Sie vielleicht. Aber sonst will man mich nicht mehr. Ich bin zu bleich, zu dünn. Gestern hat mich eine Amerikanerin nach Hause gejagt. Was mir denn einfalle, mit einem abgemagerten Körper bei ihr vorzusprechen. Ich bin am Ende.»

«Und Monsieur Rodin? Sicher hilft er Ihnen, gibt Ihnen Arbeit oder Adressen von Künstlern. Oder nicht?»

Gwen zuckte die Achseln und schwieg.

«Glauben Sie mir, liebe Miss John, mich plagen seinetwegen auch grosse Ängste. Wenn er einmal keine Arbeit mehr für mich hat, dann werde ich spätestens in einem Jahr vor Hunger sterben. Ich weiss, dass dieses Schicksal mich bald ereilen könnte. Ich kenne diese Gefühle. Wenn man von einem Menschen wie Rodin abhängig ist, muss man lernen, mit der Wechselhaftigkeit des Glücks zu leben.»

«Ach, das Geld ist nicht das Wichtigste. Meine Abhängigkeit ist eine andere. Die ist es, die mich umbringt. Und er weiss es und tut doch nichts, um mir zu helfen.»

«Tja, die Herzogin. Cherchez la femme. Die hat ihm ganz schön den Kopf verdreht. Seit er sie kennt, ist er ein ganz anderer Mensch geworden. Es gibt sogar Leute, die behaupten, dass sie eine Hexe sei und ihn verzaubert habe. Aber eines ist wenigstens erwiesen ...»

Miss O'Donnell schaltete eine viel sagende Pause ein und wartete, bis Gwens Neugier geweckt war.

«Soll ich Ihnen etwas verraten? Sie ist gar keine richtige Herzogin. Den Adelstitel hat sie sich hinzugedichtet. Ich sage Ihnen, die Choiseul ist eine ganz gewöhnliche Amerikanerin. Und noch etwas: Die Haare auf ihrem Kopf, diese schönen roten Haare, die sind genauso unecht wie ihr Titel.»

Gwen konnte ein Lächeln nicht unterdrücken. Die Herzogin und eine Perücke!

«Wirklich, sind Sie sicher?»

«Und ob! Ich habs mit eigenen Augen gesehen.» Miss O'Donnell blickte triumphierend zu ihr hinüber. «Das war vor ein paar Wochen, ich weiss nicht mehr genau wann. Maillol war zu Besuch, und ich unterhielt mich gerade mit Nina Zander. Da stelzte plötzlich dieses Weib ins Atelier, Sie wissen ja, wie sie ist, alles andere als diskret. Sie ging schnurstracks auf das Grammofon zu, das sie kürzlich neben Rodins Schreibtisch installiert hatte, legte eine Platte auf und begann, zwischen den Skulpturen zu tanzen. Plötzlich stolperte sie über die eigenen Füsse und stiess an das *Höllentor,* und Rodin hatte gerade noch Zeit, sie aufzufangen. Sie fiel ihm in die Arme, plumps, wie ein Kartoffelsack, und da glitt ihr tatsächlich die Perücke vom Kopf. Darunter kam schütteres, farbloses Haar zum Vorschein, Sie hätten das sehen sollen. Rodins Staunen, ihr Geschrei. Es war wirklich zum Lachen, Nina und ich konnten uns kaum beruhigen.»

«Warum liebt er sie? Ich verstehe das nicht. Wenn sie nicht wäre ...»

«Nein, Miss John. Sie sollten Rodin inzwischen kennen. Die falsche Herzogin, die Modelle, seine alte Rose – er braucht und liebt sie alle gleichzeitig. Er kann sich nicht festlegen. Ich weiss nicht einmal, ob es Liebe ist, die er für die Frauen empfindet, oder ob die Liebe nicht seine Art ist, sie für seine Kunst auszubeuten, sein erster Schritt, die Frau in ein Kunstwerk zu verwandeln. Verstehen Sie, was ich meine?»

Gwen nickte. Aber sie wollte es nicht verstehen. Sie war müde, und ihre Augen schmerzten vom Weinen. Die Geschichte von der Herzogin hatte sie nur vorübergehend aufgeheitert. Tief in ihr schwelte unverändert die Sehnsucht nach dem Meister, schmerzte am ganzen Körper.

«Ich glaube, ich bin dem Meister lästig geworden. Er arbeitet nicht mehr an der *Muse,* sicher wird die Statue unvollendet bleiben.»

«Lädt er Sie nicht mehr zu Modellsitzungen ein? Ich habe Sie doch erst gerade im Atelier gesehen.»

«Zurzeit ist er auf Reisen. Er geizt mit seinem Geld, weil er meint, ich werde sonst zu faul. Ich habe fast nichts mehr und bin zu schwach, um ganze Nachmittage von Atelier zu Atelier zu ziehen und hier eine Stunde stillzustehen und dort eine Stunde. Ich bin müde. So schrecklich müde.»

«Wenn es nur das ist. Ich kann Ihnen über diese Zeit helfen. Ich habe selbst nicht viel, aber für uns beide wird es reichen.»

Miss O'Donnell begann, unter den Bodenkissen nach ihrem Geldbeutel zu suchen. Zerknitterte Zeichnungen kamen zum Vorschein, Spachtel und Kohlestifte, auch zahlreiche Ansichtskarten aus der Heimat, die sie Gwen reichte, damit sie sehe, wie schön die irische Landschaft sei. Nicht viel anders als Wales, befand Gwen. Dieselben Felsküsten, Wiesen und einsamen Weiler. Der verhangene Himmel. Kirchen und Kreuze.

«Da, mein Geldbeutel. Ich dachte schon, ich finde ihn nicht mehr. Aber jetzt muss ich nachzählen, wie viel ich habe. Ich habe nämlich keine Ahnung. Und was drin ist, wollen wir teilen.»

Es war nicht viel. Sechs Francs zwanzig für jede. Das reichte für neue Farbtuben und das befreiende Gefühl, die nächsten Tage zu überstehen.

Die Gestalt des auferstandenen Christus war in ein grünstichiges Gelb gebettet, das über den Mittelgang von St-Sulpice ein kaltes, hässliches Licht warf. Der Regen peitschte gegen das Glasfenster hinter dem Altar, heftiger, in Schüben sich entladender Novemberregen, und je nach den vom Wind getragenen Wolken verdunkelte sich das Fenster und wurde wieder hell.

Gwen sass in der hintersten Bankreihe, eingewickelt in ihren Mantel, den nassen Hut auf den Knien. Der Regen hatte sie überrascht, und weil die Orgelmusik, welche aus der angelehnten Kirchentür ins Freie gelangte, in ihren Ohren wie eine Einladung geklungen hatte, war sie eingetreten, um zu beten.

Sie betete um die Befreiung von ihrer Liebe und um die Kraft, zu ihrer Kunst zurückzufinden. Sie fühlte beides noch unentwirrbar miteinander verwoben, klammerte sich, während sie zu Gott sprach, an die Erinnerung ihres früheren, geradlinigen Lebens, das sie in der komplizierten Verstrickung von Gefühl und Berufung aus den Augen verloren hatte.

Wie stark bin ich noch dem Weltlichen verbunden, Gott, wie schwach ist mein Glaube, so selten gelingt es mir, meine Gedanken im Gebet zu sammeln. Nieder muss ich Dir erscheinen, und doch liebst Du mich. Aus reiner Güte bist Du lieb zu mir, und das erschreckt mich, schmerzt mich, aber ich habe Vertrauen in Dich, Gott, dass Du mich erretten und mir mehr Glauben einflössen wirst. Mehr Kraft fürs Malen, denn malend bin ich Dir am nächsten.

Sie wusste nicht mehr, wo sie stand, aber im Gebet, in der stillen Versenkung, wurde sie wieder ein bisschen sich selber, die Gwen von damals, die sich kompromisslos der Kunst verschrieben hatte und bereit gewesen war, ihr alles zu opfern, selbst das Glück.

Der Geruch von Weihrauch hing schwer im Raum, zusammen mit der Musik weckte er Erinnerungen an frühere Kirchenbesuche. Haverfordwest, Tenby. Gwen sah sich mit Vater in St. Mary's Church. Sie sah den Vater beten und im Gesangbuch blättern, sah ihn, wie er während der Predigt reglos dasass, das Kinn auf der Brust, die Hände, seine feinen Hände mit den auffallend kurz gehaltenen Nägeln, flach und leicht gespreizt auf die Bügelfalte der Hose gelegt. Vater. So lange hatte sie nicht mehr an ihn gedacht. Weder an ihn noch an seine Briefe, auf die sie so selten antwortete. Wozu auch? Er war ihr Vater, aber sie hatte längst vergessen, was es hiess, einen Vater zu haben. Er war ihr fremder als der neue Nachbar, Monsieur Hugel. Von Vater war ihr nur die Schrift vertraut geblieben, die schrägen Zeichen auf dem Doppelbogen mit dem Wasserzeichen, die von seinem Alltag erzählten, seinen Erkältungen und der Hoffnung, dass es ihr gut gehe. Jeden Sonntag spazierte der Vater von Tenby nach Gumfreston und spielte dort in der Kirche Orgel. Das war das Einzige, was sie mit Sicherheit von ihm wusste. Seit Mutter gestorben war, nahm er Woche für Woche den Weg auf sich, ungeachtet des Wetters oder der eigenen, nicht immer guten Gesundheit. Wahrscheinlich würde er es bis zu seinem Tode tun.

Von Zeit zu Zeit versuchte Gwen, ihre Gedanken zur Musik zurückzuführen. Sie redete sich ein, dass es eine Ehre sei, Charles-Marie Widor zu hören, einen Organisten, der in ganz Paris für sein Spiel gerühmt wurde, doch sie konnte sich nicht sammeln, St. Mary's Church, Victoria Street und der Blick von der Esplanade auf das

Meer hinaus, das waren Kindheitsbilder, die sich nicht so leicht verscheuchen liessen. Sehen, selbst in der Erinnerung, verdrängte immer das Hören. Gus hatte Recht, wenn er behauptete, dass seine Schwester nichts von Musik verstehe. Kein Musikstück würde sie je so verzücken können wie der Anblick einer Blume oder eines Kindergesichts. Den Weg zu Gott, den so viele Menschen über die Kirchenmusik zu finden schienen, weder Bach noch Mozart würden ihn ihr je weisen. Gwen musste schauen, um zu erleben, nur schauend erschlossen sich ihr neue Welten. Auch hier, in der düsteren Kirche, die ausser Wandbildern von Delacroix nichts Kunstvolles bot, hielt Gwen nach Eindrücken Ausschau, jede Form, jede Farbe barg spannende Anreize. Oder Menschen. Die zwei Damen vor ihr, die sich tuschelnd miteinander unterhielten, waren sie nicht ein interessantes Sujet? Gwen konnte ihre Gesichter nicht erkennen, sah nur die Hüte, unter denen das aufgesteckte Haar sich bauschte, den Pelzkragen, eng um die Schultern geschlungen. Ein Profil, ein spitzes Kinn. Gerade genug, um auf das Fehlende neugierig zu werden. Das Paar reizte sie. Sie zückte Notizblock und Stift und begann, in raschen Strichen eine Skizze zu entwerfen. Sie wollte deren Geschwätzigkeit festhalten und die biedere Selbstzufriedenheit in den tief in ihre Kragen eingezogenen Köpfen andeuten. Später gesellte sich eine dritte Frau zu den beiden, begleitet von einem Mädchen, das sich eine blaue, zum Loden passende Schleife ins Haar gebunden hatte. Es setzte sich abseits und verhielt sich still. Vielleicht schmollte es. Gwen zeichnete das Mädchen viele Male, wollte die Skala kindlicher Gefühle zwischen Gehorsam und Aufruhr in ihre Gestalt legen und das Gesicht, das unsichtbar blieb, aus der aufrechten Haltung des Kopfes heraus suggerieren.

In Kirchen Leute abzuzeichnen wurde bald eine Gewohnheit. Manchmal brachte sie dem Meister Zeichnungen als Geschenk zusammen mit Briefen, damit er sie nicht mehr für ihre Faulheit tadelte. Die Zeichnungen vermochten in ihm jedoch nur ein laues Interesse zu wecken. Wenn er sie in den Händen hielt und kein Ausdruck der Zustimmung über seine Lippen kam, stand Gwen befangen neben ihm und bereute, dass sie ihm nur unbekannte Menschen zeigte, die ihm nichts bedeuten konnten und die nichts von ihr selbst und ihren Liebesqualen verrieten. Sie wollte ein offenes Buch für ihn sein, nicht nur in den Briefen, die sie ihm täglich schrieb. Konnte sie ihm denn nicht mit einer Zeichnung erzählen, was sie peinigte, vielleicht sogar eindrücklicher erzählen als mit Worten? Ein Selbstporträt vielleicht?

Für ihr *Selbstporträt mit Brief* nahm sie sich viel Zeit. Mit besonderer Sorgfalt feilte sie die Schattierungen ihres Gesichts aus, kolorierte in intensiven Wasserfarben das Kleid, die Haare, den Mund, der sich leicht öffnet, als wollte sie den Betrachter mit der dringlichen Bitte um Aufmerksamkeit anhalten. Und der Brief. Noch hält sie ihn auf Schulterhöhe an sich gedrückt, er sticht weiss aus dem Bild, zieht den Blick auf sich; der Betrachter soll spüren, dass sie ihn im nächsten Augenblick aus der Hand geben wird und von der Reaktion des Lesers nichts Geringeres als ihr Lebensglück abhängt.

Aber auch zu diesem Aquarell äusserte der Meister kein Wort. Er wollte nicht lesen, was sie in die harten Linien und Farben hineingelegt hatte. Er klemmte das Blatt zwischen die Seiten des Londoner Katalogs der eben angelaufenen Fair-Women-Ausstellung und wandte sich einem Besucher zu, der schon ungeduldig vor dem Wandschirm mit seinem Gehstock auf den Boden klopfte.

«Cher ami, je suis à vous.»

Gwen versuchte, den Meister zurückzuhalten, berührte zaghaft seinen Arm und fragte:

«Notre séance, Maître. Vous avez dit trois heures.»

«Eh bien, non, pas aujourd'hui. Vous voyez bien que j'ai du monde.»

Der Herr drehte sich nach Gwen um und betrachtete sie neugierig:

«C'est un de vos modèles?»

«Oui, un excellent modèle, d'ailleurs. Tenez, si elle vous intéresse ...»

«Mais certainement. Pour mon groupe de nymphes par exemple.»

Der Meister nickte.

«Des nymphes? Oh mais, elle est parfaite pour une nymphe. Mademoiselle, veuillez donc vous déshabiller un moment, s'il vous plaît. Ce monsieur pourrait peut-être vous employer.»

Sie wehrte sich nicht. Sie entkleidete sich und stellte sich auf dem Podest in Pose. Der Meister forderte seinen Besucher auf, um sie herum zu gehen, mit einem Bleistift deutete er auf besonders anmutige Stellen ihres Körpers, die Kurve des Rückens, die schlanken Beine und Fesseln.

«Un peu maigre, non?», wandte der Fremde ein.

«La maigreur! Mais ne vous arrêtez pas à ce détail. Pénétrez plus profondément, découvrez la beauté de l'âme sous les apparences. La beauté est partout. Ce n'est point elle qui manque à nos yeux, mais nos yeux qui manquent à l'apercevoir.»

Bald hatte der Meister den Besucher mit seiner Begeisterung angesteckt. Die Männer kreisten um Gwen, die scheinbar unbeteiligt ihre Blicke über sich ergehen liess und hören musste, wie sie mit anderen Modellen verglichen wurde, die der Meister ihm früher schon vermittelt hatte.

«En effet, elle n'est pas si mal que ça. Pour deux francs de l'heure je veux bien faire un essai.»

«Trois francs, mon cher. Le métier de modèle est dur, vous le savez bien.»

Gwen durfte sich wieder ankleiden. Sie erhielt keinen Lohn für die Viertelstunde, die sie im Atelier des Meisters zugebracht hatte und wurde auf einen unbestimmten Termin vertröstet. Am nächsten Morgen schrieb sie ihm.

Je suis fatiguée, pourquoi m'avez-vous dit de me mettre nue devant ce monsieur? J'avais honte. Après j'aurais voulu fuir cette ville.

Ich bin müde, warum haben Sie mir gesagt, ich solle mich vor diesem Herrn ausziehen? Ich schämte mich. Nachher hätte ich aus dieser Stadt flüchten wollen.

Dorelia zog für den Winter allein mit ihren beiden Buben in ein Hotel unweit der Rue du Cherche-Midi. Sie räumte das Atelier, das sie vor Idas Tod mit Gus bewohnt hatte, kümmerte sich um den Transport der Möbel, Kleider und verschiedener Musikinstrumente nach London, wo Gus ein neues Atelier einrichten und alle seine Söhne endlich unter einem Dach vereinigen wollte. Aber Idas Söhne, befürchtete Dodo, mussten sich unter dem Einfluss der viktorianischen Grossmutter verändert haben und ihrem früheren, zigeunerhaften Leben entfremdet worden sein. Vielleicht würden sie sich nicht mehr anpassen wollen.

An den seltenen Abenden, da Gwen Dorelias Anwesenheit duldete und sie gemeinsam in ihrem Zimmer assen, beichtete sie der Freundin ihre Angst vor der ungewissen Zukunft in England.

«So viele Kinder zu versorgen. Meine und wohl auch Idas Kinder, die weiss der Himmel wie geworden sind. Und Gus, der rastloser denn je ist und für die verrücktesten Projekte Feuer fängt. Jetzt möchte er nach Spanien, weil irgendein neuer Freund hingeht. Ich weiss nicht, ob das auf die Dauer eine Lösung sein kann, dieses ewige, ziellose Wandern.»

Gwen sagte nichts. Sie mischte sich nicht gerne in die Angelegenheiten des Bruders. Seine Reisen interessierten sie nicht. Sie staunte nur, dass er trotz dieser Ortswechsel die Zeit fand, für jede Ausstellung des New English Art Clubs Bilder fertig zu stellen. Dass er in seiner Ruhelosigkeit den Umgang mit Käufern und Mäzenen pflegen und neue Liebschaften anzetteln mochte, von denen, wie sie vermutete, Dorelia wusste.

Pyramus und Romilly, die sich während des Essens ruhig verhalten hatten, krochen von Dorelias Schoss auf Gwens Parkett und spielten zwischen den Tischbeinen Verstecken. Sie lachten und schrien, bis Gwen sie wegen der Nachbarn mahnen musste.

«Die Nachbarn sind zwar nett, aber trotzdem, ich möchte keine Scherereien.»

Dorelia blickte über die leeren Teller zu Gwen und spottete:

«Pass auf, dass du dich nicht zu einer alten Jungfer entwickelst, Gwen. Du zeigst schon gefährliche Tendenzen dazu. Lass die Kinder sich austoben, lass sie sich selbst sein, sie sind das Leben.»

«Ja, schon, aber man ist im Haus keinen Lärm gewohnt. Und ich bekomme schnell Kopfschmerzen, wenn es um mich herum laut wird.»

«Die Stille, ist sie dir nach wie vor so wichtig?»

«Die Stille und das Alleinsein. Zum Malen brauche ich unbedingt beides.»

«Also malst du wieder. Ich bin glücklich für dich. Zeige mir, woran du arbeitest. Wie in alten Zeiten.»

Vor Dodo brauchte Gwen ihre Bilder nicht zu verstecken. Sie holte ihr letztes Bild hinter dem Schrank hervor und streckte es der Freundin entgegen.

«Macht Platz, Buben! Lasst mich sehen.»

«Es ist noch nicht ganz fertig. Ich muss die Hände überarbeiten, mein Modell ist etwas schwierig, was die Hände anbelangt, schrecklich anspruchsvoll.»

«Wer ist sie denn?»

«Miss Boughton-Leigh. Sie ist sehr nett. Sie stellt sich mir gratis als Modell zur Verfügung, weil ich im Moment kein Geld habe, um sie zu bezahlen. Sie malt selber auch und hat von mir eben ein Porträt gemacht.»

Dorelia lehnte die Leinwand ans Fenster und trat ein paar Schritte zurück.

«Sie trägt ein ähnliches Kleid wie ich damals in Toulouse.»

«Ist das alles?», lachte Gwen. «Man sieht, dass du im Grunde eine Näherin bist, obwohl ich verstehen kann, warum dir das Kleid auffällt. Es ist ein wichtiger Bestandteil des Bildes. Ich wollte mein Modell in einem gewöhnlichen Hauskleid darstellen. Porträts von herausgeputzten Frauen gibt es in den Museen schon genug.»

«Sie sieht furchtbar melancholisch aus. Tief in Gedanken versunken. Ist es wegen des Briefes, den sie in den Händen hält?»

«Ja. Ich habe den Brief als erzählerische Andeutung ins Bild eingebaut. Hoffentlich nicht zu deutlich, ich will keines jener präraffaelitischen Erzählbilder schaffen, damit hat die Kunst zum Glück aufgeräumt.»

«Das Bild gefällt mir wirklich gut. Weisst du warum? Weil es ein typisches Gwen-Bild ist. Niemand sonst hätte es malen können.»

«Ja, ich fühle selbst, dass ich mich endlich auf meinen eigenen Stil zubewege. Mit jedem Bild wird mir mein Weg etwas klarer. Ich weiss noch nicht, inwiefern meine Vision in der Welt von Wert sein soll, aber ich weiss, dass sie es sein wird.»

«Schade, dass Gus nicht da ist.»

«Er würde wieder einmal nur loben können. Das hilft mir nicht weiter.»

«Was gäbe es denn zu kritisieren, sag?»

«Die Hände. Die bereiten mir Kopfzerbrechen. Sie sind vom unteren Bildrand abgeschnitten, da muss ich mir unbedingt noch etwas einfallen lassen.»

«Auntie, hast du irgendein Büchlein, das wir anschauen können? Uns ist langweilig.»

«Ein Büchlein? Nein, oder doch, einen Bildband habe ich schon. Aber ich weiss nicht, ob euch so was interessiert.»

«Lass Gwen. Die zwei sind müde.»

Pyramus rieb sich die Augen, und Romilly begann, an seiner Mutter hochzuklettern, zog an ihrem Gürtel, bis sie ihn aufnahm.

«Ich glaube, es wird Zeit, dass ich die beiden ins Bett stecke. Sonst werden sie noch ganz unmöglich. – Los, zieht eure Stiefel und Mäntel an, in wenigen Minuten gehen wir. Und sagt Tante Gwen schönen Dank für das Essen.»

«Danke für das Essen, Tante Gwen.»

Die Knaben hatten ein wildes Durcheinander hinterlassen. Kleckse auf dem Tischtuch und einen umgeworfenen Pflanzentopf. Brosamen über den ganzen Boden verstreut. Sogar im Bett, auf dem sie herumgeturnt hatten, fand Gwen später Krumen von Keksen. Mehrere Male stand Gwen in der Nacht auf und warf die Decken zurück und wischte mit der Hand über das Laken, aber es war wie früher in Tenby, nach den Spaziergängen in den Dünen. Der Sand zwischen den Tüchern hatte sie wach gehalten. Als sie endlich einschlief, träumte sie vom Meister und der Muse. Dann verwandelte sich das Atelier plötzlich ins Wohnzimmer von Tenby, und doch war es derselbe Raum; es gab Statuen neben dem Esstisch, der Wandschirm stand vor dem Fenster, vielleicht anstelle der Vorhänge. Die Tauben im Glassturz lebten noch, pickten mit ihren Schnäbeln gegen das Glas, und sie stand davor und betupfte mit dem Finger eine Stelle am Glas, wo sich ein winziger Sprung abzeichnete. Die Mutter, die sonst am Ende des Traumes auftauchte, erschien diesmal nicht.

Die *Muse* stand seit ein paar Tagen, umrahmt von *Orphée* und *Triton et Néréide* im Grand Palais. Der Meister hatte sie trotz der fehlenden Arme für die Ausstellung der Société des beaux-arts aus der Hand gegeben. Sie wirkte mächtig im Saal; im Gegensatz zur zarten Meerjungfrau, die Orpheus mit Inbrunst umschlingt, als fürchte er, dass sie ihm entschlüpfen und in den Wogen davonschwimmen könnte, haftete die *Muse* fest am Boden. Sie schien unverrückbar an ihrem Platz, um den sich seit dem Eröffnungstag lange Besucherschlangen bildeten.

Gwen ging nur ein einziges Mal in die Ausstellung; nicht die *Muse* wollte sie sehen, sondern den Meister, aber weil Claire de Choiseul ihm nie von der Seite wich, mied sie den Grand Palais und begnügte sich, die Kritiken in den Zeitungen mit Hilfe des Wörterbuchs zu lesen.

Es gab viel Spott. Meist hiess es, die *Muse* sei grob, ihr unfertiger Zustand nicht zu verstehen; der Kritiker des *Monde illustré* beschrieb das Werk als *nackte Frau, dem Arzt ihren Klumpfuss zeigend.* In *Le Home* las Gwen: *Rodin nimmt, wie immer, den Ehrenplatz ein und foutiert sich wieder einmal um sein Publikum, indem er ihm Albernheiten vorsetzt ...,* und aus Etienne Charles' Feder entnahm sie nichts Besseres: *Wann endlich wird Rodin sich herablassen, nicht mehr ein genialer Bildhauer zu sein, oder – wenn er unbedingt auf seinem Genie beharrt – ihn wenigstens auf das Niveau unserer Intelligenz herabzuschrauben? Wann endlich wird er sich dazu bringen, Werke auszustellen und nicht mehr nur Stücke, Fragmente, Andeutungen von Ideen? Wann wird ihm endlich belieben, Figuren zu zeigen, die vollständig sind, die gleichzeitig ihren Kopf, ihre Arme und ihre Beine haben? Kann denn sein Genie, falls man überhaupt von Genie sprechen kann, nicht auf eine theatralische Vorführung verzichten, kann es sich einzig unter dem Deckmantel billiger Schmierenschauspielerei offenbaren?*

Die Sätze trafen Gwen, als wäre die *Muse* ihr eigenes Werk gewesen. Sie räumte die Artikel weg und holte sie mitten in der Nacht wieder hervor, um sich zu vergewissern, ob die Beschimpfungen tatsächlich in jenen schneidenden Formulierungen dastanden, die ihr im Kopf herumgeisterten. Sie standen da. Sie waren keine Illusion, kein Alptraum. Sie fürchtete, nie mehr mit derselben Begeisterung an die *Muse* denken zu können, meinte, dass sie das geistige Kind darin nicht mehr erkennen werde, das der Liebe des Meisters zu ihr entsprungen war.

Was konnte dagegen das Lob eines Gustave Geffroy noch ausrichten? Es kam zu einsam daher. Zu leise äusserte sich sein Verständnis für die Anliegen des Meisters, als dass es sich unter den Stimmen der Spötter behaupten würde:

Die Muse ist einer jener grossen Brocken von Wahrheit, durch die Rodin unablässig mit seiner Erkundung der Aspekte und Bewegungen des Lebens fortfährt. Das Resultat ist hier den Werken aus Griechenland ebenbürtig; dieselbe Fülle, dieselbe lebende Kraft der Modellierung. Ich höre, dass man die fehlenden Arme bedaure. Einverstanden, ich selbst will sie gern auch bedauern. Aber bevor man bedaure, was nicht da ist, lasse man uns wenigstens bewundern, was da ist; ein Meisterwerk, ein grosses Meisterwerk.

War die *Muse* ein Meisterwerk? War sie wirklich eines? Gab es überhaupt ein gültiges Urteil? Eine Wahrheit? Während Gwen sich mit den ausgebreiteten Kritiken beschäftigte, wuchs die Angst, dass der Meister sie nicht mehr als Modell anstellen würde. Sie hatte versagt. Was die Kritiker an der *Muse* bemängelten, worüber sie höhnten und böse Sprüche machten, betraf auf dem Umweg der Kunst sie selbst, ihren Körper und ihre Liebe zum Meister. «Ja, so ist es», flüsterte sie in die Laken, «ich habe versagt, ich habe dem Meister keine Inspiration sein können, ich habe ihm die Vision von der beflügelnden *Muse* zerschlagen, weil ich ihn mit meinem unstillbaren Verlangen nach Liebe immer wieder von seiner Arbeit abgelenkt habe. Ich bin schuld an diesem Misserfolg, ich allein, und ich weiss nicht, wie ich das je wieder gutmachen kann. Und nun bin ich dem Blick aller Pariser ausgeliefert und muss deren Spott über mich ergehen lassen, und der Meister wird mich nicht mehr in seinem Atelier haben wollen, weil er die Herzogin und Modelle hat, die schöner sind als ich.»

Anderntags zerknüllte Gwen die Zeitungsseiten und wischte sie vom Tisch. Tiger hätte jetzt damit gespielt, dachte sie, aber Tiger war nicht mehr da. Was würde aus ihr werden, wenn der Meister sie nicht mehr anstellte? Von den gelegentlichen Modellsitzungen bei den englischen und amerikanischen Sonntagsmalerinnen würde sie nicht leben können. Sie brauchte die Zuschüsse des Meisters, um die Wochenmiete zu bezahlen, um sich ab und zu ein Kleid zu kaufen und in die Bains d'Odessa zu gehen. Noch lag auf dem Küchentisch ihre letzte, erschreckende Abrechnung:

Souliers 11.25, une ceinture 7.45, un chapeau 19.75, robe nettoyée 4 F, des gants 2.75. Total 45.25 plus une ombrelle 6.50.

Das waren die grösseren Ausgaben der letzten zwei Monate, über fünfzig Francs, die der Meister ihr zugesteckt hatte und mit denen sie, beherzt von seiner Freigebigkeit, wieder einmal allein ins Restaurant gegangen war. Kaum ein paar Wochen war es her, aber es schien ihr schon so fern. Das Geld war aufgebraucht, ein neues Einkommen nicht in Sicht. Und der Meister stand so oder so vor einer längeren Reise nach London für die Ausstellung der Fair Women, ihn würde sie nicht um Unterstützung angehen können. Vielleicht musste sie doch versuchen, ihre Bilder zu verkaufen. Viele rieten ihr dazu, der Bruder, Dodo, vor allem aber Ursula. Sie drängte von England aus, dass Gwen ihre Bilder für die nächste Ausstellung des New English Art Club einsende, sie selbst wolle ebenfalls ihr Glück versuchen und einige Bilder schicken. Und wenn ihre Arbeiten angenommen würden, woran Ursula nicht zu zweifeln schien, dann würden sie sicher einen Käufer finden. Gus habe so viele Beziehungen, gerade für Gwens Bilder könne dies ein Vorteil sein.

Aber welche Bilder einschicken? Keines entsprach Gwens Ansprüchen, bei allen drängten sich Korrekturen auf. Am ehesten kamen die Interieurs mit den Primeln und dem Schirm in Frage, doch wollte sie sich gerade von ihnen nicht trennen. Sie brauchte diese beiden Bilder, von Zeit zu Zeit musste sie sich in sie hineinversenken, um wieder Mut zu schöpfen und den Glauben an sich selbst zu stärken. Auch lebte so viel von Ida in ihnen. Jedesmal, wenn Gwen die Bilder anschaute, stürmten neue Erinnerungen an die Schwägerin auf sie ein, Bilder des jugendlichen Gesichts, das sie vor den Geburten gehabt hatte.

Schliesslich entschied sich Gwen, *La chambre sur la cour* und das *Porträt von Chloë Boughton-Leigh* zu schicken. Die Not trieb sie zu diesem Schritt. Sie hoffe, schrieb sie, dass Ursulas und ihre Bilder nebeneinander aufgehängt würden.

Zwei Schüsse seien gefallen, erfuhr Gwen von Mitfahrenden auf dem Bateau-Mouche, doch seien sie so kurz nacheinander abgefeuert worden, dass die Leute nachträglich nur einen einzigen gehört haben wollten.

«Mein Bruder hat alles miterlebt, wissen Sie», sagte eine alte Frau zu ihr, «er ist ein grosser Bewunderer Zolas und wollte die Verlegung seiner Asche ins Pantheon um nichts in der Welt verpassen. Ja, er kann sagen, dass er dabei gewesen ist. Und er hat wirklich nur einen Schuss gehört.»

Gwen nickte und fragte, mehr aus Höflichkeit als aus wirklichem Interesse, wem die Schüsse gegolten hätten.

«Ben, Monsieur Dreyfus, voyons!»

Die Alte warf ihr einen verwunderten Blick zu. Auch andere Fahrende musterten sie, als habe sie sich mit ihrer Frage eine Blösse gegeben. Schnell schaute sie nieder ins Wasser und versuchte, die angeregte Konversation auf dem Schiff zu ignorieren, aber ihre Nachbarin stiess sie bei jeder neuen Behauptung in die Seite und wollte ihre Meinung hören.

«Den Bösewicht hat man gleich geschnappt. Auf frischer Tat sozusagen. Er sei ein gefährlicher Journalist, dieser Louis Grégori, sagt mein Bruder. Ein Rechtsextremist. Ein Antisemit.»

Sie betonte jede Silbe und blickte mit ihren scharfen Äuglein in die Runde, um sich zu vergewissern, dass man ihr auch ja die gebührende Aufmerksamkeit schenkte.

«Monsieur Dreyfus ist nicht tödlich getroffen worden, mehr als ein Streifschuss ist es nicht gewesen. Zum Glück. Nicht wahr, Mademoiselle, zum Glück?»

«Ja, natürlich, zum Glück», antwortete Gwen, ohne aufzuschauen.

Die Alte lachte und schüttelte den Kopf. Das Fräulein verstehe offenbar nicht, was auf dem Spiel stehe, posaunte sie in die belustigte Runde, und zu Gwen gewandt:

«Monsieur Dreyfus ... Dreyfus, sagt Ihnen der Name nichts?»

Monsieur Dreyfus, das war doch jener jüdische Offizier, der vor ein paar Jahren wegen Verrats auf die Teufelsinsel geschickt und im letzten Sommer wieder rehabilitiert worden war. Der Mann, über dessen Schicksal sich ganz Frankreich ereifert hatte, und der jahrelang das Land in Anhänger und Gegner zweigeteilt hatte. Schuldig oder nicht schuldig? Gwen wollte sich kein Urteil anmassen, sie wusste zu wenig über die Affäre. Sie fühlte sich als Engländerin auch nicht verpflichtet, Partei für oder gegen diesen ‹Drefüss› zu ergreifen, wie der Meister ihn nicht ganz wertfrei jeweils nannte.

«Doch, sicher weiss ich, wer Monsieur Dreyfus ist.»

«Hm.» Die Alte schien von ihrer Antwort nicht überzeugt. Sie wollte weitere Fragen stellen, doch Gwen wehrte ab.

«Ich bin nicht Französin, Madame.»

Sie rückte zur Seite und blinzelte in die Sonne, die schon halb hinter den Dächern von St-Cloud verschwunden war und als rotes Irrlicht im Wasser tanzte. Eine leise Besorgnis schlich sich in ihre Freude über den Ausflug nach Meudon. Die Zeiten waren plötzlich so unsicher geworden. Aufgebrachte Mengen, Manifestationen, Gewalt. In den Verkehrsmitteln und Läden, ja sogar auf der Strasse sprachen die Leute fast nur noch über beunruhigende Zwischenfälle. Auch heute. Von Dreyfus ging das Gespräch auf die letzte massive Streikwelle im Südwesten des Landes über. Obwohl sie nicht zuhören wollte, worüber die Fahrgäste sich so sehr ereiferten, bekam sie mehr mit, als ihr lieb war. Von blutigen Ausschreitungen während des Streiks der Grubenarbeiter in der Region von Villeneuve-Saint-Georges war die Rede; in Draveil allein seien drei Arbeiter von der Polizei getötet worden. Auch da, behauptete die Alte wieder, sei ein Verwandter Augenzeuge gewesen.

«Dieser Fuchs von einem Clemenceau. Der schreckt vor nichts zurück. Hat die Frechheit, die Gewerkschaften anarchischer Tendenzen zu bezichtigen, nur damit er ihre Streiks mit Gewalt unterdrücken kann.»

«Immerhin ist ein solcher Eingriff in Paris nicht möglich», argumentierte ein Herr, der hinter Gwen sass, «das vergossene Blut auf dem Pflaster der Hauptstadt würde einer Einladung zur anarchischen Revolte gleichkommen. Das kann sich Clemenceau nicht leisten, Frankreich würde unter dem Zusammenwirken eines Theoretikers wie Peter Kropotkine und eines militanten Gewerkschafters wie Emile Pouget rasch ins Chaos stürzen.»

Die Alte drehte sich um und höhnte:

«Haben Sie eine Ahnung! Paris stehen schlimme Zeiten bevor, sag ich Ihnen. Lesen Sie *L'Humanité* von gestern, dann wissen Sie Bescheid. Warum sollte die Hauptstadt verschont werden?»

«Verschont? Das habe ich nicht gesagt, Madame. Nein, in Paris ist es bis anhin einfach subtiler zugegangen. Der Polizeipräfekt Lépine hat eine gewaltlose, doch nicht minder wirkungsvolle Massnahme der Repression ausgeheckt; wo immer Gewerkschafter sich versammeln, wartet er mit einer Kavallerieeinheit auf, die geschlossen in die Menge hineinreitet und sie auseinander treibt.»

Also darum so viele Pferde in der Stadt! Gwen hatte in den letzten Wochen oft welche auf der Strasse gesehen, ohne zu begreifen, was sie in der Stadt zu suchen hatten.

In St-Cloud angekommen, hüpfte Gwen als Erste vom Steg und entfernte sich unauffällig von den Fahrgästen. Wie befremdend wirkte nach deren Debatte über Gewalt und Repression die Ruhe des Dorfes, zu dem sie das Schiff gefahren hatte. Es war dasselbe Land, dieselbe Zeit, und doch schienen die schmucken Häuser an der Seine, der Park und die Wälder einer andern Welt anzugehören als jener, die Jean Jaurès' Journalisten anprangerten. Hier stand die Zeit still. Als einziges Zeichen der Moderne war heute ein Automobil vor dem Hotel parkiert. Wo hätte da Gewalt Platz gehabt?

Hinter der Villa des Brillants in Meudon, die Gwen vom Val Fleury her erreichte, leuchtete noch ein roter Streifen, darüber verfärbte sich der Himmel zu einem tiefen Blau. Gwen vergewisserte sich, dass niemand sie beobachtete, und pirschte sich rechts von der Kastanienallee, die zum Haupthaus führte, ins Grundstück des Meisters bis zu einem Dickicht von Nadelbäumen. Der Garten duftete nach Blumen und feuchtem Gras. Nach Wasser, das lange in der Sonne gestanden hatte.

Licht brannte im Untergeschoss, durch die Äste hindurch sah Gwen ein Stück des Louis-XIII-Hauses, eine schmale Front aus rotem Ziegelstein, ein Schieferdach mit Giebeln, eine gedeckte Veranda. Vorsichtig trat sie aus ihrem Versteck hervor und näherte sich dem Haus. Der Kies knirschte unter ihren Schritten, eine Amsel schoss erschreckt in den nächsten Obstbaum. Sofort blieb Gwen stehen und horchte, ob sich etwas im Haus regte. Sie vernahm eine Frauenstimme. Später wurde eine Tür geschlossen, bewegte sich hinter den Vorhängen ein schattenhafter, von der nahen Lichtquelle ins Riesenhafte verzerrter Umriss.

Es war aufregend, durch den Garten des Meisters zu schleichen und zu denken, dass er selbst so nahe war und nichts von ihrem Besuch wusste. Aufregend, aber auch gefährlich. Eine Frau erschien am Fenster, Rose wahrscheinlich, und rief in den Garten hinaus, dass das Abendessen bereit sei. War der Meister denn nicht im Haus? Wo war er? Gwen wagte keine Bewegung, erschrak, als seine Antwort aus unmittelbarer Nähe kam: «J'arrive tout de suite.» Dann sah sie ihn plötzlich vor sich. Eine grosse, unbewegliche Gestalt zwischen den Bäumen. Keine zehn Schritt entfernt stand er neben dem Gartentor, die Hände in den Hosentaschen, und blickte über die Wiesen auf das Tal hinaus. Er musste die ganze Zeit schon dort gestanden haben, während sie von der vorderen Seite seinen Garten betreten hatte. Ein Wunder, dass er sie noch nicht bemerkt hatte. Ob er sich jeden Abend vor dem Essen diese Momente der Beschaulichkeit gönnte? Denkt er ein bisschen an mich, wenn er über das Val Fleury in Richtung Paris blickt? Denkt er vielleicht, dass dort, irgendwo im Labyrinth von Strassen und Gassen, seine ‹petite amie› wohnt, die ihn liebt und seit Wochen vergebens auf ihn wartet? Gwen verlor sich in wilde Hoffnungen, die Versuchung, dem Meister in die Arme zu fliegen, begann sie zu beunruhigen. Doch das Gebell eines Hundes riss ihn aus seinen Gedanken, er holte die Hände aus den Taschen, bückte sich, um einen Grashalm zu pflücken, und ging raschen Schritts ins Haus zurück. Gwen wartete, bis die Tür ins Schloss fiel, um sich bis vor den Eingang des Hauses zu wagen. Sie stieg die zwei Treppen hoch und legte die Handfläche ans Glas, glaubte fast, dass sie den Mut aufbringen würde zu klopfen. Aber sie klopfte nicht. Sie streichelte nur kurz den Türknopf und das Holz des Rahmens und ging in leisen Rückwärtsschritten zum Pavillon, den der Meister von der Exposition universelle von 1900 nach Meudon hatte verlegen lassen und seither als Atelier benutzte. Antike Säulen und Friesfragmente mit eingemeisselten Inschriften säumten die Mauer. Im Innern standen in scheinbarem Wirrwarr, nicht anders als an der Rue de l'Université, die Statuen, Abgüsse und Sockel, Schemel, nachlässig darüber geworfene Tücher. Gwen erkannte den nackten *Victor Hugo, L'homme qui marche,* aber auch namenlose Fragmente und Büsten, und alle waren geisterhaft verfremdet in der Dämmerung. Nacheinander drückte sie die Stirn an jedes Fenster und suchte im Dunkeln bekannte Figuren, fühlte ihre Nähe, fühlte sie so stark, als wären sie der Meister selbst. Aber sie war nicht gekommen, um seine Statuen zu sehen. Ihn wollte sie sehen, den Geliebten. Die kurze Vision im Garten war ihr nicht genug.

Sie kehrte zum Haus zurück und legte das Ohr an die Tür, wollte hören, was die beiden Stimmen im Innern sagten. Der Meister sass mit Rose am Tisch und bat, sie möge ihm die Früchte reichen. Ein Vorhang verdeckte die Sicht hinter der Türverglasung, aber das Schlüsselloch, in dem kein Schlüssel steckte, gewährte den Blick auf einen günstigen Ausschnitt des Zimmers. Rose stand am Tischende und hatte eben begonnen, das Geschirr wegzuräumen. Mit bedächtigen Bewegungen legte sie die Teller übereinander, die Messer und Gabeln quer darüber, und zwischenhinein wischte sie sich eine Locke aus der Stirn. Eine müde Frau. Alt und verbraucht. Eine Frau, die an der Seite des Meisters langsam erloschen war und selber nicht mehr wusste, ob sie eigentlich lebte oder schon tot war. Doch nein, woher wollte Gwen wissen, wie Roses Leben verlaufen war? Vielleicht war Rose glücklich. Vielleicht genügte ihr die Gewissheit, dass der Meister jeden Abend zu ihr nach Hause zurückkehrte, und es interessierte sie nicht, mit wem er den Tag verbrachte und wen er liebte? Gwen schaute genauer, sie wollte ihr Gesicht sehen, die Augen, die sie sich dunkel und hart vorstellte. Rose kehrte ihr jedoch den Rücken und bahnte sich mit dem Geschirr einen Weg zwischen den Stühlen hinaus.

Vom Meister sah Gwen nur gerade eine Hälfte. Er schälte einen Apfel und führte sich mit dem Messer die Schnitze an den Mund. Er ass wortlos und neben sich hatte er ein Buch aufgeschlagen, in das er von Zeit zu Zeit einen Blick warf, während Rose in der Küche das

Geschirr spülte. Wenig später klappte er das Buch zu und verliess das Zimmer. Die Lichter gingen aus.

Je vous ai vu dans votre jardin, j'étais vers la haie lorse que vous regardiez la paysage audessus la porte de votre jardin, j'étais heureuse et terrifiée à la fois. Le chien a appelé, vous êtes parti. Quand il a fait noir, j'ai regardé par les petits trous de votre porte, je vous ai vu à table, je suis partie quand toute la lumière était éteinte. Si vous me grondez faites-le comme à un enfant. C'est plus d'un mois que vous êtes venu. Vous avez des imaginations contre moi.

Ich habe Sie in Ihrem Garten gesehen, ich war bei der Hecke, während Sie die Landschaft jenseits Ihres Gartentors betrachteten, ich war zugleich glücklich und bestürzt. Der Hund hat gerufen, Sie sind weggegangen. Als es dunkel geworden ist, habe ich durch die kleinen Löcher ihrer Tür geschaut, ich habe Sie am Tisch gesehen, ich bin weggegangen, als alle Lichter gelöscht waren. Wenn Sie mich tadeln, tun Sie es wie mit einem Kind. Es ist mehr als einen Monat her, dass Sie gekommen sind. Sie haben falsche Vorstellungen von mir.

Dreissig Pfund war Sir Francis Darwin *La chambre sur la cour* wert gewesen! Lausige dreissig Pfund! Und um Chloës Porträt stand es noch schlimmer; es war nicht verkauft worden und ging nun an Chloë, die aus Mitleid fünfzehn Pfund dafür bezahlen wollte. Für zwei Bilder fünfundvierzig Pfund statt der erhofften hundert. Es war lächerlich. Eine Demütigung. Eigentlich sollte ich die Bilder zurückfordern, redete sich Gwen ins Gewissen; wenn ich bereit bin, sie zu diesem Preis aus der Hand zu geben, verliere ich meinen Stolz.

Sie hielt die Abrechnung des New English Art Club in den Händen und blickte auf die Zahlen und Namen der ausstellenden Künstler. Gus etwa. Gus hatte immer Erfolg, das war nichts Neues. Fast alle seine Zeichnungen hatten sich zu einem rechten Preis verkauft. Aber sie war nicht eifersüchtig. Gus hatte seinen Weg zu gehen und sie den ihren. Vergleiche brachten nichts. Schliesslich gab es Aussteller, die noch weniger Glück gehabt hatten. Viele, darunter Ursula, waren leer ausgegangen. Durfte sie überhaupt klagen? Musste sie nicht dankbar sein, überhaupt einen Käufer gefunden zu haben, in einer Zeit, da sie nichts zum Leben hatte?

Dennoch war die Ausstellung ein Misserfolg gewesen, ihre Bilder hatten in der Kunstwelt nicht bestanden. Sie hatte zu grosse Hoffnungen gehabt, ihre Ambitionen zu hoch gesteckt. Überhaupt musste sie endlich lernen, bescheiden zu werden und in der Übung der Genügsamkeit das egoistische Streben in sich abzutöten.

Ihr Entscheid, am Sonntag in Notre-Dame die Messe zu besuchen, war nicht frei von Hintergedanken. Sie wusste, dass der Meister den Sonntagmorgen in Notre-

Dame verbrachte, und widerstand nicht, seine Nähe zu suchen. Wenn sie Glück hatte, konnte sie sich neben ihn setzen und seine Hand berühren oder wenigstens seinen Mantel. *Même toucher votre paletot est un plaisir,* hatte sie ihm einmal geschrieben. Sie betrat die Kathedrale nicht zum ersten Mal. Aber sie hatte vergessen, wie gross sie war, wie dunkel. Die Bänke waren bis auf den letzten Platz besetzt. Ein Chor sang, und zwischen den Liedern sprach der Priester, und wenn die Menschen sich setzten oder sich zum Gebet erhoben, ging ein Räuspern und Hüsteln durch die Reihen. Gwen blieb neben dem Eingang stehen und lehnte sich an einen Pfeiler. Die Kühle des Steins an ihrer Schulter tat gut nach dem Spaziergang in der Sonne. Sie schloss die Augen und versuchte, den Worten des Priesters zu folgen und sie leise für sich zu wiederholen. Sie wollte einen Sinn in ihnen finden, der sie persönlich anging. Doch alles, was sie denken konnte, war, dass der Meister in diesem Augenblick dieselben Worte hörte und denselben süsslichen Weihrauchduft einatmete, dass er, der unter der Hitze litt, nun dieselbe Kühle genoss.

Sie hielt Ausschau nach ihm, reckte den Hals, um über die Köpfe hinweg seinen silbernen Schopf zu erspähen, seine breiten Schultern. In der Dunkelheit waren die Köpfe jedoch nur schwer zu unterscheiden, hier und dort ragte die Feder eines Damenhutes hervor, fiel ein helles Kleid auf, aber sonst verschwammen die Zuhörer zu einem grossen, undeutlichen Menschenmeer. Der Meister konnte überall sein. In diesem Dunkel voll flackernden Kerzenlichts war er nicht auszumachen. Sie musste das Ende der Messe abwarten. Als sie ihn endlich erblickte, erstickte der freudige Ausruf in ihrem

Hals, denn er war nicht allein. Natürlich war er nicht allein. Wie hatte sie nur denken können, dass er ohne die Herzogin zur Messe gehen würde? Nicht nur sie, auch andere Damen umkreisten ihn, während er sich im Mittelgang einen Weg zwischen den andern Kirchgängern ins Freie bahnte. Gwen wartete neben dem Pfeiler, dass der Meister sie sähe. Sie hielt einen Brief für ihn bereit, machte schon den ersten Schritt auf den Meister zu, als er die Porte St-Anne erreichte. Er sah sie. Sein Blick wanderte jedoch über ihren Scheitel hinweg zu den Kirchenfenstern empor, während er sich von der Herzogin hinausdrängen liess. Blinzelnd blieb er noch an der Schwelle stehen und überschaute den Parvis vor ihm, dann zog ihn die Herzogin vollends hinaus, und er war weg.

Jetzt nur keine Tränen, keine Verzweiflung. Vor allem kein Selbstmitleid. Gwen steckte den Brief in die Handtasche zurück und löste sich vom Pfeiler. Der Chor, dem sie anfangs noch gern gelauscht hatte, irritierte sie mit einem Mal, die klaren Kinderstimmen schienen sie mit ihrem Gesang zu verhöhnen, füllten die Kathedrale mit einer Fröhlichkeit, von der sie ausgeschlossen war. Vom Weihrauch und dem langen Stehen war ihr schwindlig geworden, sie strauchelte nach den ersten Schritten und musste sich wieder an den Pfeiler lehnen, um nicht in die Knie zu sinken. Sie zitterte am ganzen Leib vor Wut und Enttäuschung, nur mit Mühe kämpfte sie gegen den Drang, dem Meister hinterherzulaufen, ihn laut um Hilfe zu bitten, ihn anzuflehen, er möge nicht so hart mit ihr sein, er möge ihr doch ein bisschen Zuneigung geben, nur das verlange sie, es sei doch so wenig und würde ihn nichts kosten. Sie wollte schreien.

Toben. Mit Flüchen endlich den Zauber lösen, mit dem die Herzogin ihn an sich fesselte. Oder vor der Kirche tot umfallen. Hauptsache, er erwachte aus seiner Verblendung und nahm sie endlich wahr.

Gwen trat mit den letzten Kirchgängern ins Freie. Die Glocken begannen über ihr zu läuten, jeder Schlag jagte ihr schmerzliche Schwingungen durch den Körper. Sie wusste nicht, was sie mit ihrem Nachmittag anfangen sollte. Es war heiss. Die Sonne blendete, und kein Mensch schien sie zu beachten. Im Jardin du Luxembourg schlug sie eine Weile die Zeit mit Skizzieren tot. Dalous Monument von Delacroix, ein Paar beim grossen Bassin, ein spielendes Kind. Aber sie war nicht wirklich bei der Sache. Die Sehnsucht nach dem Meister beeinträchtigte sie in der Führung ihrer Hand. Die Linien gerieten zu hart, und die Sujets verweigerten sich, blieben fremd. Sie zerriss die Blätter und begann Briefe zu schreiben. Das war das Einzige, wozu sie sich noch aufraffen konnte, schreiben, den Meister zwingen, sie anzuhören.

Je me cache souvent quand je suis avec vous. Vous ne m'avez pas embrassé mercredi, je ne vaux rien, je cherche l'equilibre au Luxembourg.

Je ne sais pas quoi faire jusqu'à lundi, pourquoi ne m'avez vous pas dit quoi faire, Maître?

Ich verstecke mich oft, wenn ich mit Ihnen bin. Sie haben mich am Mittwoch nicht geküsst, ich bin nichts wert, ich suche das Gleichgewicht im Luxembourg.

Ich weiss nicht was tun bis Montag, warum haben Sie mir nicht gesagt, was tun, Meister?

Ja, warum sagt er mir nie, was ich mit meiner Zeit tun soll? Es wäre so viel einfacher, wenn er mein Leben ordnen würde. Ohne ihn treibe ich unverankert durch die Tage. Ich spüre nicht, dass ich existiere, ich könnte geradeso gut eine andere sein, jene Dame zum Beispiel, die sich dort drüben übers Becken bückt und sich im Wasserspiegel betrachtet, es würde keinen Unterschied machen, denn ich fühle mich nicht mehr aufgehoben in mir drin, fühle keine dichte Grenze mehr zwischen mir und der Welt um mich. Etwas in mir ist verloren gegangen, es hat sich verflüchtigt, seit der Meister mir seine Liebe entzogen hat. Ich schwebe wie im Traum, bin ein Schatten, den man nicht mehr greifen kann. Meine Liebe ist das einzige Lebendige in mir, alles andere ist versteinert. Ich bin nur noch diese Liebe. Mein Körper? Ein einziger grosser Schmerz.

Vous devez me dire comment employer tout mon temps. Tout serais agréable à faire sous vos ordres. Voudriez-vous que je pose toute la journée? Mais je voudrais devenir plus artiste et plus instruite. Je voudrais vous parler en femme intelligente.

Parler – je me sens comme la petite sirene d'Andersen. Je suis malheureuse, je voudrais être plus intelligente, mais je ne peux pas. Je voulais vous en parler mais vous n'avez pas fait attention. Je ne sais pas quoi faire.

Sie müssen mir sagen, was ich mit meiner ganzen Zeit anfangen soll. Alles wäre angenehm zu tun unter Ihren Befehlen. Möchten Sie, dass ich den ganzen Tag Modell sitze? Aber ich möchte künstlerischer und gebilde-

ter werden. Ich möchte als intelligente Frau mit Ihnen sprechen.

Sprechen – ich fühle mich wie die kleine Sirene von Andersen. Ich bin unglücklich, ich möchte intelligenter sein, aber ich kann nicht. Ich wollte darüber mit Ihnen sprechen, aber Sie haben mir keine Aufmerksamkeit geschenkt. Ich weiss nicht, was tun.

Es wurde Abend. Leichter Sommerregen begann die Luft zu kühlen. Die Tropfen nässten kaum die Erde, besprühten die Bäume und brachten ihre Blätter zum Glänzen. Erst als von fern die ersten Donnerschläge den Himmel erschütterten, stopfte Gwen die Briefe in ihre Tasche und suchte Zuflucht unter einer Buche. Wind zog auf, aber die Schübe, die durchs Geäst fuhren und hoch über ihr die Krone aufwühlten, brachten eine angenehme Wärme mit sich, einen Duft von Süden, der sie an Toulouse erinnerte. Gwen setzte sich auf den Boden, lehnte den Rücken an den Stamm und überlegte, ob sie die Nacht im Park verbringen solle. Eine Gewitternacht im Freien, warum nicht? Es wartet ja niemand in der Wohnung auf mich. Ob ich hier oder zu Hause schlafe, was macht es für einen Unterschied? Verwildern, vielleicht ist es das, was ich anstrebe. Vielleicht will ich mich losreissen von all diesen Zwängen und Gefühlen, die mich einschränken? Mich befreien von dieser Liebe, die alles andere in mir erstickt. Könnte ich das überhaupt aus eigener Kraft? Will ich es wirklich? Gwen streckte die Beine aus, glättete das Kleid darüber und schaute zwischen den tiefen Ästen auf den Weg. Er war schlecht unterhalten, überall hatten Grasbüschel die geglättete Erde aufgebrochen, wucherte der

Löwenzahn. Je länger sie schaute und überlegte, desto unmöglicher schien ihr die Heilung, die sie wünschte und befürchtete. Sie verstrickte sich in ihren düsteren Gedanken und dachte ans Sterben.

Doch es gab Engel auf Erden, es gab sie wirklich. Sie trugen keine weissen Nachtgewänder, spielten auf keiner Harfe und hatten auch keine Flügel am Rücken, nein, die Engel hienieden gingen unerkannt unter den Menschen, denn sie nahmen selbst die Gestalt von Menschen an, vielleicht waren sie sogar Menschen, so genau wusste Gwen es nicht. Aber sie wusste, dass es Engel gab, dort nämlich kam ein Engel auf dem Weg gelaufen, langsam, ganz ungestört vom Nieselregen schritt er auf die Pépinière zu, ging gesenkten Blicks und mit hängenden Schultern. Vielleicht war er selbst auch entmutigt oder nur müde, aber er war es, Gwen hätte ihn unter tausenden erkannt, an seinem Gang, an seinem schmalen Kopf mit dem Haar, das, länger als die Mode es vorschrieb, ihm einen romantischen Anstrich verlieh wie aus vergangenen Zeiten.

Mit einem Satz war Gwen auf den Füssen.

«Monsieur Rilke, Monsieur Rilke, warten Sie.»

Sie sprang aus ihrem Versteck hervor, eilte ihm nach und berührte seine Schulter, um ihn anzuhalten.

«Erinnern Sie sich? Ich bins, Mary John.»

«Mary John?» Herr Rilke schien aus einer tiefen Versenkung zu erwachen; seine Augen hatten Mühe, auf ihr zu ruhen, schauten, ohne richtig zu sehen. Einen Augenblick zögerte er, als die Erinnerung plötzlich sein Gesicht erhellte.

«Fräulein John. Welch eine Überraschung. Verzeihen Sie, dass ich Sie nicht sogleich erkannt habe. So kreuzen sich unsere Wege wieder, und dies an einem ganz unerwarteten Ort.»

«Ja, es ist lange her, nicht wahr?»

«Lange?» Er lächelte. «Genau seit letztem Oktober, im Salon vor Cézannes Bildern. Sie waren dort, ich habe Sie gesehen, aber ich glaube, Sie mieden mich.»

Gwen wusste nicht, wie sie ihre damalige Zurückhaltung erklären sollte, und schwieg.

«Gehen Sie denselben Weg, Mademoiselle?»

«Ja, doch warten Sie bitte, ich hole meine Tasche unter dem Baum. Ich bin gleich zurück.»

«Wollen Sie damit sagen, dass sie unter diesem Baum dort gesessen haben? Bei diesem Wetter? Und wo es hier so viele Bänke mit schöner Aussicht gibt? Sie sind wahrlich eine sonderbare Person.»

Auch darauf wusste Gwen nichts zu erwidern. Sie ging stumm neben ihm, fragte nicht einmal, wohin es ihn trieb, als er sie aus dem Park hinausführte. Es war ihr wohl an seiner Seite, sie brauchte nicht zu reden, um das Schweigen zu überbrücken, das zwischen ihnen wuchs. Es war ein besonderes Schweigen, eines, das sie miteinander verband und eine Nähe zwischen ihnen schaffte, die sie beinahe erschreckte. Erst als sie zusammen in die Rue d'Assas bogen, überraschte Rilke sie mit einer Frage:

«Was denken Sie über die *Muse,* die Rodin im Grand Palais ausgestellt hat? Sie haben sie sicher gesehen und haben auch von den zwiespältigen Reaktionen des Publikums gehört.»

«Das Publikum ist nicht massgebend. Am besten wäre es, man käme als Künstler ganz ohne aus. Die Leute verstehen so wenig von Kunst. Und an der Kunst des Meisters haben sie schon immer viel auszusetzen gehabt. Ich finde die *Muse* sehr schön.»

«Schön? Das scheint mir nicht das richtige Wort zu sein.»

«Gehören Sie also auch zu den Kritikern dieses Werks?», fragte Gwen enttäuscht.

«Nein, keineswegs. Mich hat die *Muse* sehr beeindruckt. Rodin hat ihr eine Grösse gegeben, eine monumentale Selbstständigkeit, welche die Gestalt des Modells deutlich überragt. Es lebt eine Urkraft in dieser *Muse,* eine Leidenschaft, die sie erhaben macht, gewissermassen adelt. Ich denke bloss, dass er dieses Werk seinem Publikum noch eine Zeit lang hätte vorenthalten müssen. Die Leute sind noch nicht bereit, eine Leidenschaft zu verstehen, die so selbstlos existieren kann.»

«Leidenschaft? Ist es das, was Sie in der *Muse* sehen, Monsieur?»

Statt einer Antwort fasste Rilke Gwen sanft am Arm, um mit ihr den Boulevard du Montparnasse zu überqueren.

«Passen Sie auf. Die Automobile fahren auf dieser Strasse besonders schnell.»

Gwen achtete nicht auf den Verkehr. An Unfälle, von denen die Zeitung manchmal berichtete, konnte sie nicht richtig glauben. Sie folgte Rilke schweigend in die Rue Campagne-Première und dachte über die Worte nach, die er eben gesprochen hatte. Es waren verunsichernde Worte, von einer Scharfsichtigkeit, die sie seltsam berührte. War es möglich, dass die *Muse* ihm zu viel von ihr verraten hatte? Dass er sie mit einem einzigen Blick auf diese Skulptur durchschaut hatte? Sie wollte nachfragen, suchte nach den passenden Worten, doch Rilkes Gedanken verliefen bereits in eine neue Richtung, denn er fragte sie unvermittelt:

«Kennen Sie die Nonne Mariana Alcoforado?»

«Nein, warum? Ich bin nicht katholisch.»

«Das müssen Sie auch nicht sein, um diese Frau zu kennen. Sie lebte im 17. Jahrhundert in einem Franziskanerkloster im Süden Portugals und verliebte sich in einen französischen Offizier, der in der Nähe stationiert war. Als seine Truppe nach Frankreich abzog, verliess er sie, ohne Abschied zu nehmen, und darauf schrieb sie ihm fünf wunderbare Liebesbriefe. Sie sollten diese Briefe lesen. Wenn Sie wollen, gebe ich Ihnen das Buch. Es ist auf Französisch. Ich habe darüber eben einen Aufsatz geschrieben und dabei manchmal an Sie denken müssen.»

«An mich?»

«Ja, an Sie. Das erstaunt Sie, nicht wahr? Aber wenn Sie die Briefe gelesen haben, werden Sie verstehen warum.»

«Dann leihen Sie mir das Buch, bitte, vielleicht hilft es mir, mich selbst zu verstehen. Ich werde Sorge dazu tragen, das verspreche ich Ihnen. – Sie haben wirklich manchmal an mich gedacht?»

Rilke nickte und blieb mitten auf der Strasse stehen.

«An Menschen wie Sie denke ich gern. Rodin verbindet uns, aber nicht nur er, auch in unserem Kunstverständnis sind wir uns ähnlich. Doch wir sind vor meiner Haustür angelangt, und ich muss mich wieder meiner Arbeit widmen. Eine gewisse Sturheit in der Arbeit muss leider sein, sonst zeitigt sie keine Früchte. So werden Sie mir hoffentlich verzeihen, wenn ich Sie nicht auf mein Zimmer einlade. Erlauben Sie mir aber, dass ich Ihnen die Briefe der Nonne herunterbringe. Ich bin sicher, dass die Lektüre für Sie von grossem Gewinn sein wird.»

Der kleine Band war schon durch viele Hände gegangen. Sein Umschlag wies Flecken auf, einige Seiten lösten sich schon vom Bund, hatten Risse.

«Es ist ein kostbares Buch. Lesen Sie es in Stille und Zurückgezogenheit. Und wenn Sie es gelesen haben, wollen wir uns darüber unterhalten.»

«Und was ist mit Ihrem Aufsatz? Und mit Ihren Gedichten? Ich verstehe kein Deutsch, aber ich würde allzu gern ein Buch von Ihnen haben. Und wenn ich darin auch nicht lesen kann, es würde mich als Gegenstand erfreuen, weil es mich an Sie erinnert.»

«Wenn Sie es wünschen, werde ich Ihnen in den nächsten Tagen eines schicken. Ich danke Ihnen, dass Sie so viel Interesse an meiner Arbeit zeigen. Au revoir, Mademoiselle.»

Erst als Gwen allein in der Rue Campagne-Première zurückgeblieben war, fiel ihr auf, wie wenig Rilke von sich preisgegeben hatte. Sie wusste so wenig über ihn. Er sei ein Dichter und habe irgendwo in Deutschland eine Frau, behauptete er. Warum lebte er nicht mit ihr, warum wohnte er allein in Paris und beschäftigte sich mit dem Meister statt mit andern Dichtern? Und was waren das für Gedichte, die er schrieb?

Zu Hause legte Gwen das Buch auf den Nachttisch, kochte sich Tee und brütete lange im Dunkeln über die Dinge, die Rilke gesagt hatte; es waren erbauliche Dinge gewesen, doch sie halfen ihr nicht über die Kränkung hinweg, die sie am Morgen in Notre-Dame erlebt hatte. Ihre Gedanken kehrten immer wieder zu jenem

Augenblick zurück, da der Meister sie nicht hatte sehen wollen, sie konnte sie nicht bannen, wie von allein spulten sie sich in ihrem Kopf ab, schürten die Sehnsucht nach seiner Nähe, seinen Berührungen, seinen Küssen, bis ihr ganzer Körper schmerzte und brannte. Sie biss sich auf die Lippen, um nicht zu weinen, und versuchte, in einem halblauten Zwiegespräch mit jenem Gott, von dem sie Jahre nichts hatte wissen wollen, zur inneren Ruhe zu finden. Es half nicht. Nur Schreiben half. Worte schreiben, die der Meister lesen würde, die über die Augen in seine Seele dringen würden, wenn sie selbst ihm schon nichts bedeuten durfte. Vom Vortag lagen noch Schreibzeug und Briefpapier auf dem Tisch, am Boden die zerknüllten Entwürfe, Überbleibsel ihrer gestrigen Verzweiflung.

Dimanche soir
Je vous ai cherché à Notre-Dame ce matin, mais j'ai attendu longtemps. Je ne savais pas quoi faire cet après-midi, je me suis senti triste. Je suis allée au Jardin du Luxembourg, il y avait la pluie. J'ai fait du thé, ma chambre est propre, je suis contente.

Je ne sais pas comment vivre seule. Venez ou laissez moi venir.

Sonntag Abend
Ich habe Sie heute Morgen in Notre-Dame gesucht, aber ich habe lange gewartet. Ich wusste nicht was tun diesen Nachmittag, ich habe mich traurig gefühlt. Ich bin in den Jardin du Luxembourg gegangen, es gab Regen. Ich habe Tee gekocht, mein Zimmer ist sauber, ich bin froh.

Ich weiss nicht, wie allein leben. Kommen Sie oder lassen Sie mich kommen.

Warum schrieb sie, dass sie froh sei? Sie war gar nicht froh. Wenn der Meister diesen Brief las, würde er nicht einmal merken, wie schlimm es um sie stand. Sie musste einen zweiten Brief schreiben, erklären, dass die einsamen Nächte in ihrem Zimmer sie zerrütteten und die Sehnsucht nach ihm sie auffrass. Überhaupt musste sie mehr schreiben, alle ihre Tage musste sie mit Briefeschreiben füllen, um die Ödnis zu überleben.

Dimanche soir
Je suis si triste! Beaucoup de jours d'attente en vain, j'ai pleuré la nuit, j'écoutais la pluie, je me sentais solitaire, abandonnée. Je ne peux pas dessiner ou poser, si vous ne venez pas le matin.

Sonntag Abend
Ich bin so traurig. Viele Tage des Wartens, umsonst, ich habe nachts geweint, ich lauschte dem Regen, ich fühlte mich einsam, verlassen. Ich kann weder zeichnen noch Modell sitzen, wenn Sie am Morgen nicht kommen.

Der Meister antwortete:

Ma petite amie,
votre lettre désesperée est une erreur, croyez que, avec tous les avantages que vous avez, dans la position de tranquillité que vous pouvez avoir, si vous faites ce que je vous recommande, vous pourrez être heureuse, intellectuellement surtout.

Pourquoi ne vous réglez-vous pas, c'est de cette liberté que vous êtes malade.

Faites votre travail de pose régulièrement, sans cela vous fatiguerez vos artistes et vous n'aurez jamais de métier véritable. Ce que je vous ai dit bien des fois, il faut le faire, et vous verrez combien votre vie sera heureuse, mais de la modération dans votre existence. Recevez mes conseils, je vous aime et je vous désire heureuse.

Ecrivez-moi et tranquillisez-moi.

Votre ami A. Rodin

Meine kleine Freundin,
Ihr verzweifelter Brief ist ein Irrtum, glauben Sie mir, dass Sie – mit allen Vorteilen, die Sie haben, und in der Lage von Ruhe, die Sie haben können – glücklich sein können, intellektuell vor allem, wenn Sie tun, was ich Ihnen empfehle.

Warum regeln Sie Ihren Alltag nicht, diese Freiheit ist es, die Sie krank macht. Machen Sie regelmässig Ihre Modellarbeit, ansonsten werden Sie Ihre Künstler ermüden und Sie werden nie einen richtigen Beruf haben. Was ich Ihnen so viele Male gesagt habe, Sie müssen es tun, und Sie werden sehen, wie glücklich Ihr Leben sein wird, aber Mässigung in Ihrer Existenz. Nehmen Sie meine Ratschläge an, ich liebe Sie und wünsche, dass Sie glücklich sind.

Schreiben Sie mir und beruhigen Sie mich.

Ihr Freund A. Rodin

Am selben Tag erhielt Gwen auch einen Brief von Rilke, der sie so sehr beglückte, dass sie ihn zu jenem des

Meisters legte und sich in den nächsten Tagen oft laut vorlas.

Mlle Mary John
Paris, 17, rue Campagne-Première

87, rue du Cherche-Midi
Paris VIe
17 juillet 1908

Chère mademoiselle,
Rentrant chez moi, je m'aperçois qu'il ne me reste plus aucun exemplaire de ce petit livre que j'avais voulu vous offrir. Il faut donc que j'attends que l'éditeur m'en envoye d'autres, ce qui sera bientôt; alors vous l'aurez sûrement.

Du reste j'ai une petite bibliothèque que je traine avec moi, elle est très modeste, mais puisque vous lisez le français vous y pourriez tout de même trouver quelquechose qui vous intéresserait.

Si vous voulez une fois venir choisir quelques livres, vous me trouverez sans faute tous les après-midi de 2½–7 heures; c'est le temps où le travail me fixe à la maison régulièrement.

J'avoue que j'étais toujours un peu triste depuis l'année dernière que vous n'avez point voulu me reconnaître; je ne vous le cache pas, pour pouvoir vous remercier de m'avoir parlé ce soir.

Croyez-moi toujours tout disposé à vous servir selon mon peu de force, et agréez, je vous prie, mes salutations sincères et très empressés. *R.M. Rilke*

Fräulein Mary John
Paris 17, rue Campagne-Première

87, rue du Cherche-Midi
Paris VIe
17. Juli 1908

Liebes Fräulein,
Zurück in meiner Wohnung, merke ich, dass mir kein einziges Exemplar dieses kleinen Büchleins übrig bleibt, das ich Ihnen schenken wollte. So muss ich also warten, dass mir der Verleger neue schickt, was bald sein wird; dann werden Sie es bestimmt erhalten.

Ich habe übrigens eine kleine Bibliothek, die ich mit mir führe, sie ist sehr bescheiden, aber da Sie Französisch lesen, könnten Sie darin trotzdem etwas finden, das Sie interessieren könnte. Wenn Sie einmal kommen wollen, um einige Bücher auszusuchen, so werden Sie mich unfehlbar jeden Nachmittag zwischen 2 Uhr dreissig und 7 Uhr finden; es ist die Zeit, die mich regelmässig zu Hause festnagelt.

Ich gebe zu, dass ich immer ein bisschen traurig war seit letztem Jahr, als Sie mich nicht hatten erkennen wollen; ich verheimliche es Ihnen nicht, um Ihnen danken zu können, dass Sie heute Abend mit mir gesprochen haben.

Seien Sie meines Willens gewiss, Ihnen nach meinen wenigen Kräften zu dienen, und genehmigen Sie, ich bitte Sie, meine aufrichtigen und sehr beflissenen Grüsse.

R.M. Rilke

«Maître, laissez-moi vous parler, s'il vous plaît.»

Gwen hatte den ganzen Tag in der Rue de Varennes zugebracht; hatte den Umzugsleuten zugeschaut, welche die Statuen des Meisters in Kisten von der Rue de l'Université ins neue Atelier transportierten, und bangend wahrgenommen, dass der Meister fortan in einem Adelssitz von der erlesensten Art arbeiten würde. Ein verwahrloster Garten umgab das Grundstück, Bäume und Gestrüpp verdeckten die hintere Mauer, und auf den Wegen, die sternförmig auf den Eingang des Hauses zustrebten, wucherte das Unkraut. Allzu gern hätte Gwen den Garten betreten, wäre bis in die hintersten Winkel vorgestossen, um ihn zu erforschen, aber sie hielt sich zurück. Der Meister hatte sie nicht herbestellt. Sie beobachtete vom Tor aus, wie verschreckte Hasen durchs Gras hüpften und die Vögel von einem Baum zum andern schwirrten, als die Männer begannen, die Kisten von den Karren zu hissen und ins Hausinnere zu tragen. Und einmal erspähte sie sogar den Meister persönlich. Er erschien auf dem Treppenabsatz und gab Anweisungen, in welchen Zimmern die Kisten abzustellen seien; er begleitete die Handlanger ein Stück Wegs, zeigte sich ängstlich, dass sie eine Kiste aus Unachtsamkeit auf den Boden fallen lassen könnten. Dann verschwand er ins Haus, und Gwen stellte sich vor, dass er sich in den leeren Zimmern umschaute und sich vielleicht schon ungeduldig daranmachte, die ersten Skulpturen auszupacken.

Nichts wird mehr sein wie früher, bedauerte sie, während sie die vielen Fenster am Haus zählte, vorbei sind die intimen Stunden im Marmorlager, vorbei die Zeiten vertrauter Zusammenarbeit. Hier wird der berühmte Rodin mich sicher nicht mehr brauchen, er wird nur noch vornehme Leute empfangen, solche, die in ähnlichen Häusern wohnen, Adelige und Reiche, die schönsten Frauen von Paris. Und seine *Muse* wird er vollends vergessen.

Ausgerechnet Rilke verdankte Gwen diesen Rückschlag. Er war es gewesen, der das Hôtel Biron diesen Sommer entdeckt und sich darin einquartiert hatte; er war es gewesen, der die prächtigen Räumlichkeiten, die seit der Trennung von Kirche und Staat vom Ordre des Dames du Sacré-Cœur-de-Jésus geräumt worden waren, mit dem Auge des Künstlers geprüft und dem Meister zugeredet hatte, er möge vier Zimmer im unteren Stockwerk mieten und so, zusammen mit Künstlern wie Isadora Duncan, Matisse und anderen, eine lose Kolonie bilden. Rilke, der ahnungslose Engel, hatte mit dieser Empfehlung vielleicht das Ende der Liebe zwischen dem Meister und ihr endgültig besiegelt. Sie durfte es nicht untätig geschehen lassen. Sie musste handeln. Aber was konnte sie tun?

Gegen Abend fasste sie Mut und betrat das Grundstück, aus dem eben der letzte Karren hinausgefahren war. Die Haupttür des Hôtels stand offen und empfing sie mit dem Geruch von gebeiztem Holz und Putzmittel.

«Maître, Maître, où êtes-vous?», rief sie, während sie auf Zehenspitzen durch das Vorzimmer ging, Türen aufstiess und sich zwischen den Kisten, die wie Särge nebeneinander lagen, einen Weg zum nächsten Raum suchte.

Der Meister war allein. Er stand mit dem Rücken zum Fenster im hintersten Zimmer eines Seitenflügels und blickte sich mit offenkundigem Vergnügen ein letztes Mal im Raum um. Den Mantel hatte er bereits zum

Ausgehen über die Schultern gelegt, eben wollte er sein Béret aufsetzen, als Gwen den Kopf durch den Türspalt zwängte und mit einem Freudenschrei auf ihn zueilte.

«Marie, ma petite, que faites-vous donc ici? Ce n'est pas votre jour.»

«Maître, laissez-moi vous parler, s'il vous plaît. Je ne vous ennuierai pas.»

Sie warf sich ihm an die Brust, streichelte seinen Bart und seine Wangen und drängte ihn gegen das Fenster. Sie wollte ihn nicht gehen lassen, nicht jetzt, da sie ihn nach Wochen endlich wieder einmal allein für sich haben konnte.

«J'ai un train dans une demi-heure, je dois me dépêcher. Si vous voulez, vous pouvez m'accompagner à la gare. Mais je ne veux pas de votre amour maintenant, entendu?»

Gwen nickte, doch sie liess ihn nicht los. Sie umfasste seinen Körper und drückte sich an ihn, horchte mit geschlossenen Augen auf sein Herz unter der Jacke, auf die kräftigen, dumpfen Schläge, die keine Erregung aus dem Takt warf. Sie war enttäuscht, dass sie keine Macht über ihn hatte. Unbeteiligt liess er sich von ihr küssen und umarmen.

«Du calme, Marie. Venez par ici et regardez plutôt de quel merveilleux atelier je dispose. Notre *Muse* y aura une place d'honneur, je vous le promets.»

Er fasste sie am Handgelenk und zog sie durch alle Räume, die er seit dem Nachmittag sein Eigen nannte. Er war stolz, freute sich wie ein Kind über die Holztäfelungen und Parkette und überlegte schon, wo er seinen Schreibtisch hinstellen und welche Bilder er aufhängen wollte. Nur wenige Möbelstücke, hier ein Tisch, dort ein Schrank, das *Höllentor* in jener Ecke. Und die *Danaë* an einen Ort, wo Licht auf ihren Rücken fallen könne, hier vielleicht, am Fenster. Er fragte Gwen nicht nach ihrer Meinung, er redete mehr zu sich selbst und ereiferte sich an seinen Plänen, merkte nicht, dass sie neben ihm immer stiller wurde. Es gab keinen Platz für sie in diesen Räumen, sicher fieberte der Meister bereits seinen Samstagen entgegen, dachte an die Damen der Haute Société, an die Kritiker und Auftraggeber, die ihm bald in der vornehmen Atmosphäre dieses Hôtels huldigen würden.

«Oui, c'est beau, mais ce n'est pas si intime qu'à la Rue de l'Université.»

«Bah, vous vous y habituerez.»

«Je n'aime pas les châteaux, ils sont trop élégants.»

Der Meister führte sie hinaus und machte sie hinter dem Haus mit einer ausladenden Geste auf die unendlichen Möglichkeiten des Gartens aufmerksam.

«Regardez, en plein Paris un pareil jardin!»

Eine Kiesallee wolle er durchs Grundstück ziehen lassen, Steinbänke aufstellen, und im Rasen sollten Obstbäume wachsen, den Mauern entlang Birken und Eichen, Sträucher.

Gwen versuchte, auf die Pläne des Meisters einzugehen, sie sprach von Rosenhecken, von Rankengewächs, von der Schönheit schlichter Wiesenblumen. Insgeheim aber schämte sie sich, an der Seite des Meisters nichts anderes denken zu können als an die Berührungen, die er ihr verweigerte. Ihr Körper zitterte vor Unruhe, umsonst versuchte sie, den Blick von ihm abzuwenden und sich auf die Gebüsche und Hecken zu konzentrieren, die er pflanzen wollte. Immer wieder kehrten die Augen zu seinem Gesicht zurück, zu seinen Händen, die morsche Äste brachen oder Steine vom Weg entfernten, statt sie zu streicheln. Sie stakste hinter ihm durchs unwegsame Gestrüpp und liess sich erklären, welcher Busch an diesem Schattenplatz am besten gedieh und welche Hecke im Sommer wunderbar duftende Blüten trieb. Nur mit grösster Mühe hielt sie sich zurück, sich an ihn zu schmiegen und um eine Umarmung, einen einzigen Kuss zu betteln.

«Attention, Marie, il y a une grosse flaque d'eau par ici. Il vaut mieux faire marche arrière. De toute façon, j'ai mon train à prendre. Venez. Il se fait tard.»

Gwen schüttelte den Kopf. Mit einem Fuss stand sie bereits in der Pfütze, aber sie zog ihn nicht heraus. Sie wollte nicht weggehen. Sie hatte Angst vor der leeren Wohnung, die sie erwartete, vor der Stille, in der sie immer die gleichen Fantasien peinigten. Wie konnte sie ihm erklären, dass sie lieber die Nacht in dieser Pfütze verbringen wollte, als zu Hause allein in ihrem Bett zu liegen und vergeblich gegen das Verlangen zu kämpfen? Jede Nacht denselben zermürbenden Kampf, dieselbe Niederlage. Wie konnte sie davon sprechen, ohne weinerlich zu werden und seinen Zorn zu erwecken?

«Je ne veux pas rentrer. J'ai des rêves, Maître. Des rêves affreux et cruels.»

«Des rêves? Mais qu'y puis-je, moi, à vos rêves?»

Ein Funken leiser Belustigung huschte über sein Gesicht.

«Vous ne comprenez pas, mes rêves me tuent. Je peux plus vivre.»

Der Meister zuckte die Achseln. Die Belustigung schlug in Ärger um. Er hob hilflos die Hände gegen den

Himmel, wandte sich von ihr ab und begann, über das niedergestampfte Gestrüpp zum Haus zurückzulaufen. An seine Hosenbeine, die bis zu den Knien nass waren, hatten sich dornige Zweige gehängt. Sie stand noch an derselben Stelle, mit dem Fuss in der Pfütze und den Armen über der Brust verschränkt. Eine Haarsträhne hatte sich von ihrem Chignon befreit und hing ihr ins Gesicht, wippte, als sie mit dem Fuss aufstampfte und Spritzer in alle Richtungen schickte.

«Enfin, Marie, voyons. Que voulez-vous enfin?»

Er hatte die Unverfrorenheit zu fragen, was sie wolle! Als wüsste er nicht, was ihr seit Monaten fehlte und sie krank machte. Liebe wollte sie, rohe, körperliche Liebe. War das denn so schwierig zu verstehen? Musste sie darum betteln wie um ein Stück Brot?

«La nuit je rève de vos baisers, Maître. Vous m'aimez, vous me caressez, et après, au réveil, je passe des heures couchée à penser à vos baisers.»

Eine Weile blieb er ratlos vor ihr stehen. Dann sagte er müde «Venez, Marie!» und streckte die Hand aus, um ihr aufs Trockene zu helfen. Sie aber stampfte ein zweites Mal mit dem Fuss auf, sie dachte nicht daran, ihm auf die Strasse hinaus zu folgen. Hier, in diesem verwilderten Garten wollte sie endlich loswerden, was sie seit Monaten bedrückte.

«Vous devez m'écouter, Maître, vous ne pouvez pas me laisser comme ça.»

Der schrille Ton in ihrer Stimme machte ihn stutzig. Ein Blick auf seine Taschenuhr verriet ihm, dass er seinen Zug ohnehin verpassen würde, also blieb er stehen, bereit, sich ihren wirren Wortschwall anzuhören, ohne sie zu unterbrechen. Sie erzählte ihm von den langen, quälenden Stunden im Bett, in denen sie mit dem Bild des Meisters Zwiesprache hielt, und wie schrecklich es sei, am Morgen nicht aus den Laken zu mögen. Bis in den Nachmittag liege sie im Bett und wünsche den Schlaf herbei, die Gnade, von seiner Liebe zu träumen, dieses Feuer im Körper zu fühlen, das sie beim Erwachen fast wahnsinnig mache. Ob er nicht verstehen könne, wie sie leide, wie tief die Scham sei, wenn sie bei all diesen Sehnsüchten und Gedanken an ihn die Hände nicht im Zaum halten könne?

«Vous comprenez, Maître, n'est-ce pas, vous comprenez? Il faut que vous m'aimez, vous me rafraîchissez quand vous m'aimez, je suis comme un ruisseau qui coule naturellement. Je ne peux pas vivre sans.»

Der Meister runzelte die Stirn und fuhr sich mit der Hand übers Haar. Schwieg.

«Vous me faites souffrir», doppelte sie nach. Sie war jetzt aufgebracht und fuchtelte mit den Armen, um ihrem Leid mehr Nachdruck zu verleihen. Vielleicht sehe ich aus wie eine Wahnsinnige, dachte sie. Keine normale Person würde in einem fremden Garten ihre Liebesnot in den Abend hinausschreien, ich aber tue es, ich erniedrige mich, flehe den Geliebten an. Ich habe nichts mehr zu verlieren, ich habe schon alles verloren.

«Souffrir!»

«Arrêtez, Marie. C'en est assez. Ce qu'il vous faut c'est un amant. Un homme qui vous fasse ça toutes les nuits. Cela vous guérira peut-être.»

«Non. Jamais. Jamais!»

Gwen sank mit dem letzten Wort in die Knie und verbarg das Gesicht in den Händen. Sie wollte niemandem mehr in die Augen sehen, dem Meister nicht, sich selbst nicht, der ganzen Welt nicht. Sie begann zu wimmern und wiegte den Oberkörper hin und her, als wollte sie sich beruhigen, aber der Ausbruch hatte sie zu sehr aufgeregt, so schnell konnte sie nicht wieder Ruhe finden. Auch als der Meister ihr auf die Beine half und sie über die Pfütze und durchs Gestrüpp auf den Weg brachte, sachte, als führte er ein Kind an der Hand, hörte sie nicht auf zu wimmern und zu schluchzen. Ihre Hand sengte in der seinen, sie musste an einen Satz denken, den sie ihm einmal geschrieben hatte, und über den er damals nichts Besseres zu sagen gewusst hatte, als dass in der Partizipialform ein E fehle: *Quand je vous touche du bout du doigt je frémis de plaisir et je suis gêné.* Genau so fühlte sie in diesem Augenblick. Sie wollte die Hand zurückziehen, weil die Berührung sie erschütterte. Er liess aber nicht locker und zog sie durch den Garten, am Haus vorbei bis vors Tor. Erst als sie zusammen auf der Strasse standen und er sicher sein konnte, dass sie sich anständig benehmen würde, machte er an der Ecke zum Boulevard des Invalides eine Pause, liess sie los und blickte ihr ins verweinte Gesicht:

«Vous êtes une égoïste, Marie», schalt er sie, «vous ne pensez qu'à votre plaisir. Ce n'est pas juste. Et pourtant, au fond, vous êtes aussi une petite femme charmante.»

Dann strich er ihr die Haare aus den Augen, küsste sie behutsam auf die Schläfe und legte ihre Hand auf seinen Arm. Das konnte nur bedeuten, dass er ihr nach Wochen wieder einmal erlaubte, ihn zum Bahnhof zu begleiten.

Nach einem Umweg über die Quartierskirchen kam Gwen spät in der Nacht nach Hause. Sie griff als Erstes zu den Briefen der portugiesischen Nonne, weil sie Angst hatte, in der Einsamkeit über ihr Betragen ins Brüten zu verfallen. Wie Recht Monsieur Rilke gehabt hatte. Die Briefe konnten ihr helfen, wenn sie innerlich aufgewühlt war. Sie zu lesen, beruhigte sie und öffnete ihr Türen zu grösseren Zusammenhängen, in denen die eigene Not ihr erdrückendes Gewicht verlor. Es kam einem Gebet gleich. Die Briefe zeigten bei genauerem Hinhören, dass das Wesen der wahren Liebe nicht im Zusammensein seine Erfüllung findet, sondern darin, dass einer den andern zwingt, etwas zu werden, unendlich viel zu werden, das Äusserste zu werden, wozu seine Kräfte reichen. So hatte der Dichterfreund es ihr einmal zum Trost dargelegt. Was aber war das Äusserste, wozu ihre eigenen bescheidenen Kräfte reichten? Die Bilder? Diese wenigen Leinwände, nach denen kein Hahn krähte? Oder kam es auf dieser Welt gar nicht darauf an, was man leistete, sondern allein darauf, wie gut und rein die Seele, wie stark die Leidensfähigkeit war? Das Leid der Nonne, die von ihrem Liebhaber verlassen worden war, es war ihr eigenes Leid, Gwen erkannte es in den schönen Zeilen und konnte lesend mit Mariana fühlen, wenn Schmerz und Dankbarkeit sie auseinander riss: *Ich weiss ganz genau, während ich dies hier schreibe, dass ich es vorziehe, in der Liebe zu dir elend zu sein, als dich nie gesehen zu haben. ...*

Aber ich danke dir im Grunde meines Herzens für die Verzweiflung, die du über mich bringst, und ich habe nichts als Abscheu für die Ruhe, in der ich gelebt habe, ehe ich dich kannte.

Die Nonne sprach ihr aus dem Herzen. Aber deren Liebe war so gross und stark, dass sie mit der Zeit über den Schmerz hinausgewachsen war und losgelöst vom Geliebten existieren und sie beglücken konnte. *Meine Liebe hängt nicht mehr davon ab, wie du mich behandelst,* hatte die Nonne an den Geliebten geschrieben. *Sie hat alle Proben bestanden.* Gwen konnte dem Meister nichts dergleichen schreiben. Ihre Liebe war noch nicht so weit gediehen, unvernünftige Hoffnungen standen ihr im Weg, gegen die sie sich nicht wehren konnte. Ich bin krank, sagte sich Gwen, als sie das Buch zuklappte und sich schlafen legte, und diese Krankheit ist umso schlimmer, als ich sie liebe, weil sie von ihm kommt. Sie ist ein Geschenk von ihm, und ich pflege sie, weil sie das Einzige ist, was mich mit ihm verbindet. Solange ich meine Liebe aber als Krankheit willkommen heisse, bin ich nicht reif für die Probe des Verzichts, die mir die portugiesische Nonne vorlebt, werde ich nie frei sein können. Allein werde ich diese Selbstlosigkeit nie schaffen. Gott, hilf mir, meinen Weg zu finden. Hilf mir, meine Liebe von den niederen Trieben zu befreien, mache mein Herz rein. Hilf mir, zu Dir zu finden und ein würdiges Leben zu führen. Ein Leben voll Liebe und ohne Verlangen.

Aber schon bald war Gwen wieder so sehr von der Sehnsucht nach dem Meister beherrscht, dass sie nicht widerstehen konnte, ihm zu schreiben:

J'espère vous voir un moment demain à Notre-Dame. J'ai pensé toute la semaine. J'étais blessé quand vous m'avez dit: vous êtes une petite femme charmante. Ce mot charmante fait une blessure. Vous dites cela parce que vous êtes ennuyé de moi, avec d'autres dames vous avez de la patience, pas avec moi. Je voudrais être différente pour vous plaire! J'étais triste hier soir, j'ai pensé à la fin, la prière seule m'a calmée.

Ich hoffe, Sie einen Augenblick in Notre-Dame zu sehen. Ich habe die ganze Woche daran gedacht. Ich war verletzt, als Sie mir gesagt haben: Sie sind eine reizende Frau. Dieses Wort reizend fügt eine Wunde zu. Sie sagen dies, weil Sie verärgert sind über mich, mit andern Damen haben Sie Geduld, mit mir nicht. Ich möchte anders sein, um Ihnen zu gefallen! Ich war traurig gestern Abend, ich habe an das Ende gedacht, einzig das Gebet hat mich beruhigt.

IV

Leave everybody and let them leave you.
Then only will you be without fear.

Gwen John

6, Rue de l'Ouest
Herbst 1909 – Frühling 1911

Die *Muse* hatte noch immer keine Arme. Sie stand im vordersten Zimmer des Ateliers im Hôtel Biron und überragte die andern Skulpturen des Raumes. Gwen hatte sich an sie gewöhnt. Sie wusste, dass die Skulptur nie zu ihren Armen kommen würde, der Meister hatte das Interesse an ihr verloren. Aber die *Muse* war auch ohne Arme schön, Gwen freute sich, ihr gegenüberzustehen, wenn sie das vornehme Gebäude betrat, der Anblick ihres monumentalen Abbilds half ihr, das Gefühl von Verlorenheit abzustreifen, das sie schon im Garten befiel. Gwen kam selten, denn der Meister modellierte nur noch Köpfe nach ihr und wollte ihren Körper nicht mehr für seine Arbeit gebrauchen. Auch wandte er sich neuen Projekten zu. Was ihn zu reizen schien, war mehr das Kombinieren von Statuenbruchstücken als das Schaffen neuer Skulpturen. Er setzte Glieder und Torsos in scheinbarer Willkür zusammen und liess sie giessen, gab ihnen Namen und schuf Mythen, die niemand kannte. Gwen liebte seinen spielerischen Umgang mit den Formen; wenn sie ihn auch nicht verstand, so schaute sie ihm doch gerne zu, wie er wahllos Tonskulpturen aus den Kisten zog und sie drehte und ineinander keilte, bis er zwischen den fremden Elementen einen Dialog erahnte. Ihr hatte er diesen Herbst die Rolle der Iris, messagère des dieux zugedacht. Er hatte ihren Kopf auf einen nackten Frauenkörper gepfropft, der provokativ die Beine spreizte und das Geschlecht zur Schau stellte. Er hatte mehrere Varianten ausprobiert, die, nebeneinander aufgestellt, einen faszinierenden erotischen Reigen bildeten.

«Toutes ces statues, c'est moi?», rief Gwen aus, als sie die Figuren zum ersten Mal sah.

«Votre tête, oui, le corps est d'une autre. Il m'arrive de faire un peu de marcottage, comme ça, pour mon propre plaisir.»

«Marco… comment?»

«Du marcottage, chère amie. Assembler diverses sculptures pour en créer une nouvelle, ça s'appelle marcottage dans notre jargon.»

«Ah.»

Gwen kreiste schweigend um den Tisch, auf dem der Meister seine Figuren angeordnet hatte. Offenbar mutete er ihr keine erotische Ausstrahlung mehr zu, wollte sich nur noch von der Keuschheit ihres Gesichts inspirieren lassen. Oder täuschte sie sich? Bei genauerem Hinschauen sah sie, dass dem Lächeln, das er ihr entlockt hatte, ebenso grosse Verführungskunst innewohnte wie dem fremden Körper, vor allem da, wo er die Götterbotin mit einer andern Figur verbunden hatte. Iris, die sich von hinten an eine Nymphe anschleicht und ihr Worte in den Nacken flüstert, die so unzüchtig oder betörend sind, dass sich die Nymphe erschrocken zu entwinden versucht. Oder *Iris und die Fischfrau.* Was mochten die Worte der Botin an Ungeheuerlichem bergen, dass die Fischfrau mit jedem angespannten Muskel des Leibs ihren Widerwillen in die Welt hinausschreien musste?

«Vous me faites comme un vampire. Je ne suis pas comme ça.»

Ein Schlag an die Fensterscheibe riss Gwen aus ihrer Betrachtung. Auch der Meister drehte sich verwundert um, doch als er die Frau erkannte, die ihm hinter der Scheibe zuwinkte, eilte er zur Tür und sagte: «Attendez, je vous ouvre», und zu Gwen gewandt:

«Un modèle très amusant, vous verrez. Et surtout très belle.»

Der Meister hatte übertrieben. Die Frau war nicht wirklich schön. Auffallend vielleicht mit diesem wilden schwarzen Haar, diesen Augen, die vor frecher Neugier brannten, als sie dem Meister ins Gesicht lachte. Aber schön? Mit diesen Zigeunerkleidern, diesen billigen Armbändern, die bei jeder Bewegung klirrten?

«Hi there. Je suis Fenella. Et vous?»

Fenella, was für ein Name! Die Frau, die zwanzig Jahre alt sein mochte, erwartete keine Antwort auf ihre Frage. Im Nu entledigte sie sich ihres Schals, flatterte ein paar Mal um den Meister herum und verschwand hinter dem Wandschirm. Als sie nach kurzer Zeit nackt hervortrat und zum Podest hinübertänzelte, verstand Gwen, warum der Meister ihre Schönheit gelobt hatte. Mehr noch als der ebenmässig braune Körper waren es die Bewegungen, die fesselten. Bewegungen einer Raubkatze, geschmeidig, weich, unhörbar. Mit jedem Schritt rollte Fenella die Hüfte, tat es aber ohne Übertreibung, nur mit der Gewissheit, damit bewundernde Blicke zu ernten. Sie schickte dem Meister Augenaufschläge voll unverbindlicher Koketterie über die Schulter und zwinkerte Gwen wie einer alten Freundin zu, bevor sie sich die Haare mit den Fingern aus dem Gesicht strich und ihre Pose einnahm.

«Ainsi?», fragte sie, und Gwen meinte einen leichten englischen Akzent aus den zwei Silben herauszuhören. Woher kam die Fremde? Gwen schaute genauer, versuchte nüchternen Auges die Ästhetik ihres Körpers zu würdigen, aber sogleich begann sie die Eifersucht zu quälen. Fenella war jung und beherrschte die Kunst des

Bezirzens bis in die Fingerspitzen. Alles an ihr war verführerisch, jede Geste enthielt eine Anspielung, jeder Blick eine Verlockung. Gwens Augen wanderten unsicher zum Meister hinüber; bestimmt war er ihr schon verfallen, kein Mann konnte einer solchen Frau lange widerstehen. Aber wenn dem so war, so liess er sich nichts anmerken. Er trat dem Modell nicht nahe, sondern dirigierte die Pose von seinem Stuhl aus, und in der Art, wie er sie betrachtete, verriet er nicht mehr als professionelle Aufmerksamkeit. Er hiess Fenella die Arme über dem Kopf verschränken und die rechte Hüfte stärker herausdrücken, wollte den Kopf einmal im Dreiviertelprofil und ein anderes Mal von vorne sehen, und sie gehorchte und gab sich Mühe, ihre Ungeduld zu zähmen, wenn sie zu lange stillstehen musste.

Der Meister machte Skizzen, und während er zeichnete, vertrieb sich Gwen die Zeit mit einem Spaziergang durch den Garten. Das Gras war frisch gemäht und die Gebüsche zurechtgestutzt worden. Längst war das Grundstück in eine gepflegte Anlage verwandelt worden mit Bänken zum Verweilen, schattigen Nischen und schönen, von Blumenbeeten umsäumten Rasenflächen. Gwen vermisste die Geheimnisse des verwilderten Gartens, nichts schien mehr nach eigenem Willen zu wachsen, und wohin sie auch ging, suchte sie umsonst einen Strauch oder eine Blüte, die sie mit ihrem wirren Wuchs hätten überraschen können. War Fenella schon die Geliebte des Meisters? Liebte er sie? Stand sie ihm etwa Modell für die *Muse?*

Als es bereits zu dunkeln anfing, erschien Fenella endlich auf der Treppe des Hôtels. Ohne den Glitzerschal, den sie beim Gehen wie eine Schleppe hinter sich her zog, hätte Gwen sie in der Dämmerung nicht erkannt. Sie hüpfte leichtfüssig über den Kies, schaute weder nach links noch nach rechts, ging rasch, als fürchtete sie sich vor den Schatten der Bäume, die sich im Wind bewegten.

«Miss Fenella?»

Gwen trat hinter einem Gebüsch hervor und eilte auf die Fremde zu. Fenella warf ihr einen fragenden Blick zu, liess sich aber nicht aufhalten.

«You are English, aren't you?»

Nun blieb die Frau stehen und antwortete lachend:

«Wrong guess. Try again.»

«Irish?»

Fenella schüttelte den Kopf.

«Scottish?»

«Auch nicht.»

«Welsh?»

«Du meine Güte, welch sonderbares Verhör. Muss ich mir das gefallen lassen? Wer sind Sie eigentlich, dass Sie mich so ausfragen?»

«Entschuldigen Sie. Mein Name ist Gwen John. Sie sind mir irgendwie aufgefallen. Sie haben mich neugierig gemacht.»

«Ich mache alle Leute neugierig, weil sie mich nicht einordnen können. Das ist nichts Neues für mich. Sind Sie auch ein Modell?»

«Ich bin Malerin. Modellsitzen ist nur mein Broterwerb. Und Sie?»

«Ich tue so allerlei im Leben, und Rodins Modell zu sein, ist nicht das Übelste. Er ist zuverlässig und zahlt gut.»

Fenella hatte einen schnellen Schritt, aber sie schien sich in der Stadt nicht gut auszukennen und hielt bei jeder Kreuzung, um die Strassennamen zu lesen.

«Rue de Grenelle, Rue du Bac. Wo zum Teufel sind wir hier? Ich muss auf die andere Flussseite. Im Moment wohne ich neben den Halles: Bin ich falsch?»

Fenella ergriff Gwens Arm und liess sich von ihr von der Rue du Bac bis zum Quai Voltaire und dann über den Pont Royal auf die Rive Droite führen.

«Sie fragten, ob ich Waliserin sei. Ihrem Akzent nach zu urteilen, denke ich, dass Sie aus diesem Teil Grossbritanniens stammen müssen. Stimmts?»

«Ja, aus Pembrokeshire. Aber ich wohne seit fünf Jahren in Paris.»

«John, sagten Sie, sei Ihr Name. John, John ... Sind Sie etwa mit dem Maler Augustus John verwandt?»

«Er ist mein Bruder. Kennen Sie ihn?»

«Ja, klar. In den Londoner Künstlerkreisen kennt ihn jeder. Er spricht meine Sprache. Einer der wenigen übrigens, der sie einigermassen beherrscht.»

«Dann sind Sie eine Roma?»

«Na endlich. Hat aber lange gedauert.»

Zusammen durchquerten sie den Jardin des Tuileries, Arm in Arm, als würden sie sich schon lange kennen. Fenella wickelte die Haare in den Schal, als der Wind aufzog, und schmiegte sich fröstelnd an Gwen.

«Verdammtes Sauwetter. Sicher fängt es gleich zu regnen an. Ich hasse den Herbst und den Winter. Irgendwann werde ich aus Europa verschwinden und nur noch dort leben, wo es das ganze Jahr lang warm ist.»

«Sie sind noch jung. Man kann leider nicht immer selbst über das Leben bestimmen.»

«Ich schon.»

Gwen fühlte Welten zwischen sich und der Fremden. Fenella kam ihr vor wie ein verwöhntes und unreifes Kind, voller Lebenshunger und Pläne.

«Sie sind sehr schön, Fenella. Sie können es als Modell weit bringen, wenn Sie wollen.»

«Möglich. Aber im Moment führe ich ein wahres Scheissleben. An einem Tag gibts was auf den Teller, am andern Tag gar nichts. Mein Magen knurrt die ganze Zeit. Wenn das so weitergeht, muss ich mir noch mit Diebstählen über die Runden helfen.»

«Ich könnte Ihnen helfen. Ich kenne Malerinnen, die Sie als Modell anheuern würden.»

«Frauen?»

«Ja. Die sind umgänglicher als Männer. Ich jedenfalls habe bessere Erfahrungen mit Frauen gemacht. Sie sind nicht so ... wie soll ich sagen?»

«Ja, ich weiss, was Sie meinen. Die Männer wollen immer gleich mit einem ins Bett. Meinen, das sei im Lohn inbegriffen. Aber nicht mit mir. Ich kratze ihnen das Gesicht aus, wenn sie mich anfassen.»

«Wirklich?»

«Schauen Sie meine Nägel, ich lasse sie absichtlich wachsen, so werden sie zu richtigen Waffen. Und ausserdem mag ich lange Nägel.»

Fenella streckte ihre Hände aus und betrachtete sie selbstgefällig. An den meisten Fingern leuchtete ein Ring.

«Und Sie, zeigen Sie mal.»

Gwens Hände waren kleiner und auffällig weiss, sie wirkten mit den kurz gehaltenen Nägeln wie jene eines Mädchens.

«Oh, wie harmlos Ihre Hände sind, Fräulein John. Wie kommen Sie mit solchen Händen bloss durchs Leben? Aber ich sehe da ein paar interessante Linien. Hm, wirklich sehr interessant. Darf ich Ihnen die Zukunft lesen? Erfolg, Liebe, Gesundheit und so weiter, ich kann Ihnen alles genauestens voraussagen.»

«Ich bin nicht sicher, ob ich das wissen möchte. Nicht heute jedenfalls. Ich müsste mich innerlich vorbereiten. Hier sind übrigens die Halles. Welches ist Ihr Haus?»

«Aha, Sie haben Angst vor der Zukunft, geben Sie es zu.»

«Nein, nein, nur bin ich jetzt nicht darauf eingestellt. Ein anderes Mal gern. Lassen Sie mich erst unter den Künstlerinnen herumfragen, ob jemand Sie anstellen würde. Ich wohne 6, Rue de l'Ouest. Sie finden mich morgens und abends fast immer zu Hause. In ein paar Tagen werde ich für Sie bestimmt Arbeit gefunden haben.»

«Gut. Dann komme ich bei Ihnen vorbei. Nächsten Sonntag, ja? Am besten abends, dann haben Sie vielleicht auch etwas Kleines für mich zum Essen?»

«Abgemacht. Ich werde Sie erwarten.»

Als Gwen in die neue Wohnung zurückkehrte, überkam sie schon im Flur die Lust, wieder auf die Strasse zu gehen und die Nacht unter freiem Himmel zu verbringen. Das Zimmer war so nahe bei der Gare Montparnasse gelegen, dass man bei offenem Fenster die Züge ein- und ausfahren hörte. Es war vor ihrem Einzug ordentlich geputzt und das Ungeziefer ausgeräuchert worden, dennoch hinterliess es einen schmuddeligen Eindruck; feuchte Schlieren fleckten die Dielenecken, Kratzer verunstalteten die Tapete, und im Parkett fehlten Leisten.

Sie fühlte sich nicht wohl am neuen Wohnort, auch nach mehreren Wochen wurde sie den Eindruck nicht los, nur auf Besuch hier zu weilen. Der dunkle Korridor mit seinen Gerüchen von Fett und Rauch störte sie, und sie war zu scheu, um den Nachbarn, die mit ihr den einzigen Abort und Wasserhahn teilten, ins Gesicht zu schauen oder mit ihnen ein Wort zu wechseln. Nicht einmal der Ausblick auf den gepflasterten Hinterhof mit seinen Studios und geschäftigen Werkstätten bereitete ihr Freude. Der Cour des Miracles, wie der Hof unter den Handwerkern genannt wurde, war düster, und keine noch so rege Betriebsamkeit in den Boutiquen vermochte über die Ärmlichkeit hinwegzutäuschen, die hier herrschte. Aber Gwen hatte keine Wahl gehabt. Als sie das Zimmer an der Rue du Cherche-Midi hatte räumen müssen, weil der Hausbesitzer es für sich beanspruchte, war sie bei der Wohnungssuche über die Mietpreise im Quartier erschrocken. Sobald ein Lichtstrahl ins Zimmer fiel, stieg die Miete an; nur rund um den Bahnhof, wo die Freudenmädchen wohnten und die Zuhälter nachts für Schlägereien sorgten, hielten sich die Zimmerpreise einigermassen in Grenzen.

Gwen schrieb ihre üblichen Briefe an den Meister, holte eine lange vernachlässigte Antwort an den Vater nach, der für nächstes Jahr seinen Besuch in Paris angekündigt hatte, und legte sich schliesslich angekleidet aufs Bett. Die Glieder schmerzten, und ein dumpfes Pochen im Kopf liess sie eine Migräne befürchten. Vom nächtlichen Spaziergang mit Fenella war Gwen im Tiefsten aufgewühlt. Fenella faszinierte sie; soweit Gwen zurückdenken konnte, war sie das seltsamste Wesen, das ihr je begegnet war. Die ganze Nacht geisterte die Zigeunerin durch ihre Fieberträume, auch tagsüber verfolgten Gwen die Erinnerungen an ihre Augen, ihre Sprache und verführerischen Posen im Atelier, während sie bei verschiedenen Malerinnen Arbeit für sie suchte. So eingenommen war Gwen von ihrer Erscheinung, dass sie nachts keine Ruhe fand und auf die Strasse flüchtete. Manchmal schlief sie im Eingang von Notre-Dame-des-Champs oder unter einer Buche des Luxembourg, meist aber bestieg sie den letzten Zug nach Meudon, lief das Val Fleury hoch und stahl sich, nachdem im Haus die letzten Lichter erloschen waren, durch den Garten des Meisters bis zu den Nadelbäumen. Unter freiem Himmel fühlte sie sich sicher vor den eigenen Gedanken, die Kälte ernüchterte sie, verscheuchte den Trübsinn. Am liebsten mochte sie es, wenn es nieselte oder ein beissender Wind sie am Schlafen hinderte; dann rollte sie sich ein und wartete mit geschlossenen Augen auf den Moment, da aus ihrem Innern ein grosser Friede wuchs, das Wissen, dass es etwas in ihr gab, dem weder Regen noch Kälte je etwas antun konnten. Ist das meine Seele, die ich spüre?, fragte sie sich dann. Der Regen durchnässt mich bis aufs Mark, ich habe Angst, dass der Meister mich entdeckt und fortjagt, und ich zittere vor Kälte, aber in mir existiert dieser Kern, der weder friert noch den Regen spürt, der weder Angst noch Zweifel kennt, er ist unantastbar, er ist ich, ich erkenne mich in ihm. Mein Körper, der leidet, mein Herz, das sich in unerwiderter Liebe verzehrt, meine Malerei, sie alle sind nicht ich, sie sind nur die zufällige Schale dieses Kerns, der ich bin. Und solange ich die Einsamkeit pflege und mich willig der Kälte und dem Hunger aussetze, kann ich mein Ich fühlen und muss keine Angst haben. Niemand kann mich verletzen, nicht einmal der Meister. Ich bin frei und unverletzlich. Und muss ich nicht dankbar sein, dass ich Liebe empfinde? Dass ich Liebe geben darf? Diese Liebe erfüllt mich, beseelt mich, sie ist mein Leben, und wenn ich auch an ihr leide, so macht sie doch Kräfte in mir frei, die ich später, wenn ich sie zur Genüge kennen gelernt habe und beherrsche, für meine Kunst werde einsetzen können. Die Liebe in die Kunst einfliessen lassen, ist das nicht der Weg, den Gott mir mit seinem schwierigen, aber auch beglückenden Geschenk weisen will? Denn einmal, ich weiss nicht wann, aber einmal wird es mir gelingen, wahre Kunst zu schaffen, nicht trotz der Liebe zum Meister, sondern dank ihr.

Mit dieser Gewissheit bettete Gwen den Kopf auf den vermoosten Nadelboden, hüllte sich in den Schal und horchte auf den Regen, der durch die Zweige auf ihre Wangen tropfte.

In diesen Herbstnächten huschte oft eine geisterhafte Gestalt über den Gartenzaun, ein Wesen voll Trauer und Schmerz. Winselnd schlich es umher, drehte Runden, von einer Sehnsucht getrieben, die, so schien es Gwen von ihrem Versteck aus, auf Erden nicht mehr zu stillen war. Dazwischen blieb es unter den Fenstern stehen und fuchtelte mit den Armen, ballte die Fäuste und stiess schreckliche Flüche aus. Der Meister liess sich nicht stören, aber Rose erschien bisweilen am Fenster und versuchte, die Armselige zu vertreiben. «Va t'en, pauvre folle», schrie sie, «espèce d'idiote, tu n'as pas honte? Attends que je descende pour te chasser avec mon balai.» Aber eben die Scham, die Rose in der Verzweifelten wecken wollte, diese Scham schien längst von ihr abgefallen. Gwen verstand nur zu gut, wie es in dieser Frau aussah, die unbeirrt von den Drohungen im Regen ausharrte und bis zur Besinnungslosigkeit ihre Flüche ausstiess. Es bestürzte sie, Zeugin ihrer Anfälle zu sein, mitzuerleben, wie die Claudel ihre gebrochene Künstlerseele zur Schau stellte. Sie war eine grosse Künstlerin gewesen, wahrscheinlich die Einzige, die dem Meister hätte ebenbürtig sein können, wäre sie nur rechtzeitig aus seinem Schatten herausgetreten. Nun aber schlug sie die eigenen Skulpturen kaputt und hatte keine Kräfte übrig, um der schleichenden Umnachtung zu trotzen, die jeden Tag ein bisschen mehr von ihrem Schöpfergeist verschluckte. Ist dies das Los jeder Künstlerin, die in den Bann des Meisters gerät?, dachte Gwen mit Schrecken. Habe ich mich getäuscht? Blüht mir ein ähnliches Los? Werde ich so enden, verwahrlost, irr, am Traum gescheitert, der mich seit meiner Kindheit beherrscht?

Als Fenella am verabredeten Abend vor der Tür stand, war Gwen von ihrer Aufmachung unangenehm überrascht. Sie hatte Fenella nicht so schrill im Gedächtnis gehabt. Die Zigeunerin trug ein rotes, von Goldpailletten übersätes Kleid und eine perlenbestickte Schlaufe im Haar, und als Gürtel hatte sie ein buntes Tuch um die Taille gebunden, das an den Enden franste. Wahrscheinlich wollte sie damit ihre Herkunft betonen, aber die Wirkung war verfehlt. Mehr als eine Zigeunerin schien sie die Diva eines schäbigen Variétés.

«Ziemlich mies, Ihre Wohnung», sagte sie naserümpfend, «wohnen Sie schon lange hier?»

«Nein.»

«Haben Sie Arbeit für mich gefunden?»

«Noch nicht. Aber ich bin daran, eine kleine Zusammenkunft unter Künstlerinnen einzufädeln, bei der ich Sie verschiedenen Frauen vorstellen kann. Seien Sie beruhigt, es wird sich bestimmt etwas ergeben.»

«Und Ihre Bilder? Zeigen Sie mir Ihre Bilder, ich möchte sie sehen.»

Fenella fing an, in allen Ecken des Zimmers herumzustöbern.

«Die zeige ich für gewöhnlich nicht.»

«Aber Sie müssen sie mir zeigen. Wo sind sie? Ich will sie sehen. Jetzt.»

«Nein, später vielleicht. Heute nicht. Kommen Sie, das Essen ist bereit.»

Gwen hatte verschiedene Käsesorten, Aufschnitt und Kartoffeln auf den Tisch gestellt und in einer Pfanne Graupen aufgekocht, die sie nun in die Suppenteller goss.

Fenella steckte neugierig den Zeigefinger in den Teller und leckte daran.

«Was ist denn das?»

«Suppe.»

«Suppe?»

«Ja, Suppe. Essen Sie keine Suppe?»

«Nur, wenns nichts anderes gibt. Ich habe lieber feste Nahrung. Ein gutes Stück Fleisch, knusprig gebraten und innen noch etwas roh, das habe ich am liebsten.»

«Ich fürchte, diese Mahlzeit wird nicht ganz nach Ihrem Geschmack sein. Tut mir Leid.»

Fenella zuckte die Achseln und lächelte.

«Na ja, jetzt wissen Sies wenigstens für ein anderes Mal.»

Dennoch ass Fenella mit Heisshunger. Sie klaubte den Aufschnitt mit den Händen aus dem Papier und stopfte sich die Scheiben in den Mund, brach Brocken vom Brotlaib und bestrich sie grosszügig mit Weichkäse. Redete mit vollem Mund.

«Ihr Bruder, Augustus, wo ist er zur Zeit? Ich habe ihn eine Ewigkeit nicht gesehen.»

«In London. Er hat einen amerikanischen Gönner gefunden, der ihn mit einer Jahresrente unterstützen will. Mehr weiss ich nicht, unser Kontakt ist sehr lose.»

«Er ist eine wunderbare, herzliche Person. Und wie er malt. Er hat mich mal in Zigeunerkleidern gemalt. War toll.»

«Er mag Zigeuner.»

«Und Sie?»

«Ich? So viele Zigeuner kenne ich nicht, dass ich ein Urteil abgeben könnte.»

«Nein, ich meine, würden Sie mich malen?»

«Daran habe ich nicht gedacht. Ich weiss nicht. Eher nicht.»

«Was spricht dagegen? Das wäre eine ganz einfache Sache. Ich sitze da, und Sie malen. Ich kann ganz ruhig sitzen, müssen Sie wissen. Und ich könnte kommen, wann Sie wollen, und so lange bleiben, wie Sie wollen.»

«So einfach ist es nicht. Ein solches Unterfangen muss vorbereitet werden. Zudem bin ich eine sehr langsame Malerin, wahrscheinlich würde ich Ihre Geduld arg strapazieren.»

Fenella schöpfte sich seufzend eine Kartoffel in den Teller und murmelte:

«Ihr Künstler seid alle so verdammt kompliziert.»

Ihre Laune war umgeschlagen. Sie kaute missmutig und verriet in ihren Bewegungen eine wachsende Ungeduld.

«Wir könnten es vielleicht versuchen», sagte Gwen nach einer Weile, um sie zu beruhigen.

«Wirklich? Sie sagen zu? Ich sehe das Bild schon vor mir: Farben und nochmals Farben. Etwas Wildes muss es werden, denn das entspricht meinem Wesen. Alle Leute sollen mich bewundern.»

«Wir sind noch nicht so weit. Geben Sie mir etwas Zeit, das Bild zu planen. Noch etwas Käse oder Brot?»

«Nein, danke, jetzt bin ich zum Platzen satt. Wann kann ich für die erste Sitzung kommen?»

«Ich werde Sie es wissen lassen. Aber wie? Ich kenne Ihre Adresse noch gar nicht.»

«Hm, gute Frage. Im Moment habe ich keinen festen Wohnsitz. Sie können bei Rodin eine Nachricht hinterlassen. Ich gehe zweimal die Woche zu ihm.»

«Macht der Meister eine Büste von Ihnen?»

«Nein, meistens zeichnet er. Manchmal muss ich mit hoch gestelltem Bein stehen, und dann legt er mir Tücher um die Hüfte und macht kleine Tonentwürfe. Man sagt übrigens, dass Sie ihn lieben. Stimmts?»

«Man sagt viel in dieser Stadt. Möchten Sie Tee?»

«Viele Frauen sind in ihn verliebt, eigentlich alle, die mit ihm zu tun haben. Ja, ja, er ist eben so etwas wie ein Don Juan, zwar etwas alt für meinen Geschmack, aber das will nichts heissen, nicht wahr? Gehen Sie übrigens an die Feier?»

«Welche Feier?»

«Für jemand, der verliebt ist, sind Sie schlecht informiert. Ich rede von der Enthüllung seines *Victor Hugo* im Königlichen Palast. Am 30. November. Ein Riesenanlass. Ich würde gern hingehen, aber ich bin nicht eingeladen. Und Sie offenbar auch nicht. Schade, wir werden also beide in der Zeitung nachlesen müssen, wies war.»

«Ich fragte Sie vorhin, ob Sie Tee möchten?»

«Kaffee, bitte. Ich trinke lieber Kaffee.»

«Das habe ich leider nicht.»

Fenella blickte ungläubig zu Gwen hinüber.

«Keinen Kaffee?»

«Ich werde mir welchen für Ihren nächsten Besuch besorgen. Versprochen.»

«Ich kann gar nicht leben ohne Kaffee. Wenn ich Modell sitze, brauche ich ab und zu was, das mich aufpeitscht, sonst schlafe ich nach einer Weile ein. Modellsitzen kann so langweilig sein, wenn der Maler nicht redet. Aber Sie, nicht wahr, Sie werden nicht einfach arbeiten und schweigen? Das würde ich nicht aushalten. Ich schwatze eben gern.»

«Ich werde mir Mühe geben, ein Gesprächsthema zu finden.»

«Und bitte, bitte, lassen Sie mich nicht allzu lange warten.»

Fenella in Zigeunerkleidern war ein Sujet, das Gwen lieber dem Bruder überliess. Es barg die Gefahr billiger Effekthascherei und entsprach nicht der Schlichtheit, die sie anstrebte.

In den folgenden Tagen machte Gwen Skizzen aus dem Gedächtnis und schaute sich im Zimmer nach einem geeigneten Hintergrund für ihr Modell um. Die Arrangements vor dem Fenster mit Tisch und Stühlen befriedigten sie nicht mehr. Sie wollte kein Interieur malen und auch keine wohlgefällige Harmonie zwischen dem Sujet und seiner Umgebung erzielen, im Gegenteil, sie wollte die Figur mit schonungsloser Härte offenbaren und den Betrachter zwingen, sich ihr zu stellen. Ein solches Porträt duldete keine ablenkenden Gegenstände, durfte keine Ausflüchte bieten; sie würde Fenella allein vor die bare, schmutzig grüne Wand setzen und ohne Beschönigung aus der Nähe malen.

Fenella bestand jedoch auf ihrem buntesten Rock und wollte Ohrringe und Armreife tragen und wie eine Haremsfrau auf einem Kissen liegen.

«So, genau so, schauen Sie», sagte Fenella und legte sich auf dem Parkett gekonnt in Pose.

Gwen schüttelte den Kopf. Es stecke viel mehr als eine Haremsfrau in ihr, versuchte sie zu argumentieren, gerade diesen oberflächlichen Eindruck wolle sie mit ihrem Bild aus dem Weg räumen. Sie wolle tiefer schürfen und den Schein entlarven, mit dem Fenella alle Welt täusche, vielleicht sogar sich selbst.

«Ich will die wahre, verborgene Fenella malen, nicht die Zigeunerin.»

«Aber ich bin eine Zigeunerin.»

«Das ist nur ihre Hülle, Fenella. Was mich interessiert, ist, was unter dieser Hülle zum Vorschein kommt.»

Fenella verstand es nicht. Sie hörte nicht einmal richtig zu, wenn Gwen ihr während der gemeinsamen Spaziergänge im Bois de Clamart ihr Anliegen erklärte, sondern blickte den Männern nach, die sie beschielten, und strahlte voller Eitelkeit, weil ihre zigeunerhafte Erscheinung in Paris so viel Aufsehen erregte.

«Man kennt hier die Zigeuner offenbar nicht. Ich falle richtig auf. Viel mehr als in London. Alle Männer starren auf meine Füsse, als hätten sie noch nie einen Frauenfuss gesehen. Ist das nicht lustig?»

Während sie sprach, wirbelte sie das Herbstlaub auf und sammelte die aufgeplatzten Rosskastanien, die über Nacht auf die Wege gefallen waren.

«Es ist nicht üblich, die Füsse in der Öffentlichkeit zu zeigen. Sandalen, wie Sie sie tragen, wirken hier eher anstössig.»

«Anstössig? Aber nein. Männer gaffen nun einmal gern. Und ich bin schön, so kann ich ihnen das Gaffen gar nicht verübeln.»

«Wenn Sie meinen. Aber auf meinem Bild werde ich nicht Ihre Schönheit festhalten oder nicht nur.»

«Dann will ich kein Bild von mir.»

Fenella schmollte mehrere Wochen. Von einem Bild, das sie nicht im vorteilhaftesten Licht verewigte, wollte sie nichts wissen. Wozu dann überhaupt ein Porträt von sich malen lassen? Aber letztlich siegte die Neugier, oder vielleicht war es die Eitelkeit, Gwen wurde nicht klug aus ihrem Zaudern und erfuhr auch nicht, warum Fenella eines Septembertags plötzlich auf ihre Forderungen verzichtete und einwilligte. Inzwischen hatte Gwen Dorelias Porträt von Toulouse, *Die Studentin,* an den New English Art Club gesandt und erfahren, dass es sofort nach der Eröffnung der Ausstellung einen Käufer gefunden habe. Die *Saturday Review* nannte *L'étudiante* ein *small and unobtrusive work, the most memorable thing in the whole exhibition. Here is that intensity, quiet and shy though it be, which counts for so much more than brilliancy, and which is so rare in contemporary art. It is a picture of singular delicacy and beauty.*

Gwen freute sich im Stillen über den Erfolg, aber erstaunt war sie nicht. Sie wusste, dass ihr damals mit *L'étudiante* eines ihrer besten Bilder gelungen war. Die letzten fünf Jahre in Paris hatten ihren Blick jedoch verändert, hatten sie gezwungen, neue Strömungen in der Malerei wahrzunehmen, vor deren Hintergrund ihre frühen Werke, darunter auch Dorelias Porträt, überholt wirkten. In England mochte *L'étudiante* noch zu den zeitgenössischen Bildern zählen, nicht aber in Paris. Auf dem Kontinent folgten sich die ästhetischen Entdeckungen so rasch, dass alles, was nicht mit einer bahnbrechenden Neuerung aufwarten konnte, einer überwundenen Epoche angehörte, noch ehe es die Öffentlichkeit richtig zur Kenntnis nehmen konnte.

Die Zeiten feinster Lasurtechnik waren für Gwen vorbei, sie sehnte sich nach forscheren Farbapplikationen und härteren Konturen, wie sie Picasso in jenen Werken zeigte, die seinen jüngsten Spielereien mit Körpervolumen vorangegangen waren. Fenellas Pose sowie die

Farb- und Tonskala hatte Gwen bereits festgelegt, und in den Skizzen begann sie Möglichkeiten zu ahnen, wie sie die strenge Einfachheit der Form mit emotionaler Tiefe befrachten konnte.

Fenella trug ein Goldkreuz um den Hals, es war das Einzige, was Gwen für das Porträt an ihr duldete. Die Zigeunerkleider wurden abgelegt und der farbige Schal gegen ein Leintuch getauscht, das Gwen ihr für die Pose über den linken Oberschenkel und die Knie schlug. Keine Kissen, nur ein schlichter Stuhl. Keine sichtbare Lichtquelle. Kein abwechslungsreicher Hintergrund, bloss die Wand, undefinierbar grün, und davor die nackte Frau mit einem Goldkreuz. Das Kreuz lenkte den Blick vom Gesicht hinunter zum Ansatz der Brüste, die klein, aber wohlgeformt waren, und das Samtband schnitt ein willkommenes V in die Monotonie des Oberkörpers. Es unterstrich die Blösse des Modells, strukturierte die Hautoberfläche, so wie seinerseits der Schatten in Fenellas Rücken die Eintönigkeit der Wand durchbrach.

Sobald Fenella ihre Pose einnahm und zur Unbeweglichkeit gezwungen war, konnte Gwen beobachten, wie schnell sich ihre erotische Ausstrahlung verflüchtigte und der schmale, im Tageslicht überraschend helle Körper plötzlich verwundbar schien. Schon bald fühlte sich Fenella durchschaut; sie versuchte, ihre Verlegenheit mit einem Lächeln zu überspielen, erzählte Gwen vom Mann, den sie liebte und der ihre Liebe nicht erwiderte, und von den Männern, die ihr auf der Strasse Heiratsanträge machten. Sie hatte ein lautes Lachen und einen Wortschatz, der Gwen zusammenzucken liess. Sie beklagte sich über die Kälte im Zimmer und dass der Kaffee zu wässrig sei. Aber Gwen hörte nicht zu. Sie konzentrierte sich auf die Farbnuancen; vom Seegrün übers Grau und Braun bis zu einem grünlich angehauchten Hautton musste sie jede Schattierung sorgfältig ausarbeiten, die ganze Wirkung des Bildes hing davon ab.

Fenella hatte hängende Schultern und eine natürliche Neigung, beim Sitzen das Kreuz zu höhlen und den Bauch herauszudrücken. Gwen war es recht so, sie korrigierte das Modell nicht, denn gerade in dieser Haltung kam sie während des Malens jener Eigenschaft auf die Spur, die sie an Fenella von Anfang an verstört und zugleich gefesselt hatte: eine seltene Mischung von Stolz und kindlicher Schutzlosigkeit, dieselbe, die sie nun auch in ihrem Blick wieder fand.

Die Kälte, unüblich für diese ersten Herbsttage, zwang Gwen, rasch zu arbeiten. Nach wenigen Sitzungen hatte sie das Porträt bis auf die Schattenpartien und Fältelungen des Leintuchs beendet und konnte Fenella entlassen. Doch ein zweites Porträt, kein Akt diesmal, begann in ihr Form anzunehmen, ein Porträt, das, ähnlich diesem, den Widerspruch des Intimen und Monumentalen lösen sollte, aber deutlicher noch das Innenleben des Modells blosslegen würde.

Fenella stiess einen Jauchzer aus, als sie erfuhr, dass Gwen die Teeparty bei den englischen Malerinnen endlich organisiert hatte, und stand an jenem Dezembertag pünktlich vor Gwens Tür. Sie hatte wieder ihr zigeunerhaftes Wesen überbetont, trug billigen Ohrschmuck und ein ärmelloses Jäckchen über der Bluse, das keiner gängigen Mode zuzuordnen war; der Glockenrock reichte ihr nicht bis zu den Knöcheln, und weil sie beim Gehen gern tänzelte, wellte er sich und legte die gebräunten Waden bloss.

«Müssen Sie denn immer so aufreizend daherkommen, Fenella?», schalt sie Gwen, «wir werden durch Sie aufs Unangenehmste beäugt.»

«Beäugt? Mir macht das Spass. Was gibt es Aufregenderes auf dieser Welt, als begehrt zu werden? Und überhaupt – heute ist ein Glückstag. Ich habe mir am Morgen früh die Karten gelegt und las nur Gutes für mich. Heute werde ich neue Arbeitgeberinnen kennen lernen, und das bedeutet, dass ich mir neue Kleider kaufen kann. Auch möchte ich nach Monaten wieder einmal nach England zurückkehren.»

«Haben Sie Heimweh?»

«Nein, Zigeuner haben nie Heimweh. Aber Lust habe ich, meine Freunde wieder zu sehen. Die fehlen mir wirklich. Wir könnten zusammen nach London reisen, wenn wir genug verdient haben, dann könnten Sie Ihren Bruder besuchen, lockt Sie das nicht?»

«Wir sehen uns oft genug, mein Bruder und ich, er kreuzt von Zeit zu Zeit in Paris auf.»

Fenella schwieg. Sie liess den Blick über die Pariser Dächer schweifen und beobachtete die dunstigen Fäden, die den Himmel durchzogen. Wer weiss, dachte

Gwen, vielleicht erlas sie sich auch daraus eine persönliche Wahrsagung, bei Fenella war alles möglich. So viel Schein steckte hinter ihrer Exotik, so viel Hochstapelei. Wer war diese Fenella? Nicht viel mehr als ein eingebildetes Mädchen mit frechem Maul und schönen Augen. Wäre das Bild nicht gewesen, das Gwen noch von ihr malen wollte, jenes Bild, in dem Fenella im weissen Kleid und mit entblössten Schultern dieselbe Pose einnehmen würde wie beim Aktporträt, Gwen hätte der Zigeunerin schon im Februar ihren Lohn ausbezahlt und sie entlassen. Aber wegen des Bildes musste sie Fenella noch eine Saison ertragen.

Zwei Damen hatte Miss Baker für ihre Teeparty bemüht. Damen in hellen Mousselinekleidern, mit kunstvoll aufgestecktem Haar und einer Goldnadel im Kragenrevers. Damen, die gestochenes Englisch sprachen und seltene Wörter in den Mund nahmen und voneinander ausser im Alter und in der Haarfarbe nicht zu unterscheiden waren, oder fast nicht. Fay und Cecily stammten aus verschiedenen Ecken Englands und hatten sich für eine Saison in Paris an einer Malakademie eingeschrieben, zeichneten und aquarellierten, wie Miss Baker einführend bemerkte, und wollten nun mit ihren ersten Versuchen in Öl beginnen. Gwen kannte die Freundinnen ihrer Gastgeberin nicht und stellte sich scheu hinter Fenella, als Miss Baker sie in der Runde vorstellte.

«Miss John, das Modell meiner *Frau am Kamin.* Und das hier ist ihre Freundin, ebenfalls Modell, die, so meine ich zu verstehen, Arbeit sucht.»

«Und Sie sprechen ebenfalls Englisch, nicht wahr Miss ...?»

«Lovell, Fenella Lovell. Ja, neben Romany ist Englisch meine Muttersprache.»

«Aber das ist ja hochinteressant, darüber müssen Sie uns später unbedingt mehr erzählen. Ich kann kaum warten. Doch setzen wir uns an den Tisch, ich serviere gleich den Tee.»

Gwen hatte mehrere Male für Miss Baker posiert. Meist waren es leichte Posen gewesen, die Sitzungen hatten nie mehr als zwei Stunden gedauert. Nur einmal hatte sie mehrere Stunden ohne Unterbruch stehen müssen und war, als sie sich auf dem Sofa hatte ausruhen wollen, ohnmächtig zusammengebrochen.

Fenella machte in diesem erlesenen Frauenkreis Eindruck. Noch nie hatte man einer derart ausgefallenen Kreatur gegenübergesessen, durfte von so nah beobachten, wie sich eine echte Zigeunerin gebärdete. Unverblümt starrten die Damen Fenella ins Gesicht, begutachteten ihre Kleider und Sandalen und liessen sich keine ihrer Bewegungen entgehen. Als Fenella aber die Silberzange missachtete und die Scones und Gurkensandwiches mit den Fingern vom dargereichten Tablett in ihren Teller hievte, huschte ein Schatten über die Gesichter der Engländerinnen. Sie waren unschlüssig, ob sie ihren Mangel an Manieren bekritteln oder im Gegenteil über ihre Unkompliziertheit entzückt sein sollten. Fenella schien es nicht zu stören, sie plapperte über ihre Jugend und über das harte Leben der Modelle in Paris und leckte sich dabei ungehemmt die Butter von den Fingern.

«Ein Hundeleben, wirklich. Immer muss man der Arbeit nachjagen. Gottlob gibt es Künstler wie Rodin, die einen gleich für mehrere Wochen am Stück buchen.

Aber solche Arbeitgeber sind selten. Ich würde jedenfalls ohne ihn in dieser Stadt nicht überleben können.»

«Rodin, oh, wie aufregend. Sie kennen den Meister persönlich? Erzählen Sie, ist er wirklich so ein unverbesserlicher Frauenheld?»

«Weiss ich nicht. Da müssen Sie schon Miss John fragen. Sie kennt ihn viel besser als ich.»

«Tatsächlich?»

Alle Augen richteten sich auf Gwen, die sofort in ihren Teller hinunterschaute und fast unhörbar flüsterte:

«So viel ich weiss, ist er seit Jahren mit einer Herzogin liiert, die ihn nie aus den Augen lässt.»

«Ha, dann hat er wohl keine Gelegenheit mehr, sich anderswo zu vergucken. Geschieht ihm ganz recht, nicht wahr? Männer wie er gehören meines Erachtens ruhig ein bisschen im Zaum gehalten», kicherte Fay.

Bei der Erwähnung des Meisters blieben Gwen die Bissen im Hals stecken. Musste man denn überall von ihm reden? Gab es keinen Ort in dieser Stadt, wo ihr eine Denkpause vergönnt war, ein paar Stunden Ablenkung? Sie hätte sich für ihn wehren wollen, erklären wollen, dass er die Leidenschaft zum Arbeiten brauche, dass keine seiner Schöpfungen ohne sie entstehen könne, aber wozu? Diese Frauen würden es nicht verstehen. Gwen schob den Teller beiseite und legte die Hände um ihre Tasse, starrte gedankenversunken in den Tee, bis die Konversation von Rodin abliess und über verschiedene Künstler bei Picasso landete.

«Da kann ich leider nicht mitreden, meine Lieben», gab Miss Baker bescheiden zu. «Ich verstehe überhaupt nicht, was seine plötzliche Leidenschaft für Kuben bedeuten soll. Schon die *Demoiselles d'Avignon* waren eine

Zumutung, aber jetzt ... Wenn seine Bilder wenigstens ästhetisch wären. Seine neuen spanischen Landschaften sehen schrecklich aus, sind Labyrinthe einer kranken Seele. Da sind die Fauves daneben geradezu harmlos. Und weiss Gott, wie schlimm die sein können. Noch ein Sandwich? Oder Tee?»

«Ja, Clarissa, genau so empfinde ich auch. Und es soll mir niemand kommen und behaupten, dass Picasso die Welt tatsächlich so sehe, das glaube ich nie und nimmer.»

«Picasso geht nur den Weg, den Cézanne vorgezeichnet hat. Er geht ihn bis zur letzten Konsequenz, und darin gebührt ihm Bewunderung», streute Gwen ein, doch weiter wollte sie sich nicht an der Debatte beteiligen. Auch Fenella schwieg. Sie kannte Picasso zu wenig, um mitzureden. Sie pickte Krümel vom Tisch und schob sie sich zwischen die Zähne, warf gelangweilte Blicke in die Runde.

«Aber nun zu Ihnen, liebe Miss Lovell. Wie fühlt man sich als Zigeunerin in einer Grossstadt wie Paris?»

Fenella warf Miss Baker einen dankbaren Blick zu; endlich kehrte das Gespräch zu einem aufregenden Sujet zurück. Sie stützte sich mit den Ellbogen auf dem Tisch ab, legte das Kinn auf die verschränkten Hände und schloss eine Weile die Augen, bevor sie zu sprechen anfing. Fenella setzt sich wieder einmal in Pose, ärgerte sich Gwen, sie berechnet die Wirkung ihrer Gesten, weiss genau, wie sie ihre Zuhörerinnen gewinnen und fesseln kann. Und es gelingt ihr auch wunderbar. Wie naiv doch die Leute sein können.

«Also, ehrlich gesagt bin ich etwas verwirrt. Ich bin eben ein Naturkind. Ich bin an Wiesen und Landwege gewöhnt, an Wälder und wilde Klippen. An einen langsamen, ruhigen Tagesablauf. Hier geht alles sehr schnell, niemand scheint Zeit zu haben, immer muss man seinen Tag durchplanen. Ich hasse planen. Ich lebe lieber in den Tag hinein.»

«Dann sind Sie hier eindeutig am falschen Ort. Ohne Planung kommt man in Paris auf keinen grünen Zweig.»

«Das habe ich auch gemerkt. Immerhin lege ich mir am Morgen die Karten, dann weiss ich ungefähr, was mir der Tag bringen wird, und ich kann mich darauf einstellen.»

«Sie können Karten lesen? Wahrsagen?», fragten Cecily und Fay gleichzeitig.

«Klar. Ich habe das Wahrsagen als Kind von meiner Grossmutter gelernt. Sie war die Beste unserer Sippe, sie konnte Tarot lesen, Handlinien, Kaffeesatz, alles, was es so gibt. An Jahrmärkten wollten sich die Dörfler nur von ihr die Zukunft sagen lassen, sogar Gutsherren kamen in ihr Zelt und streckten ihr die Handfläche hin, manchmal auch adelige Fräulein, die Liebeskummer hatten. War das ein Kommen und Gehen. Meine Grossmutter hat sich mit den Jahren ein schönes Vermögen verdient.»

«Und Sie haben diese Kunst von ihr geerbt. Fantastisch.»

Cecily gluckste vor Begeisterung und beugte sich aufgeregt über den Tisch.

«Könnten Sie uns heute nicht eine kleine Kostprobe Ihres Könnens geben? Ich will Sie nicht drängen, aber wenn ich schon mal einer Wahrsagerin gegenübersitze, dann juckt es mich förmlich, meine Zukunft zu kennen. Geht es euch nicht auch so?»

Die andern Frauen nickten und begannen in wildem Durcheinander auf Fenella einzureden. Eine jede hatte ein besonderes Anliegen, eine Frage, auf die sie sich von den Karten eine Antwort erhoffte. Fenella zierte sich, aber das gehörte zu ihrem Spiel; sie machte die späte Stunde geltend, die Angst, ihren Gastgeberinnen Illusionen zu zerstören, falls die Karten nichts Günstiges aussagten.

«Eins müssen Sie wissen, ich mogle nicht. Wenn die Karten Unglück voraussagen, dann sage ich es geradeheraus. Ich kann nicht lügen, ich habe einen Eid abgelegt. Dieser Eid bindet mich an die Wahrheit.»

Gwen lächelte insgeheim. Sie glaubte Fenella kein Wort.

«Mich können Sie ausklammern, Fenella. Ich will meine Zukunft nicht wissen.»

«Aber Miss John, Sie können uns doch nicht weismachen, dass Sie nicht neugierig sind, was Ihnen die Zukunft bringt. Kommen Sie, gehen wir ins Nebenzimmer, dort ist es gemütlicher.»

Seit Gwens letztem Besuch hatte Miss Baker das Zimmer umgestellt. Zum Sofa, auf dem Gwen damals wieder zu sich gekommen war, gesellten sich nun drei passende Sessel, die sich um einen Tisch mit geschwungenen Beinen gruppierten, und die eher zufällig herumstehenden Staffeleien hatte Miss Baker der Wand entlang nebeneinander gereiht. Auf einer nur war eine Leinwand befestigt, eine Strandszene in Rosatönen, Kinder, die bei Ebbe Muscheln suchen. Gwen betrachtete das Bild und fragte ihre Gastgeberin, wo sie es gemalt habe.

«Letzten Sommer in der Nähe von Dieppe. Gefällt es Ihnen?»

«Es hat Anlehnungen an Whistler.»

«Oho, wollen Sie mich etwa der Imitation bezichtigen, Miss John? Das ist aber gar nicht nett.»

«Nein, durchaus nicht. Solche Ähnlichkeiten in der Kunst entspringen oft unbewussten Strömungen. Nicht in der Farbe, aber in der Handhabung der Tiefe erinnert mich ihr Bild eindeutig an Whistlers *Harmonien in Blau und Silber,* die er in Trouville und an der holländischen Küste gemalt hat. Diese diffusen waagrechten Zonen, die Nuancen zwischen Rosa und Ocker, die Sie mit einem Azurstreifen durchbrechen, all das ist sehr whistlerisch.»

«Nun, mag sein, aber ich kenne nur zwei Bilder von Whistler, *Das Porträt der Mutter* und *Die Ansicht von Battersea Bridge.*»

«Clarissa, Miss John, so kommt endlich. Fräulein Lovell hat schon ihre Karten gezückt.»

Fenella sass im Schneidersitz am Boden, umringt von den Engländerinnen, die sich gespannt von ihren Sesseln zu ihr niederbeugten. Sie hatte die Schuhe ausgezogen und den Rock über die Beine gezogen. Der Kartenstapel lag neben ihr bereit, aber solange sie nicht ungeteilte Aufmerksamkeit genoss, verharrte sie stumm, ein einstudiertes, rätselhaftes Lächeln um den Mund.

«Mit wem wollen wir beginnen?», fragte Miss Baker, «Fay, wagst du es?»

«Nein, mach du den Anfang oder Cecily.»

«Ich, warum ich?»

«Halt», unterbrach Fenella mit einem Handzeichen. «Ich bestimme die Reihenfolge. Sie, Miss Baker, werden als Gastgeberin die Erste sein. Ziehen Sie bitte sieben beliebige Karten.»

Fenella reihte die gezogenen Karten vor sich auf den Boden und betrachtete sie so genau, als hätte sie noch nie zuvor Karten gesehen. Ein spannungsgeladenes Schweigen herrschte im Raum, bis Fenella endlich zu sprechen anfing.

«Sie haben ein turbulentes Jahr hinter sich, nicht wahr? Ich sehe da eine schmerzhafte Trennung, und die Pik Acht weist auf eine Reise, die beileibe keine Vergnügungsreise war.»

Miss Baker starrte offenen Munds auf Fenella hinab.

«Clarissa, was ist? So sag was», drängten die andern Frauen.

«Mein Gott, das stimmt haargenau. Weiter, Miss Lovell, was erwartet mich in der Zukunft?»

«Es stehen Ihnen ruhige Zeiten bevor. Aber der Erfolg, nach dem Sie trachten, stellt sich nicht ein. Noch nicht jedenfalls. Hm, da gibt es auch einen Mann, dessen Bekanntschaft Sie demnächst machen werden. Nehmen Sie sich in Acht, er wird Ihnen schaden, wenn Sie nicht aufpassen.»

«Was für ein Mann, bitte, wie sieht er aus, was macht er, ich muss ihn doch erkennen können, wie sonst kann ich mich vor ihm in Acht nehmen?»

Fenella schüttelte den Kopf. «Ihre Karten sind nicht sehr eindeutig, so genau sehe ich ihn nicht vor mir. Er ist dunkel und hat womöglich einen Bart oder wenigstens einen Schnurrbart. Er könnte sogar Ausländer sein. Und er hat mit Büchern zu tun. Mehr sagen mir Ihre Karten heute nicht.»

Der jüngsten Frau, Fay, kündete Fenella eine baldige Verlobung an, und Cecily würde noch in diesem Jahr eine Entscheidung zwischen zwei Freiern treffen müssen.

«Beide werden es langsam leid, von Ihnen so lang hingehalten zu werden. Passen Sie auf, strapazieren Sie die Geduld dieser jungen Männer nicht allzu sehr. So grenzenlos ist deren Liebe nämlich nicht.»

Fenella gefiel sich in der Rolle der Wahrsagerin, kam immer mehr in Fahrt. Sie genoss die Wissbegierde ihrer Zuhörerinnen, genoss ihren Beifall.

«Miss John? Sie sind die Letzte. Darf ich Sie ebenfalls bitten, sieben Karten zu ziehen?»

Gwen wäre am liebsten geflüchtet. Sie drückte sich in ihren Sessel und schüttelte abwehrend den Kopf, aber die Frauen drängten sie so sehr, dass sie nicht anders konnte, als zu tun, wie ihr geheissen.

Sie hob die ersten sieben Karten vom Stapel und drückte sie Fenella in die Hand, ohne sie anzuschauen. Sie wollte nicht hören, welche abstrusen Schlüsse Fenella aus den Karten ziehen würde, nahm sich vor, nichts zu glauben und alles sogleich zu vergessen.

«Kreuzbube und Karo Ass, na, Miss John, es sieht so aus, als sollten Sie bald das grosse Los ziehen.»

Gwen konnte eine leise Freudenregung nicht unterdrücken, aber sie liess sich nichts anmerken. Sie sass still, den Kopf in die Hände gestützt, und bemühte sich, möglichst gelassen zu wirken.

«Die beiden Karten bedeuten, wenn sie wie in diesem Fall nebeneinander liegen, dass Ihnen ein reicher, ein sehr reicher Mann unter die Arme greifen wird. Und zwar bald, dieses Jahr noch. Die finanziellen Sorgen, die Sie all die Jahre geplagt haben, werden zwar nicht ganz verschwinden, aber durch diesen Mann wesentlich erleichtert werden. Es liegt an Ihnen, diese Chance zu ergreifen.»

«Wird sie ihn heiraten, meinen Sie das?», wollte Miss Baker wissen.

«Nein, ich rede nicht von einer Liebesbeziehung. Diese Beziehung ist rein geschäftlich. Aber es ist eine wertvolle Beziehung, Sie dürfen sie nicht verspielen.»

«Weiter, was verraten Miss Johns Karten noch?»

«Nun, da haben wir eine Herz Zehn neben einer Karo Neun, dann weiter einen Herzkönig und eine Kreuz Zehn und zuletzt eine Pik Sechs. Zwei Zehner auf sieben Karten, das bedeutet schon mal Gelingen. Aber ich sehe auch einen langen Weg vor Ihnen. Der Weg ist einsam, und die Konstellationen ihrer Gefühle sind so, dass Sie wegen Ihres Privatlebens auf diesem Weg oft gestrauchelt und entmutigt worden sind. Das wird sich auch in Zukunft nicht ändern.»

«Das tönt so abstrakt», wandte Fay ein. «Uns haben Sie viel konkretere Dinge verraten. Was sind dieses Ziel und dieser Weg genau, von denen Sie reden?»

Fenella zuckte die Achseln und sagte:

«Ich weiss es nicht. Die Karten haben so gesprochen, und was ich daraus lese, richtet sich nur an Miss John. Sie allein kann meine Ausführungen verstehen, niemand sonst. Aber die Karten reden deutlich von einem Weg, von Einsamkeit und von Gelingen. Miss John darf sich daraus ihren Reim machen.»

«Das ist aber nicht fair. Wir möchten an Miss Johns Schicksal teilhaben. Schliesslich hat sie sich vorhin auch Dinge mit angehört, die nur uns angehen. Miss John, habe ich nicht Recht?»

Gwen hob die Augen von den Karten und versuchte, ihre Aufregung mit einer ironischen Bemerkung zu verbergen.

«Fenellas Wahrsagung bedeutet vielleicht, dass ich bald auf einen reichen Maler stossen werde, der mich in der Kunstwelt als Modell berühmt machen wird. An allen Kunstausstellungen wird man mich auf Bildern sehen. Das wird der Durchbruch sein.»

«Meinen Sie?», fragte Miss Baker skeptisch. «Ich habe das alles viel persönlicher verstanden. Da war viel von Gefühlen die Rede.»

«Lassen Sie meine Gefühle, Miss Baker. Ausserdem sehe ich, dass es schon dunkel ist, ich muss mich auf den Heimweg machen. Haben Sie Dank für die nette Einladung.»

«Aber Ihre Freundin möchten wir noch ein bisschen behalten, nicht wahr, Miss Lovell, Sie bleiben noch eine Weile? Ihre Wahrsagerei ist ja so aufregend.»

Fenella lachte bejahend, streckte die Beine aus und glättete den Rock darüber. «Klar, ich bleibe gern. Auf Wiedersehen, Miss John. Sehen wir uns nächste Woche für das zweite Bild?»

Die Nacht war mild. Eine Mondhälfte schwebte über dem Eiffelturm, beschien die Dächer des Quartier des Invalides in kreidigem Weiss.

Gwen ging die Rue de Vaugirard bis zur Gare Montparnasse, wollte am Bahnhof vorbei in ihre Strasse biegen, als sie sich eines anderen besann. Es gab noch einen letzten Zug nach Meudon, in einer Viertelstunde würde er fahren. Warum nicht die Nacht im Garten des Meisters zubringen? Schon lange war sie wegen des anhaltenden Regens und der Kälte nicht mehr dort gewesen.

Ausser einem älteren Ehepaar, das während der Fahrt kein Wort miteinander tauschte, war Gwen allein. Der

Zug glitt gemächlich durch die Dunkelheit, Gwen drückte die Stirn an die Scheibe und versuchte, sich an den wenigen Lichtern, die hier und dort beim Vorbeifahren aufleuchteten, zu orientieren. Porte de Vanves, Malakoff, Clamart. Wie schön sie klangen, diese Namen, welche aufregenden Welten sie heraufbeschworen. Sie benannten Orte, die wie Trabanten um das magische Meudon kreisten, es herbeizauberten und gleichzeitig in die Ferne rückten, sodass die Erwartung des Ziels, immer wieder um peinigende Minuten hinausgeschoben, sich in eine genüssliche Vorfreude verlängerte. Einmal, in nicht allzu ferner Zukunft, wollte sie Paris verlassen und in Meudon leben, ganz in der Nähe des Meisters.

Seit Gwens letztem Besuch war ein Zaun um das Grundstück der Villa des Brillants gelegt worden, er war nicht hoch, sie kletterte mühelos darüber und schlängelte sich zwischen den Gebüschen zu ihrem geheimen Versteck unter den Nadelbäumen, von dem aus sie den Seitenflügel der Villa ungesehen beobachten konnte. In den obersten Zimmern brannte noch Licht. War der Meister wach, las er, arbeitete er? Unterhielt er sich mit Rose? Oder schlief er in diesem Augenblick gerade mit ihr? Gwen hängte ihre Handtasche an den Ast eines Baums und näherte sich auf Zehenspitzen dem Haus. Sie setzte sich auf die Treppenstufen und lehnte den Kopf an die Tür, schloss die Augen. Horchte. Wünschte sich, dass es Rose nicht gab und der Meister sie zu sich ins Zimmer rief. Dass er sie langsam entkleidete und auf die Brüste küsste und mit seinen Händen ihren Körper erforschte, darin wühlte wie in Ton. Aber es war nur eine Illusion, sobald sie die Augen öffnete, sass sie wieder allein auf der Treppe, allein mit ihrer Sehnsucht und dem Wissen, dass diese Sehnsucht unstillbar war.

Lange harrte Gwen auf den Stufen aus, sie sah den Mond hinter Wolken verschwinden und wieder auftauchen, zählte Sterne und grübelte über diese Liebe, die sie damals befallen hatte, jäh und vernichtend wie ein Fluch. «Ich habe diese Liebe nicht gewollt, Gott», flüsterte sie in die Nacht hinaus, «sie ist in mich eingefahren, hat sich meines ganzen Wesens bemächtigt, und jetzt ist sie eins geworden mit mir. Ich werde sie immer mit mir herumtragen müssen, aber nun, da ich zur Malerei zurückgefunden habe, werde ich weniger Angst haben. Mit Deiner Hilfe werde ich die Aufgabe erfüllen, für die Du mich bestimmt hast. Denn am Ende zählt nur sie allein. Monsieur Rilke sieht es auch so, und Monsieur Rilke ist ein Dichter, ein Seher. Er weiss um diese grossen Dinge. Die Aufgabe, die ich zu erfüllen habe, sie zählt mehr als ich, mehr als meine Liebe. Ich werde täglich zu Dir beten und Dich um Hilfe bitten, ich werde mich bemühen, meine Gefühle zu zähmen und so wenig wie möglich unter die Leute zu gehen, damit ich mir die Konzentration fürs Malen bewahre. Hilf mir, Gott, hilf mir, die Welt von mir fern zu halten, damit ich mich ganz meiner Kunst hingeben kann.»

Nach dem Gebet huschte Gwen zu ihrem Versteck zurück. Sie fegte das modrige Laub weg, das über die Wochen hereingeweht worden war, knäuelte ihren Schal zu einem Kissen zusammen und legte sich, die Arme über der Brust verschränkt, auf die Erde. Sie blieb lange wach, und als sie endlich einschlief, tauchten inmitten von Tarotkarten und Zigeunern nach Monaten die

Tauben wieder in ihrem Traum auf. Sie pickten gegen die Glaswand, und sie selbst stand nah davor und schaute ihnen wie immer untätig zu. Kalte Luft wehte durch das offene Fenster ins Wohnzimmer herein. Sie fröstelte und schaute hinaus, weil sie den Anblick der Tiere nicht aushielt, aber ihre Augen trafen nicht auf die gegenüberliegenden Reihenhäuser von Victoria Street, die gab es in ihrem Traum nicht mehr, sondern auf die Dünen von Penally und einen Streifen verhangenen Himmels. Die Vögel hatten nicht mehr lange zu leben, sie pickten immer schneller, und ihre Flügel schlugen schwächer, bald würde der Sauerstoff unter der Glocke ausgehen, und dann würde es auf immer zu spät sein. Gwen kämpfte gegen die übliche Willensschwäche, sie fühlte sich feige und unfähig, am Schicksal der Vögel etwas zu ändern. Was würde geschehen, wenn die erlösten Tauben wegflogen, hinaus, über die Dünen, auf immer davon? Und was würde mit ihr geschehen, wenn sie die Tauben unter der Glocke ersticken liess? Würde sie es sich je verzeihen können? Die Angst vor dem Unwiederbringlichen trieb sie, das Glas endlich mit ihren Händen zu umfassen und an ihm zu rütteln. Sie tat es zögernd, wollte es um nichts in der Welt zerbrechen sehen und miterleben müssen, wie die Vögel unter dem Splitterregen verendeten. Langsam drehte sie die Glocke im Metallring, lauschte auf das schleifende Geräusch, und als sie sicher war, dass sie das Glas fest in Händen hielt und es sich reibungslos lösen würde, begann sie, es vorsichtig aus dem Ring zu heben.

Dann erwachte sie. Erwachte kostbare Sekunden zu früh. Schweiss perlte an ihren Schläfen, aber ihre Glieder waren starr vor Kälte. Ans Weiterschlafen war nicht zu denken, die Augen wollten sich nicht schliessen vor den Traumbildern, sie sah den gläsernen Dom in ihren Händen wieder, den Ring vor allem, der endlich nach Monaten, nach Jahren, nachgegeben hatte, und spürte eine berauschende Mischung von Freude und Bange in sich nachklingen.

Sie stand auf, wischte das Laub von ihrem Kleid und verliess den Garten mit leisen Schritten. Morgennebel hing über dem Tal und kappte den Hügel des Observatoire. Noch war es nicht richtig hell und Meudon nur ein Häufchen gespenstisch stiller Häuser. Gwen musste mehrere Stunden im Bahnhof warten, bis der erste Zug sie nach Montparnasse zurückfuhr.

In der Rue de l'Ouest und Rue Vercingétorix gab es schon eine ganze Reihe beleuchteter Wohnungen und Ateliers, in denen Menschen auf den Beinen waren, vielleicht sogar arbeiteten. Das flösste ihr Mut ein. Sie war nicht gern allein, nicht jetzt, wo sie sich, von der verstörenden Wendung des Traums noch ganz benommen, an der Schwelle einer grossen Entdeckung fühlte.

Zwei Briefe erreichten Gwen in den ersten Tagen des neuen Jahres. Gus hatte lange nichts von sich hören lassen, nun klagte er über die Zustände in seinem Haushalt, schimpfte, dass seine Söhne mit allerlei Kinderkrankheiten für Aufregung sorgten und ihn am Arbeiten hinderten. Sogar Dorelia, deren Ruhe und Lebenskraft er für unerschütterlich gehalten habe, kränkle dahin und sei seltsam willenlos. Er denke ernsthaft daran, dem zermürbenden Alltagstrott zu entfliehen. Vielleicht werde er wieder ein Studio mieten und die Familie an der Church Street zurücklassen, nur ab und zu für einen Besuch vorbeischauen. Doch an Erfreulichem habe er immerhin zu melden, dass Mr. Quinn, sein amerikanischer Mäzen, ihm einen ersten Scheck habe zukommen lassen, und dies ganz ohne konkrete Forderungen. Davon schicke er ihr, beigelegt, zehn Pfund als Vorschuss für den Verkauf ihres Bildes *L'étudiante.* Gus hatte die Gabe, sie zu ärgern. Schon als Kind hatte er sie gern schikaniert. Nur konnte sie jetzt nicht auf ihn losstürmen, konnte sich nicht mit ihm balgen wie früher im Sand von South Beach, ihn kratzen und knuffen und unter seinen Hieben spüren, wie die Wut sich steigerte und der Wille sich regte, sich zu wehren, zurückzuschlagen, ihm ebenbürtig zu sein. Heute lebten sie weit auseinander, und es gab nur die Briefe, welche ihre Blutbande über die Jahre am Reissen hinderten.

Ich brauche dein Geld nicht, Gus, so schlimm steht es nicht um mich, dass ich auf Almosen angewiesen wäre. Erst recht nicht, wenn sie von dir kommen. Ich sitze fast jeden Nachmittag Modell. Davon kann ich leben. Überleben, würdest du sagen, aber ich brauche nicht mehr. Ich habe weder Haus noch Kinder und kann bestens für mich sorgen. Kümmere dich um deine eigenen Dinge. Das würde sie ihm schreiben, wenn sie ihm die zehn Pfund zurückschickte.

Der zweite Brief stammte vom Meister. Die Aufregung schnürte ihre Kehle zu, als sie seine Schrift auf dem Umschlag erkannte. Sie versuchte sich einzureden, dass er bloss das Aufgebot für eine Modellsitzung enthielt, wünschte zur eigenen Schonung fast, dass dem so war, doch die Zeilen stellten ein unerhofftes Quäntchen Liebesglück in Aussicht.

Samedi, 8 janvier 1910

Chère mademoiselle,
Je vous envoie mon salut le plus cordial et viendrai vous voir mardi prochain 11 janvier un peu avant midi.
Amicalement votre A. Rodin

Samstag, 8. Januar 1910

Liebes Fräulein,
Ich sende Ihnen meinen herzlichsten Gruss und werde Sie nächsten Dienstag 11. Januar etwas vor Mittag aufsuchen. *Freundschaftlich Ihr A. Rodin*

Freute sie sich? Sie wusste es nicht. Freude war eine Regung, die sie verlernt hatte, zu viele Enttäuschungen hatten sie zugeschüttet. Sie hätte gern mit Hilda gesprochen, die Freundin kannte den Meister gut und wusste, wie man sich am besten gegen seine Ansprüche schützte. Aber Hilda war in ihre Heimat zurückgekehrt und liess nicht mehr von sich hören. Gwen legte den Brief weg und setzte sich an den Küchentisch, breitete eine Zeitung aus und schüttete die Kastanien darauf, die sie sich fürs Abendessen aufkochen wollte. Nicht mehr hoffen, nicht mehr leiden, nicht mehr lieben. Wenn ihr dies dereinst gelingen würde, wäre sie frei. Aber es war so schwer, sich mit eigenen Kräften aus der Verstrickung zu lösen. Die Gedanken an den Meister kamen von selbst, und die Sehnsucht, dieses schmerzhafte Ziehen in allen Gliedern, es überfiel sie zu allen Tagesstunden, und dann stürzten die Erinnerungen gleich schwallweise auf sie ein, seine Küsse, die Liebesworte und die rührende Ungeduld, mit der er jeweils an ihren Kleidern zerrte, alle diese Bilder übten einen unwiderstehlichen Sog aus. Wie würde sie je lernen, sich dagegen zu wehren?

Sie nahm die erste Kastanie in die Hand und schnitt sie auf. Die Schale war spröd, schwer aufzubrechen, und die Haut darunter haftete an der Frucht, liess sich kaum abziehen. Die nächsten waren auch nicht leichter zu schälen. Gwen seufzte und rieb sich die wunden Finger am Rock. So viel Aufwand für nichts, welch ein Verschleiss an Zeit und Kraft. Aber es ging nicht um die Kastanien, natürlich nicht; der Brief war schuld, dass sie diese kleinen braunen Kugeln mit andern Augen sah. Dinge, die nichts besagten, nach nichts schmeckten, nicht einmal rochen. Zwecklose Objekte, höchstens brauchbar für ein Stillleben. Hatte Cézanne Kastanien gemalt? Sie konnte sich nicht erinnern, je welche auf seinen Bildern gesehen zu haben. Wer hatte Kastanien gemalt? Die Holländer vielleicht? Würde sie selbst je Kastanien malen? Ach malen. Wie konnte sie ans Malen denken, wenn zwei Zeilen aus der Feder des Meisters genügten, um sie aus der Bahn zu werfen.

In drei Tagen würde der Meister kommen und mit seinen Verführungskünsten alle ihre guten Vorsätze in den Wind schlagen. Nur zu deutlich sah sie die Folgen seines Besuches voraus, die schreckliche Lähmung, die Entfremdung von der Kunst. Fenellas Porträt würde sich verflüchtigen, und dabei strebte es schon aus ihr heraus, wollte sich unter ihren Pinselstrichen verdinglichen, endlich geboren werden. Sie durfte nicht zulassen, dass es in ihr erstickte, nicht wieder. Sie musste sich sammeln und innerlich stärken, wollte sie sich ihre Kunst bewahren. Mit Christi Hilfe würde es vielleicht gelingen. Hatte sich Christus nicht ans Kreuz schlagen lassen, um die Menschheit zu retten? Um auch sie zu retten?

Gwen wickelte die Kastanien zusammen mit den Schalen in Zeitungspapier und stopfte sie in den Abfalleimer. Sie wollte nicht essen. Essen würde sie nur fester in dieser schwierigen Welt verankern und auf ihrem Weg zu Gott und zur Reinheit des Geistes behindern. Sie legte die Wange auf den Tisch, starrte auf die glänzende Klinge des Rüstmessers, das auf ihrem Notizheft lag, und wartete vergeblich auf die befreienden Tränen. Wenn sie sich nur zu Tode weinen könnte, es wäre eine Erlösung gewesen. Sie hörte den Regen aufs Kopfsteinpflaster des Hinterhofs prasseln, Schritte, die sich entfernten, und nebenan eine Tür, die ächzend zuging, aber alle diese Geräusche, die ihr sagten, dass sie trotz ihres Kummers mitten im Leben steckte, drangen von sehr weit weg an ihre Ohren, als kämen sie von einer andern Welt. Sie fühlte sich heimatlos, sich selbst entfremdet. Fremder als die Schwarzen, die auf dem Umschlag ihres Heftes abgebildet waren. *Nos colonies pittoresques, transport d'ivoire, remonte d'un rapide du Congo,* stand über der Zeichnung. Was bedeutete ‹remonte›, ‹un rapide›? Gwen hob den Kopf und nahm das Heft in die Hand, musterte die drei Schwarzen, die unter der Aufsicht eines uniformierten Franzosen Elefantenstosszähne aus einem Kahn luden. Eine ungeschickte Zeichnung, befand sie, dann schlug sie eine leere Seite auf und schrieb *Questions* auf die oberste Zeile.

Fragen konnten auf ihrem Weg zur Befreiung ein Anfang sein. Sich selbst befragen, wie es die Philosophen machten, die erst ihren Standort bestimmten, bevor sie das Ziel absteckten.

Wann denke ich am besten?
Wenn ich jetzt sterben müsste, für welche Sünden sollte ich insbesondere um Vergebung bitten?
Was hat mir Lesen Gutes gebracht? Welche Bücher haben mir geholfen, geschadet?
Welche Gedanken festigen meinen Geist?
Welche Gedanken öffnen das Tor zu den inneren Welten?
Was vergeudet meine Zeit?
Wohin führt geistige Zerstreuung?

Eine Hand voll Fragen, das sah nicht nach viel aus, aber es war ein Anfang. Wenn sie auf jede dieser Fragen eine Antwort fand, konnte sie mit Gottes Hilfe beginnen, ihren Widerstand aufzubauen und in Treue zu sich selbst zu leben.

Der Meister sagte nichts über den schmutzigen Flur und die Kälte, aber zeigte sich erfreut, dass er hier bloss eine Treppe zu steigen brauchte statt der vier in der Rue du Cherche-Midi.

«Ça m'arrange, dans mes vieux jours.»

Gwen hatte das Zimmer für ihn geputzt und wohnlich gemacht. Sie hatte neue Vorhänge genäht und mangels Blumen einen Korb mit Äpfeln und Birnen auf den Tisch gestellt. Für ein neues Kleid hatte das Geld nicht gereicht, aber wenigstens hatte sie den Blusenkragen mit einem blauen Samtband umsäumt und an den Ärmeln kleine modische Änderungen vorgenommen. Der Meister drückte ihr den nassen Schirm und den Mantel in die Hand, zwickte sie in die Wange und sagte:

«Vous êtes pâle, Marie, est-ce que vous vous nourissez bien?»

Gwen wich seinem Blick aus, ergriff statt einer Antwort seine Hand und zog ihn ins Zimmer herein. Sie entschuldigte sich, ihn nicht in einem vornehmeren Dekor zu empfangen. Sie sagte es übermütig, während sie seinen Mantel aufhängte, wollte die Sorge überspielen, dass ihm der Raum einen allzu schlechten Eindruck hinterlassen könnte.

«Mais non, Marie, ne vous en faites pas. C'est pour vous que je viens, pas pour le décor.»

Sie hätte ihm gern geglaubt, doch sein kritischer Blick machte sie unsicher. Weder die Feuchtigkeitsflecken in den Zimmerecken noch die aufgerissene Tapete am Türrahmen waren ihm beim Betreten des Zimmers entgangen, nun schaute er stirnrunzelnd durchs Fenster auf den Hinterhof, hinüber zum Sattler, der eben einen Köter mit Fusstritten aus der Werkstatt vertrieb; wenn der Meister noch länger am Fenster stehen blieb, würde ihm auffallen, dass es nicht mehr richtig schloss und kalte Luft durch die Ritzen eindrang. Gwen versuchte ihn abzulenken, bot ihm Tee an; im Winter, meinte sie, gebe es nichts Besseres als einen heissen Tee. Er solle sich setzen und ihr die Freude lassen, ihn zu bedienen. Schon war sie in die Küche geeilt, als er sie zurückrief:

«Non, Marie, moi et le thé, vous savez, ce n'est pas comme vous. Vous en faites une vraie religion, mais nous, les Français ... Approchez plutôt que je vous embrasse. Il y a longtemps que je n'ai plus embrassé ma petite Marie.»

Gwen drehte sich um, holte tief Luft und zwang sich stillzustehen. Jetzt war der Moment gekommen, in dem sie ihre Willensstärke auf die Probe stellen würde. Nachgeben, redete sie sich zu, kommt einer Untreue gegenüber Gott gleich. Du musst standhaft bleiben, denk an das Bild, das du mit seiner Hilfe malen willst.

«Allons, Marie, venez!»

Draussen fiel der Regen in Strömen, wurde vom Wind gegen das Fenster getrieben. Gwen wurde kalt beim Anblick der Schlieren, die sich schräg über die Scheiben jagten, sie schloss die Augen und lehnte den Kopf an die Wand. Sie würde es nicht schaffen, sie fühlte es, ihre Knie wurden weich, ihr ganzer Körper begann zu beben. Einer dritten Aufforderung würde sie nicht widerstehen. Gott, mach, dass er schweigt und meinen Entscheid würdigt, mach, dass er endlich versteht, was er mir antut. Sie wagte nicht, die Augen zu öffnen und ihn anzusehen, flehte mit gebrochener Stimme, er möge sie in Ruhe lassen, sie habe Kopfschmerzen, sei vielleicht etwas krank.

«Malade?»

Sie nickte. Es war nicht einmal eine Lüge. Sie war krank, liebeskrank, sah er das nicht? Sie hörte, wie er den Stuhl zurückstiess, sich aufrichtete und ein paar Schritte im Raum machte. Der Boden knarrte, ihr schien, er entferne sich von ihr, schon wollte sie erleichtert aufatmen. Aber sie täuschte sich, plötzlich fühlte sie seinen Atem im Gesicht, die vertraute Wärme seines Körpers ganz nah. Geruch von trockenem Ton, von Herbstlaub, Regen. Er legte eine Hand auf ihre Schulter und schob die Haare sachte zurück, um ihren Nacken freizumachen. Wenn er nur aufhörte; sie wollte sich nicht von seiner Erregung anstecken lassen, sie versuchte, sich in fromme Gedanken zu flüchten, doch die Gedanken gerieten durcheinander unter seinen streichelnden Fingern, und sie erlebte mit einer überwältigenden Trauer und Wut, wie der Hunger nach seiner Liebe mit jeder Berührung stärker wurde, dringlicher sich in ihrem Körper regte. Sie war ihm nicht gewachsen. Ihre Liebe war zu gross. Zu ehrlich. Wie hatte sie denken können, dass sie sich je von ihm befreien würde? Solange sie lebte, würde sie ihm hörig sein, er brauchte sie nur anzufassen, und schon verlor sie ihre Willenskraft. Es würde immer so sein, und er wusste es, und statt sie zu schonen, kam er zu ihr, wann immer ihm beliebte, und bediente sich mit dieser entwaffnenden Natürlichkeit, die ihn vor jedem Vorwurf schützte. Wie schäbig die ganze Geschichte doch war. Hilda hatte sie damals an der Seine gewarnt. Aber damals war sie blind gewesen, im Bann eines viel zu starken Zaubers. Eine Träne rann ihr die Wange hinunter und kitzelte ihren Mundwinkel. Sie schniefte. Der Meister wischte die Träne mit dem Daumen weg und begann sie langsam am Hals zu küssen, von der Mulde des Schlüsselbeins bis hoch zum Kiefer legte er kleine, sehr leichte Küsse auf ihre Haut, dann haschte er mit den Lippen nach ihrem Ohrläppchen und flüsterte ihr zu, wie schön sie sei und wie sehr er sie liebe, bis zum Wahnsinn liebe. Seine allerliebste Marie, noch immer sei sie seine ‹kleine, anmutige, zarte Muse›. Wie er es verstand, ihren Widerstand zu brechen, er kannte die Bewegungen und die Worte genau, die sie erweichten. Gwen unternahm einen letzten halbherzigen Versuch, ihn abzuwehren. Sie ballte die Hände zu Fäusten und wollte ihn von sich stossen, aber sogleich ergriff er ihre Handgelenke, führte sie über ihren Kopf und drückte sie mit seinem Gewicht gegen die Wand, dass ihr ein leiser Schrei entfuhr. Sie konnte sich nicht mehr entwinden, er hatte sein Bein zwischen die ihren gezwängt und hielt ihr Gesicht in seiner Hand, keuchte, sie solle stillstehen, ganz ruhig, er wolle ihr nicht weh tun, nur lieben wolle er sie, zu lange sei es her, seit er nicht mit ihr geschlafen habe, viel zu lange. «Maître, non, non», hauchte Gwen, aber sie sträubte sich nicht mehr. Sie fühlte, wie sein Glied hart gegen ihren Bauch presste, und begann langsam die Hüften hin- und herzubewegen, schlang die Arme um seinen Hals, fest, als fürchtete sie, unter seinen Küssen die Besinnung zu verlieren. Seine unbeherrschte Lust hatte sich auf sie übertragen, die guten Vorsätze waren vergessen, die Angst vor der Zukunft verflogen. Mit geschlossenen Augen gab sie sich seinen Händen hin, seinem Mund, genoss den Schauer, der ihren Leib durchfuhr, als der Meister das letzte Kleidungsstück von ihren Beinen streifte und sie nackt in seinen Armen lag.

Nachdem der Meister gegangen war, kauerte Gwen lange Zeit betäubt neben der Tür und sinnierte über ihre Niederlage. Sie haderte mit sich und mit Gott, stöhnte über die erlittene Demütigung. Ich bin selber schuld, nicht wahr, Gott? Ich bete zu wenig, besuche zu selten die Sonntagsmesse in Notre-Dame, übe mich zu wenig ernsthaft im Alleinsein. Letzte Woche habe ich mich sogar von einer russischen Künstlerin ins Theater einladen lassen, habe gelacht und die Tänzerinnen so schön gefunden, dass ich sie am liebsten umarmt hätte. Das war falsch, es war ein Rückschritt auf meinem Weg zur inneren Festigkeit. Ich muss mich sammeln und zwischen den Menschen und mir Abstand schaffen. Allein zu sein oder mit Menschen, die mich nicht aus der Ruhe bringen, führt mich eher zu neuen Gedanken und Harmonie, als mit ihm zu sein, den ich liebe. Er verstört mich nur und hindert mich, ein gottgefälliges Leben zu führen. Denn ein schönes Leben ist vielleicht eines, das man im Schatten lebt, aber geordnet, harmonisch. Ich muss arbeiten und die Hoffnung nicht aufgeben. Ich muss mich dem göttlichen Geiste unterwerfen, dann erst werde ich wissen, wie handeln, nicht wahr? Doch sollte ich nicht auch dankbar sein für den Schmerz, der meine Selbstsucht tötet, meine Eitelkeit und meine Hoffnung auf Glück hienieden? Sollte ich mich nicht auch freuen über die Gnade des Leidens? Lieben und von der Liebe nichts mehr erwarten soll die Regel meines Lebens werden. Aber es ist so schwer, Gott. Woher nehme ich die Kraft?

Gwen wusste sich nicht besser zu helfen, als viel zu beten und fromme Bücher zu lesen. Das Leben Christi, die Bekenntnisse des Heiligen Augustin, die Psalmen, William James, alles versuchte sie zu lesen, was ihr in der Quartiersbibliothek an christlichen und philosophischen Büchern in die Hand kam. Und wenn sie Rückfälle erlitt, wenn die Erinnerungen an das letzte Zusammensein mit dem Meister ihr zu tief unter die Haut fuhren, streunte sie um die Rue de Varennes herum und blieb ganze Nachmittage unter dem Vordach der benachbarten Färberei stehen, wartete, tat nichts als warten, bis der Meister nach beendetem Arbeitstag endlich auf der Treppe des Hôtel Biron erschien. Er war selten allein, die Herzogin klebte an ihm wie ein Schatten. Dann halfen bei der Rückkehr ins leere Zimmer nur noch die Briefe. Briefe, in denen sich die haltlosen, kindlichen Schriftzüge fast nicht aus dem dunklen Hintergrund herauslösen wollten.

Mon Maître,
Je suis désespéré j'ai souffrit trop.

Je ne suis pas un homme. Je viens de vous écrir mais c'est trop mal écrit pour que je vais l'envoyer. Je suis mieux maintenant et je vous envoie celle-ci.

Avez-vous l'intention de venir me voir chaque semaine?

Vous avez tant de fois cassé votre parole et vous me traiter comme un enfant que je ne sais pas quoi croire maintenant. Je ne peux pas souffrir la semaine prochaine comme j'ai fait avant-hier et les autres fois.

Je ne peux rien faire maintenant car j'ai souffrit trop.

Et vous me reprochez de ne pas travailler assez!

Vous n'avez pas compris ma caractère ou vous voulez que je meure.

Je vous ai pourtant dit assez pour vous faire comprendre mais vous ne me croyez pas.

Le plaisir d'hier ne m'a pas guéri car vous m'avez parlé comme si j'étais un enfant et rappeler vos mots toujours ‹l'autre porte de l'atelier› et que vous venez ‹à l'heure›, je vois maintenant ce que cela veut dire.

Mein Meister,
Ich bin verzweifelt, ich habe zu viel gelitten.

Ich bin kein Mann. Eben habe ich Ihnen geschrieben, es ist zu schlecht geschrieben, als dass ich es schicken könnte. Es geht mir jetzt besser, und ich schicke Ihnen diesen.

Haben Sie im Sinn, mich jede Woche zu besuchen?

Sie haben so viele Male Ihr Wort gebrochen und Sie behandeln mich wie ein Kind, so dass ich nicht weiss, was ich jetzt glauben soll. Ich kann die nächste Woche nicht leiden, wie ich es vorgestern getan habe und die anderen Male.

Ich kann jetzt nichts tun, weil ich zu sehr gelitten habe.

Und Sie werfen mir vor, dass ich nicht genug arbeite!

Sie haben meinen Charakter nicht verstanden, oder Sie wollen, dass ich sterbe.

Ich haben Ihnen doch genug gesagt, damit Sie verstehen können, aber Sie glauben mir nicht.

Der Genuss von gestern hat mich nicht geheilt, denn Sie haben zu mir gesprochen, als wäre ich ein Kind, und Ihre Worte immer wieder in Erinnerung gerufen: ‹die andere Tür des Ateliers›, und dass Sie ‹pünktlich› kommen, ich sehe jetzt, was das bedeutet.

Den ganzen Januar regnete es ohne Unterbruch. Der Niederschlag verlehmte die ungepflasterten Strassen, sammelte sich in den Senken zu Pfützen und verwandelte ganze Plätze in unpassierbare Seen. Nach einer Woche stand der Park von St-Julien-le-Pauvre unter Wasser, watete man in den Strässchen hinter dem Quai St-Michel knietief durch eine braune Brühe, die sich, von immer neuem Regen genährt, rasch in die angrenzenden Quartiere verästelte. Sandsäcke wurden vor die Haustüren geschichtet, Steine aufgehäuft. Wer nicht aus dringenden Gründen auf die Strasse musste, stand zu Hause am Fenster und beobachtete besorgt, wie die Bäche über die Gehsteige sprudelten, der Schlamm, stetig neu angespült, zähflüssig durch die Gassen quoll und sich unterwegs an den Laternenpfosten und Kiosken ablagerte. Der Omnibusverkehr musste eingestellt, die Kutschenpferde geschont werden. Kaum ein Fiaker fuhr, kaum ein Karren brachte von den umgrenzenden Dörfern Lebensmittel auf die Märkte. Der Regen legte ganz Paris lahm, verwandelte die lebensfrohe Metropole in eine Geisterstadt, und in der Nacht vom 28. auf den 29. Januar trat auch noch die Seine über die Ufer und überschwemmte die umliegenden Quartiere der Rive Gauche. Über acht Meter mass der Stand am Pont de la Tournelle. Der Fluss überflutete Keller und Höfe, die Schächte der Métropolitain und riss Baugerüste nieder, stand, als der Regen endlich nachliess, noch tagelang trüb und übel riechend in den Strassen.

Gwens Haus war vom Unwetter einigermassen verschont geblieben. Kleinere Schäden gab es einzig in den Werkstätten des Hinterhofs zu beklagen, verdorbene Papierrollen im Lager des Buchbinders, weggeschwemmte Werkzeuge, undichte Schatullen von Pulvern und Kräutern des Apothekers, in die das Wasser gedrungen war. Und ein paar tote Ratten, die der Concierge mit seinem Fangnetz aus dem Wasser fischte und auf die Strasse schleuderte.

Gwen dankte Gott, dass Meudon auf einer Anhöhe lag und das Haus und der Garten des Meisters nicht unter dem Regen hatten leiden müssen. Wie aber sah es in der Rue de Varenne aus? Stand das Hôtel Biron unter Wasser? Gwen musste sich vergewissern, dass die Werke des Meisters noch intakt waren, die *Muse* vor allem, von dem ein Exemplar nun endlich Arme hatte, zu grosse Arme, am Rumpf ungeschickt angesetzt; aber immerhin Arme, die auf einen ersten Versuch der Vollendung deuteten.

Der Anblick des Gartens liess sie das Schlimmste befürchten. Das Wasser hatte die Grasflächen durchtränkt und den Kies von den Wegen darübergestreut, an manchen Stellen die Grenzen zwischen Rasen und Alleen ganz verwischt. Von den Büschen und Bäumen lag überall geknicktes Geäst herum, vermischt mit dem Unrat, den die Flut von der Strasse unter dem Tor hereingeschwemmt hatte. Das Haus indessen schien, von den Stufen erhöht, die Sintflut unbehelligt überstanden zu haben. Im ersten Stockwerk spielte jemand Tonleitern auf einem Klavier, auf und ab, auf und ab, ohne Unterbruch immer die gleichen Leitern. Es lag etwas Sinnloses in diesen Tönen, fast Trauriges.

Die Concierge liess Gwen widerwillig herein. Der Meister sei nicht da, aber bitte, wenn sie sich unbedingt selbst vergewissern wolle. Schnell, denn sie habe die Erlaubnis nicht, fremde Leute während seiner Abwesenheit ins Atelier zu lassen. Lehrlinge arbeiteten im Atelier, von denen Gwen viele noch nie gesehen hatte, junge Männer und Frauen, die den Kopf kaum von ihrer Arbeit hoben, als sie grüsste. Eine stumme Geschäftigkeit herrschte im Raum, in verschiedenen Rhythmen wurde gemeisselt und geschliffen, im Nebenraum ein punktierter Marmorquader mit dem Taster abgemessen. Auf die Besucherin achtete niemand. Gwen irrte eine Weile zwischen den Skulpturen herum, sie freute sich im Stillen, kleine Tonexemplare der *Muse* darunter zu erkennen, die *Iris,* Fragmente ihrer Glieder. Auf dem Pult erkannte sie die Zeichnungsmappen, die der Meister für die New Yorker Ausstellung im März nach Amerika zu schicken gedachte, sah ungeöffnete Briefe, ein paar signierte Fotografien von Modellen. Sie hätte sich alles gern in Ruhe angesehen, aber sie wähnte sich unwillkommen und fragte in die Runde:

«Kommt der Meister heute nicht?»

«Wohl kaum. Er hat im Marmordepot zu tun. Wegen der Wasserschäden. Sie finden ihn sicher dort.»

An der Rue de l'Université standen weite Abschnitte unter Wasser. Die Krämer wateten in ihren Boutiquen und versuchten zu retten, was von den Fluten nicht fortgespült oder zerstört worden war. Leere Flaschen schaukelten, Latten und Späne, Zeitungsblätter. Neben der Schmiede stak ein toter Hund zwischen den Stäben einer Gittertür fest, den Leib zum Bersten aufgedunsen, die steifen Beine von sich gestreckt. Beim Anblick einer blutigen Wunde zwischen den Rippen wurde Gwen schwarz vor Augen, sie zwang sich, beim Gehen nicht allzu genau zu schauen, was sie umgab. Aber das schmutzige Wasser stand ihr bis zu den Waden, sie musste Acht geben, wohin sie die Füsse setzte, musste in den kalten grauen Sud starren, vor dem ihr ekelte. Immer wieder sank sie zwischen den gelockerten Pflastersteinen ein, erschreckten sie treibende Gegenstände, in denen sie Tierkadaver zu erkennen meinte.

Auch im Hof des Marmorlagers standen die Kastanienbäume und Steinquader unter Wasser, schwamm faules Laub. Noch immer reichte die Flut mehrere Treppenstufen hoch.

«Maître, quelle catastrophe», entfuhr es Gwen, als sie den Meister im Atelier mit hochgekrempelten Hosenbeinen im Wasser stehen sah. Er war daran, die grösseren Tonstatuen mit der Hilfe seines Practicien auf improvisierte Sockel zu hissen, trotz der Kälte rann ihm der Schweiss die Schläfe hinunter, sein Kopf war rot von der Anstrengung.

«Ah Marie, c'est vous. Mais il n'y a rien à faire ici pour vous, c'est un travail d'homme, ça.»

Das Unglück schien ihn nicht zu verbittern, nein, er scherzte sogar während der Arbeit mit Guioché, der, erstaunt über seine gute Laune, nicht recht wusste, welche Antworten er zu geben hatte.

Das Wasser hatte den grössten Teil der Skulpturen umgestürzt. Sie waren sanft gefallen, ohne sichtbaren Schaden zu nehmen. Dennoch prüfte der Meister jede einzelne, sobald er sie aus dem Wasser gezogen hatte. Er beklopfte sie und horchte auf den Klang, der aus dem Innern herausschwang, legte das Ohr an den Stein, wenn er Zweifel hegte, und zuletzt streichelte er die fragilen Stellen, die Hälse, Finger und Nasen, um sie nach verborgenen Brüchen abzusuchen.

«Voyez, ce n'est pas grave», sagte der Meister schliesslich, «l'eau a caressé mes œuvres. Elle est arrivée chez moi comme une amie et non comme un malfaiteur.»

«Dieu merci, Maître.»

Der erste vergrösserte Tonentwurf der *Muse,* den der Meister im Marmordepot aufbewahrte, hatte bis unter dem Knie im Wasser gestanden. Vor Weihnachten hatte er ein tondurchtränktes Tuch um ihre Hüften drapiert, von dem die unteren vierzig Zentimeter nun weggewaschen worden waren. Der Leinenstoff hing schlaff und schmutzig über dem Sockel. Den ganzen Faltenwurf, beruhigte sie der Meister, werde er neu modellieren müssen, weil die Tonqualität, die er hierfür verwendet habe, viel zu weich gewesen sei. Aber die *Muse* selbst sei intakt und bedürfe keiner weiteren Retouchen.

«Rentrez maintenant, Marie, sinon vous prendrez froid. Je vous appellerai ces prochains jours.»

Gwen blieb nichts anderes übrig, als zu gehorchen. Der Meister hatte wieder einmal keine Zeit für sie. Sie verstand es; er musste sich um seine Werke kümmern, sie bedeuteten ihm mehr als sie. Sie bedeuteten ihm alles. Monsieur Rilke hatte ihr einst so schön erklärt, dass es gut so sei und dass niemand der Liebe des Meisters zur Kunst im Wege stehen dürfe. Auch sie nicht. Wenn sie ihn liebte, wenn es ihr gelang, ihn um seiner selbst willen zu lieben und den Egoismus von ihrer grossen Liebe fern zu halten, würde sie von wahrer Liebe reden und stolz sein dürfen, einem Genie die Grösse ihres geläuterten Gefühls darzubringen. Ja, sie verstand, zu welchen geistigen Höhenflügen Monsieur Rilke sie für fähig hielt, sie erinnerte sich auf dem Heimweg an die Gespräche mit ihm und fühlte sein Vertrauen, und dieses Vertrauen gab ihr die Kraft, sich dem alltäglichen Elend und der Öde zu stellen, die sie in der Wohnung erwarteten.

Zu Hause setzte sich Gwen mit einer Tasse heisser Milch vor Fenellas Aktbild. Schaute lange. Wog ab. Wollte wieder einmal wissen, wo sie stand. Und spürte mit einem Mal, während sie nüchternen Auges die chromatischen Abstufungen überprüfte, dass die grosse Gefahr, vor der sie sich Jahre lang gefürchtet hatte, mit diesem Porträt endlich gebannt worden war. Sie würde nicht in die Mittelmässigkeit absinken. Nie. Es war nicht mehr möglich nach diesem Bild. Sie hatte hier das vorläufig Höchste geschaffen, wozu sie fähig war, hatte bewiesen, dass sie sich der Herausforderung einer steten Steigerung stellen konnte. Fenellas Blick. Durchtrieben, eine Spur hochnäsig. Und doch voll uneingestandener Unsicherheit. Darin lag ein Widerspruch, der den Betrachter zum Verweilen und Rätseln einlud. Fenella hatte sich geärgert über diesen Ausdruck und vorgeschlagen, Gwen möge doch etwas Koketterie hineinlegen und die Lippen, die sich eben zum Sprechen öffnen wollten, wenigstens andeutungsweise zu einem Lächeln verziehen. Frauen würden auf Porträts immer lächeln. Ob sie Gus' letztjähriges Porträt von Dorelia nicht gesehen habe, *The Smiling Woman.* Das nenne sie ein Porträt, da flackere in den Augen eine unwiderstehliche Verlockung, läge im Mund, so klar wie der Tag, das Versprechen eines aufregenden erotischen Abenteuers. Von der Wirkung des wie zufällig über dem Busen ausgeschnittenen Kleids nicht zu sprechen. Warum Gwen nicht auch so male? Aber Gwen hatte sich nicht überreden lassen und wusste nun, während sie das Bild studierte, dass es richtig gewesen war, der eigenen Stimme zu folgen. Da sass Fenella, nackt, bis auf die Seele entblösst, ein Kindsweib, pathetisch in ihrem vergeblichen Ringen um Stolz. Gewiss, es war Fenella in ihrer ganzen inneren Widersprüchlichkeit, und das Bild somit ein getreues Porträt. Aber diesmal war Gwen mehr als ein Porträt gelungen, denn gleichzeitig leuchtete ihr von der Leinwand eine Figur entgegen, die, in strengste Form gegossen und von allen persönlichen Anspielungen entschlackt, der grossen, allgemein gültigen Idee vom Weiblichen huldigte. Je länger Gwen ihr Bild betrachtete, desto klarer offenbarten sich ihr die Fortschritte, die sie seit ihrem letzten Porträt, demjenigen von Chloë Boughton-Leigh, gemacht hatte. Und sie sah auch schon im Geist das Bild entstehen, das sie diesen Frühling von Fenella malen wollte. Sah die kompositorischen Schwierigkeiten, aber auch die Schönheit in der schmalen, weiss gekleideten Frau. Eine unendliche Ruhe begann sie zu durchströmen, während sie das neue Bild in sich reifen fühlte, ein Wissen, dass die Zeiten, in denen sie sich wie eine Blinde an ein fernes, unbekanntes Ziel herangetappt hatte, endgültig der Vergangenheit angehörten.

Kurzbiographie von Gwen John

1876	geboren in Haverfordwest, Wales, als zweites von vier Kindern
1884	Tod der Mutter
1895–1898	Ausbildung an der Londoner Slade School of Arts
1903	Fussmarsch mit Dorelia McNeill durch Frankreich. Ziel war Rom, aber die Freundinnen kamen nur bis Toulouse.
1904	Übersiedlung nach Paris
1904–1911	Affäre mit Auguste Rodin
1910–1924	finanzielle Unterstützung durch den amerikanischen Mäzen John Quinn
1911	Rückzug nach Meudon, anschliessend Bekehrung zum Katholizismus
1917	Tod Rodins
1919–1927	erfolgreiche Ausstellungen in Paris, London und New York
ca. 1932	Ende der Malkarriere
1939	gestorben in Dieppe. Ihr Grab ist bis heute nicht gefunden worden.

Gwen Johns über tausend, grösstenteils undatierte Briefe an Rodin sind im Archiv des Musée Rodin in Paris aufbewahrt; Rodins sowie Rilkes Briefe an Gwen John befinden sich im Archiv der National Library of Wales.

Rodins Muse à Whistler wurde nie beendet. Ein Exemplar der nackten Muse in Bronze steht im Garten des Hôtel Biron, des heutigen Musée Rodin in Paris. Das Musée d'Orsay in Paris besitzt ein Gipsexemplar mit Drapierung.

Die im Roman erwähnten Bilder von Gwen John hängen in den folgenden Museen, Galerien und Sammlungen:

Dorelia, im Lampenlicht, in Toulouse, 1903/04
Privatsammlung Mr. and Mrs. Paul Mellon, Upperville, Virginia

Die Studentin, 1903/04
City of Manchester Art Galleries

Dorelia im schwarzen Kleid, 1903/04
Tate Gallery, London

Das Zimmer zum Hof, 1905/06
Privatsammlung

Eine Ecke des Zimmers der Künstlerin in Paris (mit Blumen), 1907–09, Sheffield City Art Galleries

Eine Ecke des Zimmers der Künstlerin in Paris (mit Buch), 1907–09, Privatsammlung

Die Künstlerin in ihrem Zimmer in Paris, 1907–09
Privatbesitz Sara John

Selbstporträt mit Brief, 1905–10
Musée Rodin, Paris

Porträt von Chloë Boughton-Leigh, 1905–08
Tate Gallery, London

Nacktes Mädchen (Fenella), 1909–11
Tate Gallery, London

Mädchen mit baren Schultern (Fenella), 1909–11
Museum of Modern Art, New York

Ausserdem besitzt das Musée Rodin zahlreiche Zeichnungen und Aquarelle von Gwen John.

Alexandra Lavizzari
Ein Sommer
Novelle

Sof, das Einzelkind, wächst in einem Schweizer Dorf auf, das in den Sommerferien, als die Mitschülerinnen verreist sind, noch öder ist als sonst. Der Vater ist dem Alltagstrott erlegen: Arbeit – Kneipe – Abendessen – Fernsehen. Die Mutter versucht auszubrechen. Schick aufgemacht verschwindet sie nachmittags in die nahe Stadt. Vom Vater her fällt einmal das Wort ‹Hure›. Sof, die sich selbst Überlassene, findet Wörter spannend. Sie hält sich viel am Weiher auf. Schreibt Gedichte. Eine neue Nachbarin zieht ein. Altmodische Möbel und schwere Kisten als Umzugsgut: Bücher. Sof sucht Kontakt zu einer faszinierenden Welt, in der das Wort ‹Tibet› eine Rolle spielt. Sie zeigt der äusserlich unscheinbaren Frau ihre Gedichte, erhält Ermunterung und kompetente Hilfe bei sprachlichen Verbesserungen. Aber Sophie trägt schwer an einem Geheimnis. Sie war beim Milchholen im Stall Augenzeugin des Tötungsversuches eines Bruders am anderen mit der Mistgabel. Niemand darf es je erfahren!

Später: Die Mutter spricht von Scheidung. Die Situation spitzt sich zu. Das Mädchen sticht mit der Fleischgabel auf die schlafende Mutter ein. Wartet am Weiher auf das, was kommen wird.

Das Bild eines durch seine Vereinsamung vielleicht frühreifen, sich und seine Umwelt scharf beobachtenden, unscheinbaren und introvertierten Mädchens ersteht in einer fast lyrischen Sprache.

Alexandra Lavizzari bietet Literatur vom Feinsten in schnellem Erzähltempo und in kurzen Kapiteln. Eine bemerkens- und empfehlenswerte Novelle. *Senta Kapoun, ÖBW*

Therese Bichsel

Das Haus der Mütter

Roman

Barbara, Rosa, Luise, Leni und Anne – auch in Therese Bichsels drittem Roman stehen die Frauen im Mittelpunkt. Da ist Barbara, Annes Ururgrossmutter, die tüchtige Emmentaler Bäuerin, die im Sommer heimlich im glasklaren Wasser des Dorfbaches badet und im Alter ein wenig wunderlich wird, da ist Rosa, ihre Schwiegertochter, die 1888 bei der Geburt von Luise, ihrem ersten Kind, stirbt. Da sind Luise, die, ein Novum in der Familie, einen Beruf lernt (sie wird Postgehilfin), und ihre Tochter Leni, die Ende der Fünzigerjahre schwanger und ohne Mann aus England zurückkehrt – eine Schande, damals im Emmentaler Dorf Hasle. Leni steht jedoch zu Anne, ihrer Tochter, und zieht sie, allem Getratsche zum Trotz, alleine auf.

Die Biografien all dieser Mütter von Barbara bis Leni schildert Therese Bichsel, teilweise in Anlehnung an die eigene Familiengeschichte, spannend und unterhaltsam, lebendig und lebensnah und bettet sie anschaulich in die Zeitgeschichte ein. Besondere Aufmerksamkeit schenkt sie Veränderungen in der Alltagskultur, sie berichtet von zeitgenössischen Essgewohnheiten oder davon, wie sich die örtlichen Distanzen im Verlaufe der Jahrzehnte relativierten. So kannte die junge Bäuerin Barbara Langnau und Burgdorf zwar aus eigener Anschauung, Bern aber nur vom Hörensagen, Luises Hochzeitsreise führt bereits nach Paris, und Anne schliesslich verbringt mehrere Jahre im Ausland.

Ja, Anne, die Hauptfigur. 1999, nach dem Tod ihrer Mutter, kehrt sie nach Hasle, ins Krämerhaus zurück, dorthin, wo sie aufgewachsen ist und ihre Ahninnen zumindest einen Teil ihres Lebens verbrachten. Sie vergräbt sich in alte Fotografien, malt sich das Leben der Frauen aus, die vor ihr das Haus bewohnt haben, und ist doch eigentlich nur auf der Suche nach dem einen, dem unbekannten Vater: «Sie legte die Fotos weg, und plötzlich wusste sie, was nicht in Ordnung war und sie quälte. Es war die alte Geschichte mit dem Vater, dem fehlenden Vater».

Simone Müller, Bund